Verena Maatman
Frau Beethoven

AF638713

Verena Maatman

Frau Beethoven

Die unsterbliche Geliebte

PIPER

Mehr über unsere Autoren und Bücher:
www.piper.de

Wenn Ihnen dieser historische Roman gefallen hat, schreiben Sie uns unter Nennung des Titels »Frau Beethoven« an empfehlungen@piper.de, und wir empfehlen Ihnen gerne vergleichbare Bücher.

© Piper Verlag GmbH, Georgenstraße 4, 80799 München
www.piper.de
Für direkten Kontakt und Fragen zum Produkt wenden Sie sich bitte an: *info@piper.de*

ISBN 978-3-492-50383-9
© 2020 Piper Verlag GmbH, München
Redaktion: Ulla Mothes
Covergestaltung: Traumstoff Buchdesign traumstoff.at
Covermotiv: Bilder unter Lizenzierung von Shutterstock.com genutzt
Printed in Germany

Prolog
Die *Appassionata*

Wien, im Sommer 1806

Die Turmuhr des nahe gelegenen Stephansdoms schlug drei Mal. Es war tiefste Nacht. Bis auf das Kratzen der Feder, die Ludwig gnadenlos über das Notenpapier jagte, war es mäuschenstill. Ganz Wien schlief, während er aufschrieb, was in seiner Seele brannte. Unzählige schwarze Punkte und Striche kleckste er in Windeseile aneinander, außer ihm würde sie niemand entziffern können. Er wusste, dass das Stück gut war, sehr gut sogar.

Ungeduldig rieb er sich die Augen. Er sollte sie schonen, da ihm bereits die Ohren Probleme bereiteten. Aber das Werk war noch nicht fertig. Und seinen Kreativitätsfluss wollte er keinesfalls wegen ungünstiger Lichtverhältnisse oder ähnlicher Lappalien unterbrechen. Also schrieb er weiter bis zum letzten Ton. Dann lehnte er sich zurück und wischte sich den Schweiß von der Stirn. Am Horizont sah er einen hellen Streifen schimmern. Ein neuer Tag brach an.

Er nahm die Kerze vom Schreibtisch und stellte seine eben beschriebenen Notenblätter aufs Klavier. Natürlich würde gleich ein verärgerter Nachbar an die Tür bollern und ob der nächtlichen Ruhestörung ein Gezeter veranstalten. Doch das war ihm einerlei. Wie immer, wenn er etwas ganz

Großes komponierte. Was störten ihn da die Kleingeister, mit denen er zufällig in einem Haus wohnte.

Er begann zu spielen. Die Musik donnerte und brauste über die Tasten und durchbrach die Nacht mit einem wahren Klanginferno.

Als er zu Ende gespielt hatte, saß er noch eine Weile regungslos vor dem Klavier. Ja, das Stück drückte alle Gefühle aus, die er seit Wochen empfand. Er liebte Josephine, und Josephine liebte ihn. Das hatte sie oft genug gesagt, und er hatte es auch schwarz auf weiß in mehreren ihrer Briefe. Aber was aus ihnen werden sollte, stand in den Sternen.

Immer wenn er sie sah, vernahm er in seiner Brust ein wahres *accelerando* seines Herzschlags. Seine oftmals rebellische Natur wich bei ihrem Anblick stets zärtlichen Gefühlen. Sie waren seelenverwandt. Josephine verstand seine Musik und ihn selbst wie niemand sonst. Sie konnten miteinander lachen und scherzen, sie konnten über Politik und Philosophie sprechen und sich ihre geheimsten Gedanken anvertrauen. Immer knisterte die Luft vor Energie, wenn sie beieinander waren.

Er wollte sie zur Frau. Nichts hatte er sich jemals so sehr gewünscht wie das. Aber sie war eine Adlige, er hingegen ein Bürgerlicher. Ihre Familie widersetzte sich einer Verbindung mit ihm. Außerdem befürchtete er, dass sie auch aufgrund ihres unsäglichen Pflichtgefühls gegenüber ihren Kindern auf ihr persönliches Glück – und seines – verzichten könnte. Seit einiger Zeit wich sie ihm aus und hielt ihn hin; dann wieder lud sie ihn ein, wollte, dass er ihr vorspielte und ihr Klavierunterricht gab.

Vielleicht muss ich einfach noch etwas Geduld haben, dachte er, *viel Geduld*. Leider lag ihm das gar nicht, und er wusste er nicht, wie er seiner Sehnsucht Herr werden sollte. Seit Langem wandelte er auf dem schmalen Grat zwischen Euphorie und Depression. Sein ganzes Denken kreiste immerzu um sie, um diese fröhliche, liebenswerte Frau mit dem unbeschwerten Lachen, die das Blut in seinen Adern kribbeln ließ und die ihn liebte, obgleich sie ihn auf Abstand hielt.

Als er am Nachmittag spazieren gegangen war, hatte plötzlich das Toben und Rauschen seines überschäumenden Herzens eine musikalische Gestalt angenommen. Er hatte in seinem Innern die Musik gehört, die seinen derzeitigen Gemütszustand widerspiegelte. Er war nach Hause geeilt und hatte den letzten Satz der Klaviersonate, an der er seit Monaten arbeitete, komponiert, und damit endlich ein Ventil gefunden, seinen Liebeskummer auszudrücken und zu verarbeiten. Er jagte noch einmal seine Finger über die Tastatur. Ja, es ging ihm besser! Seltsam, dass kein Nachbar Rabatz geschlagen hatte.

Er klappte den Klavierdeckel zu und stand auf. *»La Passionata« will ich die Sonate nennen,* beschloss er, als er sich auf sein Bett fallen ließ. *Die Leidenschaftliche*, die sein Innerstes aufwühlte.

Vielleicht muss ich die Beziehung zu Josephine so angehen lassen wie die Komposition einer Sinfonie, dachte er. Eine wunderbare Melodie musste ausgearbeitet und immer wieder geschliffen werden wie ein Rohdiamant. So würde es auch mit ihm und Josephine sein. Eines Tages würde ihre Verbindung glänzen wie ein Diamant und klingen wie eine vollendete Sinfonie. Eine Sinfonie der Liebe.

Wien, am 31. März 1821
Mitten in der Nacht

Josephine schlug die Augen auf. Das fahle Mondlicht leuchtete ihr direkt ins Gesicht. Grabesstille lag über der Stadt. An der Wand zuckten die Schatten einer fast vollständig heruntergebrannten Kerze. Tentakel aus Wachs breiteten sich über die Kommode aus, und das flackernde Aufbegehren der Flamme kündigte an, dass ihr Ende kurz bevorstand. Vicky, ihre älteste Tochter, hatte die Kerze am Abend dorthin gestellt, denn Josephine hatte Angst vor der Dunkelheit und wollte immer ein wenig Licht im Zimmer haben, wenn sie nachts vor Schmerzen aufwachte. Aber die dämonischen Schatten der Kerze beunruhigten sie nun noch mehr als die Dunkelheit: Es schienen die Vorboten des Fegefeuers zu sein, das sie bereits erwartete. Sie wusste, dass sie ihr Leben bald aushauchen würde, ebenso wie diese Kerze.

Sie drehte den Kopf zur Seite. Vicky war im Sessel neben ihrem Bett eingeschlafen. Ihr Zopf hatte sich aufgelöst, und ihre Haare hingen halb in ihr Gesicht. Immer wenn sie ausatmete, wurde eins ihrer Löckchen ein bisschen nach oben geweht. Josephine lächelte. Vicky war so ein liebes Mädchen. Eigentlich war sie kein Mädchen mehr, sondern eine junge Frau von zwanzig Jahren.

Ich hätte sie verheiraten müssen, dachte Josephine. *Ich hätte sehen müssen, dass sie einen guten Mann bekommt, der für sie sorgt und der sie liebt.* Sie hielt inne. *Vor allem einen, den auch Vicky selbst liebt,* korrigierte sie sich. Das war das Wichtigste, damit das Leben ihrer Tochter nicht so verlaufen würde wie ihr eigenes. Ihre Mutter hatte sie seinerzeit, als sie so alt gewesen war wie Vicky jetzt, gegen ihren Willen in eine Ehe gedrängt. Das würde sie Vicky niemals antun wollen.

Sie seufzte. Diese Gedanken erübrigten sich nun ohnehin. Ihr blieb nicht mehr genügend Zeit, um auf die Zukunft ihrer Tochter Einfluss zu nehmen. Sie hoffte inständig, dass Vicky – ebenso wie ihre anderen Kinder – ihren Weg zu einem glücklichen und erfüllten Leben finden würde.

Plötzlich vernahm Josephine in der Ferne das Klackern von Hufen herantrabender Pferde. Sie kamen näher und näher. Jetzt hörte sie auch die Räder einer Kutsche, die von den Pferden gezogen wurde und über das Pflaster holperte. *Wer wohl um diese Uhrzeit in der Kutsche sitzen mag? Vielleicht ein junges Mädchen und seine Mutter?*

Sie spürte, wie ihre Erinnerungen nun mit aller Macht Besitz von ihr ergriffen und im Rhythmus der Pferdehufe durch ihren Kopf galoppierten. *Wie damals,* dachte sie. *Wie damals, als Mama mich nach Wien brachte, um mich zu verheiraten …* Sie schloss die Augen und ließ sich von ihren Gedanken zurück in die Vergangenheit tragen.

1799

1

Martonvásár, im April 1799

Josephine öffnete die Fenster ihres Zimmers und sog die kühle Morgenluft ein. Heute würde sie Schloss Martonvásár, den geliebten Ort ihrer Kindheit, verlassen und ihn vermutlich nie wieder ihr Zuhause nennen können. Auf dem Bett stand ihre Tasche mit den nötigsten Dingen, die sie auf der Reise brauchen würde. Alles andere war bereits in Kisten und Truhen verpackt worden.

»Die Bücher zuunterst, die Kleidertruhen obenauf!«, hörte sie Mamas Stimme von unten.

Josephine beugte sich über die Fensterbrüstung und sah, wie ihre Mutter ein Dutzend Diener mit ihrem Schirm zwischen der Kutsche und einem gigantischen Gepäckstapel hin und her dirigierte. Sie lächelte. *Mama ist in ihrem Element.*

Sie ging zum Spiegel, zupfte den Rock ihres kornblumenblauen Reisekleids zurecht und fasste ihre langen dunkelbraunen Haare zu einem lockeren Zopf zusammen. Eine Hochsteckfrisur, wie sie sie sonst immer trug, wäre für die Reise unpraktisch. Schließlich band sie einen cremefarbenen Schal um ihre Haare, damit sie vom Fahrtwind nicht zerzaust werden würden. Sie sah sich um. Sie war reisefertig. Sie schloss die Fenster, nahm ihre Tasche und ihren Schirm und lief die Treppe nach unten.

Ihre Mutter überwachte in ihrem hochgeschlossenen schwarzen Witwenkleid immer noch das Verladen des Gepäcks.

Um den Bediensteten, die mit Truhen und Schachteln bepackt hinein- und hinausliefen, nicht im Weg zu stehen, stellte sich Josephine ein wenig abseits. Sie beobachtete das Geschehen mit gemischten Gefühlen. Mama hatte einen Plan, den sie nun resolut in die Tat umsetzte: Sie wollte mit Therese und ihr nach Wien fahren, um sie unter die Haube zu bringen. Aber nicht unter irgendwelche Hauben, sondern unter die hochkarätigsten, die im ganzen Reich zu finden waren.

Zwei Hände legten sich von hinten über Josephines Augen.

»Freust du dich schon auf Wien, Pepi?«

Pepi. So war sie zeitlebens von ihrer Familie genannt worden. Ein alberner Name, doch Josephine konnte sich nicht vorstellen, anders genannt zu werden.

Sie drehte sich um und entwand sich den Armen ihrer jüngeren Schwester Charlotte. Sie war erst siebzehn und somit noch nicht im heiratsfähigen Alter. Daher würde sie nicht mit nach Wien fahren.

»So feine, teure Kleider hat Mama für dich und Therese anfertigen lassen, und ich kann euch noch nicht einmal darin tanzen sehen«, sagte Charlotte bedauernd und zwirbelte sich eine ihrer zahlreichen Locken um den Finger.

Tatsächlich hatte ihre Mutter keine Kosten und Mühen gescheut, damit ihre beiden älteren Töchter in der Hauptstadt Eindruck schinden würden. Neben all den erlesenen Kleidern aus Seide und teuren Brokatstoffen, die die Truhen füllten, hatte sie auch Sophie, eine Zofe, engagiert, die sich aufs Schminken und Frisieren verstand wie keine andere und bereits bei den angesehensten Adelsfamilien des Reiches gearbeitet hatte.

Josephine gab ihrer kleinen Schwester einen Kuss. »Deine Zeit kommt noch. In drei Jahren stehst du hier und fährst mit Mama nach Wien, um einen Mann zu finden.«

»Aber dann seid ihr nicht mehr da.«

»Natürlich sind wir dann noch da«, sagte Josephine. »Therese und ich werden uns nicht in Luft auflösen. Mama will uns lediglich verheiraten und in anderen Schlössern unterbringen.«

»Na gut. Ich geh mal wieder rein, mir ist zu kalt.« Charlotte verschwand in Richtung Gesindeküche, wahrscheinlich um eines der Plätzchen zu ergattern, die die Köchin am Morgen für die Reisenden gebacken hatte.

»Therese, wo sind die Hutschachteln?«, hörte Josephine ihre Mutter rufen.

Ihre ältere Schwester steckte den Kopf aus einem Fenster des Schlosses. In ihrem dunkelblauen Kleid mit weißer Spitze wirkte sie heute fast wie eine Novizin, jedenfalls nicht wie eine Dame, die auf der Suche nach einem Ehemann ist. »Die Hutschachteln sind hier!«, rief sie. »Ich bringe sie sofort.«

Therese war mit ihren vierundzwanzig Jahren schon recht alt, um als Debütantin in die Wiener Gesellschaft eingeführt zu werden. Es war verwunderlich, dass Mama, eine ehemalige Hofdame von Maria Theresia, sie nicht schon viel früher verheiratet hatte. Aber Josephine war froh, dass sie die Gesellschaft ihrer älteren Schwester noch so lange hatte genießen können. Therese war in jeder Hinsicht ihre Vertraute, und sie konnte sich nicht vorstellen, getrennt von ihr zu leben.

Um nicht auch noch von ihrer Mutter als Gepäckträgerin eingespannt zu werden, wandte sich Josephine ab und schlenderte durch den Park.

Die Vögel zwitscherten, die Bienen summten und die Luft war erfüllt von süßem Blütenduft. Sie bückte sich, um Adonisröschen und Gänseblümchen zu pflücken. *Ich werde die Blumen pressen und sie als Andenken an meine Jugend aufbewahren*, dachte sie. So lange sie zurückdenken konnte, hatte sie auf Schloss Martonvásár gelebt. Nur die Wintermonate hatte ihre Familie stets in Ofen in ihrem Stadthaus verbracht.

Mit den Blumen in der Hand lief Josephine zum Teich hinunter. Die weißen Wolken und die zartgrünen Bäume spiegelten sich darin. Auch sich selbst sah sie verzerrt im Wasser: eine junge Frau mit schlanker Taille, die sich elegant auf ihren Sonnenschirm stützte. Sie schloss die Augen und genoss die Sonne auf ihrer Haut. *Wo werde ich wohl nächstes Jahr um diese Zeit sein*, fragte sie sich. *Werde ich wieder in einem Schloss mit Bibliothek, Musikzimmer und einem so wunderbaren Park wohnen?*

Mama würde sie und Therese an die meistbietenden Herren verschachern. Grimmig presste Josephine die Lippen zusammen. Wie ein Pferd würde sie sich vorkommen. Jeder würde sie von Kopf bis Fuß begutachten und überlegen, ob sie in der Lage sein würde, eine Schar Kinder – möglichst männlichen Geschlechts – zur Welt zu bringen, ob sie sich in Gesellschaft durch Charme und Eloquenz auszeichnen würde, und, und, und.

»Träumst du von deinem zukünftigen Prinzen, Pepi?« Ihr Bruder Franz stand plötzlich hinter ihr und riss sie aus den Gedanken. Frech lachte er sie an. »Wenn man euer Gepäck sieht, könnte man meinen, ihr nehmt mindestens den Kaiser von China und den russischen Zaren zu Gatten.«

»Sei still!« Normalerweise mochte Josephine die Scherze

ihres älteren Bruders, aber jetzt war ihr nicht zum Lachen zumute. »Du hast gut reden. Du bleibst als männlicher Nachfolger einfach bequem in Martonvásár sitzen, während Therese und ich in die weite Welt hinausziehen müssen, um irgendwelche Grafen oder Fürsten zu finden, die uns bei sich aufnehmen.«

»Als Ehefrauen aufnehmen«, korrigierte Franz. Er legte ihr die Hände auf die Schultern. »Ja, ein Mann zu sein hat schon seine Vorteile, das muss ich zugeben. Allerdings hast du als Frau die Chance, mich in Schloss, Vermögen und Rang zu übertrumpfen. Wenn du dich geschickt anstellst und Mama ihre ganze Kunst als Heiratsvermittlerin ausspielt, bist du in einem Jahr reicher als ich und bewohnst ein schöneres Schloss.«

Josephine sagte nichts. Ein schöneres Schloss als Martonvásár gab es nicht. Nirgends. Sie gab ihrem Bruder einen schmatzenden Kuss auf die Wange.

Mit flatternden Röcken lief Therese auf sie zu. »Wo bleibt ihr denn? Es ist Zeit aufzubrechen. Die Kutsche ist beladen.« Sie umarmte Franz. »Leb wohl, Bruderherz, und pass gut auf Martonvásár und auf Charlotte auf.«

»Mach ich.« Franz drückte seine ältere Schwester und nahm dann Josephine noch einmal in die Arme. »Waidmanns Heil!« Er grinste. »Auf dass du den kapitalsten Bock schießt, der dir vor die Flinte kommt!«

»Blödmann.« Josephine knuffte ihn in die Seite.

»Na, na!« Er fuchtelte mit dem Zeigefinger vor ihrer Nase herum. »Das darf dir in der Kaiserstadt aber nicht über die Lippen kommen.«

»Seid ihr endlich so weit?«, rief Mama ungeduldig.

Josephine raffte ihre Röcke und lief mit Therese zur Kutsche, in der Sophie bereits wartete.

Mama gab Franz letzte Anweisungen für die Verwaltung des Guts während ihrer Abwesenheit. Musste er froh sein, dass er sie für eine Weile los sein würde!

»Auf geht's!«, Mama nahm Platz und gab dem Kutscher das Zeichen zum Losfahren. Mit einem Ruck setzte sich die Kutsche in Bewegung.

Josephine warf noch einmal einen Blick auf ihr geliebtes Martonvásár. Sie verließ ihre alte, vertraute Welt und fuhr einem neuen, unbekannten Leben entgegen. Hoffentlich würde sie ihr Glück finden. Und Therese auch. Hoffentlich würden die Männer, die Mama für sie aussuchen würde, liebevoll und gut sein.

2

Wenn Josephine gedacht hatte, sie könne während der Reise lesen oder in der Weite der Puszta vor sich hinträumen, so hatte sie sich gründlich geirrt. Kaum hatten sie das Gutsgelände von Martonvásár verlassen, kramte Mama einen Brief aus ihrem Pompadour.

»Ich weiß, dass ihr einen exzellenten Eindruck machen werdet, was eure Kenntnisse der deutschen, englischen und französischen Literatur anbelangt«, sagte sie. »Auch eure Fähigkeiten auf dem Klavier dürften andere junge Damen, zu denen ihr in Konkurrenz auf dem Heiratsmarkt steht, bei Weitem übertreffen. Dennoch werdet ihr bei Ludwig van Beethoven Unterricht nehmen.«

Josephine beugte sich vor. Ludwig van Beethoven war der derzeit angesagteste Wiener Klaviervirtuose. Therese und sie hatten schon einige Kompositionen von ihm eingeübt. Sooft es ging, hatten sie sich von ihrem Onkel oder von Mamas Freundinnen Noten aus Wien schicken lassen.

Die Stücke des jungen Beethoven hatten immer ihre Neugier geweckt. Sie waren ganz anders als die Werke von Mozart, Haydn und Salieri. Beethovens Musik war nicht so vorhersehbar wie die Musik anderer Komponisten. Sie war voller Gefühle und sehr speziell. Wild. Zart. Ungestüm. Mama war zuerst recht skeptisch gewesen und hatte nicht gewusst, was sie von Beethovens Musik halten sollte.

Aber Josephine und Therese waren von jeher begeistert gewesen.

Von diesem Beethoven sollten sie also jetzt Unterricht erhalten? Josephine wurde kribbelig zumute. Sie konnte kaum glauben, dass sie Beethoven persönlich kennenlernen durfte. Diese Reise nach Wien gestaltete sich aufregender, als sie gedacht hatte.

»Er weiß noch nichts von seinem Glück«, fuhr Mama fort, »doch werde ich so bald wie möglich ein Treffen mit ihm arrangieren. Nikolaus Zmeskall wird mir dabei helfen. Er ist mit van Beethoven gut bekannt.«

Zmeskall war ein alter Freund der Familie Brunsvik, den Josephine schon seit Kindertagen kannte. Er diente als Beamter am kaiserlichen Hof in Wien und war ein ausgesprochener Musikliebhaber.

»Für diesen Termin bitte ich euch um eingehende Vorbereitung einer der jüngsten Kompositionen von van Beethoven«, sagte Mama. »Leider ist es mir nicht gelungen, die Noten seiner kürzlich erschienenen Klaviersonate nach Martonvásár zu ordern. Aber ich habe meine Wiener Freundin bereits gebeten, sie zu besorgen, damit ihr euch gleich nach unserer Ankunft damit befassen könnt. Sie schreibt, dass sie die Sonate in unser Hotel bringen lässt.« Mama wedelte mit dem Brief.

»Was sollen wir van Beethoven vorspielen, wenn er uns darum bittet?«, fragte Therese. »Um ein neues Stück von ihm einzuüben, brauchen wir viel Zeit. Seine Kompositionen sind alles andere als trivial.«

Mama strich sich übers Kinn. »Wir haben keine Zeit. Spiel ihm einfach sein Klaviertrio vor. Das hattest du doch mit Franz am Cello und seinem Freund an der Geige schon einmal so wunderschön gespielt. Du musst eben die Geigen- und Cellostimme dazu singen.«

»Aber das ist nicht möglich!«, rief Therese.

»Was möglich ist und was nicht, entscheide immer noch ich!«

Therese senkte den Blick.

»Sie hat aber recht, Mama«, schaltete sich Josephine ein. Sie musste ihrer Schwester zu Hilfe eilen, denn niemals fand diese den Mut, ihrer Mutter Kontra zu geben. Dafür war Therese viel zu wohlerzogen. »Die Klavierstimme ist schwer genug. Man kann nicht gleichzeitig noch eine andere Stimme dazu singen.«

Mama runzelte die Stirn. »Dass *du* das nicht kannst, ist mir klar. Aber Therese spielt wesentlich besser als du. *Sie* wird es können.«

Josephine schluckte. Selbstverständlich spielte Therese besser Klavier als sie. Es war jedoch gemein von Mama, dass sie ihr das immer wieder unter die Nase rieb. Sie liebte das Musizieren doch so sehr und verbrachte viele Stunden am Klavier. Natürlich konnte sie die vier Jahre Vorsprung, die Therese besaß, nicht aufholen.

»Van Beethoven unterrichtet nach Hörensagen äußerst ungern und hat gerade in letzter Zeit viele Anfragen von wohlbetuchten Adligen abgelehnt, weil er sich lieber dem Komponieren und dem eigenen Klavierspiel widmet«, sagte Mama jetzt. »Daher ist es unerlässlich, dass wenigstens eine von euch beiden ein exzellentes Vorspiel abliefert. Wenn wir es schaffen, dass er euch als Schülerinnen annimmt, ist das ein außerordentlicher Pluspunkt auf dem Heiratsmarkt.«

Therese nickte gehorsam und griff unbemerkt nach Josephines Hand.

Josephine drückte sie. Sie wusste, dass Therese ihr dafür dankte, dass sie sich bei Mama für sie eingesetzt hatte, auch wenn es wieder einmal nichts gebracht hatte.

»Ich möchte mich nun eures gesellschaftlichen Kenntnisstands vergewissern.« Mama zog weitere Briefe hervor. »Aus welcher Familie stammt die Frau des Fürsten Lichnowsky?«

»Sie ist eine geborene Thun«, antwortete Therese brav.

»Sehr gut.« Mama schien zufrieden. »Was wisst ihr noch über die Lichnowskys?«

»Die Eheleute verbindet die Liebe zur Musik«, fuhr Therese fort. »Jeden Freitagvormittag kann man bei ihnen im Salon die besten Musiker der Stadt hören.«

»Richtig. Das ist auch eine gute Gelegenheit für euch, gesehen zu werden«, sagte Mama. »Pepi, damit auch du dich wieder am Gespräch beteiligst: Weißt du, welchen Musiker die Lichnowskys ganz besonders fördern?«

Josephine schmollte. Ihre Mutter fragte den gesellschaftlichen Tratsch ab wie fremdsprachige Vokabeln. Das war ihr zutiefst verhasst. Sie verstand nicht, warum Therese dies ohne Murren mit sich machen ließ.

»Josephine?«

»Keine Ahnung, van Beethoven vielleicht?«

Sie hatte geraten und ins Schwarze getroffen. Aber Mama war trotzdem erzürnt. »Ich weiß nicht, was ich mit dir machen soll, damit du das Ziel unserer Reise, wegen der dein Bruder und ich immense Ausgaben auf uns genommen haben, ein wenig ernster nimmst. Ich erwarte mehr Respekt. Sonst stecke ich dich in ein Kloster.«

Josephine senkte den Kopf. Das war natürlich das Letzte, was sie wollte. Ihre Mutter saß am längeren Hebel. »Entschuldige, Mama, ich werde dich nicht enttäuschen«, sagte sie kleinlaut.

»Dann führe dir diese Briefe zu Gemüte.« Mama reichte ihr den Stapel Umschläge. »Daraus kannst du die aktuelle Stimmung in der Hauptstadt entnehmen.«

Für die nächsten Stunden hatte sie Ruhe. Aber Mama würde sie damit wieder quälen.

»Versuche, der Sache etwas abzugewinnen, Pepi«, raunte ihr Therese zu. »Dann lernt es sich leichter.«

Josephine vertiefte sich in das gesellschaftliche Konstrukt des Wiener Adels. Sie las, wer vor Jahrzehnten von Maria Theresia zum Hochadel erhoben worden war, wer welches Gut geerbt hatte, wer welcher Witwe den Hof machte, wie viele Söhne und Töchter die bekanntesten Adelsfamilien hatten und so weiter. Als sie ihre erste Tagesetappe hinter sich hatten, wünschte sie sich nichts sehnlicher, als sich mit einem von Beethovens Klavierstücken beschäftigen zu dürfen, als weiter im gesellschaftlichen Morast herumzuwaten.

3

Wien, im Mai 1799

»Wir nähern uns Wien!«, rief der Kutscher am Abend des übernächsten Tages.

Josephine schob den Vorhang beiseite und streckte den Kopf hinaus, um einen Blick auf die Hauptstadt des Reiches zu werfen. Sie war schon einmal hier gewesen, um ihre Tante und ihren Onkel zu besuchen. Aber jetzt kam sie hierher, um entweder für immer zu bleiben oder nach dem Aufenthalt an einen fremden Ort zu ziehen.

In der Ferne sah sie das Häusermeer der Kaiserstadt, aus dem der Turm des Stephansdoms und die Kuppel der Karlskirche herausstachen.

»Können Sie bitte das Verdeck öffnen?«, rief Josephine dem Kutscher zu, denn sie wollte ihre Ankunft in der Metropole mit allen Sinnen erleben.

Die Kutsche kam zum Stehen. »Wird Ihnen nicht zu kalt sein?«, fragte der Kutscher.

»Nein, es ist ein lauer Maiabend, und wir haben Decken«, sagte Mama.

Als das Verdeck geöffnet war, stand Mama auf. »Setz du dich in Fahrtrichtung, Pepi.«

Josephine sah sie erstaunt an. Normalerweise saßen Mama und meist auch Therese in Fahrtrichtung, weil ihnen sonst unwohl wurde. Jetzt wollte die Mutter ihr tatsächlich ihren angestammten Platz überlassen?

»Der Blick auf Wien im Abendlicht gehört euch, meine Töchter. Ihr müsst diese Stadt lieben lernen, in der ihr sehr wahrscheinlich in Zukunft leben werdet.«

Josephine schluckte und spürte einen Kloß in ihrem Hals. Es war wie ein vorgezogener Abschied von ihrer Familie und ihrem bisherigen Leben. Mama wollte sie in dieser Stadt, die nun vor ihr lag, alleinlassen.

Aber als die Kutsche wieder anfuhr und um die nächste Kurve bog, vergaß Josephine ihren Kummer. Prachtvoll breitete sich die Kaiserstadt, die die Abenddämmerung in ein mildes, zartviolettes Licht tauchte, vor ihr aus.

Die Hufe der Pferde klapperten laut auf dem Pflaster, als sie schließlich die Stadtmitte erreichten. Die Geschäfte waren schon geschlossen. Nur wenige Menschen waren unterwegs. Die Nachtwächter entzündeten bereits die Straßenlaternen. Erhaben ragte der Stephansdom gen Himmel. Die letzten Sonnenstrahlen des Tages trafen auf das Dach der altehrwürdigen Kathedrale und ließen das Zickzack-Muster aus mehrfarbigen Dachziegeln aufblinken. *Als ob das Dach glitzert*, dachte Josephine. Stumm bewunderte sie die Reliefs und Strebebögen des gotischen Doms. *Wie viele Steinmetze wohl im Verlauf der Jahrhunderte an diesem Gotteshaus gearbeitet hatten?*

Weiter fuhren sie an hell erleuchteten Palais vorbei, bis die Kutsche schließlich vor dem Hotel Zum Erzherzog Carl hielt.

»Da sind wir!«, rief der Kutscher und sprang ab, um den Damen aus der Kutsche zu helfen.

Ein livrierter Diener eilte herbei und führte sie ins Foyer

des Hotels, in dem prunkvolle Kronleuchter mit flackernden Kerzen von der Decke hingen.

Ein älterer Herr, offenbar der Hoteldirektor, kam auf Mama zu. »Gräfin Brunsvik, es ist mir eine Ehre, Sie und Ihre beiden Töchter bei uns willkommen zu heißen.«

»Die Freude ist ganz meinerseits«, sagte Mama. »Ich hoffe, Sie konnten ein Klavier für uns beschaffen.«

»Selbstverständlich, es steht in Ihrem Appartement. Ich werde Sie persönlich hinaufbegleiten, wenn Sie gestatten. Wir werden Ihnen dort gleich ein leichtes Souper servieren.«

Jetzt spürte Josephine die bleierne Müdigkeit in ihren Gliedern. Sie stolperte hinter Mama und Therese die Treppen hinauf und hätte sich am liebsten gleich in das dunkelblaue Himmelbett gelegt, das eines ihrer angemieteten Zimmer dominierte. Doch sie musste zwei Hoteldienern ausweichen, die gerade ihr Gepäck in die Schlafzimmer schleppten.

Für die Dauer ihres Aufenthalts hatten sie zwei Zimmer, eins für Mama, eines für Therese und sie. Sophie würde in einer Kammer bei den Hotelbediensteten schlafen. Zwischen den beiden Zimmern befand sich ein kleiner Salon mit einer Essecke, einer hellblau gepolsterten Chaiselongue, zwei Sesseln und einem Klavier.

»Sehr gut«, sagte Mama, nachdem sie einen kritischen Blick auf die Einrichtung geworfen hatte.

»Dann lasse ich Ihnen jetzt das Souper bringen.« Der Hoteldirektor öffnete die Tür, und sogleich brachte ein Dienstmädchen eine Suppenterrine und drei Gedecke.

Josephines Rücken schmerzte von der unbequemen Kutschfahrt. Therese schien es ähnlich zu gehen, denn sie hatte ihre gewöhnlich kerzengerade Haltung aufgegeben und hing nun wie ein abgeknickter Blumenstiel auf einem der Stühle.

»Halte dich gerade«, schimpfte Mama.

Meine Güte, wir sind doch unter uns, dachte Josephine verdrossen.

Schuldbewusst richtete sich Therese auf.

»Ich weiß, dass ihr müde seid und euch die Knochen wehtun durch das Geruckel auf den schlechten Straßen. Aber lasst das bitte niemals jemanden sehen. Ihr seid adlige Damen und habt euch wie solche zu benehmen.«

»Sehr wohl«, bemerkte Josephine.

Ihre Mutter sah sie einen Augenblick scharf an, doch sie ließ es dabei bewenden und machte ihr keine Vorhaltungen wegen ihres spitzen Einwurfs.

Als sie aufgegessen hatten, ging Mama zum Klavier und schlug ein paar Töne an. »Meine teure Freundin hat bereits die Noten des van Beethoven hier abgegeben.« Sie hielt sie in die Höhe. »Für die neue Klaviersonate: *Sonate pathétique*.«

Josephine sprang auf, riss ihrer Mutter die Noten aus der Hand und sah hinein.

»Das ist schwierig. Richtig schwierig.« Sie setzte sich ans Klavier und schlug die ersten Akkorde an. Dann probierte sie einige der Läufe.

Elegant, als ob ihre Knochen von der Reise in keiner Weise in Mitleidenschaft gezogen wären, ließ sich ihre Mutter auf der Chaiselongue nieder. »Übermorgen gedenke ich, ein Treffen mit van Beethoven zu arrangieren. Bis dahin müsst ihr euch mit seiner Sonate vertraut gemacht haben.«

»Aber Mama, diese Klaviersonate ist nichts, was man einfach mal eben so in einem Tag einübt. Dafür brauchen wir Wochen.«

»Ich sagte, ihr sollt euch damit *vertraut* machen. Dass ihr nicht binnen eines Tages die Sonate in Konzertreife spielen könnt, ist selbst mir klar.« Mama räusperte sich. »Ich plädiere ohnehin dafür, dass du, Josephine, dich bei van Beethoven vornehm zurückhältst. Therese, von dir erwarte ich, dass du das Klaviertrio auffrischst, damit du ihm vorspielen kannst.« Sie richtete sich auf. »Ich schreibe noch schnell einen Brief an Franz. Geht ihr schlafen! Wir sehen uns morgen zum Frühstück.«

Müde zogen sich die Schwestern in ihr Zimmer zurück.

»Das Klaviertrio bereitet mir Sorgen«, sagte Therese. »Es ist voller schwieriger Läufe. Wie soll ich das an nur einem Tag wieder hinbekommen? Einschließlich der Singstimmen alias Streicherstimmen?«

»Keine Ahnung. Warum sagst du Mama nicht einfach mal, dass nicht alles geht, was sie sich in den Kopf setzt. Sie kann es nicht beurteilen, weil ihr eigenes Klavierspiel recht kläglich ist.«

Therese zwickte sie. »Schscht. Nicht so laut. Sie hört uns von nebenan.«

»Ist aber doch wahr!«

Therese ließ sich mit einem leisen Stöhnen aufs Bett fallen. »Mir tut alles weh. Der Gedanke an den Klavierschemel morgen ist die reinste Folter.«

»Du bist nicht so gut gepolstert wie ich«, neckte sie Josephine. »Futtere dir mal ein bisschen mehr Speck um das Hinterteil herum an, dann reist es sich leichter.« Sie grinste. »Das soll auch auf potenzielle Ehemänner positiv wirken.«

Therese lächelte. »Du wirst auf jeden Fall schneller unter der Haube sein als ich«, sagte sie. »Das wird für Mama ein wahres Drama, wenn sie ihre alte Tochter nicht loswird.«

Josephine warf sich neben sie aufs Bett und nahm ihre Hand. »Unsinn!«

»Ich bin hässlich, Pepi, das siehst du doch. Deswegen bin

ich trotz meines Alters noch nicht verheiratet. Weil mich keiner will.«

»Sag nicht so etwas!« Josephine war geschockt über die bitteren Worte ihrer Schwester. Offensichtlich musste es in der Vergangenheit doch schon Versuche gegeben haben, sie zu verheiraten. Wohl ohne Erfolg. »Du bist nicht hässlich! Außerdem spielen die inneren Werte eine viel größere Rolle. Du bist klug und fürsorglich und spielst ausgezeichnet Klavier. Du findest bestimmt bald einen Mann. Ich hoffe nur, dass er gut zu dir ist.«

Therese seufzte. »Das wünsche ich dir auch: Dass dein künftiger Mann gut zu dir ist, Schwesterchen.« Sie drückte ihr einen Kuss auf die Stirn. »Hilfst du mir aus dem Korsett heraus? Ich will Sophie nicht mehr rufen. Ich muss jetzt schlafen, ich kann die Augen kaum noch aufhalten.«

4

Am nächsten Tag übte sich Therese die Finger wund. Josephine hatte gar keine Chance, ans Klavier zu kommen. Dabei wünschte sie sich nichts so sehr, wie auf van Beethoven einen guten Eindruck zu machen. Seine Musik, die sie in Martonvásár gespielt und gehört hatte, erfüllte sie auf eine ganz besondere Weise. Was für ein Mensch er wohl war? Er musste noch ziemlich jung sein, nur ein paar Jahre älter als Therese.

Als Therese nach Stunden eine Pause machte, spurtete Josephine ans Klavier und spielte Mozart und Haydn. Sie suchte schwierige Stücke heraus; schließlich wollte sie sich vor dem jungen Klaviervirtuosen nicht als musikalisches Mauerblümchen geben, das im Schatten der großen Schwester stand.

Therese tippte ihr auf die Schulter. »Ich muss weiterüben, Pepi. Bitte lass mich wieder ans Klavier.«

»Noch ganz kurz«, sagte Josephine und wiederholte in Windeseile einen Lauf, der noch nicht richtig saß.

Mama klatschte in die Hände. »Lass Therese ans Klavier! Von ihr hängt es ab, ob euch van Beethoven als Schülerinnen annimmt oder nicht.«

Schmollend stand Josephine auf und verzog sich mit einer Lektüre von Rousseau auf ihr Bett. Sie wollte auch als Pianistin glänzen, nicht nur Therese.

Tags darauf war es so weit. Nach einem späten Frühstück blies ihre Mutter zum Aufbruch. Josephine war merkwürdig aufgeregt. Bestimmt zwanzigmal hatte sie vor dem Spiegel bereits ihre Frisur überprüft und die Schleife ihres rosa Hutes neu gebunden, der perfekt zu ihrem cremefarbenen Kleid passte.

»Du siehst wunderschön aus, Pepi«, neckte Therese sie. »Allerdings gehen wir nicht zu einem Heiratsanwärter, sondern zu einem potenziellen Klavierlehrer. Du musst dich also nicht herausputzen.«

Doch Josephine wollte sich von ihrer besten Seite zeigen, wenn sie sich schon beim Klavierspiel zurückhalten sollte. *Vielleicht ist das auch gar nicht so verkehrt*, dachte sie. Denn ihre Finger waren kalt und feucht.

Ihre Mutter kam herein. Sie trug wie immer eine hochgeschlossene schwarze Witwenrobe. »Seid ihr endlich fertig? Die Kutsche steht bereit.«

Ein nervöses Kribbeln erfasste Josephine. Fast wollte sie schon eine Magenverstimmung oder Kopfschmerzen vortäuschen, um nicht mitgehen zu müssen. Doch dann riss sie sich zusammen und folgte ihrer Mutter und ihrer Schwester. Schließlich war sie neugierig auf den gefeierten Klaviervirtuosen.

Wien war am Tag sehr viel geschäftiger als am Abend. In den Straßen wimmelte es von Fuhrwerken und Fiakern. Die Kutsche kam nur im Schritttempo vorwärts. Es war warm, und im Innern der Kutsche wurde es stickig. Aber Mama wollte das Verdeck nicht öffnen lassen, damit sie keinen Sonnenstich bekamen.

Schließlich erreichten sie den Petersplatz. Der Kutscher ließ sie aussteigen. Sogleich befanden sich die Brunsvik-Damen inmitten von parkenden Fuhrwerken, die haushoch mit Lebensmitteln beladen waren. Ein paar Handlanger entluden die Ware und trugen sie schwitzend in eine Gaststätte.

»Vorsicht!«, rief ein bärtiger Mann und wuchtete sich einen Kartoffelsack über die Schultern. Josephine sprang zur Seite. Fast wäre sie auf einem Kohlblatt ausgerutscht.

Mama bekam sie am Handgelenk zu fassen. »Die Gegend ist alles andere als vornehm«, konstatierte sie. »So leid es mir tut, der junge Beethoven war nicht gewillt, sich zu uns ins Hotel zu begeben. Daher müssen wir nun sehen, wie wir heil zu seiner Wohnung gelangen.«

Josephine achtete jetzt auf jeden Schritt. Sie raffte ihre Röcke, damit der Saum ihres hellen Kleids nicht den ganzen Schmutz der Straße aufnahm, und folgte ihrer Mutter, die ihr und Therese den Weg durch das Getümmel wies.

»Hier muss es sein.« Mama deutete mit ihrem Schirm auf ein hohes Mietshaus. Josephine ließ den Blick die graue Hauswand hinaufwandern. *Nicht sehr einladend!* Sie wunderte sich, dass es sich ein einfacher, wenngleich berühmter Musiker herausnehmen konnte, Damen von Adel in dieses unwirtliche Mietshaus kommen zu lassen. *Er muss wirklich außergewöhnlich sein*, schlussfolgerte sie.

Mama hatte indes die Haustür aufgestoßen und winkte sie und Therese herbei. Über eine enge, knarzende Holztreppe begannen sie den Aufstieg zur obersten Etage. Spielende Kinder turnten auf den Treppenabsätzen herum, Wäscheleinen waren notdürftig an Haken befestigt und allerlei Gerüche nach Bratfett und Unrat drangen aus den Wohnungen in den Hausflur. Josephine hielt sich ihr Taschentuch vor Mund und Nase und überlegte, ob sie nicht wirklich gleich an einer Magenverstimmung leiden würde.

Als sie ganz oben angelangt waren, tupfte sich Mama eine

Schweißperle von der Stirn. »Ich weiß nur, dass er auf der obersten Etage wohnt, nicht aber, hinter welcher der Türen.«

Josephine stand hinter ihrer Mutter und Therese und musste sich den Hals verrenken, um den ganzen Flur überblicken zu können. »Stehen keine Namen an den Türen?«

Mama schüttelte den Kopf. »Hoffen wir, dass wir gleich bei der ersten Tür Glück haben.« Beherzt klopfte sie an die nächstgelegene Tür.

Dahinter rumpelte es. »Moment!«, rief eine Männerstimme. Aber es dauerte doch eher zwei Momente, bis sich die Tür öffnete. Ein Mann Ende zwanzig stand im Türrahmen. Seine dunkelbraunen Haare standen wild in alle Richtungen, sein oberster Hemdsknopf war geöffnet und seine Ärmel hatte er bis zu den Ellbogen hochgeschoben.

Josephine fiel angesichts des überwältigend gut aussehenden Mannes beinahe die Kinnlade herunter. Fasziniert betrachtete sie seine muskulösen Unterarme und kraftvollen Hände. *Wenn das der gefeierte Pianist ist, dann kann er mit diesen Händen ohne Zweifel die Klaviertastatur hinauf- und hinunterlaufen wie ein Athlet eine Langstrecke*, dachte sie.

»Ludwig van Beethoven?«, fragte Mama.

»Ja, der bin ich«, erwiderte der Mann und blickte sie mit seinen dunklen Augen fragend an. Plötzlich erhellte sich sein Gesicht, als ob ihm in diesem Moment ein Gedanke gekommen wäre. »Sie müssen Gräfin Brunsvik sein!«

»Sehr wohl. Und das sind meine Töchter Therese und Josephine.« Mama deutete auf sie.

»Sehr erfreut, sehr erfreut.« Er machte einen Schritt zur Seite und bedeutete ihnen einzutreten. »Bitte entschuldigen Sie die Unordnung, ich habe bis gerade eben an einer neuen Komposition gearbeitet und bin noch nicht zum Aufräumen gekommen.«

Mama hob die Augenbrauen.

Josephine wusste, dass ihrer Mutter weder der Anblick des chaotischen Zimmers noch der Anblick von Beethovens offenem Hemdsknopf große Freude bereitete. Sie unterdrückte ein Kichern.

Van Beethoven schien Mamas wortlosen Tadel ebenfalls zu bemerken. Schnell entschuldigte er sich, drehte sich um und brachte sein Hemd in Ordnung. Dann fuhr er sich mit der Hand durch die Haare und verbeugte sich ritterlich vor Mama, hauchte ihr einen Kuss auf die Hand und wiederholte die Geste bei Therese.

Als Josephine an der Reihe war, spürte sie, dass ihre Knie zitterten. Seine leichte Berührung brachte sie vollkommen aus dem Gleichgewicht.

Doch Mama nahm sofort das Heft in die Hand und trug ihr Anliegen vor. Gekonnt verwickelte sie den Komponisten in ein Gespräch über seine Bonner Herkunft, sein Wohlbefinden in Wien, seine letzte Konzertreise nach Prag und seine Werke.

Van Beethoven beherrschte die Kunst der Plauderei perfekt. Er bot ihnen eine Erfrischung an und räumte, während er Mama Rede und Antwort stand, mehrere Notenstapel vom Sofa weg, auf das er sie sodann Platz nehmen ließ.

Josephine saß angespannt neben Therese auf der Sofakante, als Mama zu ihrem nächsten Schachzug ansetzte.

»Herr van Beethoven, meine Töchter Therese und Josephine spielen seit ihrem vierten Lebensjahr Klavier. Mein verstorbener Gatte und ich waren stets darum bemüht, sie von den besten Lehrern unterrichten zu lassen. So kann ich heute mit Stolz behaupten, dass meine beiden Töchter, vor allem Therese, ganz herausragend spielen.«

Josephine versank vor Scham fast im Boden.

»Dennoch wäre es uns eine große Ehre, wenn sie ihr Spiel unter Ihrer Führung vervollkommnen könnten.« Mama nahm einen Schluck Tee. »Natürlich wissen wir, dass Ihre Zeit begrenzt ist, aber wenn Sie gestatten, Herr van Beethoven, wird Ihnen Therese etwas vorspielen.«

»Aber gern!« Er wies aufs Klavier. »Bitte sehr.«

Therese stand artig auf. »Ich habe eines Ihrer Klaviertrios einstudiert, Herr van Beethoven.« Sie setzte sich auf den Klavierschemel und begann zu spielen. Ihr Spiel war anmutig, die Läufe perlten mühelos über die Tasten, und schließlich summte sie auch die Geigen- oder die Cellostimme mit. So wie Mama es verlangt hatte.

Josephine beobachtete van Beethoven aus dem Augenwinkel. Er musste die Pocken gehabt haben, denn sein Gesicht war vernarbt. Trotzdem fand sie ihn anziehend. Seine dunklen Augen sprühten vor Energie, sein kräftiger, aber dennoch schlanker Körper strotzte vor Vitalität, seine Stimme war tief und einnehmend. Er hatte sich vorgebeugt und lauschte angetan dem Vortrag ihrer Schwester. Keine Frage: Sie überzeugte ihn. Als Therese endete, klatschte er in die Hände. »Wertes Fräulein, Sie haben meine Komposition mit so viel Eleganz und Würde gespielt, dass ich Ihnen gar nicht zu sagen vermag, wie groß meine Begeisterung ist!«

Therese errötete.

Auch auf sie macht der junge Beethoven Eindruck, stellte Josephine fest.

»Und was hören wir von der jüngeren Schwester?«, fragte er nun und sah Josephine lächelnd an.

Ihr schlug das Herz bis zum Hals, als sie van Beethovens intensiven Blick auf sich spürte. Sie fühlte sich wie gelähmt. Das war ihr noch nie passiert. Dabei hatte sie schon viele

Male vor Publikum gespielt. Und er war auch nicht der erste Mann, der sie anlächelte.

»Josephine hat nichts Besonderes vorbereitet«, sagte Mama schnell.

»Doch, Mama, ich habe etwas vorbereitet.« Josephine stand auf und ging zum Klavier. Sie wusste, dass ihre Mutter nicht wollte, dass sie Thereses exzellenten Eindruck durch ihr Spiel zunichtemachte. Aber sie wollte dem jungen Mann ebenfalls imponieren.

Ehe ihre Mutter etwas einwenden konnte, schlug sie die ersten Akkorde von Mozarts A-Dur-Sonate an. Sie nahm sich hoch konzentriert alle Sätze am Stück vor, wobei sie den türkischen Marsch am Ende in einem solchen Affenzahn spielte, dass es sie fast herausgeworfen hätte. Doch sie musste wettmachen, was Therese vorgelegt hatte.

Nach dem fulminanten Schlussakkord hörte sie van Beethoven hinter sich »Bravo« rufen.

Langsam drehte sie sich zu ihm um. Seine Augen leuchteten, er strahlte über das ganze Gesicht. Offensichtlich war er ebenso überwältigt von ihrem Spiel wie zuvor bei Therese. Vielleicht sogar noch ein wenig mehr, denn er wandte seinen Blick gar nicht mehr ab.

Mama räusperte sich.

Da nickte er anerkennend. »Gräfin Brunsvik, Ihre Töchter sind beide gleichermaßen talentiert. Ich werde sie mit Freuden unterrichten.«

Josephine holte tief Luft. Vorsichtig wagte sie einen Blick in Mamas Richtung. Ihre Züge waren angespannt. Aber angesichts der Begeisterung des jungen Beethovens würde sie sie wohl nicht herunterputzen. Nicht auszudenken, was ihre Mutter mit ihr anstellen würde, wenn sie ihr Vorspiel verpatzt hätte.

»Das ist für uns eine große Ehre«, sagte Mama und stand auf. »Wäre es möglich, dass Sie meine Töchter jeden Tag eine Stunde unterrichten könnten? Denn wir werden voraussichtlich nicht allzu lang in Wien bleiben.« Sie zog ihre Handschuhe an. »Mir ist natürlich bewusst, dass Therese und Josephine von einem auf den anderen Tag nicht viel Neues einüben können. Aber bestimmt können sie unter Ihrer Anleitung ihre Technik verbessern und von Ihnen lernen, musikalische Linien an Stücken, die sie bereits beherrschen, besser herauszuarbeiten.«

»Ja, sicher.« Er lächelte. »Ich komme gern täglich.«

»Welches Honorar erhalten Sie?«

»Oh, ich bitte Sie, liebe Gräfin, selbstverständlich lehne ich bei solch begabten Schülerinnen jedes Honorar ab.«

Mama zögerte.

»Ich profitiere selbst auch von hervorragenden Schülern, denn meine musikpädagogischen Fähigkeiten sind noch lange nicht ausgereift«, fügte van Beethoven hinzu.

Josephine fragte sich, ob er das ernst meinte. Warum lehnte er ein Honorar ab, wo er jeden Groschen gut gebrauchen konnte, so kärglich, wie er wohnte. *Offensichtlich haben wir es ihm wirklich angetan*, dachte sie. *Vielleicht nicht nur in musikalischer Hinsicht.*

»Gut, wie Sie meinen«, sagte Mama und riss sie aus ihren Gedanken. »Dürfen wir Sie ab morgen jeden Mittag gegen zwölf Uhr in unserem Salon erwarten? Wir logieren im Hotel Zum Erzherzog Carl.«

»Ich werde da sein, gnädige Frau.« Van Beethoven verbeugte sich leicht. »Vielen Dank für Ihren Besuch. Und Ihnen, werte Fräuleins, danke ich herzlich für Ihre exzellenten Vorträge.«

Als sie aus dem Haus hinaustrat und die Sonnenstrahlen auf ihrem Gesicht spürte, jauchzte Josephine auf und drückte ihre Schwester. »Er hat uns als Schülerinnen angenommen!«

»Ich bitte um Contenance«, ermahnte sie Mama. Doch auch sie lächelte. »Ihr habt hervorragend gespielt«, sagte sie. »Ich bin wirklich stolz auf euch.«

Ein rarer Satz aus Mamas Mund, dachte Josephine.

5

Als sie wieder im Hotel waren, lief Josephine unruhig vom Salon in ihr Schlafzimmer und von dort wieder in den Salon. Mal rückte sie die Vase mit den Blumen zurecht, mal griff sie nach einem Buch, dann wieder setzte sie sich ans Klavier und spielte ein paar Takte der Sonate ihres zukünftigen Lehrers. Immer kreisten ihre Gedanken um den attraktiven Musiker.

»Josephine, setzt du dich bitte endlich hin, wenn du dich schon nicht ausruhen möchtest!«, sagte Mama entnervt. »Wir gehen heute Abend auf den Ball des Herrn Joseph Müller. In einer Stunde müssen wir uns fertigmachen.«

Auch das noch! Josephine stöhnte innerlich auf. Normalerweise liebte sie Bälle, aber der Tag war schon ereignisreich genug gewesen und sie wollte lieber weiter an van Beethovens Stück üben, um am folgenden Tag den guten Eindruck vom heutigen Tag nicht zu zerstören.

Doch die Optimierung ihres Klavierspiels war in Mamas Augen nur Mittel zum Zweck und nicht das große Ziel an sich, wegen dem sie in die Hauptstadt gekommen waren. Mama wollte sie an einen reichen, gut situierten Adligen verheiraten. Aus diesem Grund durften vor allem die Bälle nicht vernachlässigt werden.

Also stand Josephine eine Stunde später in Unterwäsche vor dem Spiegel ihres Schlafzimmers und ließ sich von

Sophie das Korsett schnüren. Enger und noch enger zog die Zofe die Schnüre. Josephine bekam kaum noch Luft. Aber sie wagte nicht, Einwände zu erheben. Die Taille musste extrem schmal aussehen, damit die Hüften umso breiter wirkten und auch das Dekolleté bestmöglich ausgefüllt wurde. Glücklicherweise hatte sie Rundungen an den passenden Stellen, bei Therese hingegen brachte selbst das noch so enge Schnüren nicht den gewünschten Erfolg.

Josephine trug ein rosafarbenes Ballkleid aus Seide mit weißer Satinschleife, Thereses Kleid war aus hellgrünem Brokatstoff. In ihren dunklen Haaren glitzerten Perlen.

»Wie Prinzessinnen sehen wir aus«, sagte Josephine, als sie sich und ihre Schwester im Spiegel betrachtete.

»Und wie Prinzessinnen sollt ihr heute euren Prinzen finden«, sagte Mama, die hinter ihnen ins Zimmer gekommen war.

»Heute schon?«, fragte Josephine. Sie hätte es lieber gehabt, die Großstadt und ihre Vergnügungen eine längere Zeit zu genießen, als schon gleich am ersten Abend den großen Fisch an der Angel zu haben, beziehungsweise den kapitalen Bock vor der Flinte, wie Franz es ausgedrückt hatte.

»Heiratskandidaten kommen nicht nach Terminplan«, sagte Mama. »Sollte sich heute einer finden, so wäre es ein Segen, dann würden sich unsere Kosten in Grenzen halten.«

Josephine hoffte hingegen, dass heute noch kein Heiratskandidat auf der Matte stehen würde, zumindest nicht für sie. »Wer ist eigentlich dieser Joseph Müller?«

»Der Kaiser hat ihn zum Hofstatuarius ernannt«, sagte Mama. »Müller betreibt ein Haus in der Rotenturmstraße, in dem erlesene und seltene Preziosen ausgestellt werden, insbesondere allerlei Gips- und Wachsfiguren. Aber auch ein großer Ballsaal befindet sich dort. Müller gilt als sehr reich, und er verfügt über Verbindungen, die für unsere Ziele wichtig sein könnten.«

Aha. Josephine ließ sich in einen Sessel fallen. Jetzt noch Gipsfiguren bewundern zu müssen, fand sie nicht besonders anregend.

Eine halbe Stunde später stiegen sie aus der Kutsche und betraten das Müller'sche Haus in der Rotenturmstraße. Anders als ein normales Stadtpalais war dieses Gebäude in viele Wohnungen, Ateliers, Säle und Ausstellungsräume unterteilt. Wie Josephine von ihrer Mutter erfahren hatte, hatte Müller lange im Ausland gelebt und dort ein Vermögen erwirtschaftet, das er nun in Kunst investierte. Sein Haus war sowohl Museum als auch ein Ort für Veranstaltungen aller Art.

Sie betraten den von zahlreichen Kronleuchtern erhellten Tanzsaal. Der Parkettboden war frisch poliert, die schweren, tiefblauen Damastvorhänge waren sorgfältig zusammengebunden. An den Seiten standen Sofas und Sessel, die mit blauem Samt überzogen und farblich perfekt auf die Vorhänge abgestimmt waren.

Joseph Müller, ein gepflegter Mann mittleren Alters mit schütterem braunem Haar, grünen Augen und einem gut sitzenden Anzug, begrüßte sie sehr zuvorkommend und stellte sie den anderen Gästen vor.

Josephine und Therese waren die Attraktion des Abends. Denn bislang kannte sie niemand, und neue Gesichter wurden selbstverständlich interessiert und genau studiert.

Mama betrieb eifrig Konversation, und auch Therese wurde von einem älteren Herrn gleich in eine längere Unterhaltung verwickelt.

Die Tanzkapelle begann zu spielen, und drei Paare betraten das Parkett.

»Darf ich Sie um diesen Tanz bitten?«, hörte Josephine eine Männerstimme hinter sich. Sie drehte sich um und sah sich dem Gastgeber gegenüber. Sein Lächeln war freundlich, und er bot ihr den Arm.

»Sehr gern«, antwortete sie artig und ließ sich auf die Tanzfläche führen. Sie tanzten einen Walzer zusammen und dann noch einen weiteren, ohne viele Worte zu wechseln. Er war ein guter Tänzer, und Josephine genoss es, im Dreivierteltakt übers Parkett zu schweben. Nach dem zweiten Walzer übergab Joseph Müller sie wieder der Obhut ihrer Mutter. »Vielen Dank für die Tänze.« Er verbeugte sich und verschwand im Getümmel.

»Über was habt ihr gesprochen?«, wollte Mama wissen.

»Wir haben nicht gesprochen, wir haben getanzt.«

»Himmel, bei der teuren Erziehung, die du genossen hast, darf ich doch wohl davon ausgehen, dass du zu jeder Zeit und mit jedermann ein Gespräch führen kannst. Die Leute denken sonst, in der ungarischen Puszta sind alle auf den Mund gefallen.«

»Ich hatte nicht den Eindruck, als ob Müller viel sprechen wollte«, sagte Josephine beleidigt. »Außerdem ist er ja wohl zu alt, um als Heiratskandidat für mich infrage zu kommen.«

Ihre Mutter wollte etwas erwidern, aber glücklicherweise baute sich in diesem Moment ein jüngerer Herr vor ihnen auf und bat Josephine um den nächsten Tanz. Erleichtert ließ sie sich von ihm im Kreis herumdrehen und blieb für zwei weitere Tänze seine Tanzpartnerin. Aus dem Augenwinkel sah sie, wie sich Mama nach dem Namen ihres Tanzpartners erkundigte.

Es folgte ein dritter, vierter und fünfter Tänzer. Josephine verließ die Tanzfläche gar nicht mehr. Sie amüsierte sich großartig. Die jüngeren Herren waren wesentlich eloquenter als Müller und erzählten ihr von der Jagd, ihren Familien und ihren Waffensammlungen. Das interessierte Josephine zwar nicht im Geringsten, doch mimte sie Interesse, so wie es sich gehörte.

Als sie sich nach einem Tanz niederließ, um einen Schluck Rosenlimonade zu trinken, und an sich herabschaute, ob ihr Rock elegant gefältet fiel, sah sie plötzlich zwei schwarze polierte Männerschuhe vor sich. Sie blickte auf und traute ihren Augen kaum. »Herr van Beethoven!«

Er verbeugte sich. »So schnell sieht man sich wieder.«

»Sind Sie schon lange hier?«

Er schüttelte den Kopf. »Ich bin gerade erst gekommen. Ein befreundeter Sänger möchte mich heute Abend einem Verleger vorstellen, der auch unter den Gästen sein soll.«

Sie stand auf. »Dann haben Sie wohl keine Zeit zu tanzen?«, fragte sie bedauernd.

Er zwinkerte. »Die nehme ich mir selbstverständlich. Schließlich sind Sie ab morgen meine Schülerin und zudem die hübscheste Frau des ganzen Saals.«

»Psst! Man hört uns.« Josephine sah sich erschrocken um.

Er zuckte mit den Schultern. »Aber es ist die Wahrheit!«

Sie lachte und ging mit ihm auf die Tanzfläche.

Er machte größere Schritte als ihre bisherigen Tanzpartner. Dazu fasste er sie enger und wirbelte sie schnell im Kreis.

So rasant hatte sie noch niemals getanzt. Sie atmete den herben Duft seines Parfums ein und hatte das Gefühl zu fliegen. Eine Haarsträhne löste sich aus ihrer Frisur. Aber es war ihr einerlei. Um nichts in der Welt hätte sie den Tanz mit ihrem künftigen Klavierlehrer deswegen beenden wollen. Es war wie ein Rausch. Plötzlich rutschte sie auf dem Parkett weg.

Er aber reagierte blitzschnell, fing sie auf und zog sie eng an sich. »Alles in Ordnung?« Er blickte besorgt auf sie herab.

Sie spürte ihr Herz gegen seine Brust schlagen. Ihre Knie wurden schwach, und sie klammerte sich mit der linken Hand am Stoff seiner Jacke fest. »Alles bestens.« Sie lächelte. »Danke fürs Auffangen. Tanzen wir weiter!«

Sie tanzten und tanzten. Mindestens fünf Walzer hintereinander. Fast spürte sie ihre Beine nicht mehr.

Doch dann hörte die Musik auf zu spielen. Die Musiker machten eine Pause. Schwarz gekleidete Kellnerinnen mit weißen Schürzen reichten Gläser mit Wein und Rosenlimonade herum. Gerade als van Beethoven mit ihr anstoßen wollte, tippte ihm jemand auf die Schulter.

»Ich bedaure außerordentlich, Sie stören zu müssen, mein lieber Beethoven«, sagte ein Herr in einem samtenen Anzug, der ein wenig näselte, »aber der Verleger ist jetzt da.«

Beethoven stellte sein Glas ab und sah unsicher zwischen Josephine und dem Herrn im Samtanzug hin und her.

»Ich komme sofort. Darf ich Ihnen zunächst meine neue Schülerin Josephine Brunsvik vorstellen?« An sie gewandt fuhr er fort: »Das ist …«

»Ja, ja, wir können einander später vorstellen. Der Verleger ist schon recht ungehalten, weil er warten musste.«

»Gehen Sie nur«, sagte Josephine an van Beethoven gewandt.

Es war ihm sichtlich unangenehm, sie stehenzulassen, aber sie lächelte. Wegen ihr sollte er sich keinen Ärger einhandeln.

»Dann sehen wir uns morgen?«, fragte er.

»Gewiss. Gute Nacht.«

Als er mit seinem ungehobelten Sänger in eines der Nebenzimmer verschwunden war, bahnte sich Josephine einen Weg durch die Gäste auf der Suche nach ihrer Mutter und Therese. Doch es war ein Spießrutenlaufen.

»Das ist die jüngere Brunsvik-Tochter«, raunte eine ältere Dame einer anderen zu, aber so laut, dass Josephine es noch hörte. »So freizügig, wie sie sich benimmt, findet sie so bald keinen Ehemann.«

»Wie kann sie nur den halben Abend mit dem exzentrischen Musiker tanzen? Und dann noch so eng?«

»Ich habe gehört, dass Beethoven sie als Schülerin angenommen hat, obwohl er meiner Nichte aus Zeitgründen keinen Unterricht geben wollte.«

»Also so etwas! Skandalös!«

Endlich fand Josephine Mama und Therese, die es sich auf einem der Sofas bequem gemacht hatten.

»Die Leute reden schon über dich«, sagte Therese und hängte Josephine eine Stola um die Schultern.

»Ich weiß. Es tut mir leid.«

»Oh, das ist nicht schlimm«, sagte Mama überraschenderweise. »Auf dem Heiratsmarkt ist es das Wichtigste, Aufmerksamkeit zu erregen. Das sorgt dafür, dass dich die Leute für interessant halten.« Sie stand auf. »Aber jetzt sollten wir gehen. Für heute haben wir genug Aufmerksamkeit erhalten – zumindest Pepi.«

6

Obgleich der Ball bis weit nach Mitternacht gedauert hatte, setzte sich Josephine gleich nach dem Frühstück ans Klavier und übte Tonleitern. Sie brauchte einen freien Kopf, um sich auf ihre nächste Begegnung mit van Beethoven vorzubereiten. In der Nacht hatte sie von ihm geträumt, wie er sie wild herumgewirbelt und sie danach sogar leidenschaftlich geküsst hatte. Sie errötete, wenn sie an diesen Traum dachte.

Therese setzte sich zu ihr, und zusammen hetzten sie vierhändig über die Tastatur, sodass auch der letzte Bewohner des Hotels aus den Federn geworfen wurde. Sie wollten ihren guten Eindruck auf van Beethoven vom Vortag aufrechterhalten und ihre Finger schon geschmeidig gespielt haben, bevor er kommen würde.

Ihre Mutter hatte sich mit einer Freundin für elf Uhr verabredet. Die beiden Damen saßen im Nebenzimmer, tranken Tee und plauderten über die guten alten Zeiten unter Maria Theresia, deren Hofdamen sie beide gewesen waren.

Mama hat das Treffen mit ihrer Freundin bestimmt arrangiert, damit sie mitbekommt, dass Therese und ich von van Beethoven unterrichtet werden. Josephine schmunzelte. Ihre Mutter war wirklich gewieft. Es nutzte nichts, wenn sie ihre Töchter vom gefragtesten Klaviervirtuosen des Reiches unterrichten ließ und es niemand mitbekam. Es sollte jeder wissen. Vor allem, die potenziellen Heiratskandidaten.

Mamas Freundin wird die Information später in den Salons des Wiener Adels verbreiten, und dann werden es auch diejenigen wissen, die gestern Abend nicht auf dem Ball waren.

»Pepi, wo bist du mit deinen Gedanken?« Therese wies auf die Noten. »Du musst mir umblättern!«

»Entschuldige«, Josephine errötete. Seit van Beethoven in ihr Leben getreten war, war sie zur Tagträumerin geworden.

In dem Moment klopfte es, und ein Hoteldiener führte ihren jungen Klavierlehrer herein. Sie hörten schlagartig auf zu spielen und erhoben sich. Josephines Herz begann zu rasen.

Van Beethoven lachte. »Guten Tag, meine Damen, Sie brauchen vor mir nicht aufzuspringen. Bitte spielen Sie weiter.«

Mama hatte sein Eintreffen aus dem Nachbarzimmer vernommen, denn sie öffnete die Tür zum Salon sperrangelweit. »Mein lieber Beethoven, wie schön, dass Sie gekommen sind und Zeit finden, meine Töchter zu unterrichten.«

Van Beethoven verbeugte sich.

Josephine sah aus dem Augenwinkel, wie Mamas Freundin neugierig den Kopf nach vorn reckte, um das achte Weltwunder in Form des jungen Beethovens sehen zu können. Keine Frage: Sobald die Dame das Hotel verließ, würde ganz Wien im Bilde sein.

Nach der Begrüßung ging Mama wieder in ihr Zimmer zu ihrer Freundin zurück und schloss sogar die Tür. Josephine atmete auf. Zum Glück würde Mama nicht dem Unterricht beiwohnen.

Van Beethoven zog sich nun einen Stuhl ans Klavier. »Was haben wir denn da? Mein Klaviertrio! Aber das können Sie doch bereits wundervoll spielen«, sagte er an Therese gewandt.

»Wir haben uns … ein wenig abgewechselt … mit der Klavier-, Geigen- und Cellostimme«, stammelte sie.

Bis zu van Beethovens Eintreffen hatten sich die Schwestern einen Spaß daraus gemacht, während des Spiels auf Zuruf die Stimmen zu tauschen. Das machten sie seit vielen Jahren oft zum Amüsement. Es war eine spezielle und teils sportliche Herausforderung. Denn nicht allzu selten kamen sie sich mit den Armen in die Quere und mussten das Spiel laut lachend abbrechen. Das wagten sie van Beethoven jedoch nicht zu sagen. Er würde denken, dass sie mit seinem Stück Schabernack trieben.

»Abgewechselt? Das ist sehr gut!«, rief er. »Auf diese Weise lernen Sie alle Stimmen gleichermaßen gut kennen. Spielen Sie mir das doch bitte vor.«

»Ja, natürlich.« Josephine schob sich eine Locke hinters Ohr. »Soll ich jetzt oben spielen, Therese?« Im Traum würde sie nicht daran denken, van Beethoven ihre Zirkuseinlage vorzuführen und während des Spiels unter akrobatischem Körpereinsatz die Stimmen zu tauschen. Zum Glück hatte Therese ihm vorhin nur gesagt, dass sie sich abwechselten, nicht aber wie.

Ihre Schwester nickte. Sie begannen. Josephine spielte die Oberstimme mitsamt der Geigenstimme und Therese übernahm die linke Hand der Klavierstimme sowie die Cellostimme. Josephine fühlte förmlich van Beethovens Blicke auf ihren Armen und Händen. Sie meinte sogar, seinen Atem in ihrem Nacken zu spüren, aber das war vielleicht pure Einbildung. Jedenfalls verspielte sie sich zweimal, was sie ärgerte.

»Sehr schön gemacht«, lobte der junge Musiker, als das Stück zu Ende war, doch Josephine schüttelte den Kopf. »Das war lausig von mir. Es liegt daran, dass ich vorhin vor den haarigen Stellen meist nach unten gegriffen und die tiefe Stimme gespielt habe ...«

Van Beethoven runzelte die Stirn. »Wie? Mitten im Stück?«

»Äh, ja ...« Josephine errötete. »Nun, wir haben ... das Stück wohl nicht so ernst genommen ...«

Er schaute fragend zu Therese.

Diese hatte mittlerweile auch ein erhitztes Gesicht.

»Ach, was soll's, Therese!«, rief Josephine. »Erzählen wir es ihm!«

»Das klingt nach der Enthüllung eines ungeheuren Geheimnisses.« Van Beethoven grinste. »Nur zu! Ich werde es sicher nicht wagen, zwei adlige Damen zur Schnecke zu machen.«

»Wir haben das Stück im schnellen Wechsel gespielt. Auf Zuruf haben wir die Stimmen getauscht und mit unseren Armen über Kreuz gespielt.« Josephine schwieg einen Augenblick. »Manchmal mussten wir auch ad hoc eine Oktave höher oder tiefer spielen, weil unsere Arme nicht lang genug waren oder wir uns sonst ineinander verkeilt hätten.«

Einen Augenblick herrschte Schweigen. Van Beethoven sah sie entgeistert an. Josephine fragte sich, ob er sie nicht doch liebend gern zur Schnecke machen würde ob des despektierlichen Verhaltens gegenüber seinem Werk.

Plötzlich lachte er schallend und klopfte sich auf die Schenkel. »Auf welche Ideen die jungen Damen von heute kommen«, sagte er und schüttelte den Kopf. »Sie werden verstehen, dass ich das *sehen* muss.«

Therese schien peinlich berührt. »Bitte, Herr van Beethoven, es ist nur ein Spaß zwischen meiner Schwester und mir ...«

»Aber eine äußerst wirksame Übung, um alle Stimmen

in- und auswendig zu lernen und sich auf seine Partnerin zu verlassen. Also bitte, die Damen, worauf warten Sie?«

»Dass Sie ein wenig zur Seite rücken.« Josephine lächelte verschmitzt. Sie hatte keine Ahnung, woher sie plötzlich den Mut aufgebracht hatte, ihm eine solch kecke Antwort zu geben. Aber er saß zu nah. »Vermutlich brauchen wir die gesamte Tastatur.«

»Natürlich, ich hätte selbst darauf kommen müssen.« Er zwinkerte, stand auf und stellte den Stuhl beiseite. Dann lehnte er sich ans untere Ende des Klaviers. »Ist diese Position genehm?«

»Perfekt!«, sagte Josephine.

Auch Therese lächelte nun.

Sodann legten sie los mit ihrer musikalisch-sportlichen Einlage. Ihr junger Klavierlehrer amüsierte sich prächtig. Als Josephine einmal den Bassakkord verfehlte, weil sie nicht schnell genug an die Tasten kam, griff van Beethoven einfach über die Tastatur und sprang ein. Am Ende lachten sie alle drei so laut und herzhaft, dass Mama den Kopf zur Tür hereinsteckte und fragte, ob alles in Ordnung sei.

Van Beethoven verbeugte sich leicht. »Entschuldigen Sie unser Lachen, werte Gräfin, aber das Wichtigste am Musizieren ist, dass es Spaß macht.«

Mama nickte und verschwand wieder.

Josephine kicherte, und auch ihre sonst so ernste Schwester hielt sich die Seite vor Lachen.

»Vielleicht sollten wir jetzt ein wenig seriöser arbeiten«, schlug van Beethoven vor.

»Wir möchten Ihre Musik kennenlernen«, rief Josephine.

»Haben Sie die Musik von Haydn und Mozart schon gänzlich studiert?«

»Oh ja«, sagte Therese. »Was meinen Sie, wie viel Zeit

man in der ungarischen Puszta hat! Die verbringt man liebend gern mit Mozart und Haydn. Auch Ihre Musik ist bis zu uns nach Martonvásár gekommen, allerdings haben Sie sicherlich viel mehr komponiert, als wir bislang kennengelernt haben.«

»Gut, dann fangen wir an.« Van Beethoven nahm die Noten der *Sonate pathétique* in die Hände, die auf dem Klavier obenauf lagen. »Diese Sonate ist erst kürzlich erschienen. Haben Sie sie schon einstudiert?«

»Oh nein, wir haben die Noten bei unserer Ankunft vorgestern das erste Mal gesehen.« Josephine sah auf die Notenblätter. Schwere, dichte Akkorde, Glissando-Tonleitern und Triller sprangen ihr ins Auge. *Oh je.* Obwohl sie sich am Vortag die Sonate eine Stunde lang angesehen hatte, würde sie über Takt zehn nicht hinauskommen.

Aber das verlangte van Beethoven auch nicht. Er forderte zunächst Therese, dann sie auf, die ersten Takte langsam zu spielen. Er verbesserte ihre Handstellung, notierte Fingersätze und zeigte ihnen, wie sie die Intervallsprünge trotz ihrer kleineren Hände bewältigen konnten.

Wenn er mit seinen kräftigen Händen in die Tasten griff, durchfuhr Josephine ein wohliger Schauer. Gestern hatte seine rechte Hand noch auf ihrem Rücken geruht, als sie miteinander getanzt hatten, und mit seiner linken Hand hatte er ihre Finger gehalten. Sie stellte sich vor, wie es sein würde, wenn er sie mit diesen Händen streicheln oder ihr durch ihre Haare fahren würde.

»Oder was denken Sie?«, fragte van Beethoven und riss sie aus ihren romantischen Gedanken.

»Wie bitte?« Sie spürte, wie ihr das Blut in die Wangen schoss. »Entschuldigen Sie, ich war gerade nicht ganz bei der Sache …«

Van Beethoven lachte. »Damit haben Sie meine Frage schon beantwortet, Josephine. Ich hatte gefragt, ob es für heute genug ist.«

Josephine. Er hatte sie beim Vornamen genannt. Wie sanft ihr Name aus seinem Munde klang.

»Ich komme morgen wieder, und dann sehen wir uns die zweite Seite gemeinsam an. Wenn Sie heute Nachmittag Zeit und Lust haben, können Sie sich noch einmal den Teil, den wir besprochen haben, zu Gemüte führen.« Er stand auf. »Ich gehe übrigens gleich zur Fürstin Lichnowsky. Sie plant für nächsten Freitag ein Recital mit mir. Wenn Sie möchten, können Sie mich begleiten und mir Hinweise zur Akustik geben. Denn wenn ich selbst am Flügel sitze, kann ich schlecht beurteilen, wie sich die Musik von der hintersten Ecke des Raumen anhört.«

»Oh ja, sehr gern!«, rief Josephine.

»Wenn Mama noch nichts anderes für heute geplant hat«, fügte Therese hinzu.

Schnell war geklärt, dass Mama zwar etwas anderes geplant hatte, sie es aber für erstrebenswerter hielt, wenn ihre Töchter in van Beethovens Begleitung schon einmal bei den Lichnowskys ihre Aufwartung machten. »Sophie wird euch begleiten«, sagte sie, denn sie selbst wollte die geplante Verabredung mit einer befreundeten Baronesse nicht absagen.

Gut gelaunt liefen die drei jungen Leute in die warme Maisonne hinaus. Die Zofe folgte ihnen in geziemendem Abstand.

7

Das Wetter war zu schön, um schnurstracks in den nächsten Salon zu eilen. Die Luft war warm. Die Sonne stach sogar ein wenig, sodass Therese und Josephine ihre weißen Schirme aufspannten. Auf den Trottoirs tummelten sich viele Passanten, denn die Boutiquen und Schmuckläden waren geöffnet und lockten vornehme Damen und ihre Begleiter an.

»Was für schöne Sachen es hier gibt!«, rief Josephine und sah in ein Hutgeschäft, in dessen Auslage Hüte mit Blumen und Schleiern zu sehen waren. »Welcher würde mir wohl stehen?«

Van Beethoven trat neben sie. »Ihnen würde alles stehen, Josephine. Selbst wenn man Sie in einen Kartoffelsack stecken würde, würden Sie noch liebreizend aussehen.«

Sie lachte herzhaft. Aus dem Augenwinkel sah sie, dass Sophie unmerklich den Kopf schüttelte.

»Kommt weiter!«, rief Therese. Auf der Straße vor ihnen stauten sich Dutzende von Droschken und Pferdekutschen »Was gibt es denn dort?«

»Nun, wir nähern uns der Hofburg«, sagte van Beethoven. »Das sind die Kutschen adliger Familien. Wahrscheinlich pilgern sie zur Audienz des Kaisers.«

Josephine sah gebannt auf das Treiben vor ihr. Die Geschäftigkeit der Metropole stand in krassem Gegensatz zum ruhigen und beschaulichen Leben in Martonvásár, wo sie bei jedem vorbeireitendem Fremden ans Fenster eilte, weil dies so selten vorkam.

»Gehen wir über die Straße«, schlug van Beethoven vor und bot Therese und ihr je einen Arm an.

Josephine warf einen kurzen Blick zu Sophie, die ihr zunickte. Schüchtern hakte sie sich bei ihm unter. Als ihr Arm so eng an seinem lag, war es ihr, als ob die Wärme, die von ihm ausging, ihr ganzes Inneres zum Brodeln brachte.

Während Josephine versuchte, ihre Gefühle wieder unter Kontrolle zu bekommen, fragte van Beethoven Therese über Martonvásár aus. Er wollte wissen, was sie dort gemacht hatten, welche Bücher sie gelesen, welche Musik sie gehört und gespielt hatten, bei wem sie Klavierunterricht gehabt hatten.

Dann erzählte er ihnen von seiner Kindheit in Bonn, seinen Eltern und zwei Brüdern sowie seinem Großvater, der Kapellmeister am kurfürstlichen Hof gewesen war.

Josephine gefiel sein lustiger Akzent. Zwar bemühte sich Ludwig, wie sie ihn in der Zwischenzeit insgeheim nannte, den Wiener Tonfall nachzuahmen, aber in manchen Augenblicken kam der liebenswerte rheinische Akzent doch durch. »Können Sie nicht einmal so sprechen wie in ihrer Heimat, Herr van Beethoven? Ich habe noch nie die rheinische Mundart gehört.«

Er tat ihr den Gefallen und plapperte ein paar Sätze über das schöne Wetter, ihr hübsches Kleid und ihr noch hübscheres Gesicht in seinem heimischen Dialekt. Josephine prustete los vor Lachen, auch Therese konnte nicht an sich halten. Es war lustig, seine Komplimente in dieser drolligen Sprache zu hören, von der man nicht wusste, ob der Inhalt der Aussage ernst gemeint war oder nicht.

Josephine war sich bewusst, dass ihr Betragen nicht im Einklang mit der Etikette stand. Lachend und albernd auf

Wiens Straßen gesehen zu werden, und das noch in Begleitung eines jungen Mannes, der nicht zum Hochadel gehörte, entsprach sicherlich nicht Mamas Vorstellungen von Konversationsführung. Sie sah sich nach Sophie um.

Die Zofe stand ein paar Meter hinter ihnen und sah angelegentlich in die Auslage eines Geschäftes.

Sie lässt uns gewähren, dachte Josephine zufrieden und wandte sich wieder ihrem Klavierlehrer zu. Sie genoss seine humorvolle, geistreiche Art. Therese offensichtlich auch. Zwar provozierte ihre Schwester keine Komplimente wie sie gerade, dennoch merkte Josephine, dass auch sie dafür empfänglich war.

Schließlich erreichten sie das imposante Palais der Lichnowskys. Sophie nahm ihre Schirme und Hüte und verschwand mit dem Dienstmädchen der Lichnowskys.

Während sie auf die Fürstin Lichnowsky warteten, sah sich Josephine um. An der Decke der Eingangshalle hing ein prächtiger Kronleuchter. Die Wände waren mit hellrosa Brokattapeten verziert, und eine breite Treppe, über deren Stufen ein roter Teppich gespannt war, führte zu den Obergeschossen. *Was für eine Pracht!*

Eine Tür ging auf. »Mein lieber Beethoven«, rief eine warmherzige Stimme. »Wie ich höre, haben Sie die Brunsvik-Töchter mitgebracht. Welche Freude!«

Josephine drehte sich um und stand einer Dame in einem dunkelgrünen Samtkleid gegenüber, die sie auf Mitte dreißig schätzte. Sie hatte blaue Augen und mittelblondes Haar, das zu einem strengen Knoten zusammengebunden war.

Josephine mochte die Fürstin auf Anhieb. Sie hatte ein freundliches, ehrliches Lächeln und zeigte unverhohlen ihre Bewunderung für Ludwig. Allerdings wirkte sie müde, und

Josephine befürchtete, dass ihr Leben hinter der prächtigen Fassade des Palais alles andere als unbeschwert war. Sicherlich hatte die Fürstin schon lange nicht mehr so herzhaft gelacht wie sie gerade eben. *Vielleicht hat sie sich noch niemals so amüsiert wie wir drei*, dachte Josephine auf einmal erschrocken. Vielleicht war sie unglücklich trotz ihres Reichtums und Ansehens?

Die Gastgeberin führte sie in ihren Salon. Ein prachtvoller Flügel aus dunklem Holz dominierte die eine Seite des Raums. Auf der anderen Seite reihten sich etwa zwanzig samtbezogene Sessel um einen frisch polierten, mit filigranen Intarsien versehenen Tisch. Auch hier hing ein Kronleuchter von der Stuckdecke, der allerdings weniger gigantisch war als der in der Eingangshalle. Trotzdem konnte sich Josephine vorstellen, wie feierlich die Atmosphäre sein musste, wenn zu einer Soiree die Kerzen angezündet werden würden.

Ludwig hatte inzwischen den Deckel des Flügels hochgeklappt und seine Notenblätter ausgebreitet. »Meine Damen, es wäre mir eine Ehre, wenn ich Sie um Ihre Einschätzung zur Akustik bitten dürfte.«

Er bat Therese, sich ganz hinten an die Fensterfront zu begeben und darauf zu achten, ob die hohen Töne bis zu ihr gut durchkamen. Josephine führte er zur linken Seite des Raumes, die Fürstin zur rechten. Dann setzte er sich an den Flügel und spielte die *Sonate pathétique* – die Sonate, die er mit Therese und ihr erst vor einer Stunde geübt hatte. Aber sie waren über die ersten Takte nicht hinausgekommen, und er hatte sie das Stück selbst erkunden lassen und ihnen nicht vorgespielt. Als er jetzt die wuchtigen Eingangsakkorde des ersten Satzes spielte, riss Josephine Augen und Mund gleichzeitig auf. Das enorme Klangvolumen füllte den Raum im Nu aus. Ihr ganzer Körper vibrierte. Als das Stück voranschritt und immer virtuoser wurde, sich Triller und Läufe aneinanderreihten, hatte sie das Gefühl, weichgeklopft zu werden von den Tausenden von Tönen, die aus allen Höhen und Tiefen auf sie niederprasselten. Ihr Kopf konnte so schnell nicht folgen und die Musik begreifen, sie wusste nicht, ob Ludwig noch im zweiten Thema, in der Durchführung oder der Reprise oder sonst wo war. Sie fühlte nur den Klang, aber das mit allen Sinnen.

»Waren die tiefen Töne zu laut?«, fragte Ludwig, als er den ersten Satz zu Ende gespielt hatte. Er sah sie an.

Josephine schluckte. »Keine Ahnung, ich war … nicht in der Lage, die Musik zu analysieren, sie hat mich ganz gefangen genommen.« Sie knetete ihre Finger. Sicherlich war er enttäuscht, dass sie so einfältig war.

Aber er lächelte nur und sagte: »Hat Ihnen die Musik gefallen?«

»Ja, sehr«, sagte sie leise. »Sie ist anders als alles, was ich je zuvor gehört habe.«

Therese stand plötzlich neben ihr und legte ihr eine Hand auf die Schulter. »Sie spielen wundervoll, Herr van Beethoven. Ich bedaure, Sie niemals früher gehört zu haben.«

»Vielen Dank.« Er verbeugte sich höflich.

»Von meiner Position aus waren die Bässe übrigens nicht zu laut«, beantwortete Therese nun auch seine ursprüngliche Frage.

»Von meiner Position aus auch nicht, es klingt alles sehr ausgewogen und äußerst exquisit«, stimmte die Fürstin ein. »Werden Sie uns die anderen Sätze auch vorspielen? Ich glaube, die beiden jungen Damen wären froh, wenn Sie vor dem eigentlichen Recital ein kleines Privatkonzert zu Gehör bekommen könnten.«

Das ließ sich Ludwig nicht zweimal sagen, und so spielte

er auch die restlichen Sätze, das zarte, liebliche *Adagio cantabile* und das fröhliche Rondo am Schluss.

Josephine lauschte andächtig. Jede kleinste Nuance in seinem Spiel sog sie in sich auf. Die kraftvollen Forte-Passagen, die weichen Legato-Bögen und die delikaten Pianissimo-Triller. Sie wusste in diesem Moment, dass dieser Mann sie niemals loslassen würde. Es war nicht nur sein Äußeres, das ihr Herz schneller schlagen ließ, es war nicht nur sein Witz und sein Charme, nein, es war diese Musik, die ihr Innerstes erfüllte und in der sie sein Innerstes erkannte, das noch viel schöner war als sein Äußeres.

»Habe ich Sie … verschreckt?«, fragte Ludwig sie, als er geendet hatte.

Josephine lächelte schwach. »Außer Gefecht gesetzt.« Erst als sie es ausgesprochen hatte, merkte sie, wie doppeldeutig das klingen musste.

Therese runzelte auch prompt die Stirn.

Er strahlte, dann sagte er leise: »Ruhen Sie sich ein wenig aus. Morgen sehen wir uns die Sonate gemeinsam an und bringen Ordnung in Ihren Kopf.«

Am besten auch in mein Herz, dachte Josephine. Sie hatte sich verliebt. Das erste Mal in ihrem Leben. Ausgerechnet jetzt, da Mama sie verheiraten wollte.

8

Josephine lag auf ihrem Bett. Ihre Gedanken kamen nicht zur Ruhe. Ständig sah sie Ludwig vor sich und hörte seine Musik in ihrem Kopf. Außergewöhnlich war sie, außergewöhnlich war er. Genial, anspruchsvoll, verwoben, emotional. Sie vermochte seine Musik nicht zu greifen. Und er war anders als jeder Mann, den sie jemals zuvor getroffen hatte. Er hatte ein feines Benehmen, er war charmant und einnehmend. Aber darüber hinaus war er voller Tatendrang, energiegeladen und … einzigartig. Sie konnte es kaum erwarten, ihn wiederzusehen.

Morgen Mittag würde er Therese und ihr wieder Unterricht geben. Wie konnte sie ihre Bewunderung für ihn verbergen? Sollte sie sie überhaupt verbergen? *Wäre doch er ein Heiratskandidat*, dachte sie. *Ihn würde ich sofort nehmen. Auch ohne Geld, das er offensichtlich nicht hat.*

Er hatte darauf bestanden, Therese und sie unentgeltlich zu unterrichten. Was das wohl zu bedeuten hatte? Er mochte sie. Sie spürte es. Er mochte auch Therese, doch von ihr mochte er »nur« ihr fantastisches Klavierspiel. Sie hingegen mochte er noch auf eine andere Weise. Das sagte er zwar nicht, trotzdem wusste sie es.

Am Ende des Sommers würde sie einen Mann ehelichen müssen, den Mama für sie auswählte. Ganz sicher nicht Ludwig. *Aber bis dahin genieße ich jede freie Minute mit ihm.*

Jede! Morgen würde sie ihn nach dem Klavierunterricht vielleicht wieder zu einem Spaziergang bitten. Übermorgen fand ein weiterer Ball statt, zu dem er Therese und sie begleiten könnte. Das würde sie sich gönnen!

Als Ludwig am nächsten Tag zum Klavierunterricht erschien, gingen sie gemeinsam den Anfang des ersten Satzes der *Sonate pathétique* durch. Therese konnte besser vom Blatt spielen als sie. Doch Josephine hatte sich am frühen Morgen die Noten angesehen und eine Struktur erkannt, die sie gestern beim Hören noch nicht sofort begriffen hatte. Das half ihr nun, sich auf das Wesentliche zu konzentrieren.

»Sie machen das sehr gut«, sagte Ludwig und legte seine große Hand über ihre kleine.

Josephine spürte Schmetterlinge im Bauch kreisen. Ihr wurde ganz warm.

Da bog er sachte ihre Finger, sodass sie steiler auf der Tastatur lagen. »Versuchen Sie es einmal mit dieser Handstellung«, sagte er und ließ ihre Hand los.

Sie wiederholte die Passage, die sie soeben gespielt hatte. Jetzt klang sie kraftvoller.

»Und nun zum Pedal.« Er rutschte ein wenig näher an sie heran, um ans Pedal zu kommen, und begann zu spielen.

Sein rechtes Bein lag eng an ihrem linken Bein, und sie spürte jeden Muskel, den er beim Gebrauch des Pedals einsetzte. Ihr Atem ging schneller.

»Versuchen Sie es jetzt noch einmal.« Er nahm seinen Fuß vom Pedal, aber sein Bein zog er nicht weg.

Josephine glühte, doch sie änderte ihre Position nicht um einen Millimeter. Sie wollte ihm so nah wie möglich bleiben. Sie probierte, das Pedal ebenso dosiert einzusetzen wie ihr Lehrer. Es klappte erst beim dritten Mal.

»Na also, so wirkt die Stelle gleich viel sinnlicher«, rief er, und Josephine wäre vor Scham fast im Boden versunken.

Therese verbesserte er nicht ganz so häufig. Vielleicht weil sie besser spielte. Vielleicht aber auch, weil er Josephine näher sein wollte. Jedenfalls zeigte er sich äußerst zufrieden mit den Fortschritten seiner neuen Schülerinnen und vergaß darüber völlig die Zeit.

Als die Uhr vier schlug, sprang er auf. »Schon so spät! Bitte entschuldigen Sie, wenn ich Sie vom Mittagessen abgehalten habe.«

»Aber nein, wir haben zu danken, dass Sie sich so viel Zeit für uns nehmen«, sagte Therese, »obwohl Sie sicher noch an Ihrem Konzertprogramm für die Soiree bei den Lichnowskys arbeiten müssen.«

Josephine war enttäuscht, dass Ludwig offenbar schon aufbrechen wollte. Sie hatte vorgehabt, ihn wieder zu einem Spaziergang zu überreden. Aber das war wohl nicht möglich. Schnell änderte sie ihren Plan und sagte: »Sie können doch auch hier die Stücke üben, die Sie bei den Lichnowskys vorspielen, dann könnten wir Sie noch mal hören.«

Er ging sehr schnell darauf ein, und so hörten Therese und sie das Konzertprogramm noch einmal. Jetzt setzte es Josephine nicht mehr außer Gefecht wie am Vortag, sondern sie erkannte einige Passagen wieder, andere erstrahlten in einem neuen Licht, das ihr noch wärmer, noch inniger schien.

Verzückt lehnte sie am Klavier und sah auf seine flinken Finger, die die Tastatur hoch- und runterjagten, auf das Muskelspiel seiner Hände und seines Gesichts. Er beherrschte den Wechsel zwischen forte und piano wie kein anderer Musiker, den sie je zuvor gehört hatte. Er konnte in die Tastatur hämmern wie ein Berserker und sie im nächsten Moment streicheln wie ein Liebhaber.

Sachte stieß Therese sie an. »Du himmelst ihn an, Pepi«, flüsterte sie. »Das gehört sich nicht.«

Nein, es gehörte sich nicht. Aber Josephine war es egal. Ganz Wien bewunderte ihn. Warum nicht auch sie?

Als er fertig war, stand er auf und sagte: »Heute Abend wird in der Karlskirche das Requiem von Mozart gespielt. Haben Sie es schon einmal gehört?«

Die beiden Schwestern schüttelten den Kopf.

»Dann sollten Sie unbedingt hingehen. Es ist ein gewaltiges Stück eines wahren Genies, das einen zutiefst berührt. Das sollten Sie sich nicht entgehen lassen.«

»Werden Sie auch da sein?«, fragte Josephine.

Therese warf ihr einen tadelnden Blick zu.

»Ja.« Er lächelte. »Der Posten des Kapellmeisters wird in den nächsten Jahren neu besetzt. Daher lasse ich mich gern schon einmal blicken, wenn solche Konzerte anstehen.«

Therese reichte ihm seinen Hut.

»Also, bis heute Abend?«

Josephine lächelte. Er wollte Zeit mit ihr verbringen. Ebenso wie sie mit ihm. »Ja, auf jeden Fall!«

»Du weißt doch gar nicht, ob Mama nicht für heute Abend schon etwas anderes geplant hat«, warf Therese ein, als van Beethoven gegangen war.

»Ach, sie ist bestimmt einverstanden«, rief Josephine und drehte sich um die eigene Achse, sodass ihr langer weißer Rock wie ein Kreisel um ihre Beine flog.

Tatsächlich war ihre Mutter einverstanden. »Es ist ein wichtiges Konzert, zu dem auch meine Freundin mit ihrem Mann und ihrem Sohn hingeht, wie ich vorhin erfahren habe«, sagte sie.

Aha! Daher wehte der Wind. Wahrscheinlich sah Mama die Möglichkeit, sie heute Abend mit dem Sohn ihrer Freundin bekannt zu machen. Aber die Hauptsache war, dass sie Ludwig in ein paar Stunden wiedersah.

Als sie am frühen Abend am Karlsplatz aus der Kutsche stiegen, nahm der Anblick der eleganten barocken Kirche Josephine sofort gefangen. Der Vater von Maria Theresia hatte sie errichten lassen zum Dank, dass beim Pestausbruch vor fünfundachtzig Jahren die Wiener Bevölkerung nahezu verschont geblieben war.

Am Eingangsportal stand Ludwig und unterhielt sich mit einem Mann, der einen Cellokasten bei sich hatte. Als er die Brunsvik-Damen kommen sah, beendete er rasch sein Gespräch mit dem Musiker und kam ihnen entgegen. »Guten Abend, werte Damen.«

»Mein lieber Beethoven, wie schön, Sie zu sehen«, sagte Mama. »Meine Töchter sind ganz begeistert von Ihrem Unterricht. Haben Sie vielen Dank für Ihre Mühe!«

»Aber ich bitte Sie! Das ist keine Mühe, es ist vielmehr bereichernd für mich, mit so begabten Schülerinnen zu arbeiten.«

Zusammen betraten sie die Kirche, und Mama lotste sie durch den Mittelgang. Die Leute, die bereits Platz genommen hatten, sahen neugierig auf, und Josephine ahnte, dass sie sich nun fragten, wie sie das gemeinsame Erscheinen der Brunsviks mit dem famosen Pianisten zu deuten hatten.

Doch dann beanspruchte das Innere der Kirche ihre volle Aufmerksamkeit. Sie blieb stehen und legte den Kopf in den Nacken. Die bunten Fresken, die die Kuppel schmückten, ließen die Kirche leuchten. *Wie schön!* So musste es auch im Paradies aussehen.

Jemand berührte sanft ihren Ellbogen. »Kommen Sie,

von Ihrem Platz aus können Sie auch nach oben blicken«, sagte Ludwig.

Sie ließ sich von ihm zu der Bankreihe führen, in der Mama und Therese bereits Platz genommen hatten. *»Die Farben sind so schön wie das Leben«*, sagte Josephine und lächelte Ludwig an.

Er erwiderte ihr Lächeln und ließ sich neben ihr nieder.

Als wenig später Mozarts Requiem erklang, bebten die bemalten Wände. Die gewaltige Musik ließ die Fresken lebendig werden. Josephine bekam eine Gänsehaut. Chor und Orchester erfüllten die Kirche bis in den letzten Winkel. Der überwältigende Klang trieb ihr Tränen in die Augen.

Das Leben ist endlich, dachte sie. *Aber die Musik wird auch nach dem Tod weiterklingen.* Dessen war sie sich sicher. *Die Töne steigen in den Himmel und werden von dort oben vernehmbar sein.* Eine Träne kullerte ihre Wange hinab. Verstohlen wischte sie sie weg.

Plötzlich spürte sie Ludwigs Hand auf ihrer. Sie sah auf. Er lächelte, als er ihre Ergriffenheit sah. *Er empfindet haargenau dasselbe wie ich*, durchfuhr es sie. Sie waren seelenverwandt. Wie sehr wünschte sie sich, sich jetzt an ihn lehnen zu können! Stattdessen drückte sie nur sanft seine Hand, und zog ihre sodann zurück, bevor Mama oder Therese etwas davon mitbekommen würden.

Nach dem Konzert mussten sie sich von Ludwig verabschieden, denn Mama wollte sie mit der befreundeten Baronesse und ihrer Familie bekanntmachen. Deren Sohn, ein dicklicher blonder Mann um die dreißig, stand dabei selbstredend im Fokus.

»Meine liebe Anna«, rief ihre Freundin. »Das ist mein Sohn Johann.«

»Sehr erfreut«, sagte Mama. »Und das sind meine Töchter Therese und Josephine.«

»Wie hübsch sie sind«, säuselte die Baronesse. »Sag mal, war das nicht eben der junge, famose Pianist, der bei euch saß?«

»Oh ja, es war van Beethoven«, bestätigte Mama. »Er gibt Therese und Josephine derzeit Klavierunterricht.«

»Tatsächlich?«, mischte sich plötzlich Johann ein. »Wie ich hörte, lehnt es van Beethoven regelmäßig ab zu unterrichten.«

»Nun, dann sind meine Töchter wohl besonders talentiert, wenn er sich dafür die Zeit aus den Rippen schneidet«, erwiderte Mama zufrieden.

»Ich denke, er hat eher ein Auge auf deine jüngere Tochter geworfen«, konterte die Baronesse. »Ich habe zufällig gesehen, wie er vorhin Josephines Hand gehalten hat.«

Mama warf ihr einen scharfen Blick zu.

»Ich hatte kein Taschentuch zur Hand«, erklärte Josephine. »Als mir Tränen der Rührung in die Augen stiegen, war er so freundlich, mir seines zu geben.«

»Wie zuvorkommend«, sagte der junge Mann trocken.

Josephine wusste, dass sie für ihn nicht mehr als potenzielle Ehefrau infrage käme. Zum Glück! Er gefiel ihr nämlich nicht im Mindesten. Und an Therese zeigte der Stoffel überhaupt kein Interesse; er sah ihre Schwester noch nicht einmal an.

Als sie in die Kutsche stiegen, musste Mama die angebliche Taschentuch-Szene natürlich genau hinterfragen. »Stimmte das etwa?«, wollte sie wissen.

Josephine nickte.

»Wieso hast du kein Taschentuch dabei? Das ist wirklich unverzeihlich. Und wo ist Beethovens Taschentuch jetzt?«

»Ich wusste nicht, was ich damit machen sollte«, log Josephine weiter. »Daher habe ich es ihm wieder in die Hand gedrückt.«

»Du liebe Güte«, stöhnte Mama. »Nun ist er im Besitz deiner Tränen. Na ja, Schwamm drüber. Das Wichtigste ist, dass ihr Eindruck hinterlassen habt und alle Konzertbesucher auf euch aufmerksam geworden sind.«

»War es nicht schlimm, dass der Sohn deiner Freundin uns nicht will?«, fragte Josephine.

Mama lachte. »Nein, er sieht nicht gut aus, und außerdem ist er nur ein Baron. Das wäre ein Abstieg für euch.«

Josephine atmete auf. Es wäre nicht auszudenken gewesen, wenn dieser Baron ihr einen Antrag gemacht hätte und die trauten Klavierstunden bei Ludwig ein Ende gehabt hätten.

9

Josephine sonnte sich in Ludwigs Gegenwart und plante stets schon zwei Tage im Voraus Aktivitäten für die unterrichtsfreie Zeit. Ein bisschen fürchtete sie sich davor, dass er eines Tages ablehnen könne, mit ihr und Therese spazieren oder ins Theater zu gehen, um an seinen Kompositionen zu arbeiten. Aber bislang ging er enthusiastisch auf jeden Vorschlag von ihr ein. So begleitete er Therese und sie zu Konzerten, Bällen und ins Grüne. Immer war er gewitzt und charmant und brachte die Schwestern zum Lachen. Seltsamerweise hatte Mama keine Einwände gegen ihre Ausflüge, obwohl sie von adligen Damen diskret darauf hingewiesen wurde, dass ihre Töchter einen recht freizügigen Umgang mit dem exzentrischen Musiker pflegten. Doch Mama war auf ihrer Seite. Offensichtlich war Ludwig derart *en vogue* in Wien, dass sie den Klatsch eher als erfreuliche Werbung für ihre Töchter wertete.

Für Josephine hätte dieses Leben noch ewig weitergehen können. Es war der schönste Frühling, den sie bislang erlebt hatte. Ihr Klavierspiel verbesserte sich enorm, nicht nur was die Technik anbelangte, sondern sie spielte auch gefühlvoller als früher, reifer … verliebter.

Am meisten freute es Josephine, dass Ludwig stolz auf sie war.

»Sie spielen mit so viel Feinsinn, dass ich es nicht besser könnte«, sagte er ihr einmal, und sie errötete vor Freunde.

Am Tag der Soiree bei den Lichnowskys blieb Ludwig nur eine Stunde, denn er musste sich vor dem Konzert noch einspielen.

Als er weg war, rief Josephine nach Sophie, um sich für den Abend in Schale zu werfen.

Während ihr die Zofe Rouge auf die Wangen auftrug, sagte sie: »Danke, Sophie, dass Sie neulich beim Spaziergang so diskret waren.«

Diese lachte. »Das gehört zu meiner Arbeit dazu.«

»Aber Sie haben auch meiner Mutter nicht erzählt, dass wir tatsächlich etwas zu ausgelassen waren. Vielen Dank.«

Sophie nahm einen Kamm. »Sie sind jung. Und bald werden Sie heiraten.« Sie begann, Josephines lange Haare in Strähnen zu unterteilen. »Bis dahin sollten Sie das Leben genießen.«

»Wird es danach … nicht mehr lustig sein?«

Sophie hielt einen Moment inne, bevor sie weiterkämmte. »Mir steht es nicht zu, darüber zu spekulieren. Aber nach allem, was ich in anderen Familien erlebt habe …« Sie biss sich auf die Unterlippe.

»… wird es wohl nach der Hochzeit für uns Frauen nichts mehr zu lachen geben«, beendete Josephine den Satz.

»So wollte ich das nicht sagen.«

Doch Josephine hatte verstanden.

Das Eintreffen der Brunsvik-Damen bei den Lichnowskys war wie ein Krönungszug. Mama schritt voran wie eine Königin und präsentierte stolz ihre Töchter.

Therese wurde sofort in ein Gespräch mit einer fülligen Gräfin verwickelt, Mama betrieb Konversation mit Joseph Müller, der den Ball ausgerichtet hatte, auf dem Josephine mit Ludwig einen Walzer nach dem anderen getanzt hatte. Offensichtlich war er heute auch als Zuhörer geladen.

»Das ist Josephine Brunsvik, der unser lieber Beethoven jeden Tag Klavierunterricht gibt«, sagte die Fürstin Lichnowsky zu ihrem Mann, als sie Josephine begrüßten.

»Wirklich? Hat Beethoven dafür Zeit? Dann muss sie außerordentlich talentiert sein … oder außerordentlich hübsch.« Er zwinkerte Josephine zu.

Sie ärgerte sich und wollte etwas erwidern, doch sie hielt sich zurück, um den Gastgeber nicht zu beleidigen.

In diesem Moment kam Ludwig hinzu. »Ich versichere Ihnen, Fürst Lichnowsky, dass sowohl Josephine als auch ihre Schwester Therese exzellente Pianistinnen sind.« Offensichtlich hatte er die Worte des Fürsten gehört. Er wies auf den Flügel. »Beweisen Sie es ihm, Josephine.«

Entgeistert starrte sie ihn an.

Er aber lächelte. »Nur zu, Sie brauchen sich mit ihrem Talent nicht zu verstecken!«

Wie betäubt ging sie zum Flügel. Schlagartig wurde es still im Saal. Aller Augen waren auf sie gerichtet. Was sollte sie nur spielen? Ludwigs *Sonate pathéthique*? Sie hatte sie in den letzten zehn Tagen stundenlang geübt. Aber sie konnte sie noch nicht fehlerfrei; außerdem würde Ludwig die Sonate gleich vortragen.

Kurzerhand entschied sich für Mozarts A-Dur-Sonate. Diese konnte sie auswendig, und sie hatte ihr Glück gebracht, als sie Ludwig vorgespielt hatte. Warum also nicht auch hier? Sie begann zu spielen. Zart erklang das Thema des ersten Satzes, und Josephine sah aus dem Augenwinkel, dass alle Gäste gebannt auf sie starrten.

Als der erste Satz vorbei war, blickte sie auf. Ludwig gab ihr ein Zeichen weiterzuspielen. Und so spielte sie auch die weiteren Sätze. Als sie die fulminanten Schlussakkorde in die Tasten gehämmert hatte, klatschten die Gäste minutenlang.

Die Fürstin Lichnowsky kam zu ihr und küsste sie auf beide Wangen. »Sie spielen mit so viel Gefühl und Temperament, Josephine. Ich danke Ihnen für Ihren spontanen Vortrag.«

Ihre Mutter schien vor Stolz fünf Zentimeter gewachsen zu sein. Ludwig grinste wie ein Honigkuchenpferd. Nun war sie in der Wiener Gesellschaft angekommen.

Den Rest des Abends bestritt Ludwig mit seiner *Sonate pathétique* sowie mit weiteren Stücken von Mozart und Haydn.

Josephine saß unter den Zuhörern und konnte ihr Glück kaum fassen. Sie hatte zusammen mit Ludwig konzertiert. Sie hatte sich einen Ruf als exzellente Pianistin erarbeitet!

10

Als Ludwig am nächsten Tag zum Klavierunterricht kam, war Josephine noch immer aufgedreht vom Konzert bei den Lichnowskys, dass sie ihm am liebsten um den Hals gefallen wäre. Sie bremste sich gerade noch.

Er zog eine Schachtel Pralinen aus der Tasche. »Auf Ihren gestrigen Erfolg!«

»Sie haben uns Süßigkeiten mitgebracht!«, rief sie und lachte dann ausgelassen.

»Ja, die haben wir uns redlich verdient.« Er reichte ihr und Therese die Naschereien.

Sie kauten alle drei genüsslich die Schokolade, als Mama zur Tür hereinplatzte. Sie sah Ludwig und stutzte. »Oh, guten Tag, Herr van Beethoven, Sie sind hier?«

Er schaute etwas verdattert drein. »Ja, wie jeden Tag um die Mittagszeit.«

»Natürlich.« Mama räusperte sich. »Bis auf Weiteres muss der Klavierunterricht ausfallen.«

»Was?«, rief Josephine entsetzt. War ihre Mutter erzürnt, weil sie nicht Klavier spielten, sondern Schokolade aßen?

Therese versuchte zu vermitteln. »Wir haben ausnahmsweise Pralinen gegessen, weil gestern Abend …«

Mama brachte sie mit einer Handbewegung zum Schweigen. »Das hat damit nichts zu tun. Pepi, ich muss mit dir sprechen.«

Josephine wurde bleich. Die Praline blieb ihr fast im Hals stecken. Das konnte nur eines bedeuten: Jemand hatte um ihre Hand angehalten.

»Auf Wiedersehen, Herr van Beethoven«, sagte Mama und komplementierte ihn heraus. »Haben Sie vielen Dank für Ihre Mühen.«

Still nahm er seine Jacke, verneigte sich und ging.

Josephine hätte sich am liebsten an seinen Ärmel gekrallt und ihn am Weggehen gehindert.

Als die Tür hinter ihm ins Schloss gefallen war, setzte sich Mama neben sie aufs Sofa und nahm ihre Hand. »Pepi, mein Schatz, soeben ist für dich ein ernst zu nehmender Heiratsantrag eingegangen.«

Obwohl sie mit dieser Information gerechnet hatte, war ihr, als ob ihr jemand mit voller Wucht einen Schlag versetzte. Alles um sie herum war still. Dann hörte sie Therese entzückt aufjauchzen.

Sie fand endlich die Sprache wieder. »Wer ist es?«, fragte sie angstvoll. Sie hatte keine Ahnung, auf wen sie einen besonderen Eindruck gemacht haben könnte während all der Veranstaltungen der letzten Tage, denen sie beigewohnt hatte.

Ihre Mutter strahlte. »Joseph Müller, der Besitzer des Kulturpalais' in der Rotenturmstraße.«

»Was?« Josephine sprang auf. »Der alte Mann?«

»Also bitte, Pepi, er ist nicht alt, er ist siebenundvierzig und somit in den besten Jahren. Er hatte Zeit, ein Vermögen aufzubauen, das er nun mit dir teilen möchte.«

»Aber …«

Mama stand auf und ging zur Tür.

»Herr Müller wartet im Foyer auf dich. Zieh dir etwas anderes an und komm mit.«

Alles in ihr sträubte sich.

»Josephine!«

»Bitte Mama«, flüsterte sie, »Herr Müller ist ein Bürgerlicher. Hast du nicht immer gesagt, dass Therese und ich nicht unter Stand heiraten dürfen?«

»Ja, das habe ich gesagt. Doch auch ich muss meine Ansichten bisweilen korrigieren«, sagte Mama und klopfte ungeduldig auf den Klavierdeckel. »Das Vermögen des alten Adels ist nicht mehr das, was es einmal war. Viele renommierte Familien nagen am Hungertuch, selbst wenn sie das nicht offen zugeben und den Schein aufrechterhalten. Die Zukunft gehört, obgleich es mich schmerzt, den Neureichen. Und zu diesen gehört Joseph Müller.«

»Bitte nicht, Mama«, flehte Josephine wieder. Sie schluckte, um die Tränen zu unterdrücken, die sich in ihren Augen bildeten. »Bitte nicht ihn. Er ist älter als du. Ich kann mir nicht vorstellen, mit ihm … ein Bett zu teilen …«

Mamas Hals bekam rote Flecken. Ein untrügliches Zeichen dafür, dass sie kurz davor war zu explodieren. »Du ziehst dir jetzt ein anderes Kleid an, gehst mit mir nach unten und nimmst Müllers Antrag an! Das bist du deiner Familie schuldig. Oder meinst du, wir haben diese Reise zum Spaß gemacht?«

Zwei dicke Tränen kullerten ihr die Wangen hinunter. »Bitte, Mama, lass uns auf andere Angebote warten«, schluchzte sie. »Ich will keinen alten Mann heiraten.«

»Was du willst, spielt keine Rolle!« Mamas Stimme überschlug sich fast. »Als Adlige bist du deiner Familie verpflichtet. Es ist deine Pflicht, den reichsten Kandidaten zu heiraten, damit das Familienvermögen wegen dir nicht minimiert wird.«

»Aber wir sind doch noch nicht einmal einen Monat in Wien, es kommt bestimmt noch ein anderer Kandidat.«

»Ach ja? Weißt du auch, wie viel uns ein Tag in Wien kostet? Wie teuer die Kleider waren, mit denen ihr herumspaziert, wie teuer es ist, eine Kutsche zu unterhalten, die Unterkunft und die Zofe zu bezahlen? Das alles geht deinem Bruder vom Erbe ab. Joseph Müller ist ein reicher Mann. Wer weiß, wie lange es dauern wird, bis ich Therese unter die Haube gebracht habe. Wenigstens du solltest mir dann nicht noch auf der Tasche liegen.«

Aus dem Augenwinkel sah Josephine, dass Therese den Kopf senkte. Für sie war es schlimm, als Belastung für ihre Mutter und ihren Bruder angesehen zu werden. Aber für Josephine war es noch schlimmer, denn sie musste einen alten Mann heiraten. Zynisch stellte sie fest, dass Franz recht gehabt hatte. Sie hatte den kapitalsten – und den ältesten – Bock geschossen, der ihr vor die Flinte gekommen war. Tränen der Wut und der Verzweiflung quollen ihr aus den Augen, und sie wäre am liebsten weggelaufen.

Mama öffnete die Tür. »Ich rufe Sophie, damit sie dich schminkt und dir beim Umziehen hilft. In einer Viertelstunde bist du unten im Foyer. So lange halte ich Herrn Müller bei Laune. Und wehe dir, du machst mir Schande!«

Als Mama draußen war, lief Josephine zu ihrer Schwester und umklammerte sie. »Bitte, Therese, heirate du ihn an meiner Stelle. Ich will nicht, ich kann nicht. Bitte hilf mir!« Sie wurde von Weinkrämpfen geschüttelt.

Sanft streichelte ihr Therese übers Haar. »Du wirst es schaffen, Pepi. Ganz bestimmt.«

Sophie kam herein und blickte betreten zu Boden.

Der Schock schlug Josephine auf den Magen. Sie

krümmte sich vor Schmerzen und hielt sich an ihrer Schwester fest wie eine Ertrinkende an einem Rettungsanker.

»Komm, Pepi, reiß dich zusammen, es wird sonst nur noch schlimmer«, sagte Therese und führte sie mithilfe von Sophie ins Schlafzimmer, um ihr beim Umkleiden zu helfen.

»Josephine, welche Freude!« Joseph Müller stand auf und verneigte sich, als sie eine Viertelstunde später in einem strahlend weißen Kleid, mit hochgesteckten Haaren und dezent geschminkt das Foyer betrat.

Sie setzte sich neben ihre Mutter.

»Meine liebe Tochter, Herr Müller hat soeben um deine Hand angehalten«, sagte diese.

Josephine schluckte. »Das freut mich sehr«, flüsterte sie und senkte den Kopf.

Müller beugte sich vor. »Freut es Sie wirklich? Werden Sie meine Frau werden?«

Sie nickte. Anstatt ihm in die Augen zu sehen, studierte sie das Muster des Teppichbodens.

Er nahm ihre Hand, und sie ließ es geschehen.

»Welchen Termin haben Sie für die Hochzeit ins Auge gefasst?«, fragte Mama geschäftsmäßig und unterbrach die peinliche Situation.

Müller wandte seine Aufmerksamkeit wieder ihrer Mutter zu. »So bald wie möglich, werte Gräfin. Gerne in vier Wochen.«

Josephine sah abrupt auf. *So schnell?*

»Ich bin nicht sicher, ob wir die Vorbereitungen zu den Feierlichkeiten in so kurzer Zeit erledigen können«, sagte Mama.

Auch ihr scheint es zu schnell zu gehen, dachte Josephine

und hoffte insgeheim, dass sich Müller dadurch disqualifizieren würde.

»Nun, auf ein, zwei Wochen mehr kommt es nicht an, aber viel länger warten möchte ich nicht.« Müller war äußerst selbstbewusst.

Josephines Magen krampfte sich zusammen. Sie wollte nicht mit ihm ein Bett und ihr Leben teilen. Sie wollte einen jungen Mann heiraten. Ludwig! Wenigstens noch diesen Sommer wollte sie ihre unbeschwerte Zeit mit ihm genießen und nicht in einem Monat schon die Gattin eines ältlichen Mannes sein. Sie schaute durch ein Fenster auf das belebte Trottoir vor dem Hotel, nahm aber nicht wirklich etwas wahr, während Mama und Müller über den Hochzeitstermin und die Mitgift feilschten.

»Besprechen wir die Einzelheiten morgen weiter«, sagte Müller schließlich und erhob sich. Er reichte Mama die Hand, und sie schlug ein. Josephine war verkauft.

Wieder und wieder versuchte sie, ihre Mutter umzustimmen. Josephine bettelte und flehte sie fast auf Knien an, einen anderen Mann für sie auszuwählen. Doch Mama ließ nicht mit sich reden. Sie wollte Müller um jeden Preis als Schwiegersohn und besprach an den folgenden Tagen mit ihm die Details der Hochzeit.

Therese versuchte, Josephine zu trösten, aber sie war untröstlich. Zudem blieb Ludwig fern. Wahrscheinlich hatte ihn Mamas »Rauswurf« nachhaltig verschreckt. Wie erleichtert war sie, als er schließlich schriftlich anfragte, ob er seine Klavierlehrerdienste wieder aufnehmen solle oder ob das nicht erwünscht sei.

Als Therese Mama seine Nachricht vorlegte, kräuselte diese die Lippen. »Die Verhandlungen mit Müller sind so gut wie abgeschlossen. Wir fahren übermorgen zurück nach Martonvásár. Daher sehe ich die Notwendigkeit nicht, dass ihr weiterhin Unterricht bei van Beethoven nehmt.«

»Bitte Mama …«, begann Therese, »wir haben so viel von ihm gelernt, da sollten wir uns wenigstens anständig von ihm verabschieden.«

»Nun gut, er darf morgen noch einmal kommen. Aber ohne Ausflug nach dem Unterricht. Josephine darf nicht mehr in seiner Begleitung auf der Straße gesehen werden, und für dich, Therese, ziemt es sich nicht, allein mit ihm auszugehen.«

»Selbstverständlich nicht.« Therese nahm Stift und Papier, um Ludwig eine Nachricht zukommen zu lassen.

»Wer weiß, ob nicht dieses Techtelmechtel dazu geführt hat, dass lediglich ein Heiratsantrag eingegangen ist«, sinnierte Mama.

»Lass van Beethoven aus dem Spiel!«, sagte Josephine patzig. »Du hattest nichts dagegen, dass Therese und ich Zeit mit ihm verbringen.«

»Das stimmt, aber das war eventuell eine Fehlkalkulation. Vielleicht hat es potenzielle Anwärter abgeschreckt, dass ihr den ganzen Tag und die halbe Nacht mit einem mittellosen Musiker aus der Provinz unterwegs gewesen seid.« Sie stand auf. »Wie dem auch sei. Damit ist jetzt Schluss. Die Hochzeit findet in einem Monat statt.«

Josephine legte sich eine Hand auf den Leib. Seit dem Tag, an dem sie Müller versprochen worden war, hatte sie dauernd Bauchschmerzen. Aber betteln würde sie nicht mehr. Und weinen würde sie erst wieder des Nachts. Mama würde sich ohnehin nicht erweichen lassen, sondern mit ihr schimpfen; und sie hatte keine Kraft mehr auf weitere Diskussionen mit ihrer Mutter.

Als Ludwig schließlich kam, war die Stimmung gedrückt. Er erkundigte sich vorsichtig nach ihrem Befinden, und als Josephine daraufhin Tränen in die Augen traten, legte er ihr sachte eine Hand auf den Arm. Doch diese Geste währte nur kurz, denn Therese runzelte die Stirn.

»Ich habe etwas für Sie komponiert«, sagte er und zog ein paar sorgfältig beschriebene Notenblätter aus der Tasche. »Als Erinnerung an unsere schöne Zeit miteinander.«

Voller Ehrfurcht betrachtete Josephine das wertvolle Geschenk. Es war ein Lied mit dem Titel *Ich denke dein*, gewidmet Josephine und Therese von Brunsvik.

»Oh«, sagte sie, und nun bahnte sich tatsächlich eine Träne den Weg über ihre Wange. »Das ist unbeschreiblich … nett.«

»Vielen Dank, Herr van Beethoven«, sagte Therese.

Sie muss bemerken, dass er meinen Namen in der Widmung zuerst genannt hat, obwohl sie die Ältere von uns beiden ist, dachte Josephine. Sie war klug genug, Ludwigs Anspielung zu verstehen. *Er hat es für mich geschrieben. Um einen Skandal zu vermeiden, hat er das Lied jedoch uns beiden gewidmet.* Und Therese war zu höflich, sich etwas anmerken zu lassen.

»Spielen Sie es einmal«, bat er, »es würde mich interessieren, wie es Ihnen gefällt.«

Josephine wischte ihre Tränen weg und begann zu spielen. Eine wunderschöne Melodie. Geschrieben von dem Mann, den sie liebte und dem sie gerade Adieu sagte. Könnte es ein schöneres Abschiedsgeschenk geben?

Am nächsten Tag saßen die Brunsvik-Damen wieder in der Kutsche, die sie zurück nach Martonvásár brachte. Wehmütig sah Josephine hinaus in den Volksgarten, wo sie mit Ludwig und Therese wenige Tage zuvor spazieren gegangen war, und auf die Karlskirche, in der sie neben ihm das Mozart-Requiem gehört hatte. Bald würde sie wiederkommen. Aber nicht mehr als das unverheiratete Mädchen, das alle Chancen auf dem Heiratsmarkt hatte, sondern als Ehefrau eines alten Mannes.

11

Martonvásár, im Juni 1799

»Das kann ja wohl nicht wahr sein!« Wütend schleuderte Mama ein Schreiben auf den Boden.

»Was ist passiert?«, fragte Therese.

Josephine konzentrierte sich weiter auf ihre Stickerei. Seit ihrer Rückkehr nach Martonvásár sprach sie nicht viel. Sie nahm es ihrer Mutter übel, dass sie sie mit dem alten Müller verheiraten wollte, und sie hatte Angst vor dem, was kommen würde.

»Joseph Müller heißt in Wirklichkeit Graf Deym von Střítež«, sagte Mama erbost. »Seinen adligen Namen hat er vor ein paar Jahren gegen ›Müller‹ eingetauscht, weil er infolge eines Duells das Land verlassen musste.«

Josephine sah auf. Vielleicht war das ihre Rettung? Müller hatte ihrer Mutter wichtige Details zu seiner Vergangenheit verheimlicht, und nun, da seine Schandtat aufgeflogen war, würde ihre Hochzeit platzen!

Franz runzelte die Stirn. »Wegen eines Duells? Kennst du die Hintergründe?«

Mama schüttelte den Kopf. »Nein, und ich will diese Hintergründe auch nicht wissen.«

»Ein Adelstitel ist nicht so schlecht für Pepi«, fuhr ihr Bruder fort.

Josephine hätte ihn am liebsten erwürgt.

Mama nahm den Brief wieder auf und glättete ihn. »Hier steht, dass er nach dem Duell ins Ausland gegangen ist. Zuerst nach Holland, dann nach Italien. Er hat als Künstler Wachsfiguren gefertigt und offensichtlich damit sein Vermögen aufgebaut.« Sie strich sich übers Kinn. »Der Kaiser hat ihm verziehen, ihn zurück ins Land gelassen und ihn sogar zum Hofstatuarius ernannt.« Mama sah nun wieder das Positive an Müller.

Josephines Hoffnung schwand. »Aber weshalb hat er dann weiterhin seinen Adelstitel verleugnet und unter falschem Namen gelebt?«, fragte sie. Sie musste ein wenig nachhelfen, ihn erneut ins schlechte Licht zu rücken.

»Keine Ahnung. Wahrscheinlich wollte er nicht, dass sich einige Leute an seine Jugendsünde erinnern.« Franz zuckte mit den Achseln. »Wie dem auch sei, du wirst nicht nur einen reichen Mann, sondern dazu einen adligen Mann ehelichen. Etwas Besseres kann dir doch gar nicht passieren.«

»Wenn du ihm auch noch seine Jugend zurückzaubern könntest, würde ich dir zustimmen«, sagte Josephine trocken.

»Nun stell dich nicht so an«, schimpfte Mama. »Frauen in deiner Position müssen Opfer bringen. Wie Franz schon sagte, du behältst deinen adligen Stand.«

»Aber glaubst du nicht, dass er eventuell weitere Dinge verbirgt, die vielleicht weniger erfreulich sind?« Josephine wollte noch nicht aufgeben. Vielleicht bestand doch eine Aussicht, diese Hochzeit abzublasen.

»Nein. Dieser Brief kommt vom kaiserlichen Hof. Wenn hier nicht mehr steht, dann gibt es auch nicht mehr zu wissen. Die Hochzeit findet wie geplant statt.«

Josephine biss sich auf die Unterlippe. Sie hatte den

Kampf verloren. Sie würde in Kürze einem alten Mann ihr Jawort geben und ihrer Jugend ein Ende setzen.

Schweigend stand sie auf und ging in ihr Zimmer. Dort nahm sie Ludwigs Lied, das er Therese und ihr zum Abschied komponiert hatte, in die Hände. Sie seufzte. *Wenn ich nur ihn heiraten könnte!* Liebevoll strich sie über die beschriebenen Notenblätter.

12

Eine Viertelstunde vor der Hochzeit läutete die Glocke der Schlosskapelle in Martonvásár. Dunkle Wolken lagen über der ungarischen Puszta. Unheilvoll flackerten Blitze in der Entfernung auf.

Kein gutes Omen, dachte Josephine, während ihr zwei Zofen den Schleier über ihre Hochsteckfrisur drapierten. Leider war Sophie nicht mehr da. Nachdem Josephine einen Bräutigam gefunden hatte, hatte ihre Mutter sie an eine befreundete Baronin weitervermittelt.

»Bist du so weit?«, rief ihr Bruder von draußen.

»Ja, komm rein.«

Franz öffnete die Tür und musterte sie wohlwollend. »Du bist die Hübscheste meiner Schwestern, Pepi.« Er küsste sie auf die Stirn. »Werde glücklich mit deinem Mann!«

Sie sagte nichts. Immer noch hatte sie keine Ahnung, wie sie mit einem alten Mann glücklich werden sollte.

Am Arm ihres Bruders schritt sie die Treppe hinab. Vor der Kapelle hielt er kurz an und zwinkerte ihr zu. Sodann stieß er die Tür auf und geleitete sie langsam nach vorn. Ein Raunen ging durch die Reihen der Hochzeitsgäste. Offenbar waren sie angetan von der Eleganz der Braut.

Vor dem Altar erwartete sie Joseph Graf Deym. Wie er strahlte, als er sie kommen sah!

Franz verbeugte sich leicht und übergab sie ihm. Dann

ging er in die erste Reihe zu Mama und ihren Schwestern.

Der Bischof, den ihre Mutter eigens für die Hochzeit hatte kommen lassen, begann die Zeremonie ohne Umschweife. Schon nach einer Viertelstunde hatte das laute »Ja, ich will« ihres zukünftigen Gemahls die kleine Schlosskapelle erfüllt und die anwesenden Damen zu Tränen gerührt.

Kurz kam in Josephine die Idee auf, sich umzudrehen und das Weite zu suchen. *Lieber einen Konventionsbruch begehen, als ein Leben lang unglücklich sein*, dachte sie.

Doch da wandte sich der Bischof an sie: »Willst du, Gräfin Josephine Brunsvik de Korompa, den hier anwesenden Joseph Nepomuk Franz de Paula Graf von Deym Freiherr von Střítež zum Mann nehmen, ihn ehren …«

Die Worte des Geistlichen rauschten an ihr vorbei, während sie Ludwigs Gesicht deutlich vor sich sah. Wenn sie der ganzen Farce noch ein Ende bereiten sollte, dann jetzt!

»… bis dass der Tod euch scheidet?« Der Bischof sah sie erwartungsvoll an.

Aller Augen waren auf sie gerichtet. Der Mut verließ sie. Ludwig könnte sie ohnehin niemals zum Mann haben, also war es egal, ob sie diesen Grafen nahm oder einen anderen. Sie holte tief Luft: »Ja, ich will.«

Es war eine glatte Lüge – vor dem Herrn! Und das wusste ihre gesamte Familie.

In dem Moment durchbrach ein ohrenbetäubender Donnerschlag die Stille der Kapelle. Josephine zuckte zusammen. Dann prasselte ein heftiger Starkregen auf Martonvásár nieder.

Der Himmel tobt ob meiner Lüge, dachte sie, *ob der Lüge, zu der ich gezwungen wurde.*

»So gehet hin in Frieden«, schloss der Bischof wenig später den Gottesdienst. Wieder donnerte es genau über ihnen, und Josephine begann zu zittern.

»Hab keine Angst«, raunte ihr Deym zu.

Sie wusste nicht, worauf er sich bezog. Das Gewitter oder ihr künftiges Leben an seiner Seite.

Die Musiker setzten zu einer fröhlichen Melodie an, und Deym hielt ihr seinen Arm hin, um sie aus der Kapelle hinauszugeleiten.

Sie hatte keine Wahl. Sie hatte Ja gesagt und musste nun mit ihm gehen.

Wie durch einen dichten Nebel erlebte sie das anschließende Hochzeitsmahl, die Rede ihres Bruders, das Klirren der Weingläser, die Braten und Mehlspeisen, die auf prächtigen Silbertabletts hereingetragen wurden, das Geschnatter ihrer Tanten und Cousinen.

»Ich bin so glücklich, Josephine«, raunte ihr Deym ins Ohr. »Und ich möchte auch dich glücklich machen.«

Sie wandte den Kopf zu ihm und sah, dass seine Augen einen ganz weichen Ausdruck angenommen hatten.

Er nahm ihre Hand. »Ich kann mir denken, dass dich mein Alter erschreckt, meine Liebe. Aber sei gewiss, dass ich mich an meine eigene Jugend erinnere. Ich verspreche dir, dass ich dir deine Jugend nicht nehmen werde. Du darfst tanzen gehen, dich amüsieren und als Pianistin in den Salons brillieren. Ich werde so stolz auf dich sein.«

Er würde sie gut behandeln, dessen war sie sich sicher. Er war nur leider nicht der, von dem sie träumte. Sie zwang sich zu lächeln. *Ich werde mich trotzdem nach Kräften bemühen, ihm eine gute Ehefrau zu sein*, nahm sie sich vor. Sonst würde sie ihn und sich selbst unglücklich machen.

Doch als Deym am späten Abend ihre Hand nahm und sie aus dem Speisesaal hinausführte, fröstelte es sie. *Ich denke dein.* Lautlos summte sie Ludwigs Lied, während sie am Arm ihres alten Gemahls die Stufen zu ihrem Schlafgemach erklomm.

Wien, am 31. März 1821
Am Morgen

Josephine schrie auf. Ein Schmerz stach mit solcher Wucht durch ihren Körper, dass sie fast aus dem Bett gefallen wäre.

»Mama, was ist los?«, rief Vicky panisch. »Soll ich den Doktor rufen?«

»Nein, lass nur.« Josephine versuchte, sich aufzurichten. »Es ist das Übliche. Gib mir ein wenig Laudanum, dann wird es besser.«

»Bist du sicher?« Vicky war weiß wie ein Laken.

Josephine nickte. Sie wollte keinen Doktor mehr sehen. Was sollte er schon tun? Sie wollte ihre letzten Stunden oder Tage mit ihrer Tochter genießen.

Als sie den Tee mit dem Laudanum getrunken hatte, entspannte sie sich ein bisschen und lehnte sich zurück.

Vicky öffnete die Fensterläden. Mittlerweile war es hell geworden. Von der Straße drangen die Rufe der Lieferanten hinauf, die in ihren Fuhrwerken die Ware für die umliegenden Geschäfte herankarrten.

»Ich habe vorhin von meiner Hochzeit mit deinem Vater geträumt«, sagte Josephine, als Vicky wieder neben ihr Platz genommen hatte. Sie sollte ihrer Ältesten noch ein wenig von früher erzählen. Zu lange hatte sie über ihr Leben geschwiegen. Zu viel Schande hatte sie über die Familie gebracht, und es war ihr peinlich, ihre Vergehen vor ihrer Tochter aufzulisten. Doch sie hatte ein Recht darauf, alles zu erfahren. Von allein würde Vicky jedoch nicht den Mut aufbringen, sie zu fragen.

Josephine schluckte. Sie musste von sich aus erzählen. »Kannst du dich noch an deinen Vater erinnern?«

Vicky schüttelte den Kopf. »Ich sehe ihn nur schemenhaft vor mir, ich kann mich weder an sein Gesicht noch an seine Stimme erinnern.«

Kein Wunder, dachte Josephine. *Sie war erst dreieinhalb Jahre alt gewesen, als Deym starb.*

»Warst du glücklich mit ihm?«, fragte Vicky plötzlich.

Was sollte sie ihrer Tochter darauf antworten? Josephine fuhr sich mit der Zungenspitze über die Lippen. »Ich wollte ihn nicht heiraten«, begann sie. »Ich habe deine Großmama auf Knien angefleht, ihn nicht heiraten zu müssen. Aber …«

»… du musstest ihn trotzdem heiraten?«

»Ja.« Josephine starrte einen Augenblick vor sich hin. »Ich konnte meiner Mutter nie verzeihen, dass sie mich zu diesem Schritt genötigt hat. Dennoch muss ich zugeben, dass die Ehe mit deinem Vater schlussendlich glücklich gewesen ist.«

Sie sah ihre Tochter an und lächelte. »Dein Vater war ein liebevoller, guter Mann. Er war sehr stolz auf dich und auf deine Geschwister. Mich hat er immer respektvoll behandelt.«

»War der Altersunterschied kein Problem?«

»Doch. Manchmal schon. Ich wollte meine Jugend genießen, wollte tanzen gehen und auf musikalischen Soireen auftreten. Dein Vater hingegen hatte seine besten Jahre bereits hinter sich. Er wollte lieber in trauter Zweisamkeit mit mir vor dem Kamin sitzen, lesen und sich von mir allein am Klavier vorspielen lassen.« Sie lächelte wieder. »Jedoch ließ er mir die Freiheit, auszugehen und mich zu amüsieren. Er zahlte meine Ballkleider, organisierte musikalische Soireen in unserem Haus und ließ mich bei van Beethoven Klavierunterricht nehmen.«

»Großmama mochte Vater irgendwann nicht mehr, oder? Ich habe vage in Erinnerung, dass ihr euch deswegen gestritten habt.«

»Ja, das stimmt.« Josephine nahm einen Schluck Wasser. »Als du geboren wurdest, reisten meine Mutter und meine Schwestern an, um dich zu sehen und willkommen zu heißen. Bei der Gelegenheit hat deine Großmama mitbekommen, dass dein Vater längst nicht so reich und vermögend war, wie sie vor der Hochzeit angenommen hatte. Er hatte seinen richtigen Namen jahrelang verheimlicht und hat erst im Zuge unserer Eheschließung seine wahre Identität aufdecken müssen. Das haben ihm viele seiner Geschäftspartner übel genommen und sich von ihm zurückgezogen. Sein Vermögen schrumpfte und reichte bald nicht mehr für unseren Lebensstil. Die Erkenntnis um seinen tatsächlichen finanziellen Status hat dann bei Großmama, die immer noch verärgert war, dass er anfangs seinen Namen vertuscht hatte, das Fass zum Überlaufen gebracht: Sie wollte, dass ich mich von deinem Vater scheiden lasse.«

Vicky riss die Augen auf.

»Aber das wollte ich nicht. Ich hatte deinen Vater in unserem ersten Ehejahr lieb gewonnen. Ich wollte ihn nicht verlassen und gegen einen anderen Mann eintauschen. Außerdem wärest du, meine süße Tochter, dann als Scheidungskind von der Gesellschaft schief angesehen worden. Das hätte ich niemals zugelassen. Deswegen haben Großmama und ich uns gestritten.«

»Warst du sehr traurig, als Vater starb?«

Josephine zuckte mit den Achseln. »Ich war vor allem

überfordert. Dein Vater hat mir testamentarisch die Vormundschaft über euch Kinder und die Verwaltung über sein Vermögen übertragen. Das war eine große Ehre für mich, zumal ich noch eine junge Frau war. Aber sein Geld war nahezu aufgebraucht, und ich wusste nicht, wie ich euch großziehen sollte.«

»Du warst ziemlich krank, nicht wahr?«

»Kannst du dich daran noch erinnern?«, fragte Josephine erstaunt.

Vicky nickte. »Ich hatte solche Angst, dich zu verlieren.« Tränen traten ihr in die Augen. »Genau wie jetzt.«

Josephine griff nach der Hand ihrer Tochter. »Tante Therese wird dir und deinen Geschwistern immer zur Seite stehen. Und wenn es Gottes Wille ist, werde ich von oben auf dich aufpassen.«

Vicky weinte leise.

»Sei nicht traurig, mein Schatz.« Josephine streichelte ihr über den Handrücken. »Als ich damals um deinen Vater trauerte, ständig kränkelte und mich die finanzielle Not in die Knie zwang, entfaltete sich plötzlich die Liebe meines Lebens.« Sie schwieg. Das, was sie Vicky im Begriff war anzuvertrauen, schickte sich nicht für ein Gespräch zwischen Mutter und Tochter.

Vicky hatte aufgehört zu weinen und sah sie verdutzt an.

Josephine schluckte. Sie musste ihrer Ältesten Mut machen und daher weiterreden. »Diese Liebe hat mich wiederbelebt, hat mir neue Kraft gegeben und mich weitermachen lassen.« Sie sah Vicky tief in die Augen. »Ich wünsche dir, dass du in einigen Wochen oder Monaten dieselbe innige Verbundenheit zu einem Menschen erfahren wirst wie ich damals. Ich hoffe inständig, dass du einem Mann begegnest, der dich liebt und den du liebst.« Sie wandte sich ab und sah aus dem Fenster in das trübe Grau des Himmels. »Aber anders als ich solltest du dir die Liebe deines Lebens niemals aus den Händen nehmen lassen, sondern um sie kämpfen.«

»Wer war die Liebe deines Lebens, Mama?«, fragte Vicky leise. »War es dein Klavierlehrer, der seinerzeit fast täglich kam? War es ... Ludwig van Beethoven?«

Josephine nickte. Da hatte es Vicky als damals Vierjährige bereits erfasst.

»Du hast immer so gestrahlt, wenn er kam und ihr zusammen musiziert habt. Du warst so fröhlich und gelöst.«

Ja, sie war glücklich gewesen. So unbeschreiblich glücklich ...

Ihre Lider wurden schwer. Das Laudanum entfachte seine Wirkung. Gleich würde sie einschlafen. Sie klammerte sich in Gedanken an diese unbeschwerten vergangenen Tage. Noch einmal wollte sie die Erinnerung an diese sonnige Zeit ihres Lebens heraufbeschwören.

1804–1807

13

Wien, im März 1804

Die Röcke ihrer schwarzen Witwenrobe schleiften über das Parkett. Langsam schritt Josephine durch den Audienzsaal der Hofburg auf den Kaiser zu. Auf dem Arm hielt sie Carl, ihr drittes Kind, das gerade einmal anderthalb Jahre alt war und vor lauter Ehrfurcht, den dieser Ort vermittelte, verstummt war. Ihre beiden größeren Kinder, die fast vierjährige Vicky und der knapp drei Jahre alte Fritz tapsten artig neben ihr her, so wie sie es ihnen eingeschärft hatte. Ihre jüngste Tochter, die erst vor wenigen Tagen das Licht der Welt erblickt hatte, hatte sie zu Hause bei der Amme gelassen.

Josephine blieb stehen und holte tief Luft. In den letzten Wochen hatten sich die Ereignisse überschlagen. Im Herbst war sie mit ihrem Mann nach Prag gezogen, weil das Leben dort günstiger war als in Wien. Schnell hatte sich nach der Hochzeit nämlich herausgestellt, dass Graf Deym nicht so wohlhabend war, wie er ihrer Mutter vor der Hochzeit weisgemacht hatte.

Nachdem sie sich in Prag eingerichtet hatten, war er nach Martonvásár gefahren, um die Kinder nachzuholen, die sie während des Umzugs bei ihrer Mutter gelassen hatten. Auf der Reise hatte sich Deym eine heftige Erkältung zugezogen, aus der nach dem Jahreswechsel eine Lungenentzündung geworden war. Vor einem Monat war er schließlich gestorben.

Franz war nach der Todesnachricht nach Prag geeilt, um Josephine, die hochschwanger war, beizustehen und sie und ihre Kinder zurück nach Wien zu bringen.

Doch kaum war sie dort angelangt, hatte sie das volle Ausmaß ihrer finanziellen Misere erfasst. Zwar war ihr bereits im ersten Ehejahr klar geworden, dass Deym nicht so reich war, wie er vorgegeben hatte. Aber er hatte immer gut für sie gesorgt. Erst nach seinem Tod hatte sie realisiert, dass viel weniger Geld vorhanden war, als sie gedacht hatte. Sie wusste nicht, was sie tun musste, um sich und ihre Kinder aus dieser desaströsen finanziellen Lage hinauszumanövrieren. Dass sie schnell handeln musste, war ihr jedoch bewusst. Denn die Rechnungen türmten sich, und die Gläubiger beäugten sie wie Aasgeier, die nur darauf warteten, dass sich ihre Beute, also sie, einen Moment ohne den Schutz ihrer Familie befand, um zuzuschlagen.

Nun, gerade einmal wenige Tage dem Wochenbett entstiegen, stand sie im Audienzsaal der Hofburg: ein mittelloses Weib mit vier Kleinkindern, bereit, den Kaiser, der ihren Mann geschätzt hatte, auf Knien um Hilfe anzubetteln.

»Kommen Sie näher, meine Liebe«, forderte sie der Kaiser auf.

Sie folgte seiner Bitte und fiel vor ihm in einen tiefen Hofknicks. »Majestät, ich danke Ihnen, dass Sie mich und meine Kinder empfangen.« Sie erhob sich wieder.

»Nun, was haben Sie auf dem Herzen, werte Gräfin Deym?«, fragte er freundlich.

Josephine räusperte sich. »Wie Sie wissen, Majestät, starb

mein geliebter Gemahl vor Kurzem an einer Lungenentzündung.«

»Ja, das wurde mir zugetragen. Graf Deym war mir immer ein treuer Freund gewesen. Mein aufrichtiges Beileid, Gräfin.«

»Danke.« Josephine versuchte, sich die Sätze in Erinnerung zu rufen, die sie sich zurechtgelegt hatte. »Er hat mich, wie Sie sicherlich auch wissen, testamentarisch zum Vormund unserer Kinder bestellt und mich ferner mit der Verwaltung seines Familienbesitzes betraut.«

»Ein außergewöhnlicher letzter Wille«, sagte der Kaiser. »Er muss Sie sehr geliebt haben.«

Josephine traten Tränen in die Augen. »Ja, wir führten eine glückliche Ehe.« Trotz ihrer anfänglichen Abneigung gegen ihren viel älteren Mann hatte sie Joseph schnell ins Herz geschlossen. Zwar war der Altersunterschied zwischen ihnen bisweilen problematisch gewesen. Aber sie hatten sich arrangiert und eine gute Ehe geführt. Das bezeugte auch die Anzahl ihrer Kinder.

Der Kaiser sah sie erwartungsvoll an.

Sie musste zur Sache kommen. »Majestät, das Vermögen meines verstorbenen Gatten erweist sich jedoch bei Weitem als nicht so groß, wie es den Anschein hatte.« Sie stockte, bevor sie zur ultimativen Schmach kam: »Ich fürchte, dass ich meine Kinder bald nicht mehr ernähren kann.« Nun brach ihre Stimme, und Tränen rannen ihr über das Gesicht.

»Meine liebe Gräfin, bitte weinen Sie nicht«, tröstete sie der Kaiser. »Sollte es wirklich soweit kommen, werde ich Ihnen und Ihren Kindern helfen.«

Josephine tupfte sich mit einem Taschentuch die Tränen von den Wangen und fiel wieder in einen tiefen Hofknicks. »Ich danke Ihnen ergebenst, Majestät.«

»Wie ist es gelaufen?«, fragte Mama, als Josephine mit ihren Kindern wieder in die Kutsche stieg, in der ihre Mutter auf sie gewartet hatte.

»Er will uns helfen«, sagte sie knapp.

»Das ist sehr erfreulich.«

Josephine warf den Schleier ihres Hutes nach hinten, der ihr Gesicht verborgen hatte. »Der Kaiser hat nichts Konkretes zugesagt, daher bin ich nicht sicher, ob es nicht nur eine leere Phrase war.«

»Wie redest du denn über unseren Kaiser?«, empörte sich Mama. »Wenn du dich damals nicht vehement gegen eine Scheidung gewehrt hättest, die ich für dich anstreben wollte, wäre diese finanzielle Katastrophe gar nicht erst eingetreten.«

»Hör auf!«, rief Josephine genervt. »Du hast mich in diese Ehe mit Deym hineingetrieben, obwohl ich dich angefleht habe, ihn nicht heiraten zu müssen. Als unsere Ehe wider Erwarten gelang und ich unser erstes Kind in den Armen hielt, hast du von mir verlangt, dass ich mich von Deym scheiden lasse, weil dir erst da aufgegangen war, dass sein Vermögen nicht so groß war, wie du angenommen hattest, und weil dir plötzlich die Eskapaden seiner vorehelichen Zeit nicht zusagten. Du hättest vor der Hochzeit besser recherchieren müssen, Mama.«

»Er hatte unter falschem Namen gelebt, das weißt du. Als er dann vor der Eheschließung mit seinem richtigen Namen herausrückte, blieb mir keine Zeit mehr für sorgfältige Nachforschungen.«

»War ich die Expertin auf dem Heiratsmarkt der Wiener Noblesse oder du?«

Ihre Mutter kräuselte beleidigt die Lippen. »Du hättest dieses Unheil verhindert, wenn du vor vier Jahren auf mich gehört und dich von ihm getrennt hättest!«

Josephine platzte der Kragen. »Bezeichnest du meine Kinder etwa als ›Unheil‹?«

Vicky machte große Augen.

»Nein, natürlich nicht!« Mama machte eine wegwerfende Handbewegung. »Du bekommst auch alles in den falschen Hals!«

»Ach ja?« Josephine war nun so richtig in Fahrt. »Was wäre zum Beispiel aus Vicky geworden, wenn ich mich von Deym hätte scheiden lassen? Sie wäre als Bastard beschimpft worden, ungeachtet der juristischen Floskeln, die das hätten verhindern sollen. Außerdem kannst du nicht mit mir verfahren wie mit einer Schachfigur auf dem Spielbrett. Mal soll ich heiraten, dann soll ich mich wieder scheiden lassen. So funktioniert das nicht. Ich bin und war auch vor vier Jahren keine unmündige Tochter mehr, über die du nach Gutdünken verfügen kannst!«

Vicky begann zu weinen.

»Wie kannst du vor den Kindern so etwas sagen?«, schimpfte Mama.

»Weil du mich dazu provoziert hast«, gab Josephine zurück und zog ihre Älteste auf den Schoß, um sie zu trösten. Sie fühlte sich elend. Sie hätte sich vor ihren Kindern niemals so gehen lassen dürfen. Es ging schließlich um ihren geliebten Vater … *und um meinen geliebten Mann*, fügte sie in Gedanken zögerlich hinzu.

14

Josephine lag in ihrem abgedunkelten Schlafzimmer in der Rotenturmstraße. Ihre Kopfschmerzen pochten erbarmungslos. Im Nebenzimmer hörte sie ihr Neugeborenes schreien. Ihr viertes Kind hatte sie Josephine genannt, zum Andenken an Joseph. Wie hätte sich ihr Mann gefreut, wenn er sein Töchterchen noch hätte kennenlernen dürfen!

Doch ihre Gefühle gegenüber ihrem verstorbenen Gatten waren gemischt. Zwar war sie ihm dankbar für das Vertrauen, das er in sie gesetzt hatte, und dafür, dass er ihr das für eine junge Frau seltene Privileg der Vormundschaft über ihre Kinder und die Verwaltung seines Vermögens zugestanden hatte. Aber nachdem sie in den vergangenen Wochen eine Vorstellung davon bekommen hatte, wie sehr seine Finanzen im Argen lagen, mischten sich zum Teil auch Zorn und Wut in ihre Erinnerungen an ihn.

Sterben kann man schließlich immer, dachte sie verbittert, *da sollte man sehen, dass man die Seinen gut versorgt zurücklässt.*

Ob der Kaiser sie finanziell unterstützen würde, stand in den Sternen. Bislang hatte er weder Geld geschickt noch irgendetwas unternommen, das ihre Gläubiger vertröstete. Lediglich ihr Bruder und ihre Mutter griffen ihr finanziell unter die Arme.

Josephine hatte in den ersten Wochen nach ihrer Rückkehr aus Prag damit begonnen, einige Räumlichkeiten des Gebäudekomplexes in der Rotenturmstraße anderweitig zu vermieten. Das würde ihr ein paar Wochen Aufschub gewähren bis zum Bankrott. Sie presste ihre Hände an die Schläfen. Was konnte sie noch machen, um zu Geld zu kommen?

Therese kam herein und brachte ihr eine Schale mit Hühnerbrühe. »Iss, Pepi, damit du zu Kräften kommst.«

Josephine griff nach der Schale, obwohl sie keinen Appetit verspürte. Seit Tagen hämmerte ihr Schädel, ihr war übel, und kein Mittel half. Als sie nun ein bisschen von der Hühnerbrühe zu sich genommen hatte, begann sie zu schwitzen. Sie stellte die Schale beiseite. »Wie geht es den Kindern?«

Therese strich die Laken glatt. »Gut. Die größeren Kinder spielen und malen mit dem Kindermädchen, und die kleine Sephine wird gerade von der Amme gestillt, gleich schläft sie bestimmt ein.«

Da Josephine und ihre jüngste Tochter denselben Vornamen hatten, nannten sie den Säugling Sephine, um Verwechslungen zu vermeiden.

Sie schloss die Augen. Ihren Kindern ging es gut. Sie konnte also schlafen.

»Willst du nicht noch etwas mehr essen?«, fragte Therese.

Sie schüttelte nur den Kopf.

Am Nachmittag verließ Josephine das Bett, um sich erneut den Finanzen zu widmen. Ihr Notar hatte ihr einen Brief geschrieben und um Erledigung einer dringenden Angelegenheit gebeten, damit ihr ein Gläubiger einen weiteren Aufschub gewährte. Sie fühlte sich sehr schwach und war mental kaum in der Lage, sich mit den haarigen rechtlichen Problemen auseinanderzusetzen. Nachdem sie den Notar gesprochen hatte, schleppte sie sich zu zwei weiteren Terminen mit Mietinteressenten für Wohnungen in der Rotenturmstraße. Danach erledigte sie die Korrespondenz und war fest entschlossen, sich nicht unterkriegen zu lassen. Doch ihr Kopf schmerzte ununterbrochen.

Als ihr der Bankier am Abend neue Zahlen vorlegte, die noch verheerender waren als die vorherigen, überkam Josephine eine Welle der Angst. *Ich kann mich anstrengen, wie ich will, es wird nicht klappen*, dachte sie.

Fröstelnd hüllte sie sich in eine Decke. Ihre Zähne klapperten aufeinander. Schließlich legte sie sich ins Bett. Kurz darauf kam ein Fieberschub.

Ob sie träumte oder wach war, wusste sie nicht. Ab und zu kamen Therese, Charlotte oder ihre Mutter und flößten ihr Tee oder Brühe ein. Ein Arzt verordnete ihr eine bitterschmeckende Medizin. Ein paarmal hörte sie ihre Kinder weinen.

Als sich Josephine endlich wieder aufsetzen konnte, erfuhr sie, dass sie drei Wochen in einem halbkomatösen Zustand zwischen Leben und Tod verbracht hatte.

Wenn auch ich sterbe, haben meine Kinder niemanden mehr, dachte sie entsetzt. *Ich muss es schaffen!*

Es dauerte noch einige Tage, bis sie aufstehen konnte. Ihre Sprösslinge begrüßten sie mit großem Hallo, und sie verbot sich eine Zeit lang, die finanzielle Situation zu prüfen. Erst einmal wollte sie nur mit ihren Kindern spielen, sie auf den Schoß nehmen und mit ihnen lachen.

Vor allem Vicky bereitete ihr Sorgen. Sie wimmerte, weinte und schrie oft im Schlaf.

»Sie hat Angst, ihre Mama zu verlieren«, meinte der Arzt. »Sie hat den Tod ihres Vaters erlebt und nun die Krankheit der Mutter. Ihre anderen Kinder sind noch zu klein, um den Ernst der Lage zu begreifen.«

Josephine hatte ein schlechtes Gewissen. Vor lauter Geldsorgen hatte sie ihre Kinder vernachlässigt und zumindest ihrer Ältesten einen nachhaltigen Schrecken eingejagt, als sie todkrank gewesen war.

In den kommenden Wochen versuchte sie, den unmöglichen Spagat zwischen einer liebenden Mama und einer knallharten Geschäftsfrau hinzubekommen. Sie vermietete weitere Räume, aber sie und ihre Kinder lebten von der Hand in den Mund. Ohne die finanzielle Hilfe ihrer Familie wäre sie bankrott gewesen.

Im Frühsommer saß sie eines Abends weinend vor den Zahlen, die ihr der Bankier geschickt hatte, als Charlotte hereinkam.

»Wenn du so weitermachst, Pepi, bekommst du einen Nervenzusammenbruch und wirst wieder krank. Denk an dich. Unternimm etwas Schönes. Geh ins Konzert – oder nimm wieder Klavierunterricht bei van Beethoven!«

Josephine starrte sie an. »Meinst du?«

»Warum nicht? Das hat dir doch damals stets gutgetan.«

Sie schwieg. Nach ihrer Hochzeit hatte sie den Kontakt zu Ludwig noch eine Zeit lang aufrechterhalten und hatte ihn wiederholt zu Soireen in die Rotenturmstraße eingeladen. Diesen Einladungen war er immer gefolgt. Sie hatten wunderbare musikalische Vorträge von ihm und seinen Kollegen gehört, auch sie selbst hatte Klavier gespielt. Bisweilen hatte sie sogar wieder Unterricht bei Ludwig genommen, wozu Joseph sie ermutigt hatte.

Die zarte Liebe, die im Frühjahr 1799 zwischen ihr und Ludwig entstanden war, hatten jedoch sowohl sie als auch Ludwig energisch unterdrückt. Sie, weil sie Joseph lieb gewonnen hatte und mit ihren Kindern vollauf beschäftigt gewesen war, und Ludwig, weil er hohe moralische Prinzipien in Sachen Ehe vertrat und niemals zum Ehebrecher geworden wäre.

Als ihr Mann und sie angesichts ihrer prekären finanziellen Situation nach Prag übergesiedelt waren, um dem teuren Pflaster Wiens zu entkommen, war der Kontakt zu Ludwig abgebrochen.

»Dir muss es gut gehen«, insistierte Charlotte jetzt, »damit es deinen Kindern gut gehen kann. Sie brauchen vielmehr dich als das Geld. Also tu etwas für deine Gesundheit, sonst werden wir dich bald wieder pflegen müssen.«

»Vielleicht hast du recht.« Josephine zwirbelte eine Locke um ihren Finger.

»Morgen Vormittag spielt van Beethoven im Salon der Fürstin Lichnowsky. Sie hat auch dich eingeladen. Wie schon all die Wochen zuvor. Therese hat immer höflich abgesagt, während du bettlägerig warst.«

»Gut, ich überlege es mir«, sagte Josephine und stand auf. Aber im Grunde genommen hatte sie sich bereits entschieden.

15

Wien, im Sommer 1804

»Gräfin Deym, wie schön, Sie bei uns zu Gast zu haben!« Die Fürstin Lichnowsky küsste Josephine auf beide Wangen. »Ich hoffe, Sie sind wieder vollständig hergestellt nach Ihrer Krankheit?«

»Oh ja, vielen Dank für Ihre liebe Einladung.«

»Exquisite Musik belebt die Sinne und fördert die Gesundheit.« Die Fürstin geleitete Josephine in den Salon, wo die musikliebende Noblesse Wiens versammelt war. Unter ihnen stand Ludwig, wie sie ihn in Erinnerung hatte: gut aussehend, energiegeladen, charmant. Plötzlich erinnerte sie sich an die Soiree fünf Jahre zuvor, als er sie aufgefordert hatte, vor allen Gästen der Lichnowskys Klavier zu spielen. Das war ihr Durchbruch gewesen, damals hatte sie sich auf einen Schlag einen Ruf als hervorragende Pianistin gemacht.

Als sie Ludwig jetzt dort stehen sah, so vital und attraktiv wie eh und je, klopfte Josephine das Herz bis zum Hals. *Sei nicht albern,* schalt sie sich. *Du bist kein junges Mädchen mehr.* Aber ihr Herz hörte nicht auf die Einwände ihres Verstands. Es klopfte den Takt, der ihm für die Situation angemessen erschien. Und das war eben jetzt ein *Vivace* und kein *Adagio.*

Während sie ein paar Damen aus ihrer Bekanntschaft begrüßte, beobachtete sie Ludwig aus dem Augenwinkel.

Er war gerade in eine angeregte Unterhaltung mit dem Hausherrn verwickelt. Doch dann drehte er sich zu ihr um und riss vor Erstaunen die Augen auf. Er fing sich recht schnell wieder, beendete sein Gespräch mit Lichnowsky und näherte sich ihr. »Gräfin Deym.« Er verbeugte sich. »Wie geht es Ihnen?«

Die Schwingungen seiner sonoren Stimme erfassten Josephine im Nu. Ihr wurde ganz warm, und ein angenehmes Kribbeln breitete sich in ihrem Magen aus. »Danke, gut«, antwortete sie leise.

»Wirklich?« Er schien nicht überzeugt.

Wahrscheinlich hatte er die Gerüchte um ihre Krankheit und den drohenden finanziellen Ruin gehört.

»Es tat mir außerordentlich leid, vom Tod Ihres Gatten zu erfahren.«

»Es ist schon eine Weile her, aber ich freue mich sehr über Ihre Anteilnahme.« Sie strich sich eine Locke hinters Ohr. »Erzählen Sie, was haben Sie komponiert, seitdem wir uns das letzte Mal begegnet sind?«

»Nun, das werden Sie gleich hören.« Er lächelte. »Und was macht Ihr Klavierspiel?«

Josephine zögerte. Sie hatte wochenlang nicht Klavier geübt. Im Grunde genommen hatte sie seit Josephs Tod nur noch sporadisch gespielt und kein neues Stück mehr einstudiert, geschweige denn vorgetragen.

»Sie wollen mit Ihrem Schweigen doch nicht etwa andeuten, dass Sie Ihr Spiel vernachlässigt haben, oder?«, fragte Ludwig im Ton eines Lehrers, der er ja für sie auch einmal gewesen war.

»Sie haben es leider erraten, lieber Herr van Beethoven.« Josephine klappte ihren Fächer auf, denn sie spürte, wie ihre Wangen heiß wurden. »Meine familiären Pflichten haben mich davon abgehalten. Deshalb ist mein Spiel momentan ziemlich dürftig.«

»Das ist absolut inakzeptabel, werte Gräfin! Das Klavierspiel gehört zu Ihnen wie … Ihre schönen Haare oder Ihr liebenswertes Lächeln. Sie dürfen es nicht vernachlässigen!«

Er baute ihr goldene Brücken, um ihr eigentliches Anliegen vorzutragen. Aber sein offenes Kompliment hatte sie ein wenig aus der Fassung gebracht. Sie räusperte sich. »Erlauben Sie mir, Sie zu fragen – gleichwohl es eine Zumutung sein muss, mich derzeit Klavier spielen zu hören, – ob Sie mich noch einmal unterrichten würden?« Sie fächerte sich nun eifrig Wind zu. »Ich fürchte nämlich, dass ich allein nicht die nötige Zeit und Energie aufbringe, meinen früheren Stand wieder zu erreichen.«

»Selbstverständlich, werte Gräfin, stehe ich zu Ihren Diensten. Nichts täte ich lieber als das.« Er lächelte – siegesbewusst.

»Ich werde Sie natürlich bezahlen …«

»Kommt nicht infrage!«

»Doch!« Josephine sah ihm geradewegs in die Augen. »Anders als damals spiele ich jetzt nicht gut. Mich würde es schmerzen, wenn Sie mir nur aus Gefälligkeit Unterricht erteilten und daran noch nicht einmal etwas verdienten. Es wäre so, als ob … Sie einer armen Witwe Almosen geben würden.«

Er starrte sie an. Hatte sie ihn beleidigt? Plötzlich lachte er laut.

Die Leute blickten in ihre Richtung.

Josephine versteckte sich hinter ihrem Fächer, denn sie spürte, dass sie rot wurde.

Da beugte sich Ludwig verschwörerisch zu ihr herunter und raunte ihr zu: »Ich werde einer armen Witwe immer

Almosen geben. Das ist meine Pflicht als Christenmensch. Und wenn die Witwe klug und schön ist, tue ich es sogar … mit Begeisterung.«

Nun wurde es Josephine endgültig heiß. »Gut, wann können Sie kommen? Schon morgen?«

»Gern. Wieder um die Mittagszeit, so wie früher auch?«

Sie lächelte und nickte. Sie hatten da angeknüpft, wo sie fünf Jahre zuvor stehengeblieben waren. Es war gar nicht so schwer gewesen.

Fürst Lichnowsky klatschte in die Hände und bat die Anwesenden, Platz zu nehmen. Sodann überließ er Ludwig die Bühne. Van Beethoven spielte zunächst die A-Dur-Sonate von Mozart, die ihm Josephine als junges Mädchen in seiner damaligen Wohnung vorgespielt hatte. Ob er sich auch gerade daran erinnerte?

Sofort war sie eingenommen von der wunderbaren Melodieführung und von Ludwigs gefühlvoller Spielweise. Sie kämpfte mit den Tränen, die Musik berührte ihr Innerstes. Sie dachte an Joseph, an ihre Kinder, an ihre Jugend und ihre aktuelle Situation und wünschte sich nichts mehr, als dass Ludwig sie in die Arme nehmen und sie berühren würde, so wie er die Tasten des Flügels berührte und ihnen die wundersamsten Klänge entlockte.

Nach den fulminanten Schlussakkorden des türkischen Marschs nahm Ludwig den Applaus des Publikums entgegen und tupfte sich den Schweiß von der Stirn.

Dann folgte das eigentliche Herzstück des Konzerts: Seine vor Kurzem erst fertiggestellte Waldsteinsonate.

Josephine saß auf der Stuhlkante und lauschte mit angehaltenem Atem der Musik. Ludwig beschwor – trotz Pianissimo – ein wahres Klanggewitter herauf. Vereinzelt zuckten Melodieblitze über die Tastatur, und die Akkorde in schnellen Achtelnoten bildeten den Donner. *Wie macht er das nur?*

Die stürmische, drängende, kompakte Klangfülle vibrierte in ihr und um sie herum. Diese Sonate war ein Meisterwerk! Virtuoser ging es nicht mehr. Es war ein Klavierkonzert ohne Orchester. Gespielt von einem einzigen Mann mit nur zehn Fingern.

Als er geendet hatte, sprang das Publikum von den Plätzen und klatschte viele Minuten anhaltend.

Schließlich ließ sich Ludwig zu einer Zugabe erweichen. »Ich werde etwas improvisieren«, sagte er, und ein Raunen ging durch die Reihen, denn alle wussten, dass er das ganz hervorragend konnte. Er sah zu Josephine herüber und lächelte leicht.

Sie war gespannt, welche Klänge er dem Klavier entlocken würde.

Als er die ersten Takte spielte, stockte ihr der Atem, es war ihr, als würde er »Jo-se-phi-ne, Jo-se-phi-ne« skandieren. Die Notenwerte bildeten den Sprachrhythmus ihres Vornamens. Ob andere im Salon das auch bemerkten? Offensichtlich nicht. Die Gäste lauschten nur verzückt der lieblichen, anmutigen Melodie.

Sie fasste sich an den Hals. Er sprach zu ihr durch die Musik, er rief sie förmlich bei ihrem Vornamen und liebkoste ihn mit zarten Trillern und geschmeidigen Läufen. Immer wieder hörte sie »Jo-se-phi-ne, Jo-se-phi-ne« heraus. Ihr Herz pochte. Sie musste ihm antworten. Aber was?

16

Josephine wälzte sich hin und her und fand keinen Schlaf. Anders als sonst vereitelten jedoch nicht die Geldsorgen ihren Schlaf, sondern der Gedanke an Ludwig. Seine improvisierte Zugabe war von solch unglaublicher Zartheit gewesen. Die Melodie hatte sie wie ein Mantel umhüllt. Sie kannte Ludwigs Improvisationsfähigkeiten und zweifelte keinen Augenblick daran, dass er diese Melodie aus dem Stegreif entwickelt hatte, weil sie im Publikum gewesen war.

Er hatte ihr eine Geheimbotschaft in Noten geschickt, ein Gedicht aus Klängen, dessen Hauptthema »Jo-se-phi-ne« hieß. Seine Musik war für sie nicht abstrakt. Ihr war klar: Er hegte zärtliche, verliebte Gefühle für sie. Wie er es fertigbrachte, dies unmittelbar in die Musik einzuflechten, war ihr ein Rätsel. Er war eben genial.

Nach dem Konzert hatten Dutzende Zuhörer auf Ludwig eingeredet und ihm gratuliert. Sie hatte gar keine Chance gehabt, mit ihm über seine Improvisation zu sprechen.

Aber wie sollte sie ihm gegenübertreten, wenn er in wenigen Stunden kommen würde, um ihr Klavierunterricht zu geben? In ihrem Magen kreisten Schmetterlinge. Sie erinnerte sich an das Gefühl des Verliebtseins, das sie erfasst hatte, als sie Ludwig fünf Jahre zuvor das erste Mal begegnet war. Zwar hatte sie dieses *Sentiment* nach der Heirat mit

Deym in die hinterste Ecke ihres Gehirns verbannt, aber jetzt war es wieder da. Plötzlich und vehement.

Eigentlich wollte sich Josephine am Vormittag auf ihren Unterricht vorbereiten und zumindest Tonleitern und ein paar Repertoire-Stücke üben. Doch ihr älterer Sohn war ziemlich anhänglich. Da sie wegen Vickys Albträumen bereits ein schlechtes Gewissen hatte, wollte sie ihren Kindern so viel Aufmerksamkeit wie möglich widmen. Daher spielte sie den ganzen Morgen mit ihnen und rührte den Flügel nicht an.

Punkt zwölf Uhr läutete es an der Tür. Josephine übergab ihre Kinder dem Kindermädchen und eilte nach unten.

Ihr Diener hatte Ludwig schon geöffnet und ihn ins Musikzimmer geführt.

Wieder klopfte ihr Herz, als sie ihn neben dem Flügel stehen sah. »Herr van Beethoven, wie schön, dass Sie es einrichten konnten!«, begrüßte sie ihn, während der Diener noch mit dem Teeservice klapperte.

»Gräfin Deym.« Ludwig verbeugte sich. »Es ist mir eine Freude.«

Der Diener zog sich diskret in den Flur zurück.

»Wie haben Ihnen meine Kompositionen gestern gefallen?«

»Wunderbar! Traumhaft!«, rief Josephine und hielt dann inne. »Aber sagen Sie, das Thema Ihrer Improvisation …« Sie fuhr sich mit der Zungenspitze über die Lippen.

»Was ist damit?« Ludwig sah sie erwartungsvoll an.

»Nun, es klang wie … mein Vorname.« Sie errötete.

»So?« Er setzte sich an den Flügel und begann zu spielen. »Was Sie nicht sagen! Tatsächlich. Dass mir das nicht früher aufgefallen ist!« Er lächelte verschmitzt.

»Sie Schelm!« Josephine tat empört. »Es *ist* Ihnen früher aufgefallen! Oder darf ich sogar die verwegene Behauptung aufstellen, dass Sie das gestern Abend *absichtlich* so gespielt haben?«

Er bedeutete ihr, sich neben ihn an den Flügel zu setzen. Seine Nähe und sein leicht herber Duft, den er aufgetragen hatte, ließen ihr Herz schneller schlagen.

Da improvisierte er eine zarte Melodie, die voller Jo-se-phi-ne-Rufe war, und sagte: »Manchmal überkommt mich ein musikalischer Gedanke aus dem Nichts. Ob es schlussendlich Absicht ist oder nicht, was ich improvisiere oder komponiere, kann ich später nicht immer sagen.«

Sie lächelte.

»Aber in diesem Fall«, er spielte eine virtuose Glissando-Tonleiter und ließ sie in einen Pianissimo-Triller münden, »hatte ich tatsächlich Ihren Vornamen im Kopf, als ich gestern diese Melodie spielte: Jo-se-phi-ne, Jo-se-phi-ne.« Dazu spielte er erneut seine liebliche Melodie.

Sie schnappte nach Luft. Er machte ihr gerade eine Liebeserklärung – auf die schönste Weise, die es in der ganzen Menschheitsgeschichte je gegeben haben konnte. »Danke«, flüsterte sie. »Vielen Dank.«

Er hörte auf zu spielen und sah sie an. »Ich freue mich, dass Sie mich gleich verstanden haben.«

In diesem Augenblick klopfte es an der Tür, und Therese steckte den Kopf herein. »Herr van Beethoven, wie schön, Sie hier zu sehen!«

Er stand auf und verneigte sich.

Josephine kochte vor Wut. Warum war ihre Schwester hereingeplatzt? Wollte sie etwa am Unterricht teilnehmen?

Doch Therese war in der Funktion der Sittenpolizei gekommen. »Ich habe Sie spielen hören. Da ich das Stück nicht kenne, bin ich so frei und neugierig, Sie zu fragen, ob dies eine neue Komposition von Ihnen ist?«

»Oh, es sind Vorstudien dazu«, sagte Ludwig. »Ich war gerade dabei, Ihrer Schwester zu erklären, wie ich beim Komponieren vorgehe.«

»Aber, Pepi, willst du nun das Komponieren anfangen?«, fragte Therese.

»Nein!« Josephine runzelte die Stirn. »Jedoch war ich so frei und neugierig, ihn über seine Arbeit auszufragen, weil sie mich interessiert.« Sie hatte bewusst Thereses Wortwahl wiederholt.

Für ihre ältere Schwester hatte sich weder in jenem Sommer 1799 noch in den Jahren danach ein geeigneter Heiratskandidat gefunden. Nun war Therese dreißig Jahre und jenseits des heiratsfähigen Alters. Jetzt spielte sie sich als Anstandswauwau auf. Leider war auch Charlotte, ihre jüngere Schwester, bislang nicht unter die Haube gebracht worden. Daher hatte Josephine nun zwei Schwestern und eine Mutter, die auf sie – die junge Witwe – »aufpassten«, oder besser gesagt, ihr Vorschriften machten, wie sie sich zu verhalten hatte.

»Wir wollten gerade mit ein paar technischen Übungen anfangen«, sagte Ludwig an Therese gewandt, um die Situation zu entschärfen. »Ihre Schwester sagte mir, dass sie viele Monate nicht geübt habe. Sie werden hingegen, wie ich hoffe, weiterhin regelmäßig Klavier gespielt haben?«

»Oh ja.« Therese ließ sich auf dem Sofa nieder. »Es ist mir mein liebster Zeitvertreib.«

Meiner auch, dachte Josephine verbittert. Aber anders als ihrer Schwester war es ihr nicht vergönnt, noch uneingeschränkt am Vermögen der Familie Brunsvik teilzuhaben und tagein, tagaus zum Vergnügen Klavier spielen zu können.

»Dann werden die folgenden Übungen für Sie nicht sonderlich interessant sein«, sagte Ludwig zu Therese, »denn sie dienen dazu, die Geläufigkeit der Finger wiederherzustellen, die Sie sicherlich nie verloren haben.« Er drehte er sich zu Josephine um. »Spielen Sie mir nach.«

Sie musste sich konzentrieren. Ludwig spielte ein paar Takte vor, die sie sogleich wiederholte. Dann wechselte er den Rhythmus; und sie wieder hinterher. Er modulierte in eine andere Tonart und vergriff sich absichtlich. Sie ahmte alles nach. Er wurde immer schneller und schneller. Josephine konnte mithalten, doch sie merkte, wie sie an ihre Grenzen kam.

»Sie sind noch so flink wie früher!«, rief Ludwig gespielt enttäuscht, als er dieses Nachahmspiel nach fünf Minuten abbrach. »Ich hatte gehofft, als Gewinner aus dieser Schlacht hervorzugehen.«

Josephine lachte und knetete ihre Finger: »Lange hätte ich nicht mehr durchgehalten.«

»Eine sehr wirksame Übung«, meldete sich Therese vom Sofa aus.

Was macht sie immer noch hier, ärgerte sich Josephine. *Es ist meine Wohnung, mein Musikzimmer und mein Unterricht!*

Ludwig, der ihre Gereiztheit neben sich spürte, ging sofort zur nächsten Übungseinheit über. »Wir spielen Mozart«, sagte er. »Die C-Dur-Klaviersonate. Sie ist nicht besonders schwierig, aber wunderschön, und wir können musikalisch daran arbeiten.«

Josephine hatte diese Sonate früher oft gespielt. Sie suchte die Noten heraus und begann. Der erste Satz klappte bis auf ein paar Läufe ganz gut, doch es lagen Welten zwischen ihrem damaligen Können und dem, was sie jetzt ohne Vorbereitung spielte.

Ludwig spürte ihre Frustration, ließ ihr jedoch keine Zeit, diese auszudrücken, sondern forderte sie auf, bestimmte Takte in einem anderen Rhythmus zu spielen.

Sie tat, wie ihr geheißen wurde. Sie wünschte, Therese würde den Raum verlassen, denn allein mit ihm würde sie sich nicht so schlecht fühlen wie mit ihr als Zuhörerin.

Als die Uhr die volle Stunde schlug, stand ihre Schwester auf. »Es war mir eine Freude, Ihnen beim Unterrichten zuzusehen, Herr van Beethoven.« Und an Josephine gewandt sagte sie: »Ich hole schon einmal die Kinder an den Mittagstisch.«

Als sie draußen war, lächelte Ludwig. »Sie spielen immer noch gut, Josephine. Bald werden Sie wieder hervorragend spielen.«

Josephine? Hatte sie richtig gehört? Hatte er sie beim Vornamen genannt?

Als ob er ihre Gedanken gelesen hätte, sagte er: »Wie hätte ich sonst meine Zugabe gestern entwickeln sollen? Bei ›Gräfin Deym von Střítež‹, wie Sie offiziell heißen, gerät jedes Taktschema aus den Fugen.«

Josephine lachte, hielt sich aber gleich eine Hand vor den Mund. Wenn man sie laut lachen hörte, stünde Therese sofort wieder auf der Matte. Sie räusperte sich. »Ich habe Sie insgeheim auch immer Ludwig genannt. Wie sehr habe ich aufpassen müssen, dass ich mich niemals verplappere.«

»Aha.« Er zwinkerte schelmisch. »Da haben wir wohl unabhängig voneinander dieselbe Idee gehabt. Dann bleiben wir ab jetzt bei unseren Vornamen?«

Sie spürte, wie sie rot wurde. »Gern. Allerdings nicht vor anderen. Ich kann als Witwe leicht den Ruf verlieren …«

Er berührte sachte ihren Unterarm. »Ich weiß, Josephine. Ich werde Sie niemals in Verlegenheit bringen und Sie vor anderen stets als Gräfin anreden. Doch wenigstens in Ihrer Gegenwart muss ich das nicht mehr tun und darf Sie beim Vornamen nennen. So wie früher.«

Sie hielt ihm die Hand hin. »Wann kommen Sie wieder?«

Er streifte sanft über ihre Finger und hauchte einen Kuss auf ihren Handrücken. »Wann immer Sie möchten.«

Sie seufzte. Sie musste vorsichtig sein. Ihr Gatte war noch nicht einmal ein halbes Jahr tot. »In drei Tagen?«

Ludwig legte theatralisch eine Hand ans Herz. »So lang muss ich warten?« Aber dann wurde er ernst und nickte. »Bis in drei Tagen, Josephine.«

17

So lang brauchten sie gar nicht mehr zu warten, bis sie sich wiedersahen. Denn tags darauf, als Josephine mit anderen Damen bei der Fürstin Lichnowsky zum Tee war, traf sie dort auf Ludwig, der eine Unterredung mit dem Fürsten hatte. Lichnowsky war Ludwigs Hauptförderer und zahlte ihm eine monatliche Apanage. Josephine nahm an, dass Ludwig ihn deswegen aufsuchte.

Außer dem Austausch von ein paar Begrüßungsfloskeln konnte sie nicht mit ihm sprechen, aber Josephine merkte, wie aufgeregt sie in seiner Gegenwart wurde. Es kostete sie viel Mühe, vor der Fürstin und den anderen Damen ein unbeteiligtes Gesicht aufzusetzen. Dass es ihr nicht in Gänze gelang, wusste sie sofort, nachdem Ludwig den Raum verlassen hatte, denn drei Damen steckten die Köpfe zusammen und tuschelten hinter ihren Fächern.

Josephine tat so, als ob es sie nichts anginge, dennoch ärgerte sie sich maßlos über das Geschnatter. Sie stand auf. »Meine Damen, ich muss leider schon aufbrechen. Der nächste Termin ruft.«

»Ach, wie schade!«, rief eine der Klatschbasen. »Was haben Sie heute noch vor?«

Das geht Sie nichts an, dachte Josephine grimmig, setzte aber ihr charmantestes Lächeln auf. »Eine Immobilienangelegenheit«, sagte sie und wandte sich zum Gehen.

»Oh, das tut mir leid. Wie ich höre, hat Ihr verstorbener Gatte Ihnen mit seinem Nachlass eine große Bürde aufgehalst«, säuselte eine Baronin.

Josephine durchbohrte das intrigante Weibsstück mit ihrem Blick. »Mein verstorbener Gatte hielt mich für klug genug, alle Angelegenheiten, mit denen sich gewöhnlich ausschließlich Männer befassen, eigenständig und in seinem Sinne regeln zu können.«

Normalerweise bestimmten adelige Männer testamentarisch einen Verwalter für ihre Güter und einen Vormund für ihre Kinder. Nur wenige trauten ihren Gattinnen zu, solche Aufgaben ausführen zu können. Schon gar nicht, wenn diese nur halb so alt waren wie sie selbst. Das Vertrauen, das Joseph in sie gesetzt hatte, war daher außergewöhnlich.

Als Josephine die Tür hinter sich ins Schloss fallen hörte, wusste sie, dass sie sich nicht nur die Baronin, sondern wahrscheinlich auch die meisten anderen der anwesenden Damen zu Feindinnen gemacht hatte.

Sie erledigte einen Termin bei ihrem Bankier und war hocherfreut, dass die Vermietungen der Räumlichkeiten in der Rotenturmstraße erste positive Anzeichen in der Bilanz zeigten.

Als sie zwei Stunden später nach Hause kam, lief ihr ihre Mutter wie eine Furie entgegen: »Sag mal, bist du von Sinnen? Was fällt dir ein, die gesamte Noblesse Wiens derart vor den Kopf zu stoßen?«

Ihr Verhalten im Salon der Fürstin Lichnowsky hatte offensichtlich schnell die Runde gemacht. Gelassen zog Josephine die Hutnadel aus ihrem Hut und legte ihn auf der Kommode ab. »Man könnte meinen, ich werde bespitzelt«, sagte sie spöttelnd. »Erst vor zwei Stunden habe ich das

Palais der Lichnowskys verlassen. In der Zwischenzeit habe ich lediglich mit unserem Bankier gesprochen, mal abgesehen von den fünf Worten, die ich mit dem Kutscher gewechselt habe. Und nun komme ich nach Hause, und du scheinst über jedes Wort, das ich bei den Lichnowskys verloren habe, auf dem Laufenden zu sein.«

»Pepi, du hast eine Baronin brüskiert, und die Fürstin Lichnowsky dazu, schließlich war sie die Gastgeberin.«

»Die Baronin hatte zuvor mich brüskiert. Und ich bin auch von Adel. Daher werde ich wohl das Recht haben, mich zu verteidigen. Zu Schaden gekommen ist dabei niemand, außer vielleicht ihre spitze Zunge, auf die sie sich eventuell gebissen hat.«

Josephine war nicht gewillt, sich wie ein kleines Mädchen von ihrer Mutter abkanzeln zu lassen. Betont lässig sah sie die Post durch, die der Diener auf ein silbernes Tablett gelegt hatte. Eine Nachricht von Ludwig war darunter. Ihr stockte der Atem.

Mama schien dies zu bemerken. Denn sogleich schimpfte sie weiter: »Da gibt es noch etwas! Wie mir zu Ohren kam, hast du mit diesem Beethoven im Salon der Lichnowskys unziemliche Blicke ausgetauscht.«

Josephine pfefferte das Schreiben zurück auf das Silbertablett. »Diese hochwohlgeborenen Damen sind neidisch, weil mein verstobener Mann mir Aufgaben übertragen hat, die ihre Gatten ihnen niemals anvertrauen würden. Deswegen verbreiten sie Gerüchte über mich. Das musst du doch auch kennen, Mama. Dir hat Papa doch auch alle Angelegenheiten anvertraut und nicht irgendwelche Anwälte oder Verwalter bestimmt.«

»Ja, das ist mir nicht unbekannt.« Mama wirkte plötzlich versöhnlicher. »Daher musst du ganz besonders tugendhaft sein, Pepi, und darfst dir nicht den geringsten Fehltritt erlauben.«

Josephine nickte. Sie sah ein, dass ihre Mutter recht hatte. Künftig musste sie vorsichtiger sein.

Als Mama in ihr Zimmer gegangen war, riss Josephine Ludwigs Nachricht auf.

> *Was halten Sie davon, wenn wir uns in den nächsten Klavierstunden meine Sonate pathétique vornehmen? Sie haben sie damals so schön gespielt. Wenn Sie mögen, können Sie sie schon einmal üben, bis wir uns das nächste Mal sehen. Übrigens kann ich morgen Abend im Palais Lobkowitz mit einer reduzierten Orchesterbesetzung und nur vor wenigen ausgewählten Zuhörern meine dritte Sinfonie proben, bevor sie in ein paar Monaten öffentlich aufgeführt wird. Möchten Sie nicht kommen?*

Sie schnupperte am Briefbogen und meinte, Ludwigs herben Duft zu vernehmen. Wie gern würde sie ins Palais Lobkowitz gehen und als eine der Ersten Ludwigs dritte Sinfonie anhören. Aber das konnte sie sich nicht erlauben. Sie stand im Fokus des öffentlichen Geschehens. Viele adlige Klatschbasen waren nicht nur auf ihre Schönheit, Klugheit und pianistischen Fähigkeiten neidisch, sondern auch auf ihre privilegierte Stellung als Vormund ihrer Kinder und finanzielle Verwalterin der Güter ihres verstorbenen Mannes. Wenn sie nun Ludwigs Einladung annehmen und bei Lobkowitz auftauchen würde, würde sich die ganze Stadt das Maul zerreißen und ihr eine Liaison mit Ludwig andichten. Sie seufzte. Sie würde ablehnen müssen.

Aber seinen anderen Vorschlag würde sie annehmen und selbstverständlich seine Sonate üben! Die *Sonate pathétique* hatte sie fünf Jahre zuvor mit Therese unter Ludwigs Anleitung geübt, als … sie sich das erste Mal in ihn verliebt hatte. Verträumt drückte sie seinen Brief gegen ihre Brust. Sie konnte es kaum erwarten, ihn wiederzusehen!

18

»Schade, dass Sie gestern nicht bei Lobkowitz sein konnten«, sagte Ludwig, als er zwei Tage später zum Klavierunterricht kam. »Ich hätte gern Ihre Meinung zu meiner dritten Sinfonie gehört.«

Josephine lächelte. »Ich hätte sie sehr gern gehört, aber ich muss momentan vorsichtig sein.«

Er sah sie fragend an.

Sie schenkte ihm eine Tasse Tee ein. »Ich habe vorgestern bei den Lichnowskys eine Baronin düpiert, nachdem Sie gegangen waren, und das hat in gewissen Kreisen für etwas Aufregung gesorgt, wenn Sie verstehen, was ich meine.«

»Was ist passiert?«, fragte er erschrocken.

Sie schmunzelte. »Sie sind offensichtlich der einzige Mensch in Wien, der noch nichts von dem Eklat gehört hat.«

»Ich habe die halbe Nacht an einer neuen Sinfonie gearbeitet«, erklärte er und nahm einen Schluck Tee.

»Darf ich Ihre musikalischen Ideen hören?«

»Ja, aber jetzt erzählen Sie erst einmal, was bei den Lichnowskys passiert ist.«

»Angeblich habe ich Ihnen dort unziemliche Blicke zugeworfen.«

»Tatsächlich?« Er zwinkerte. »Das ist mir gar nicht aufgefallen. Wie unaufmerksam von mir.«

Sie kicherte. »Auf jeden Fall habe ich danach die Damen

gegen mich aufgebracht, indem ich ihnen unter die Nase rieb, dass mein verstorbener Gatte mich mit der Vormundschaft unserer Kinder und der Verwaltung seines Vermögens beauftragt hat, was ihnen ihre Gatten wahrscheinlich nie zutrauen würden.«

Ludwig spitzte die Lippen. »Das war hart für sie.« Er grinste. »Sie können aber austeilen!«

»Es war eine diplomatische Katastrophe«, gab Josephine zu. »Ich wollte den Klatschbasen den Kopf waschen. Doch jetzt stehe ich umso mehr unter Beobachtung. Meine Mutter und meine Schwestern bilden dabei die vorderste Front.«

»Verstehe. Auf mich können Sie sich verlassen. Ich muss auch vorsichtig sein. Wie Sie vielleicht wissen, verhalte ich mich manchmal wie ein Elefant im Porzellanladen, wenn das Temperament mit mir durchgeht. Das kommt bei den erlauchten Herrschaften, von denen ich mein Geld beziehe, nicht immer gut an.«

Sie nickte. Ludwigs Ausbrüche waren stadtbekannt. Normalerweise beherrschte er die hohe Kunst, sich auf dem schlüpfrigen Parkett der Wiener Noblesse zu bewegen. Aber er hatte auch schon einmal wutentbrannt einen Klaviervortrag abgebrochen, weil ein Graf partout nicht aufhörte, währenddessen zu schwatzen. »Für diese Leute spiele ich nicht«, hatte Ludwig gerufen, war aufgesprungen und gegangen.

Doch er war vom Geld der Adligen abhängig. Sie derart zu brüskieren, ging nicht. Es hatte Ludwigs Unterstützer wochenlange Arbeit gekostet, seinen Fauxpas vergessen zu machen. Josephine wusste, dass er alles tun musste, um die Gunst seiner Mäzene zu erhalten. Keinesfalls durfte ihn der Ruf ereilen, als Schürzenjäger in adligen Kreisen zu wildern.

»Also dann sollten wir uns auf Gesellschaften am besten

nicht mehr miteinander unterhalten«, sagte sie. »Das müssen wir auf die Zeit der Klavierstunden beschränken.«

»Ich werde mich bemühen, Sie links liegenzulassen, Gräfin.« Er tat gespielt beleidigt. »Im Gegenzug würde ich allerdings vorschlagen, Sie öfters unterrichten zu dürfen. Sagen wir, jeden zweiten Tag?«

Sie lachte. »Sehr gern. Vielleicht lassen Sie pro forma hin und wieder mal einen Termin ausfallen. Darf ich jetzt jedoch bitte hören, was Sie die halbe Nacht wachgehalten hat?«

»Na so was! Sie interessieren sich dafür, was ich des Nachts treibe?«

»Oh ja, brennend sogar.«

»Dann werde ich wohl mal lieber Ihre Neugier befriedigen.« Er setzte sich an den Flügel und donnerte das markerschütternde Motiv von drei Achteln und einer Halben im absteigenden Terzintervall in die Tastatur und wiederholte es sogleich einen Ton tiefer.

Josephine hielt die Luft an. Das Motiv war so durchdringend wie das laute Klopfen an eine Tür, das Unheil verkündete.

»Heftig«, sagte sie.

»Nicht traumhaft?«, neckte er sie.

Sie schüttelte den Kopf. »Furchterregend. Unheilvoll. Spannungsgeladen. Ich möchte unbedingt hören, wie es weitergeht.«

»Das dauert noch lang. Eine Sinfonie ist komplex. Ich muss zuvor viele Auftragswerke erledigen und habe auch noch die vierte Sinfonie in Arbeit. Doch dieses Motiv lässt mich einfach nicht mehr los.«

»Mich auch nicht.«

Er schlug einen Akkord an. »Jetzt sollten wir aber zur *Sonate pathétique* übergehen.« Er bedeutete ihr, sich neben ihn an den Flügel zu setzen. »Haben Sie sich schon wieder mit den Noten vertraut gemacht?«

»Ja.« *Stundenlang*, ergänzte sie in Gedanken. Ihre Knie wurden plötzlich weich, als sie sich auf den Klavierschemel setzte und Ludwigs Nähe spürte.

»Dann lassen Sie einmal hören.«

Ihre Hände waren mit einem Mal feuchtkalt. Sie legte sie auf die Tasten und bemerkte zu ihrem Schrecken, dass sie zitterten.

»Ach je!«, rief er und lachte. »Bin ich so furchteinflößend?«

Ihr Gesicht glühte, und sie ärgerte sich über sich selbst. Vier Kinder hatte sie geboren. Und nun saß sie da wie ein schüchternes Schulmädchen vor ihrem Lehrer, in den sie verliebt war.

Er legte seine Hände auf ihre.

Sie schnappte nach Luft und wollte sie wegziehen.

»Nicht«, sagte er. Er blickte konzentriert auf die Tasten, so wie er es immer tat, bevor er anfing zu spielen. »Die ersten Takte spielen wir gemeinsam.« Sodann drückte er ihre Hände sanft mit seinen Händen hinunter. Der erste Akkord erklang.

Josephines Herz klopfte.

»Spielen Sie weiter, Ton für Ton, Akkord für Akkord, ohne Rhythmus.« Er hielt seine Hände weiter über ihren.

Die Harmonien beruhigten ihr aufgewühltes Gemüt. Bald schlug ihr Herz langsamer, und sie konnte sich auf die Musik konzentrieren.

»Jetzt versuchen Sie es einmal im Rhythmus.« Er legte seine Hände in den Schoß.

Sie spielte die erste Seite.

»Sehr gut.« Er saß verträumt neben ihr. »Sie haben meine Sonate auch vor fünf Jahren schon wunderschön gespielt.«

Er sah sie an. »Aber jetzt ist ihr Spiel reifer geworden. Das tut der Sonate gut. Ich freue mich schon darauf, Sie sie demnächst auf einer Soiree vortragen zu hören.«

»Meinen Sie?« Josephine hatte immer gern vor Publikum gespielt. Bei den musikalischen Soireen, die sie und ihr Mann veranstaltet hatten, war sie oft selbst aufgetreten, bisweilen mit anderen Musikern, wie dem Geiger Schuppanzigh, mit dem sie Ludwigs Violinsonaten vorgespielt hatte. Sie wusste indes nicht, ob ihr jetzt neben der Erziehung ihrer Kinder und dem Kampf um die Finanzen Zeit bleiben würde, sich auf Hauskonzerte vorzubereiten.

Doch Ludwig war stur. »Selbstverständlich treten Sie wieder auf! Es wäre ein Verlust für ganz Wien, wenn wir Sie nicht mehr in den Salons hören würden. Sie haben ein natürliches Gespür für die Musik, Josephine. Sie spielen so, wie die Musik sein soll, ohne dass ein Lehrer es Ihnen erklären muss.«

»Aber die Technik fehlt mir momentan, und ich habe wenig Zeit …«

»Dafür bin ich ja jetzt da.«

Sie wollte etwas erwidern, doch da traf ihr Blick auf seinen. Seine dunkelbraunen Augen durchdrangen sie förmlich, und sie vergaß, was sie eigentlich hatte sagen wollen. Er wandte den Blick nicht ab, sie auch nicht. Ihr Herz klopfte laut. Die Luft zwischen ihnen knisterte.

Schließlich nickte sie leicht. »Gut, ich werde wieder auftreten und Ihre Sonate spielen.«

Wenn Ludwig sich in den Kopf gesetzt hatte, aus ihr wieder eine Pianistin zu machen, die in den Salons auftrat, dann war dies nicht wegzudiskutieren. Sein Wille war so stark, dass man ihn beinahe schon als dickköpfig bezeichnen konnte. Abgesehen davon war Josephines Ehrgeiz geweckt. Sie wollte es schaffen und wieder vor Publikum spielen!

19

Josephine verbrachte viele Stunden am Flügel. Sie vergaß über der Musik die Sorgen um ihre finanzielle Lage. Wenn sie Ludwigs Kompositionen spielte, konnte sie vollkommen abschalten. Ihre pianistischen Fähigkeiten verbesserten sich unter seiner musikalischen Führung deutlich. Und wenn sie sich nach dem Üben den Finanzen widmete, erschienen ihr die roten Zahlen nicht mehr ganz so furchterregend. Charlotte hatte recht gehabt, als sie sie überredet hatte, wieder Klavierunterricht zu nehmen. Das Leben lebte sich leichter mit Musik.

Im Juli brachen Mama, Therese und Charlotte nach Martonvásár auf. Ludwig kam jetzt mindestens vier Mal, eher fünf Mal pro Woche. Ihre Klavierstunden dehnten sich bis zum frühen Abend aus, fast so wie gut fünf Jahre zuvor. In der Öffentlichkeit vermieden sie es hingegen, sich allzu lang miteinander zu unterhalten. Josephines Ausrutscher gegenüber der Baronin war zwar bald vergessen, doch sie schwärmte für Ludwig wie ein junges Mädchen und hatte Angst, dass man es ihr ansehen würde.

Auch er strahlte immer über das ganze Gesicht, wenn er sie irgendwo in einer Gesellschaft erblickte, und musste sich sichtlich anstrengen, sie wie alle anderen zu behandeln. Seine Besuche bei ihr zu Hause waren daher für sie beide die einzige Gelegenheit, sich intensiv über die Musik und das Leben auszutauschen.

Er gewährte ihr uneingeschränkten Einblick in seine Arbeit, spielte ihr seine musikalischen Ideen vor, fragte sie, was sie davon hielt und wie sie auf sie wirkten. Josephine war sich bewusst, dass sie ein außerordentliches Privileg genoss. Denn Ludwig gab normalerweise selten etwas auf die Meinung anderer Leute. Wenn er mit einer Komposition Kritik erntete, beschimpfte er die Kritiker, zu ignorant zu sein, seine Musik zu verstehen. Bei ihr hingegen war er anders. Er hörte auf sie und schätzte ihre Ansicht.

Wenn sie nicht musizierten, sprachen sie über Literatur und Politik. Ludwig hegte gewisse Sympathien für die Gedanken der Französischen Revolution. Für Josephine, die sonst nur in adligen Kreisen verkehrte, war es verwegen, sich auf liberales Gedankengut einzulassen. Das war unter ihresgleichen vollkommen verpönt und durfte noch nicht einmal zum Spaß durchgespielt werden. Doch ihr gefiel es, sich mit Ludwig auf solch »gefährliches« Terrain zu begeben.

»Jemand wie ich wird in der derzeit herrschenden Gesellschaftsordnung immer nur ein Mensch zweiter Klasse sein«, sagte er. »Die Adligen scharwenzeln zwar um mich herum, weil alle hören, dass ich komponieren kann und dass ich ein Klaviervirtuose bin, den sie in ihren Salons vorzeigen können wie das achte Weltwunder. Aber dennoch werde ich von ihnen niemals als gleichwertig angesehen werden.«

Josephine schwieg. Er hatte recht. Selbst ihre Geschwister sahen das so.

Er seufzte. »Wenn Sie wüssten, Josephine, wie sehr mich die sogenannten Improvisationswettbewerbe, die die Fürsten und Grafen veranstalten, anwidern. Da werden hochkarätige Musiker aufeinandergehetzt wie zwei Kampfhähne, die so lange um die Wette spielen müssen, bis das Publikum einen von ihnen zum Sieger kürt. Meine Güte, was für ein elendes Schmierentheater!«

Sie senkte den Kopf. »Ich schäme mich für so manchen meiner adligen Bekannten und Verwandten.«

»Das müssen Sie nicht!«

»Doch.« Sie sah wieder auf. »Aber wenn es Sie tröstet, Sie werden bestimmt immer als Sieger hervorgehen, Sie sind einfach … der Beste.«

Er lächelte traurig und sah gedankenverloren vor sich hin. »Irgendwann, vielleicht schon bald, werde ich nicht mehr der Beste sein«, sagte er.

»Unsinn!«

»Josephine«, er räusperte sich, »was ich Ihnen jetzt erzähle, wissen nicht viele Leute, und es soll noch eine Weile geheim bleiben.«

Erstaunt blickte sie in seine dunkelbraunen, unergründlichen Augen. Welches Geheimnis wollte er ihr anvertrauen?

»Ich ertaube.«

Bis auf das Ticken der Wanduhr war es mäuschenstill. »Was?«, flüsterte sie. Ihr war, als habe ihr jemand eine Todesnachricht überbracht. Es fühlte sich sogar grausamer an als damals, als ihr der Arzt sagte, Joseph sei tot. Sie war wie benommen. Vielleicht hatte sie sich gerade verhört? Sie schluckte und rang um Fassung. »Wie schlimm?«, fragte sie heiser.

»Ich höre jeden Monat weniger«, gestand er. »Leider gibt es nichts, was ich tun könnte, um die schleichende Taubheit aufzuhalten.«

Ihre Augen wurden feucht. *Wieso muss so etwas ausgerechnet Ludwig passieren? Wieso ihm von allen Leuten auf der Welt?* Tränen rannen ihre Wangen hinab. Sie konnte sie nicht zurückhalten. Hemmungslos schluchzte sie auf.

Ludwig legte einen Arm um sie. »Entschuldige, dass ich dich zum Weinen gebracht habe.« Er wiegte sie hin und her.

Er hat mich geduzt, durchfuhr es sie. Aber sie konnte darauf nicht reagieren. Zu groß war der Schock über seine voranschreitende Gehörlosigkeit. Sie lehnte an seiner Brust und ließ sich von ihm trösten wie ein kleines Kind. Langsam beruhigte sie sich. »Eigentlich sollte ich dich trösten, nicht du mich.«

Er drückte sie sanft an sich. »Dafür wirst du genug Gelegenheit haben – in der Zukunft. Noch funktioniert mein Gehör, wenn auch nicht mehr so gut wie früher.«

Sie schwiegen eine Weile. Sie hielt seine Hand. Es fühlte sich richtig an, obwohl es vollkommen gegen die Etikette verstieß. »Wir haben uns geduzt«, sagte sie in die Stille hinein.

»Ja.« Er strich ihr eine Locke hinters Ohr. »Stört es dich?«

Sie schüttelte den Kopf. Schon lange lag das »Du« in der Luft. Allerdings gehörte es sich nicht. Man duzte sich erst … nach der Hochzeitsnacht. Laut sagte sie: »Wenn du mir solch ein Geheimnis anvertraust, müssen wir uns duzen.«

»Danke.«

Erstaunt sah sie zu ihm auf. »Wofür?«

»Dass ich dich duzen darf und dass du so … mitfühlend auf meine Taubheit reagiert hast.«

»Wirst du komponieren können?«, fragte sie. »Ich meine, hörst du die Musik im Kopf, vor deinem inneren Ohr?«

Er nickte. »Ja, ich höre sie. Ich hoffe, es wird so bleiben. Ich weiß, wie sich ein Quint- oder ein Quartintervall anhört. Ich kann, wenn ich das Notenbild einer Fuge von Bach sehe, die Musik hören, selbst wenn sie gerade nicht gespielt wird. Daher hoffe ich, dass ich auch meine eigene Musik in mir hören werde, wenn es so weit ist. Nur weiß ich nicht, was meine adligen Gönner von mir und meiner Musik halten werden. Schon jetzt ist es so, dass ich von der Presse verrissen werde, sobald ihnen eines meiner Stücke nicht gefällt oder sie es nicht verstehen. Jedes Mal habe ich dann Angst, dass ich die materielle Unterstützung meiner Mäzene verliere. Wie oft muss ich den Bückling machen, obwohl ich aufbegehren will. Ich muss mein Temperament drosseln wider meine Natur. Es ist nicht selten eine Zerreißprobe. Deshalb gefallen mir die liberalen Gedanken aus Frankreich, um noch einmal zum eigentlichen Thema zurückzukommen.«

Josephine drückte seine Hand. »Das verstehe ich. Obgleich ich als Adlige privilegiert bin, musste auch ich mir mein ganzes Leben lang anhören, dass ich dieses und jenes nicht sagen oder tun darf.« Sie seufzte. »Wenn du wüsstest, wie oft Mama und ich schon gestritten haben.«

Er streichelte ihre Finger. Einen nach dem anderen. »Du bist eine kleine Revolutionärin.«

»Ich finde einfach, dass Frauen ein Mitspracherecht haben sollten bei der Wahl ihrer Ehegatten und auch bei anderen Angelegenheiten. Wir sind höchstens halb so viel wert wie Männer.«

Er lächelte. »Du bist mehr wert als alle Männer der Welt zusammen, Josephine. Aber du hast recht: Unsere Gesellschaftsordnung sieht das anders und hat jeden von uns fest im Griff.«

Sie saßen immer noch eng beieinander.

»Wenn Mama oder meine Geschwister mich jetzt sehen könnten, wäre der Teufel los«, sagte sie.

»Weil ich kein Adliger bin?«

Sie senkte den Blick. »Sie lieben deine Musik und schätzen dich auch als Mensch, aber …«

»… nur so lange ich dein Klavierlehrer bin und nicht mehr?«

Sie sah auf und nickte.

»Wir werden vorsichtig sein, mein Engel.« Er hauchte einen Kuss auf ihre Stirn. »Ich werde dich niemals zum Gerede machen.«

Nein, das wird er nicht. Sie schmiegte sich an ihn. Er war durch und durch anständig.

20

Am nächsten Morgen saß Josephine über ihren Finanzbüchern, als ihr der Diener einen Brief brachte. Sofort erkannte sie Ludwigs geschwungene Schrift und brach das Siegel

Liebe Josephine,
anbei sende ich Ihnen »Ihr« Andante. Ich habe es soeben zu Ende komponiert und würde es gern mit Ihnen einüben, wenn Sie mögen. Morgen komme ich zum Unterricht, vielleicht wollen Sie es sich bis dahin schon einmal ansehen?
Ihr Ludwig

Sie runzelte die Stirn. Wieso siezte er sie? Aber sofort fiel ihr ein, dass das wahrscheinlich eine seiner Vorsichtsmaßnahmen war, falls per Zufall oder mit Absicht ein anderer den Brief öffnete.

Sie nahm die Notenblätter aus dem Umschlag. *Andante favori* las sie. Sie entzifferte die Noten. Ihr Herz schlug schneller. Ludwig hatte seine Josephine-Improvisation, die er vor ein paar Wochen bei den Lichnowskys aus dem Ärmel geschüttelt hatte, zu einer Komposition verarbeitet!

Ihr Andante.

Sie schnappte nach Luft. Er hatte ihr ein Stück komponiert, ein Stück, in dem er sie permanent beim Namen rief: Jo-se-phi-ne. Zwar trug es keine Widmung, aber er hatte es als *»Ihr« Andante* bezeichnet und es offensichtlich noch niemandem gezeigt.

Sie lächelte und drückte die Noten an sich. Es war ein Beweis seiner Zuneigung zu ihr. Einer Zuneigung, die er nicht vor der Welt zeigen konnte, um sie nicht in Schwierigkeiten zu bringen. Daher hatte er keine Widmung auf den Noten angebracht, sondern stattdessen in den beigefügten Brief geschrieben, dass es *»ihr«* Andante sei.

Ach, was für ein wunderbares Geschenk!

Sie legte den Brief in eine Innenschublade ihres Sekretärs, schloss ihn ab und ließ den Schlüssel an einem Bändchen in ihrem Ausschnitt verschwinden. Vorsicht war geboten! Das war Josephine nun klarer denn je.

Dann setzte sie sich an den Flügel und spielte die ersten Takte ihres Andantes. »Jo-se-phi-ne« schrieb er mit einer punktierten Sechzehntel, einer Zweiunddreißigstel und zwei Achteln. So zart, so romantisch, so unendlich liebevoll klang ihr Name in Ludwigs Musik.

Die Läufe perlten über die Tastatur, immer wieder unterbrochen durch die Jo-se-phi-ne-Rufe. Eine traumhafte Klangpoesie entfaltete sich vor ihren Ohren; viel schöner als jedes Gedicht, das aus Worten bestand. Ludwig konnte sich besser in Tönen als in Worten ausdrücken. Und Josephine verstand seine Sprache. In diesem Andante sagte er ihr, dass er sie unsterblich liebte.

»Ich weiß gar nicht, wie sehr ich dir für das *Andante favori* danken soll«, rief Josephine und umarmte Ludwig, als er am nächsten Tag zum Unterricht erschien. »Es ist das schönste Geschenk, das ich jemals erhalten habe.« Sie hatte ihm zwar bereits am Vortag einen Brief geschrieben und sich überschwänglich für das Klavierstück bedankt, dennoch musste sie es ihm noch einmal persönlich sagen.

Er drückte sie an sich und lächelte. »Es ist für dich gemacht. Es passt zu deinem Wesen. Während ich es komponierte, hatte ich nur dich vor Augen.«

Sie spürte, wie ihr das Blut in die Wangen schoss. »Vielen Dank! Ich hoffe, ich spiele es so, wie du es dir vorgestellt hast.«

»Lass hören.« Er wies auf den Klavierschemel.

»Willst nicht lieber du zuerst …?«

Er schüttelte den Kopf. »Es ist dein *Andante*.«

Sie setzte sich und begann zu spielen. Er stand neben ihr und blätterte ihr um. Seine Nähe und sein herber Duft ließen ihr Herz schneller schlagen. Die liebliche Melodie perlte über die Tastatur. Sie hoffte, dass sie sich nicht verspielte und dass ihr Anschlag nicht zu derb sein würde.

»Du spielst das *Andante* genauso, wie ich es mir vorgestellt habe«, sagte er, als sie zu Ende gespielt hatte. Sanft strich er über ihre Wange.

Ihr wurde ganz warm, und sie verspürte ein wohliges Kribbeln im Bauch. »Aber ich habe mich zweimal verspielt«, sagte sie leise.

Er quetschte sich neben sie auf den Klavierschemel. »Das macht nichts. Auch ich verspiele mich ab und zu. Wenn man aus Versehen eine falsche Taste anschlägt, dann ist das ein Zufall; beim nächsten Mal trifft man die richtige Taste. Es gibt hingegen Leute, die ein Stück fehlerfrei spielen, und dennoch klingt ihre Musik hohl und leer, weil sie das Wesen der Komposition nicht erfassen, oder schlimmer noch, sich keine Mühe geben, sie verstehen zu wollen. Das ist frevelhaft. Doch nicht, wenn du einen Ton nicht triffst, liebe Josephine. Mach dir darüber keine Gedanken.«

Sie wandte den Kopf zu ihm.

Sein Gesicht war ganz nah. Sie versank in seinen unergründlich dunklen Augen. »Danke«, flüsterte sie.

Da fühlte sie seine Hand in ihrem Nacken. Sachte zog er ihren Kopf nach vorn. Ihre Nasenspitzen berührten sich. Langsam öffnete sie den Mund, und ihre Lippen verschmolzen miteinander. Ihr Herz pochte. Es war, als ob er ihr neues Leben einhauchen würde. In ihrem Bauch flatterten Schmetterlinge. Sie griff nach seiner freien Hand und zog ihn näher, verlangte nach einem weiteren Kuss und nach noch einem. Ein leidenschaftliches Feuer entflammte in ihr.

»Mama, wo bist du?« Vickys Stimme riss Josephine aus Ludwigs Umarmung. Mit einem Satz sprang sie auf, gerade noch rechtzeitig, bevor ihre Tochter die Tür aufstieß.

»Was ist los, mein Schatz?« Sie griff hektisch nach einem Glas Wasser.

»Meine Puppe ist kaputt.« Vicky hielt ihr eine Puppe hin, die ein Bein verloren hatte.

»Oh je, da werden wir wohl den Puppendoktor aufsuchen müssen.« Josephines Puls raste. Aber sie tat so, als ob nichts gewesen sei. Sanft strich sie ihrer Tochter über den Kopf. »Geh schon einmal hoch und zieh dich an. Ich komme gleich, und dann gehen wir los.«

Als Vicky draußen war, drehte sie sich zu Ludwig um und zuckte entschuldigend mit den Achseln. »Es tut mir leid, ich … ich muss mich jetzt um meine Kinder kümmern.«

Er stand auf und lächelte. »Du bist wirklich ein Engel, Josephine.«

Die leidenschaftliche Atmosphäre zwischen ihnen war vorüber. Dennoch wackelten ihr die Knie, als sie ihm nun zum Abschied gegenüberstand.

»Es war wunderschön«, sagte er leise.

»Ja.« Ihre Stimme klang belegt. »Danke.« Ihr Herz pochte immer noch laut.

Er hob seinen Arm und streichelte ihre Wange. »Bis bald, mein Engel.«

Als er gegangen war, fasste sie sich an die Schläfen. *Was habe ich nur gemacht?*

»Mama, wo bleibst du?«, rief Vicky.

Sie musste sich zusammenreißen. »Ich komme, mein Schatz!« Sie setzte ihren Hut auf und steckte ihn mit einer Nadel fest. Ihr Diener half ihr in den Mantel. Dann griff sie nach Vickys Hand und verließ mit ihr das Haus, um den Puppendoktor aufzusuchen.

Ich habe Ludwig ermutigt, dachte sie, während sie mit ihrer Tochter durch die Gassen rund um den Stephansdom lief. Schon das Du war ungebührlich, dann die Zärtlichkeiten und Umarmungen, die sie ausgetauscht hatten, nachdem er ihr von seiner schleichenden Ertaubung erzählt hatte, und schließlich der sehr leidenschaftliche Kuss, der zu mehr geführt hätte, wäre Vicky nicht mit ihrer Puppe gekommen. *Das hätte nicht passieren dürfen!*

»Vorsicht!«, schrie jemand.

Gerade noch rechtzeitig wich sie einem Fuhrwerk aus, das um die Ecke bog.

»Mama?«, fragte Vicky ängstlich.

»Alles gut, mein Schatz. Ich war eine Sekunde unachtsam. Jetzt passe ich wieder auf.« Sie musste diese Gedanken für später aufheben. In der nächsten Querstraße wohnte der Puppendoktor. Sie musste jetzt wieder ganz Mama sein.

21

Wien, im Herbst 1804

Am nächsten Tag fegten die ersten Herbstwinde durch die Stadt, und Josephine erhielt Nachricht von ihren Schwestern, dass sie in Kürze wieder bei ihr eintreffen würden. Sie hatten den Sommer in Martonvásár verbracht, wollten aber nun wieder das kulturelle und gesellschaftliche Leben Wiens genießen. Mama würde nicht mitkommen, was Josephine gut passte, denn ihre Mutter hätte sofort gespürt, dass sie »anders« war als vor dem Sommer.

Ihre Gesundheit hatte sich stabilisiert. Sie strahlte wieder wie früher. Die dunklen Ringe unter ihren Augen waren verschwunden, ihre Wangen waren frisch und rosig, obgleich sie den Sommer in der Stadt verbracht hatte. Es waren Ludwig und seine Musik, die sie wiederhergestellt hatten. Selbst die gelegentlichen Hiobsbotschaften, die ihre wirtschaftliche Lage betrafen, steckte sie besser weg als zuvor. Mittlerweile entwickelte sie schnell pragmatische Lösungen, um den finanziellen Ruin stets aufs Neue abzuwenden.

Von Ludwig erhielt sie fast täglich einen Liebesbrief, den ihr der Diener mit dem Frühstück servierte. *Mein Engel* nannte er sie, und bei diesen Worten wurde ihr jedes Mal wohlig warm. Sorgfältig schloss sie seine Briefe in ihrem Sekretär weg, damit sie ihren Schwestern nicht in die Hände fallen würden.

Nach ihrem leidenschaftlichen Kuss war es zu keinem weiteren Vorfall dieser Art gekommen, denn Josephine fürchtete, von einem ihrer Kinder oder dem Dienstpersonal erwischt zu werden. Daher saßen sie und Ludwig während ihrer Klavierstunden lediglich Bein an Bein vor dem Flügel oder streichelten sich flüchtig, wodurch ihre Sehnsucht immer mehr entfacht wurde. Doch jetzt, da ihre Schwestern im Anmarsch waren, mussten sie auch bei diesen Zärtlichkeiten auf der Hut sein.

Als Therese und Charlotte wieder bei Josephine in Wien waren, reduzierte sie ihre Klavierstunden auf zwei Termine pro Woche, damit ihre Schwestern nicht misstrauisch wurden. Das fiel sowohl ihr als auch Ludwig höllisch schwer, und sie fieberten beide den wenigen Treffen entgegen.

»Heute habe ich dir wieder etwas mitgebracht«, sagte Ludwig, als er an einem regnerischen Herbsttag zum Klavierunterricht kam. Stolz reichte er Josephine ein paar beschriebene Notenblätter. Es war ein Lied mit dem Titel *An die Hoffnung* nach dem Gedicht *Urania* von Christoph August Tiedges.

Hoffnung! Ihr stockte der Atem. Hoffnung war ein gefährliches Wort. *»Darf ich hoffen«, fragt ein Mann eine Frau, wenn er ihr einen Heiratsantrag macht.* Sie errötete, und ihr Herz klopfte wild. »Ludwig, vielen Dank!«, rief sie. »Das ist … ein ganz besonderes Geschenk.« Sie drückte die Notenblätter an ihre Brust. Seine eigens für sie angefertigte Komposition bedeutete ihr mehr als eine Goldkette oder Perlenohrringe.

Sie ging zum Flügel und spielte das Lied, ohne den Text dazu zu singen.

Er blätterte ihr um.

Seine Nähe verunsicherte sie nicht mehr. Sie liebte es,

wenn er ihr beim Klavierspiel zusah und sein bewundernder Blick auf ihr ruhte.

Plötzlich ging die Tür auf. »Was für ein herrliches Stück, Herr van Beethoven!« Therese kam herein. »Ist es neu? Ich habe es noch nie gehört.«

Prompt verhaspelte sich Josephine und suchte die Töne.

Ihre Schwester trat neben sie – und erstarrte, als sie Ludwigs Noten sah.

»Du solltest das Lied auch einstudieren, Therese!« Dieser Vorschlag kam Josephine aus heiterem Himmel. Sie tat so, als habe sie nicht weiter über das Wort *Hoffnung* nachgedacht.

»Ja, wenn du meinst«, sagte Therese unsicher. »Dann werde ich mal wieder gehen. Wir sehen uns gleich zum Tee, nicht wahr, Pepi?«

»Ja, ja«, trällerte sie gut gelaunt.

Als die Tür hinter Therese ins Schloss gefallen war, grinste Ludwig. »Ich habe deine Schwester verschreckt, oder?«

»Ja, ich denke schon.« Josephine lächelte. Sie war im siebten Himmel. Der Mann, den sie liebte, hatte ihr offen seine Liebe gestanden! *Kann es etwas Schöneres geben?* Auch Therese und Charlotte sollten das Lied einstudieren. So viel Großmut wollte sie gern walten lassen.

Doch dann wurde sie ernst: »Ludwig, wir müssen unser … besonderes Verhältnis noch eine Weile geheim halten.«

»Meinst du?« Er schien enttäuscht.

»Bitte. Meine Schwestern korrespondieren eifrig mit meinem Bruder und berichten ihm und meiner Mutter haarklein, was hier jeden Tag passiert, was es zu essen gibt, wer zu Besuch kommt, wie lange ein Gast bleibt und so weiter und so fort. Obwohl dich meine Geschwister alle sehr schätzen, sie werden mir die Hölle heißmachen, wenn sie wüssten …«

Er nahm ihre Hand. »Ist gut, mein Engel. Ich bleibe diskret.«

»Danke«, sagte sie erleichtert. Glücklicherweise hatte Ludwig keine Widmung angebracht. Das wäre sonst verzwickt gewesen.

»Sehen wir uns das Lied weiter an«, schlug er vor.

Sie spielte wieder. Er unterbrach sie ein paarmal, um zu erklären, welche Töne sie besonders betonen oder wann sie das Pedal einsetzen sollte.

Als sie Therese und Charlotte mit ihren Kindern im Esszimmer nebenan hörte, legte Josephine die Hände in den Schoß. »Ich glaube, es ist ratsam, wenn wir heute nicht überziehen. Ich muss meine Schwestern beruhigen.«

Er lachte. »Viel Glück dabei.«

»Herzlichen Dank nochmals für die wunderschöne Vertonung des Gedichts«, sagte sie, als er sich verabschiedete. Sie hauchte ihm nur einen leichten Kuss auf die Wange. Zu groß war das Risiko, dass gleich eine Tür aufging und eine ihrer Schwestern hereinkam. »Ich werde das Stück bis zur nächsten Klavierstunde üben.«

Therese konnte sie beim Mittagessen nicht auf das Lied ansprechen, denn die gemeinsame Mahlzeit löste sich im Durcheinander auf. Dem kleinen Carl ging es plötzlich schlecht. Er war ganz erhitzt und wollte nichts essen.

Josephine brachte ihren Sohn ins Bett und ließ den Arzt rufen. Dieser stellte glücklicherweise keine bedrohliche Krankheit fest, empfahl lediglich drei Tage Bettruhe und eine fettarme Diät. Josephine verbrachte den Nachmittag damit, Carls Hand zu halten und ihm Geschichten zu erzählen.

Als sie am Abend müde in den Salon kam, standen ihre Schwestern am Flügel und besahen sich Ludwigs Noten.

»Übt das Lied auch ein«, sagte Josephine. »Es ist ein wunderbares Stück. Aber bitte zeigt die Noten niemand anderem, sie dürfen diesen Raum nicht verlassen.«

Charlotte klimperte ein paar hohe Töne. »Das bedeutet, du hast Beethoven um Diskretion gebeten?«

»Genau das.« Josephine zündete eine Kerze an. »Er hat sie mir zugesichert.«

»Was soll nur aus euch werden?«, murmelte Therese.

»Sorg dich nicht, ich habe alles im Griff.« Josephine stellte den Kerzenleuchter auf die Anrichte.

»Hast du das wirklich?«

»Allerdings.« Genervt ließ sie sich aufs Sofa fallen. »Ich bin volljährig und habe im Gegensatz zu euch bereits eine Ehe hinter mir. Ich weiß, wie ich mich verhalten muss. Das braucht ihr mir nicht zu sagen.«

Therese setzte sich neben sie. »Du weißt aber schon, was ›Hoffnung‹ bedeutet, Pepi? Die Tatsache, dass du die Komposition angenommen hast, ist gleichzusetzen mit der Annahme eines Verlobungsrings!«

»Unsinn!« Doch im Grunde ihres Herzens wusste Josephine, dass ihre Schwester recht hatte.

»Du kannst Beethoven nicht heiraten, Pepi. Du verlierst die Vormundschaft über deine Kinder, und er wird sie als Bürgerlicher nicht bekommen. Außerdem wage ich zu behaupten, dass er als Vater völlig ungeeignet ist. Er ist charismatisch, charmant, zuvorkommend, doch kannst du ihn dir als Vater deiner Kinder vorstellen?«

Nein, das kann ich nicht, musste sich Josephine eingestehen.

»Und wenn du mit ihm weitere Kinder haben würdest, wären das Mischkinder, Pepi. Sie würden weder zur Noblesse noch zum Bürgertum gehören.«

Josephine stöhnte. »Du bist diejenige, die von Heirat und Kindern spricht, Therese. Nicht ich. Ludwig hat mir lediglich ein Lied komponiert – ohne Widmung, wie ich betonen möchte. Er hat für mich bereits das *Andante favori* geschrieben, ebenfalls ohne Widmung. Also, wo ist das Problem? Niemand wird uns eine wie auch immer geartete Verbindung nachsagen können.«

»Nein, Pepi. Allerdings wird Beethoven bald mehr wollen.« Therese stand auf. »Darauf kannst du Gift nehmen.«

22

Zwar hielten Josephines Schwestern dicht und zeigten niemandem Ludwigs Stück, doch als Fürst Lichnowsky eines Nachmittags unangemeldet den Brunsvik-Damen in Josephines Haus seine Aufwartung machte, fiel das Kind in den Brunnen.

Josephine war noch mit Vicky beschäftigt und trug ihrem Diener auf, den Fürsten schon einmal in den Salon zu führen. Sie ging davon aus, dass sich ihre beiden Schwestern dort befänden. Aber Therese schrieb in ihrem Zimmer Tagebuch, und Charlotte war ausgegangen.

Als Josephine den Salon betrat, hielt der Fürst Ludwigs Notenblätter in den Händen. Sie hatten zwar unter einem anderen Notenblatt verborgen auf dem Flügel gelegen; er hatte jedoch offensichtlich keine Skrupel, in fremden Sachen herumzuspionieren.

»Ein interessantes Stück hat Ihr Klavierlehrer Ihnen komponiert, werte Gräfin.« Er lächelte süffisant. »Eigentlich war ich nur gekommen, weil ich in der Nähe war und nach der traurigen Witwe sehen wollte.«

Dieser Pharisäer! Entschlossen nahm ihm Josephine die Noten aus den Händen. »Es steht keine Widmung auf der Komposition, wie Sie sehen können.«

»Das nicht, aber die Tatsache, dass diese Noten auf *Ihrem* Flügel liegen, lässt gewisse Rückschlüsse zu.« Er trat einen Schritt auf sie zu.

Josephine wich angewidert zurück.

Sie war heilfroh, dass sie Ludwigs Liebesbriefe in ihrem Sekretär gut unter Verschluss hatte.

Plötzlich kam Therese herein. Wie immer wählte sie den richtigen Zeitpunkt, eine zweisame Unterhaltung mit ihrer Gegenwart zu unterbrechen. Dieses Mal wäre ihr Josephine am liebsten vor Dankbarkeit um den Hals gefallen.

Ihre ältere Schwester erfasste die Situation sofort und kam ihr zu Hilfe. »Fürst Lichnowsky«, säuselte sie. »Gerade wollten wir Ihrer werten Frau Gemahlin schreiben und uns für die Einladung zu ihrer musikalischen Soiree bedanken, der meine Schwestern und ich gern beiwohnen. Wir sind schon ganz gespannt, was wir zu hören bekommen werden.«

»Oh ja, Sie dürfen zu Recht gespannt sein. Unser guter Beethoven hat sich mal wieder selbst übertroffen.« Lichnowsky grinste anzüglich.

»Wir freuen uns, bald Ihre Gäste zu sein. Richten Sie Ihrer Gattin unsere besten Grüße aus.«

Josephine wunderte sich, wie formvollendet Therese den Fürsten hinauskomplementieren konnte. Das hätte sie ihrer braven Schwester gar nicht zugetraut.

»Danke, dass du gekommen bist«, sagte sie, als Lichnowsky das Haus verlassen hatte.

»Keine Ursache.« Therese setzte sich aufs Sofa.

»Er hat das *Lied an die Hoffnung* entdeckt.« Josephine rieb sich die Schläfen.

»Was?« Ihre Schwester schlug die Hand vor den Mund.

»Glücklicherweise steht keine Widmung darauf.« Trotzdem fühlte sich Josephine wie zerschlagen. Sie befürchtete, dass der Fürst keine Gelegenheit auslassen würde, seine Entdeckung zu verbreiten. Sie sah unruhigen Zeiten entgegen.

Wie lange musste wohl die Gerüchteküche brodeln, bis ihre Frau Mama wieder auf der Matte stand?

Sie holte ihr Briefpapier und begann, Ludwig eine Nachricht zu schreiben.

»Was machst du?«, fragte Therese.

»Ich warne Beethoven vor.«

»Oh, dieser Mann!«, rief ihre Schwester. »Er bringt alles in Aufruhr!«

Er bringt nur den Adel in Aufruhr, dachte Josephine, *so wie sich vor ein paar Jahren die arme Bevölkerung Frankreichs gegen die herrschende Klasse aufgelehnt hat.* Zwar war Ludwig kein Revolutionär, und Josephine wusste, dass er tief gläubig war, doch die alte Ständeordnung passte ihm nicht. Vor allem nicht, weil sie beide nicht zusammenkommen konnten.

Am nächsten Morgen erhielt sie Ludwigs Antwort. Er bat sie, sich keine Sorgen zu machen. Lichnowsky habe ihn bereits auf den Vorfall angesprochen, ihm jedoch Diskretion und seine volle Unterstützung zugesichert.

Aber sie hatte kaum zu Ende gefrühstückt, stand auch schon ihre Tante völlig aufgelöst vor der Tür.

»Lichnowsky ist gerade bei mir vorbeigekommen. Er hat irgendetwas von einer bevorstehenden Verbindung zwischen dir und Beethoven erwähnt.« Ihre Tante raufte sich die Haare. »Meine liebe Josephine, das kannst du nicht machen! Geh in dich und sei vernünftig! Er ist ein Bürgerlicher, ein armer Schlucker, der dir niemals ein angemessenes Leben bieten kann.«

Die Bombe war geplatzt!

Wütend lief Josephine im Salon auf und ab. »Lichnowsky hat offensichtlich nichts Besseres zu tun, als von einem Haus ins nächste zu rennen, um seine ›Beobachtungen‹ zu verbreiten!«

»Pepi, bitte beruhige dich!« Therese legte einen Arm um sie.

Doch Josephine entwand sich ihrer Umarmung. »Nein, ich will mich nicht beruhigen! Der Fürst mimt den großen Gönner und Musikliebhaber! Aber dann fällt er dem Mann, den er fördert, in den Rücken, indem er ihm zuerst Diskretion zusichert, dann aber Gerüchte in die Welt setzt.« Wie gut verstand sie Ludwig, dem es gegen den Strich ging, dass er vor der Noblesse immer einen Bückling machen musste, obwohl dies oft seine Ehre verletzte. Sie konnte gar nicht in Worte fassen, wie sehr ihr dieses Getue des Adels gegen den Strich ging!

Es dauerte keine Woche, da fegte Mama in ihr Haus und verlangte Josephines sofortige Distanzierung von Beethoven. »Du wirst diesen Mann kein einziges Mal mehr empfangen! Sollte er dir schreiben, schickst du jeden Brief von ihm zurück und zeigst ihm öffentlich die kalte Schulter!«

»Nein!«

»Doch! Nur weil er gut Klavier spielen und komponieren kann, braucht er sich nicht einzubilden, er sei unsereinem ebenbürtig. Er ist und bleibt ein Dahergekommener aus der rheinischen Provinz, ein Mann aus dem gemeinen Volk, selbst wenn er ein ›van‹ vor den Nachnamen setzt.«

»Du schreibst mir nicht mehr vor, mit wem ich mich treffe, mit wem ich korrespondiere oder mit wem ich musiziere! Ich bin kein kleines Mädchen mehr!«

»Dann erwarte auch nicht, dass dein Bruder oder ich dich weiterhin finanziell unterstützen.«

Wums! Das war ein verbaler Schlag, der saß. Josephine

traten Tränen der Wut in die Augen. Sie stürmte aus dem Salon und knallte die Tür zu, dass die Wände wackelten. Ihre Mutter hatte ihr die Pistole auf die Brust gesetzt. Entweder sie tanzte nach Mamas Pfeife oder ihr wurde der Geldhahn zugedreht.

Erschöpft schloss sie sich in ihr Schlafzimmer ein. *Kein Wunder, dass Ludwig mit dem Gedankengut der Franzosen sympathisiert.* Glasklar erkannte Josephine, wie recht er hatte, als er ihr vor wenigen Wochen sagte, dass er in den Augen der Noblesse nur geduldet sei, weil sie seine Musik mochten. Als gleichwertigen Menschen würden sie ihn niemals ansehen. Ihre Mutter hatte gerade ausgesprochen, was der ganze Adel dachte. Es war so erbärmlich!

23

Nur das Klappern des Bestecks unterbrach das eisige Schweigen beim Frühstück am darauffolgenden Morgen. Mama blickte stoisch vor sich hin und nippte hin und wieder an ihrem Kaffee. Ihr Gepäck stand bereits im Hausflur. Nach dem gestrigen Streit gedachte sie, unverzüglich nach Martonvásár zurückzufahren.

Josephines Magen war wie zugeschnürt. Sie musste einlenken, wenn sie nicht mit ihren Kindern im Armenhaus landen wollte. »Ich werde den Kontakt zu van Beethoven nicht abbrechen. Aber ich werde diskret sein«, sagte sie in die Stille hinein. »Ich werde keinen Anlass zum Skandal geben, und Beethoven wird das auch nicht. Das hat er mir zugesichert.«

»Und du glaubst einem verliebten Tölpel niederer Geburt so etwas?« Mama schnaubte. »Meine Güte, bist du naiv.«

Josephine merkte, wie ihr Blut wieder zu kochen begann. Dennoch zwang sie sich, ruhig zu bleiben. »Er mag zwar von niederer Geburt sein, er ist jedoch ehrlich, was man nicht unbedingt von allen Vertretern des Adels sagen kann.«

Dem konnte Mama nicht widersprechen, gab es dafür doch genügend Beispiele. Sie stand auf. »Tu, was du nicht lassen kannst, aber heul mir nichts vor, wenn die Beziehung in eine Katastrophe mündet, denn genau das sehe ich voraus.«

Sie ging ins Kinderzimmer, und Josephine hörte, wie sich ihre Mutter herzlich von den Kindern und ihren Schwestern verabschiedete. Von ihr hingegen nicht. Mama würdigte sie keines Blickes mehr.

Den ganzen Tag lang brachte Josephine keinen Bissen hinunter. Sie hatte ihrer Mutter zwar die Stirn geboten, doch sie fühlte sich elend. Sie wusste weder ein noch aus. Ihre Kinder verlangten nach Aufmerksamkeit und wollten mir ihr spazieren gehen und spielen. Sie kam diesen Bitten nach, fiel aber abends mit hämmerndem Schädel auf ihr Bett.

Gerade als sie sich zurückgezogen hatte, klopfte ihr Diener an und gab ihr einen Brief von Ludwig.

Können wir uns sehen?

Sie griff nach Papier und Stift und antwortete:

Ja, kommen Sie morgen um zehn Uhr früh zu mir.

Sie schickte ihren Diener los, damit er die Nachricht persönlich abgab.

Bleich und müde empfing sie Ludwig am nächsten Morgen. Ihre Schwestern waren in die Stadt gegangen, und das Kindermädchen war mit ihrem Nachwuchs im Park.

»Dieser Lichnowsky!« Ludwigs Stimme überschlug sich fast. »Hat er in deiner Familie eine Lawine losgetreten?«

»Das kann man so sagen.«

»Ist deine Mutter schon aufgetaucht?«

»Ja, und schon wieder weg, nachdem zwischen uns die Fetzen geflogen sind.«

Er setzte sich und fuhr sich durch die Haare, die genauso wild in alle Richtungen standen wie damals, als sie ihn das erste Mal gesehen hatte. »Und jetzt?«

Sie setzte sich neben ihn und nahm seine Hand. »Ich will auf deine Gesellschaft nicht verzichten, Ludwig. Aber wie du weißt, bin ich finanziell von meiner Familie abhängig. Ich kann es mir nicht gänzlich mit Mama und meinem Bruder verscherzen. Ich habe ihnen daher zugesichert, dass wir diskret sein werden.«

»Ich wünschte, ich hätte Geld genug, um dich und deine Kinder zu ernähren.«

Josephine lächelte. *Zum Glück hat er das nicht*, dachte sie. Denn wenn sie ihn heiratete, würde sie die Vormundschaft über ihre Kinder verlieren. Ludwig würde diese jedoch nicht zugesprochen bekommen, weil er nicht dem Adel angehörte. Sie müsste sich dann also ständig mit ihrem Bruder oder einem anderen zum Vormund bestellten Mann über die Belange ihrer Kinder einigen. Deswegen war es ihr ganz recht, dass alles so blieb, wie es war.

»Wie sollen wir es anstellen, uns zu treffen, ohne dass es jemand merkt?«, fragte er.

»Verschlüsselte Nachrichten.«

Der Schalk sprühte aus seinen Augen. »Eine Oktave besteht aus zwölf Halbtönen. Jeder Ton steht für eine Uhrzeit. ›Dur‹ oder ›Moll‹ setzen wir hinzu, um die Stimmung zu beschreiben, in der wir uns befinden. Den Ort sollten wir jedoch konkret angeben, denn dazu fällt mir keine Hieroglyphe ein.«

Josephine lachte erleichtert. »Gut. So machen wir es. Und falls einer von uns einmal nicht am verabredeten Ort sein sollte, muss die Geheimschrift verbessert werden.«

Er sprang auf. »Perfekt. Aber jetzt lass uns etwas spielen.

Ich finde, du solltest bald wieder in der Öffentlichkeit auftreten. Du hast riesige Fortschritte gemacht in den letzten Wochen. Meine *Sonate pathétique* klingt so exquisit, wenn du sie spielst, ich könnte sie nicht besser vortragen.«

Josephine wurde rot. »Wirklich?«

»Ich mache keine Komplimente, wenn sie nicht zutreffen.«

Das stimmte. Er sagte, was er dachte, vor allem wenn es um Musik ging.

»Vielleicht sollte ich eine musikalische Soiree in meinem Haus geben«, überlegte sie laut. »Bei der Gelegenheit könnte ich die *Sonate pathétique* vortragen.«

»Und nicht nur die!« Er war plötzlich Feuer und Flamme. »Wie wäre es, wenn du mit Schuppanzigh wieder eine Violinsonate spieltest? Ich habe eine neue komponiert, die ich gern von euch beiden hören würde.«

»Aber auch du musst auf jeden Fall etwas vortragen!«

»Natürlich. Ich überlege mir noch, was ich spiele. Wann soll die Soiree stattfinden?«

Josephine dachte nach. »In einem Monat?« Im November waren die Tage stets so scheußlich kurz und regnerisch. Da brauchte sie etwas, auf das sie sich freuen konnte.

»Wunderbar!«, rief er. »Ich frage gleich bei Schuppanzigh an, ob er mit von der Partie ist. Also dann, auf geht's, beginnen wir mit der Vorbereitung!« Er zog sie vom Sofa hoch und geleitete sie zum Flügel.

Die Idee der musikalischen Soiree nahm bald konkrete Formen an. Josephine schrieb eine Gästeliste und Einladungskarten, sie plante das Essen, das sie ihren Gästen servieren wollte, und übte die Stücke, die sie vorspielen wollte.

»Ist es nicht zu früh für eine Veranstaltung in deinem

Haus?«, fragte Therese besorgt. »Immerhin ist dein Gatte noch nicht einmal ein Jahr tot.«

»Keine Sorge, ich werde in einem schlichten schwarzen Kleid auftreten und keinen Anlass zu Klatsch und Tratsch geben.« Josephine ordnete einen Strauß Blumen in einer Vase.

»Daran zweifle ich nicht, Pepi. Doch vor ein paar Monaten warst du sehr krank. Nun sitzt du stundenlang am Flügel, danach schreibst du Einladungen und organisierst alles rund um die Soiree. Ich habe nur Angst, dass dir das zu viel wird.«

Josephine lachte. »Ich brauche die Musik. Sie ist mein Lebenselixier. Da kann ich sämtliche Kräfte mobilisieren.«

»Wahrscheinlich hast du recht«, sagte Therese. »Aber …«

»Was ist denn noch?« Josephine stellte die Blumenvase auf den Esstisch.

»Beethoven und du …?«

»Was?«

»Nach dem ganzen Wirbel um das Lied *An die Hoffnung* … meinst du nicht, dass du ein bisschen zu viel Umgang mit ihm hast?«

Josephine stöhnte und ließ sich in einen Sessel fallen. »Nein, liebe Schwester, das meine ich nicht. Wie du siehst, geht es mir besser als vor ein paar Monaten.«

»Das ist es ja. Die Leute könnten reden.«

»Die Leute reden immer. Aber sie werden nur eine in Schwarz gekleidete Witwe sehen, die Klavier spielt und eine zuvorkommende Gastgeberin ist. Nichts sonst. Vertrau mir!«

Therese nickte. »Gut. Ich vertraue dir, Pepi.«

24

Josephine stand im hell erleuchteten Salon ihres Hauses in der Rotenturmstraße und schüttelte Dutzende von Händen. Sie trug ein apartes schwarzes Kleid und hatte ihre dunklen Haare hochgesteckt.

»Wunderschön siehst du aus, Pepi«, raunte ihr Charlotte zu, als sie mit ihrer Tante den Salon betrat.

»Danke.« Josephine lächelte. »Genieß das Konzert.«

Sie hatte Charlotte gefragt, ob sie am heutigen Abend ebenfalls ein Stück vortragen wollte, zumal auch Therese mitwirken würde, doch ihre kleine Schwester hatte abgelehnt. Sie hatte nicht besonders viel Selbstvertrauen in ihre Klavierkünste und wollte nicht vor Publikum spielen. Josephine hatte sie nicht dazu gedrängt.

Sie hatte selbst auch ein wenig Lampenfieber. Sie hatte jedoch in den letzten Wochen unzählige Stunden Klavier geübt und konnte die *Sonate pathétique* in- und auswendig, sodass sie sicher war, sie hervorragend vorspielen zu können. Und sollte sie sich einmal vergreifen, würde Ludwig das nicht schlimm finden. Für ihn war es die Hauptsache, dass sie den Charakter der Musik gut herüberbrachte, und das konnte sie.

»Meine Liebe, ich danke Ihnen für die Einladung.« Die Fürstin Lichnowsky küsste Josephine auf beide Wangen. Sie war ohne ihren Mann gekommen, der sich unter einem trivialen Vorwand entschuldigen ließ. »Ich freue mich sehr, dass es Ihnen besser geht, und bin schon gespannt auf das heutige Konzertprogramm. Sie haben ja ganz hochkarätige Musiker engagieren können.«

»Ich möchte Ihnen gewiss keine Konkurrenz machen«, sagte Josephine.

»Papperlapapp. Ich bin froh, dass ich es mir heute Abend einfach einmal gut gehen lassen kann, ohne die Veranstaltung organisieren zu müssen.«

In der Tat war die Organisation der Soiree äußerst aufwendig gewesen. Josephine war erleichtert, dass bei der Zubereitung des Essens nichts schiefgelaufen war, sodass sie nun ihre Gäste an eine ansprechend gedeckte Tafel bitten konnte.

Ludwig und Schuppanzigh hatte sie neben Therese gesetzt. Sie selbst saß als Gastgeberin am Kopfende, weitab von den beiden Musikern. So konnte niemand auf die Idee kommen, dass Ludwig und sie zu vertraut miteinander waren.

Nach dem Essen klatschte sie in die Hände und bat ihre Gäste, im Salon Platz zu nehmen. Sie hatte anlässlich des Abends sämtliche rotgepolsterten Sessel und Stühle, die im Haus verfügbar waren, in den Salon tragen und im Halbkreis um den Flügel aufstellen lassen. Auf der Anrichte und auf dem Flügel standen blank polierte silberne Kerzenständer, in denen Dutzende von Kerzen brannten und den Raum in ein gemütliches Licht tauchten. Zuvor hatte Josephine handgeschriebene Programme ausgelegt, denn sie wollte die Stücke nicht mit vielen Worten ankündigen. *Eine Witwe sollte ruhig sein*, dachte sie, *und sich möglichst nicht in den Vordergrund drängen, selbst wenn sie die Gastgeberin ist.*

Als die Gäste erwartungsvoll auf ihren Plätzen saßen, ging sie nach vorn. »Meine Damen, meine Herren, ich werde nun das heutige Konzert eröffnen mit Ludwig van Beethovens *Sonate pathétique*.«

Die Sonate hatte Ludwig einige Jahre zuvor geschrieben, daher war sie der Wiener Noblesse wohlbekannt. Es galt nun, sie so schön wie möglich vorzutragen.

Josephine setzte sich auf den Klavierschemel. Schwarz und weiß breiteten sich die Tasten vor ihr aus; ihr Herz klopfte laut, ihre Hände zitterten. Da erinnerte sie sich, wie Ludwig vor ein paar Wochen seine warmen, starken Hände über ihre gelegt hatte, um ihr die Nervosität zu nehmen. Nun saß er hinten im Saal. Doch sie stellte sich vor, wie er genau jetzt – im Geiste – seine Hände über ihre legte und sanft auf die Tasten drückte. Da schlug sie den ersten Akkord an und war sofort erfasst vom vollen Klang, der ihr Innerstes sowie den gesamten Raum erfüllte. Der nächste Akkord folgte, noch einer und ein weiterer. Sie spielte und spielte. Die Läufe perlten weich über die Tasten, gekonnt brachte sie die mannigfachen Klangfarben, mit der Ludwig seine Musik ausgeschmückt hatte, zum Schillern. Schon oft hatte Josephine diese Sonate vorgespielt, an diesem Abend jedoch entlockte sie ihren Fingern so mühelos und nuancenreich sowohl die virtuosen, verspielten Läufe als auch die düsteren, kraftvollen Akkorde. Sie spürte förmlich, wie das Publikum vor Ehrfurcht die Luft anhielt. Aber im Grunde genommen spielte sie nur für einen ihrer Gäste. Nur wenn er zufrieden war, würde sie es auch sein.

Als der Schlussakkord verklang, herrschte einen Augenblick Stille. Dann brach begeisterter Applaus los. Ihre Gäste klatschten minutenlang, und sie verbeugte sich viele Male.

In der letzten Reihe sah sie Ludwig, der über das ganze Gesicht strahlte. Sie hatte seine Musik so gespielt, wie er sie erdacht hatte. Sie winkte ihn nach vorn und reichte ihm die Hand vor dem Beifall klatschenden Publikum. Aus dem Augenwinkel sah sie, wie Therese und Charlotte besorgte Blicke austauschten. Aber Josephine war es egal. Es wäre unhöflich, den Komponisten dieses Stückes nicht nach vorn zu bitten. Schließlich gebührte ihm die Ehre gleichermaßen wie der Vortragenden.

Nach dem gelungenen Auftakt gestaltete sich der Abend weiterhin grandios. Ludwigs Violinsonate, die Josephine mit Schuppanzigh vortrug, begeisterte ihre Gäste ebenso wie Thereses Darbietung der Mondscheinsonate, die Ludwig einige Jahre zuvor geschrieben hatte. Den Höhepunkt des Abends bildete natürlich Ludwig mit seiner Waldsteinsonate und einer Reihe von Improvisationen.

»Meine Liebe, ich hoffe, dass ich Sie als Pianistin bei einer meiner nächsten Soireen begrüßen darf«, sagte die Fürstin Lichnowsky beim Abschied. »Ihre Interpretation der *Sonate pathétique* war besser als alle Interpretationen, die ich je zuvor gehört habe.«

Josephine lächelte. »Vielen Dank, werte Fürstin. Es freut mich sehr, dass Sie den Abend genießen konnten, und für mich wäre es eine Ehre, bei Ihnen auftreten zu dürfen.«

»Du warst fantastisch«, raunte ihr Ludwig zu, der als einer der letzten Gäste mit Schuppanzigh ging. »Du bist eine wunderbare Pianistin.«

Schuppanzigh nickte eifrig. »Es war eine solche Freude, mit Ihnen zusammenzuspielen. Ich hoffe, das können wir alsbald wiederholen.«

Josephine schwebte auf Wolken. Ihre Soiree war gelungen. Sie hatte sich aus dem Loch, in das sie nach dem Tod ihres Gatten gefallen war, herausgearbeitet. Nun war sie eine Pianistin, die Ludwigs Stücke so hervorragend interpretierte wie niemand sonst außer ihm.

25

Wien, zum Jahreswechsel 1804/1805

Nach ihrer erfolgreichen Soiree avancierte Josephine zu einer der angesehensten Pianistinnen Wiens. Ihre Interpretation der *Sonate pathéthique* war so gefragt, dass sie sie nahezu in jedem Salon aufführte. Nun stand sie auch Therese im Klavierspiel in keiner Weise mehr nach.

Ludwig machte sie mit einer Reihe von Musikern bekannt. Sie konzertierte jetzt regelmäßig mit Schuppanzigh, der mit seinem Streichquartett alle Kompositionen von Ludwig einstudierte.

Eine Woche vor Weihnachten packten Therese und Charlotte ihr Gepäck und trafen Vorkehrungen, um die Festtage in Martonvásár zu verbringen. Josephine hingegen wollte mit ihren Kindern in Wien bleiben, denn ihr Verhältnis zur Mutter war nach wie vor unterkühlt. Jedes Mal, wenn sie ihr schrieb, zerriss sie mindestens drei Entwürfe, bevor sie sich für eine Version entschied.

Als die Kutsche vor dem Haus stand, nahm Therese sie in die Arme. »Mir wäre es lieber, wenn du mitkommen würdest, Pepi.«

Josephine lächelte. »Jetzt erhol dich mal von mir und meinen Kindern. Ich komme schon zurecht.«

»Es ist weniger dein Gesundheitszustand, der mich ängstigt. Du hast dich von deiner Krankheit gut erholt.«

»Na also!«

Therese musterte sie besorgt. »Was mich vielmehr bedrückt, ist, dass ich nicht weiß, wie das mit dir und Ludwig enden soll. Sei einfach vorsichtig, während wir weg sind, hörst du?«

»Pass auf, dass du niemals mit ihm allein in einem Raum bist!«, schärfte ihr Charlotte ein.

Josephine lachte. »Glaubt ihr, ich stelle etwas an?«

»Ehrlich gesagt, ja«, antwortete Charlotte.

Bei anderer Gelegenheit wäre Josephine genervt gewesen, doch jetzt, da ihre Schwestern schon fast in der Kutsche saßen, lächelte sie nur. »Ich bin schon groß«, sagte sie. »Ihr könnt bedenkenlos fahren. Grüßt Mama und Franz von mir.«

Josephine gab schon lange keinen Anlass zum Tratsch mehr. Sie und Ludwig hatten sich in den letzten Wochen stets diskret bei ihr zu Hause getroffen, wo er offiziell nur als Klavierlehrer fungierte. Dass er nach dem Unterricht meist länger blieb und sie in seine Arbeit einweihte oder mit ihr über die Politik und das Leben diskutierte, blieb außer Therese und Charlotte allen verborgen.

Ihre Schwestern allerdings witterten Gefahr, und damit lagen sie vielleicht nicht einmal so verkehrt, musste sich Josephine eingestehen. Sie nahm sich vor, Ludwig gegenüber tatsächlich vorsichtig zu sein. Denn sie war von der Gunst ihrer Familie abhängig.

Das neue Jahr brachte eine Veränderung mit sich. Über die Feiertage verlobte sich Charlotte mit Graf Teleki aus Siebenbürgen. Als ihre kleine Schwester im Januar wieder nach Wien kam, machte sie vor lauter Glück über ihren Zukünftigen Luftsprünge. »Ich bin so froh, dass ich ihn heiraten darf, Pepi. Er sieht so gut aus und ist fürchterlich charmant und gut gelaunt.«

Josephine drückte sie. »Ich freue mich für dich.« Wie anders sah ihre jüngere Schwester dem Stand der Ehe entgegen als sie selbst sechs Jahre zuvor.

»Ich möchte euch alle zur Hochzeit dabeihaben«, sagte Charlotte. »Pepi, kannst du es einrichten, mit deinen Kindern nach Siebenbürgen zu kommen?«

»Ja, sicher.« Zwar passte es Josephine nicht, wochenlang fernab von Wien und von Ludwig zu sein. Doch natürlich durfte sie an Charlottes Hochzeit nicht fehlen. *Ludwig hat so viel Arbeit, da wird es ihm ganz guttun, wenn ich ein paar Wochen nicht da bin, damit er mit seinen Kompositionen vorankommt,* dachte sie.

»Wie lange wirst du weg sein?«, fragte Ludwig, als Josephine ihm erzählte, dass sie in Kürze nach Siebenbürgen reisen würde.

»Ich kann es nicht genau sagen. Aber zwei oder drei Monate werde ich sicher nicht in Wien sein, denn es ist ein weiter Weg dorthin. Wir werden einige Zeit in Martonvásár verbringen, um nicht am Stück reisen zu müssen.«

Traurig nickte er. »Ich werde dir schreiben.«

»Unbedingt! Ich möchte über all deine Kompositionen unterrichtet werden!«

»Du fehlst mir schon jetzt.«

Sie lachte, obwohl sie wusste, dass auch sie Ludwig höllisch vermissen würde. Dennoch sagte sie: »Du wirst endlich einmal wieder Zeit zum Komponieren haben. All die Melodien, die du mir in den vergangenen Monaten vorgespielt hast, wollen ausgearbeitet werden. Ich kann es nicht erwarten, sie formvollendet zu hören, wenn ich zurück bin!«

Er lächelte. »Na gut. Ich werde mich bemühen, die schönsten Werke für dich zu schaffen.« Er setzte sich an den Flügel und improvisierte eine zarte Melodie. »Du inspirierst mich, Josephine. Wenn du wüsstest, wie viele musikalische Ideen ich hatte, seitdem ich dich so oft sehen darf.«

Sie setzte sich neben ihn. »Also bin ich deine Muse?«

Er hörte auf zu spielen und sah sie an. Tief drang sein Blick in sie ein. »Du bist mein Engel, Josephine, mein Alles.«

Sie schluckte. Er hatte ihr diese Worte schon oft gesagt und geschrieben, aber jetzt, angesichts der bevorstehenden Trennung, berührten sie sie tiefer als sonst. Sie fuhr sich mit der Zunge über die Lippen.

Sein Gesicht kam näher.

Ihre Schwestern konnten jeden Augenblick hereinkommen. Sie sollte aufstehen oder ihn zurückweisen. Aber sie schaffte es nicht. Es war ein unsichtbarer Sog, der sie zu ihm hinführte. Da fühlte sie seine Lippen auf ihren. Warm und weich waren sie. Die Zeit stand still. Sie schloss die Augen und versank in einem langen, nicht enden wollenden Kuss.

Es wird für viele Woche der letzte sein, dachte sie, als sie sich langsam von ihm trennte. Vielleicht würde seine Leidenschaft abklingen, wenn sie einander lange nicht sahen. *Und meine auch …* fügte sie in Gedanken hinzu. Es wäre gut, wenn das so wäre, dann würde alles seine Ordnung haben. *Aber ein bisschen Unordnung ist eben auch sehr aufregend.*

26

Martonvásár, im Frühjahr 1805

Es war eine sternenklare Nacht über Schloss Martonvásár. Josephine öffnete die Fenster ihres Zimmers und blickte zum Himmel hinauf. Sechs Wochen war sie nun schon weg aus Wien. Charlotte hatte geheiratet. Graf Teleki, ihr Ehemann, schien ein gutherziger Mann zu sein, und Josephine war sich sicher, dass es ihrer kleinen Schwester bei ihm gut gehen würde.

Jetzt war sie in Martonvásár. Ihre Kinder genossen es, von ihrer Großmutter verwöhnt zu werden und mit ihrem Onkel herumtollen zu können. *Ihnen fehlt der Vater*, dachte sie. Gleichzeitig fragte sie sich, wann ihr Bruder wohl in den Stand der Ehe treten würde. *Sobald er eine eigene Familie gründet, wird sein Interesse für meine Kinder abnehmen*, dachte sie. Dann würde sie nicht mehr auf seine großzügige finanzielle Unterstützung zählen können.

Sie schob diesen Gedanken beiseite und nahm Ludwigs Brief, den sie am Morgen erhalten hatte, noch einmal zur Hand. Franz hatte die Stirn gerunzelt, als er ihn ihr ausgehändigt hatte, und auch Mama machte keinen Hehl daraus, dass ihr diese Korrespondenz gegen den Strich ging.

»Briefe schreiben ist eine intellektuelle Tätigkeit«, hatte Josephine erklärt.

Doch sie konnte ihrem Bruder förmlich ansehen, dass er ihr kein Wort glaubte. Selbstverständlich hatte sie nicht die geringste Absicht, ihrer Familie Ludwigs Briefe vorzulesen, denn es handelte sich um waschechte Liebesbriefe. Er beschwor sie, bald zurückzukommen, weil sie ihn in seiner Arbeit beflügelte, nannte sie *Engel* und versicherte ihr, sich anzustrengen und gut und viel zu komponieren, damit er ihrer würdig sei und für sie und ihre Kinder sorgen könne.

Der räumliche Abstand hat nicht dazu geführt, dass seine Gefühle erkalten, stellte Josephine fest und starrte in den Sternenhimmel hinauf. Sie hatte den ganzen Abend versucht, eine Antwort zu formulieren, die ihn nicht vor den Kopf stieß, die ihn aber nicht weiter ermutigte. Doch keinen ihrer Briefentwürfe befand sie für gut.

Sie sehnte sich nach Ludwig, mehr denn je. *Vielleicht blickt er jetzt auch gerade zu den Sternen hinauf*, hoffte sie, *und unsere Gedanken treffen sich dort oben im All.* Trotzdem musste er aufhören zu denken, sie könne ihn heiraten.

Sie schloss das Fenster und setzte sich an den Schreibtisch. Sie besah sich ihre Briefentwürfe wieder und fasste dann einen Entschluss. Kühn tauchte sie die Feder in die Tinte und schrieb:

> *Ich komme in Kürze nach Wien zurück und plane, mit meinen Kindern den Sommer in Hetzendorf zu verbringen. Dort ist es ruhiger und beschaulicher als in Baden. Wäre das nicht auch ein Ort, an dem es sich hervorragend komponieren ließe?*

Josephine war klar, dass sie mit ihrem Vorschlag Ludwig wiederum ermutigte, sich Hoffnungen auf sie zu machen. Sie kaute an ihren Fingernägeln. Sie sollte das nicht schreiben.

Andererseits war es vielleicht gar nicht so schlecht, die Sommerfrische mit ihm zusammen zu verbringen. Möglicherweise würden sie einander überdrüssig werden? Wenn nicht, dann hätte sie allerdings ein Problem. Denn heiraten könnte sie ihn niemals.

Probieren geht über studieren, sagte sie sich und schrieb die Abschiedsfloskel unter ihre Zeilen. Insgeheim wusste sie, dass sie nichts »probieren«, sondern einfach mit Ludwig gemeinsam einen schönen Sommer auf dem Land verbringen wollte. Nach den wochenlangen Familienzusammenkünften sehnte sie sich nach ihm, seiner Musik, ihren Gesprächen … und nach seinen Liebkosungen.

27

Hetzendorf, im Sommer 1805

Josephine rekelte sich und rieb sich den Schlaf aus den Augen. Draußen zwitscherten die Vögel, und die frühmorgendlichen Sonnenstrahlen bahnten sich einen Weg durch die Vorhänge direkt auf ihre Nasenspitze. Sie fühlte sich wie im Paradies. Gestern war sie mit den Kindern angekommen. *Er* war bereits seit drei Tagen da. Wie sehr sie sich auf den gemeinsamen Sommer mit Ludwig freute!

Selbstverständlich logierten sie nicht im selben Gasthof. Jedoch würden sie sich sechs Wochen lang jeden Tag sehen, zusammen spazieren gehen und die Natur genießen. Sie hatte sich absichtlich für Hetzendorf als Domizil für ihre Ferien entschieden, weil weniger Wiener hier den Sommer verbrachten als im überlaufenen Baden. So hoffte sie, die Diskretion wahren zu können. Immerhin hatte es seit der Katastrophe um das Lied *An die Hoffnung* keinen Eklat und keine Gerüchte mehr um sie gegeben. Ihre Mutter und ihre Geschwister hatten sich zwar nicht mit ihrem engen Verhältnis zu Ludwig anfreunden können, aber da sie beide diskret waren und die Beziehung auch nicht offiziell zu machen gedachten oder gar eine Heirat ins Auge fassten, duldeten sie sie stillschweigend.

Josephine sprang aus dem Bett und kleidete sich an. Gestern hatte sie Ludwig nur kurz gesehen, als sie mit ihren Kindern einen ersten Spaziergang durch das Dorf gemacht hatte. Heute früh, wenn alle Sommergäste noch in den Federn liegen würden, wollten sie ohne Anhang gemeinsam spazieren gehen.

Leise verließ sie den Gasthof und durchquerte den Ort, bis sie zu einer Wiese kam, die von einer dichten Hecke umfriedet war.

»Mein Engel!«, flüsterte eine Stimme hinter ihr.

Sie drehte sich um.

Da stand er und breitete die Arme aus.

Sie flog nahezu zu ihm und lehnte sich an seine Brust. Sie hörte sein Herz schlagen und sog seinen herben Duft ein. Eine solche Umarmung hätten sie sich in Wien nie erlauben können. Noch nicht einmal in ihrer Wohnung. Denn überall wimmelte es vor Augen und Ohren, die alles mitbekamen. Ängstlich sah sie sich um.

»Ich habe jeden Winkel unter die Lupe genommen. Kein Spion zu sehen!«

Sie lachte und hakte sich bei ihm ein. »Sechs Wochen liegen vor uns. Traumhaft, nicht wahr?«

»In der Tat. Am Morgen gehen wir spazieren, und am späten Nachmittag, wenn die Sonne nicht mehr so sticht, sitze ich unter der großen Eiche dort und komponiere. Des Abends spiele ich dir dann vor.«

»So machen wir es!«

»Sag, wie war die Reise?«

»Abenteuerlich! Mit vier Kleinkindern und einem Kindermädchen wird es nicht langweilig.« Beim Packen war es drunter und drüber gegangen. Fritz musste mit aller Macht davon überzeugt werden, dass er sein Schaukelpferd nicht mit in die Sommerfrische nehmen konnte. Unterwegs hatte

Vicky angefangen zu weinen, weil sie ihre Puppe in Wien vergessen hatte, und dem kleinen Carl war es übel geworden. Zu guter Letzt hatte Josephine Kopfweh bekommen. Doch die Nachtruhe und die frische Luft hatten es schnell wieder vertrieben.

Ludwig lächelte, als sie ihm die Details der Reise erzählte.

Dennoch sah Josephine, dass er mit dem Kinderkram nicht viel anfangen konnte. Wie sollte er auch? Er lebte ja seit Jahren allein. »Wie war es denn früher bei euch zu Hause in Bonn?«

Er führte sie zu der Bank unter der Eiche. »Wir lebten recht beengt, nicht so wie du und deine Kinder«, begann er. »Vater und Großvater waren Musiker, und so sollte auch ich einer werden. Meine ganze Kindheit und Jugend hindurch habe ich stundenlang Klavier geübt. Meine beiden Brüder waren hingegen musikalisch nicht besonders talentiert. Wenn ich nicht gerade am Klavier saß, habe ich mit den Bäckerskindern gespielt, die in der Wohnung unter uns wohnten.«

»Vermisst du deine Heimat?«, fragte sie. Sie selbst dachte gern an ihre Kindheit in Martonvásár zurück. Doch seitdem ihr Bruder dort das Zepter schwang – mit Mama an seiner Seite, verspürte sie wenig Lust, sich lange dort aufzuhalten.

»Ja, ich gäbe etwas darum, noch einmal den Rhein zu sehen und das Grab meiner Eltern besuchen zu können.« Er blickte in die Ferne. »Aber was soll ich heute in Bonn? Die linksrheinischen Gebiete gehören jetzt zu Frankreich. Mein Brotgeber wurde abgesetzt. Ich hätte kein Einkommen.«

Sie stieß ihn an, um ihn aus der Vergangenheit zurück in die Gegenwart zu holen. »Hast du hier schon etwas komponiert?«

Er zog ein paar beschriebene Notenblätter unter seiner Weste hervor. »Schau mal, das habe ich angefangen.«

Sie nahm die Blätter in die Hand. »Ein Violinkonzert! Wie schön! Das hast du ja noch niemals zuvor geschrieben.« Sie summte die Melodie des ersten Themas. »Spielst du es mir heute Abend vor?«

Er nickte.

Eine Kirchturmuhr schlug acht Mal.

»Ich muss gehen und mich um die Kleinen kümmern«, sagte Josephine, sprang auf und küsste Ludwig auf die Stirn.

Er wollte nach ihr greifen, aber sie war schon weg. »Wir sehen uns gegen fünf Uhr genau hier!«, rief sie und lief in den Gasthof zurück.

Den Tag über ging sie mit den Kindern spazieren. Sie spielten Verstecken und tobten auf den Wiesen. Mit Vicky und Sephine pflückte sie Blumen. Den Jungen sah sie zu, wie sie in einem Wassertümpel Frösche fingen und wieder freiließen. Zu Mittag aßen sie eine Suppe und eine Mehlspeise und spielten danach im schattigen Garten weiter.

Schlag fünf Uhr übergab Josephine ihren Nachwuchs dem Kindermädchen und brach zur großen Eiche auf.

Wie verabredet saß Ludwig dort und komponierte.

»Ich hab dir etwas mitgebracht.« Sie hielt ihm einen Korb mit Äpfeln, Birnen und Zwetschgen hin.

Er lächelte. »Meine Eva bringt mir gleich einen ganzen Obstkorb«, scherzte er und griff nach einem Apfel.

Sie lachte. »Hier ist weit und breit keine Schlange zu sehen.« Sie setzte sich neben ihn und blickte den Baumstamm hinauf bis in die Krone. Für sie gab es kaum einen erhabeneren Anblick, als von unten in ein sattes Blätterdach zu schauen, durch das die Sonnenstrahlen leuchteten.

Da spürte sie seine Hand auf ihrer. Sachte glitt sie hoch

bis zu ihrem Ellbogen, dann wanderte sie langsam an ihre Seite. Ihr Herz klopfte wild, und ein wohlig warmes Gefühl erfasste sie. Sie wandte den Kopf und sah in seine braunen Augen.

»Mein Engel«, flüsterte er, »wie sehr ich dich liebe.«

Die Zeit stand still. Die Vögel zwitscherten, das Laub raschelte im Wind. Ihre Lippen berührten sich und verschmolzen zu einem unendlich zarten Kuss. Sie waren im Paradies.

Erst als sie in der Ferne einen Hahn krähen hörten, lösten sie sich voneinander. Noch etwas benommen ordnete Josephine ihr Haar. Ludwig sammelte indes seine Notenblätter auf, die heruntergefallen waren. Nach dem Kuss, den sie einige Monate zuvor in ihrer Wiener Wohnung ausgetauscht hatten, hatten sie bis jetzt keinen weiteren dieser Art gewagt. Daher war die innige Umarmung unter freiem Himmel etwas ganz Besonderes.

Er setzte sich wieder neben sie und sah sie ein wenig verlegen an. »Alles gut?«

Sie nickte. »Was hast du denn komponiert?« Sie deutete auf die Notenblätter.

Doch er betrachtete sie nur und lächelte.

Einem plötzlichen Impuls folgend nahm sie sein Gesicht in ihre Hände und küsste ihn erneut. Immer wieder und wieder. Sie spürte, wie er seine Arme um sie legte, sie auf seinen Schoß zog und an sich drückte. Das Blut brodelte in ihren Adern, ihr Atem ging schnell. Eine bislang ungeahnte Leidenschaft erfasste sie.

»Soll ich dir eigentlich heute noch deine ursprüngliche Frage beantworten?«, fragte er irgendwann zwischen zwei Küssen. »Oder interessiert dich das nicht mehr?« Er zwinkerte.

Sie luchste ihm noch einen Kuss ab, rutschte dann von seinem Schoß und setzte sich wieder neben ihn. »Jetzt kannst du meine Frage beantworten.«

»Wie war sie noch einmal genau?« Er grinste. »Mein Kopf musste in der Zwischenzeit so viel verarbeiten, dass ich mich nicht daran erinnern kann.«

Sie nahm die Notenblätter auf und las. Er hatte am langsamen zweiten Satz des Violinkonzertes gearbeitet, und Josephine meinte, Ähnlichkeiten zu dem *Andante favori* zu erkennen. Sie tippte mit dem Zeigefinger darauf. »Kenne ich das nicht irgendwoher?«

Er lachte. »Meine Güte, du siehst auch alles. Geheimnisse kann ich vor dir nicht haben.«

»Das solltest du auch nicht«, sagte sie gespielt streng. »Das kommt bei Herzensdamen nicht gut an.«

Er strich ihr über die Haare und ließ seine Hand eine Weile in ihrem Nacken ruhen. Schließlich streichelte er ihr sanft über ihre Wange. »Mein Engel«, flüsterte er, »du entlockst meinem Herzen die wunderschönsten Melodien.«

»Dann würde ich die jetzt gern hören.« Sie stand auf. »Wo ist das nächste Klavier?«

28

Wien, im Herbst 1805

Der Sommer in Hetzendorf ging zu Ende. Josephine und Ludwig kehrten nach Wien zurück. Die sechs Wochen Ferien hatten ihre Vertrautheit zueinander verstärkt. Sie waren sich nahegekommen, aber nicht zu nah. Josephine war vernünftig genug, nichts zu riskieren, und Ludwig respektierte das.

Trotz der bissigen Bemerkungen ihrer Geschwister und ihrer Mutter, die ihre Beziehung zu Ludwig nach wie vor ablehnten, sahen sie sich weiterhin regelmäßig. Die Geheimniskrämerei fanden sie beide aufregend. Sie hatten das Gefühl, wie zwei ungezogene Kinder ihre Eltern auszutricksen.

Ludwig arbeitete viel. Er hatte während der Sommerfrische erste Ideen zu einer neuen Sinfonie notiert, die ganz anders war als die Sinfonie mit dem markerschütternden Motiv, das er Josephine einige Monate zuvor vorgespielt hatte. Diese Melodie, die ihm nun vorschwebte, war viel lieblicher. Sie erinnerte an blühende Wiesen, Felder und Wälder, an ländliche Gefilde.

»Eines Tages wird daraus eine wunderschöne Sinfonie werden«, sagte Ludwig »Sie wird mich immer an unseren gemeinsamen Sommer in Hetzendorf erinnern, wo ich dich auf der Wiese Blumen pflücken sah, wo dein Haar im Wind wehte und wir laue Abende unter der Eiche verbrachten.«

Sie lächelte. Ihr kühner Vorschlag, zusammen in die Sommerfrische zu fahren, hatte sich gelohnt. Ludwig hatte neue Impulse für seine Arbeit erhalten, und ihr Band war stärker denn je.

Ludwig musste jedoch zunächst seine Oper *Leonore* beenden, bevor er sich den Sinfonien widmen konnte, die in seinem Kopf herumgeisterten. Denn die Proben für die Premiere von *Leonore* waren bereits festgesetzt.

Es gab eine öffentliche Probe, der Josephine und Therese beiwohnten. Eigentlich war es eine Klangprobe für den Komponisten, damit dieser wenige Wochen vor der Aufführung noch die Gelegenheit hatte, Änderungen an der Orchestrierung vorzunehmen. Schon lange hatte Josephine Ludwig einmal bei einer Orchesterprobe erleben wollen, aber aus Diskretionsgründen einen Besuch bislang unterlassen. Da nun aber auch ihre ältere Schwester und weitere ihrer adligen Bekannten zu der öffentlichen Probe geladen waren, war ihre Anwesenheit unverfänglich.

Ludwig war kein einfacher Dirigent. Bisweilen stauchte er die Musiker so zusammen, dass Josephine verwundert war, dass sie nicht aufstanden und gingen. Wenn sie seine Kompositionen nicht so umsetzten, wie er es wollte, oder schlimmer noch, wenn sie versäumten, mitzuzählen, und zu spät einsetzten, explodierte er. Ganz besonders schlimm war es, als er meinte, dass ein Musiker die Musik einfach nur herunterleierte und die Noten ohne Emotionen abspielte.

Josephine wusste, dass er kein Verständnis für Berufsmusiker hatte, die nur des Geldes wegen spielten und sich nicht bemühten, den Charakter eines Stückes zu erfassen.

Schon oft hatte er ihr gesagt, dass das in seinen Augen ein Sakrileg an der Kunst war.

Er hat zwei Seiten, dachte sie. Eine sanftmütige Seite, die er ihr gegenüber zeigte, und eine unerbittliche Seite, wenn er von anderen alles forderte, was er sich selbst abverlangte. Das war jedoch schwierig bei »gewöhnlichen« Menschen, die seine Genialität teilweise noch nicht einmal erahnten, sondern in ihm nur einen Stinkstiefel sahen.

Nach der Probe versuchte Josephine, ihn darauf hinzuweisen, dass er mit Normalsterblichen nicht so hart ins Gericht gehen dürfe. Doch er pochte auf seine Interpretation und duldete bei der Musik keinerlei Kompromisse.

Wie würde er sich meinen Kindern gegenüber verhalten, überlegte sie. Wenn er mit ihnen genauso streng sein würde wie mit seinen Musikern, könnte sie es nicht ertragen. Es waren süße, putzige, jedoch normale Kinder. Josephine hoffte, dass sie eines Tages Instrumente erlernen und die Musik lieben würden wie sie selbst. Sie konnte sich aber nicht vorstellen, dass sich Ludwig lange geduldig zeigen würde, wenn die Kleinen auf dem Klavier herumstümperten. Sie schob diesen Gedanken schnell beiseite. Der *Status quo* war gut, so wie er war. An eine Heirat dachte niemand von ihnen, auch Ludwig hatte diesbezüglich keine Andeutungen mehr gemacht. Somit musste sie keinen Gedanken daran verschwenden, wie es wäre, wenn er der Stiefvater ihrer Kinder sein würde.

Während Josephine ihre Vertrautheit mit Ludwig genoss und er, inspiriert durch sie, ein außergewöhnliches Werk nach dem anderen schrieb, erklärte Frankreich Österreich den Krieg. Das Verhältnis zwischen den beiden Staaten war seit Marie Antoinettes Enthauptung permanent angespannt.

Österreich hatte sich mit anderen Staaten Europas gegen Frankreich verbündet. Doch an der Spitze der Franzosen stand ein herausragender Feldherr, der seine Armee durch ganz Europa schickte und die alteingesessenen Herrscher das Fürchten lehrte: Napoleon Bonaparte. Nun schien er Österreich im Visier zu haben.

»Meinst du, wir müssen uns Sorgen machen?«, fragte Josephine Ludwig eines Abends, als er ihr eine Arie aus *Leonore* vorgespielt hatte.

Er strich sich übers Kinn. »Ich habe keine Ahnung, aber ich glaube nicht, dass Frankreichs Truppen Wien angreifen werden. Kriege werden in der Regel auf irgendeinem Feld ausgetragen.« Doch er sah nicht überzeugt aus.

»Deine Heimat hat er schon besetzt, nicht wahr?«

Er nickte. »Ja, wie ich dir in Hetzendorf erzählt habe. Es gibt schon lange keinen Hof mehr, an dem ich als Musiker leben und arbeiten könnte.«

Sie setzte sich neben ihn und nahm seine Hand. »Wenn es nicht so wäre, wärest du jetzt nicht hier, und wir hätten einander womöglich nicht kennengelernt.«

Er lächelte und drückte ihre Hand. »Und so haben Frankreich und seine Revolutionäre einer ungarischen Adligen und einem rheinischen Musikus einen Dienst erwiesen.« Er zwinkerte.

»Mama und Franz haben geschrieben, dass ich Vorkehrungen treffen soll, zu ihnen nach Ofen oder Martonvásár zu kommen, falls Napoleons Truppen näherrücken.«

Er seufzte. »Das solltest du tun, wenn es sich als notwendig erweist. Ich bin als Bürgerlicher in der glücklichen Lage, den Franzosen kein Dorn im Auge zu sein. Aber du musst mit deinen Kindern fliehen, bevor der Bonaparte vor den Toren Wiens steht.«

»Kommst du mit?« Sie hatte keine Ahnung, wie sie ohne Ludwig leben sollte.

»Nein, mein Engel.« Er lachte kurz auf. »Was würde deine Frau Mama sagen, wenn ich plötzlich mit dir in ihrem Schloss aufkreuzen würde?« Er schüttelte den Kopf.

»Bist du sicher, dass dir der Bonaparte nichts tun wird?«, fragte sie ängstlich. Immerhin hatte Ludwig in einem Anflug von Zorn die Widmung auf dem Titelblatt seiner dritten Sinfonie, der Eroica, geändert und Napoleons Namen getilgt, nachdem er von dessen Krönung zum Kaiser erfahren hatte. Denn diese hielt er für völlig vermessen.

»Mir?« Ludwig schien belustigt. »Das Unwichtigste für einen kriegsführenden Machthaber ist ein Mann der Musik, der seine Kritik noch nicht einmal in verständliche Worte packen kann.« Er küsste ihre Hand. »Nicht alle Menschen verstehen Töne so wie du und ich.«

Sie schmiegte sich an ihn und wünschte, die Zeit würde stillstehen. Hoffentlich blieb der korsische Größenwahnsinnige für immer weit weg.

Doch ihr Wunsch ging nicht in Erfüllung. Eines Morgens Anfang November läutete Josephines Onkel Sturm. »Pack dein Hab und Gut und verlass die Stadt! Österreich hat nach einer verheerenden Schlacht bei Ulm kapituliert. Napoleons Armee marschiert auf Wien zu.«

Alles in Josephine sträubte sich, ihr Zuhause und Ludwig zu verlassen, aber sie trug die Verantwortung für ihre Kinder. Daher packte sie in fliegender Hast das Notwendigste zusammen und schrieb Ludwig eine Nachricht, denn die Zeit reichte nicht mehr, ihn zu sehen.

Leben Sie wohl und komponieren Sie viel, auf dass ich nach meiner Rückkehr zahlreiche neue Melodien hören werde.

Noch am selben Morgen floh sie mit ihren Kindern, eingereiht in einen Konvoi von haushochbeladenen Kutschen anderer Adliger, aus der Stadt in Richtung Ofen.

Nur zwei Tage später besetzten Napoleons Truppen Wien.

29

Ofen, im Winter 1805/1806

Josephine und ihre Kinder kamen im Ofener Stadthaus der Familie Brunsvik unter. Auch Therese und ihre Mutter verbrachten den Winter dort.

In Ofen war es kaum anders als in Wien. All ihre Bekannten und Verwandten, selbst der Kaiser und seine Familie, waren vor Napoleon nach Ofen geflohen und hatten in der neuen Umgebung schnell ihre alten Gewohnheiten aufgenommen. Abends traf sich der Adel auf Bällen, Konzerten oder im Theater.

Nur Ludwig fehlte. Seine Musik war hingegen präsent. Josephine verbreitete sie bei musikalischen Soireen in den Ofener Salons, Therese und andere junge Damen ebenso.

Sie schrieb ihm oft und erhielt auch häufig Post von ihm. Wie schon im Frühjahr, als sie wochenlang wegen Charlottes Hochzeit unterwegs gewesen war, erklärte er ihr in seinen Zeilen unverhohlen seine Zuneigung und bedauerte, sich in Worten bei Weitem nicht so gut ausdrücken zu können wie in Tönen. Jedes Mal, wenn ein neuer Brief von ihm eintraf, runzelte ihre Mutter die Stirn. Aber Josephine scherte sich nicht darum. Sie war erwachsen.

Es tat ihr leid, bei der Uraufführung von Ludwigs Oper *Leonore* nicht in Wien zu sein. *Nun hören die französischen*

Generäle seine Musik, ich hingegen nicht. Dabei war ich dabei, als er sie komponiert hat, dachte sie verdrossen.

Bedauerlicherweise schienen die Franzosen mit der Oper nichts anfangen zu können. Denn bald darauf vernahm Josephine bei einem Diner, dass die Premiere von *Leonore* katastrophal aufgenommen worden sei. *Der arme Ludwig,* dachte sie traurig. Er hatte so viel Arbeit in diese Oper gesteckt. Wie gern hätte sie ihm beigestanden.

Eines Abends wurde sie auf einem Ball mit dem Tiroler Edelmann Anton Wolkenstein bekannt gemacht. Josephine bemerkte sofort das Flackern in seinen Augen. Es war offensichtlich, dass Wolkenstein auf den ersten Blick hin und weg von ihr war. Als Witwe, die das Trauerjahr hinter sich hatte, war sie wieder eine Heiratskandidatin. Er wusste das auch und zögerte keine Sekunde, ihr den Hof zu machen.

Die Etikette erlaubte es ihr nicht, ihn harsch abzuservieren. Sie musste höflich bleiben, mit ihm tanzen und Konversation betreiben und ihn dennoch auf Abstand halten.

Wie in Wien, so gab es auch in Ofen überall wachsame Augen. Wolkensteins massives Werben wurde von vielen registriert. Josephine spielte Theater nach allen Regeln des adligen Verhaltenskodexes und ließ ihn charmant zappeln, ohne vorzuhaben, ihn jemals zu erhören. Dass jedoch das gesellschaftliche Geschehen in Ofen minutiös zu den wenigen in Wien zurückgebliebenen Adligen rapportiert wurde, ahnte sie nicht. Irgendwie bahnte sich der Klatsch und Tratsch einen Weg zu Ludwigs Ohren.

Unvermittelt schlug ihr eines Morgens seine geballte Eifersucht aus der Ferne entgegen. In einem Brief beklagte er sich bitter über ihr treuloses Verhalten.

Wutentbrannt riss Josephine den Brief entzwei. Was

erlaubte er sich? Sie hatte sich nichts zu Schulden kommen lassen. Mit Wolkenstein hatte sie lediglich kokettiert, so wie es in ihren Kreisen üblich war. Wie kam Ludwig überhaupt dazu, sie wie seine Frau oder Verlobte zu behandeln? Dass sie ihn niemals heiraten konnte, lag ja wohl auf der Hand.

Sie griff nach Papier und Feder und verfasste eine gesalzene Antwort. Doch ihre erste Wut verpuffte, kaum dass sie die Nachricht zu Ende geschrieben hatte. Sie las ihren Brief mehrere Male durch und zerriss ihn schließlich. Stärker als ihr Zorn über seine unangemessene Reaktion war ihre Sorge, ihn zu verlieren. Sie musste einen Mittelweg finden; ihn zwar wissen lassen, wie sehr sie seine Anschuldigungen getroffen hatten, ihm allerdings auch versichern, dass seine Eifersucht völlig unbegründet sei. Zwei Stunden lang quälte sie sich mit verschiedenen Briefentwürfen herum, bis sie endlich eine Fassung abschickte.

Tags darauf gab sie Wolkenstein liebenswürdig, aber unmissverständlich zu verstehen, dass er sich niemals Hoffnungen zu machen brauche. Sie flehte den Himmel an, dass auch diese Nachricht nach Wien durchsickern würde. Denn obwohl sie sich maßlos über Ludwig ärgerte, sehnte sie sich mit allen Sinnen nach ihm.

»Habt ihr euch gestritten?«, fragte Franz sie eines Morgens beim Frühstück.

Josephine sah auf. Seit drei Wochen hatte sie nichts mehr von Ludwig gehört und konnte nachts schlecht schlafen. Immer grübelte sie, ob sie ihm erneut schreiben sollte oder lieber doch nicht. *Vielleicht sind seine Gefühle für mich nach der Affäre Wolkenstein abgekühlt*, dachte sie traurig. Zwar wäre dies von Vorteil, da eine Heirat mit Ludwig nach wie vor nicht infrage käme; aber der Gedanke, auf seinen vertrauten Umgang verzichten zu müssen, zerriss sie fast.

»Pepi! Hörst du zu?«

»Wie bitte?«

»Hast du dich mit Beethoven überworfen?«

Trotzig sah sie ihren Bruder an. »Nein, warum?«

»Weil mir ein Freund aus Wien soeben geschrieben hat, dass er ein neues Lied komponiert hat. Es trägt den Titel *Empfindungen bei Lydiens Untreue*.«

Es war wie ein Schlag in die Magengrube. Josephine hatte Mühe, sich nichts anmerken zu lassen. Hatte Ludwig ihren Brief nicht erhalten? Glaubte er ihr nicht? Wenn er nun ein Lied mit diesem Titel komponierte, dann verarbeitete er darin ihre vermeintliche Untreue. Selbst Franz hatte das verstanden. Sie sah, wie sich ihr Bruder und ihre Mutter verstohlen angrinsten.

Das passt ihnen ganz hervorragend, dachte sie verbittert. *Mein Kummer ist ihnen egal. Sie feiern es, dass Ludwig und ich in eine Krise geraten sind*. Sie straffte ihre Schultern. *Das könnte ihnen so passen!* Sie würde sich ihr Leben nicht aus der Hand nehmen lassen. Weder von ihrer Familie noch von Napoleon, der es sich in Schönbrunn bequem gemacht hatte. *Ich muss das Missverständnis mit Ludwig schleunigst aus der Welt räumen. Wann verschwindet bloß dieser elende Bonaparte wieder aus Wien, damit ich zurückfahren kann?*

Doch der Winter zog sich in die Länge, und Napoleon schien Gefallen an seinem eroberten Luxusschloss Schönbrunn zu finden. Erst im Frühjahr blies er zum Rückzug, und Josephine konnte mit ihren Kindern endlich zurück nach Wien.

30

Wien, im Frühjahr 1806

Nach ihrer Rückkehr sah Josephine Ludwig das erste Mal unter den wachsamen Augen ihres Bruders. Franz hatte es sich nicht nehmen lassen, sie und die Kinder nach Wien zu begleiten, zumal er der zweiten Vorführung von *Leonore* beiwohnen wollte, die für das Frühjahr 1806 angesetzt war.

Die Oper erntete viel Beifall. Ludwig hatte sie nach der desaströsen Uraufführung vor den französischen Generälen noch einmal umgearbeitet, und das Ergebnis kam äußerst positiv bei dem nunmehr adligen Publikum an.

»Das Werk ist meisterhaft geworden«, sagte Josephine, als sie Ludwig im Anschluss an die Aufführung gratulierte.

»Hat es Ihnen gefallen?«

Das »Sie« schmerzte sie. Aber natürlich konnte Ludwig sie unmöglich vor so vielen Leuten duzen.

»Sehr sogar.« Sie lächelte zaghaft und stellte ihm dann ihren Bruder vor.

»Graf Brunsvik«, sagte Ludwig und verneigte sich. »Ich habe schon viel von Ihnen gehört. Ihre Schwestern erzählten, dass Sie ein ausgezeichneter Cellist sind.«

»Oh, das ehrt mich«, sagte Franz. »Ich habe tatsächlich schon viele Ihrer Kammermusik-Kompositionen gespielt.«

Die beiden Männer kamen schnell miteinander ins Gespräch. Sie unterhielten sich über Ludwigs jüngste Streichquartette, seine Konzerte und geplanten Sinfonien und kümmerten sich nicht mehr um Josephine.

Ihr Magen zog sich zusammen. Ludwig war ihr gegenüber kalt und ließ sie links liegen. Als sie die Fürstin Lichnowsky erblickte, ging sie zu ihr, um sie zu begrüßen und nach ihrem Wohlergehen zu fragen. Während sie mit der Fürstin sprach, beobachtete sie aus dem Augenwinkel, wie Ludwig sich weiter eifrig mit ihrem Bruder unterhielt. Er sah noch nicht einmal in ihre Richtung. Sie kämpfte gegen die Enttäuschung an. Offensichtlich hatte er ihr nicht verziehen. Oder er hatte ihren Brief nicht erhalten.

Franz winkte ihr nach ein paar Minuten zu. Er wollte aufbrechen. Sie verabschiedete sich von der Fürstin und folgte ihm zur Kutsche.

»Ich habe Beethoven für den Sommer nach Martonvásár eingeladen«, sagte er. »Dort kann er in Ruhe arbeiten und sich gleichzeitig auf dem Land erholen.«

Sie nickte. Was Franz eigentlich sagen wollte: Ludwig würde sich fernab von ihr ausschließlich seinen Kompositionen widmen können. Einen weiteren romantischen Sommer wie in Hetzendorf würde es also dieses Jahr nicht geben.

Ihr Bruder reiste ein paar Tage später wieder ab. Josephine hatte in der Zwischenzeit die gewohnten Gepflogenheiten in ihrem Haushalt wieder aufgenommen. Die Bediensteten wienerten das Tafelsilber, wischten Staub und sorgten für gepflegte Mahlzeiten. Sie hatte Termine rund um die Vermietungen der Wohnungen in der Rotenturmstraße und führte mehrere Gespräche mit potenziellen Gouvernanten für Vicky, die bald sechs Jahre alt sein würde. Schließlich entschied sie sich für eine junge Frau, die aus einer verarmten

Familie niederen Adels stammte und aufgrund des frühen Todes ihres Vaters selbst Geld verdienen musste. Sie war erst zwanzig Jahre alt, schien aber sehr reif und belesen zu sein für ihr Alter.

Von Ludwig hatte Josephine seit der Aufführung von *Leonore* nichts mehr gehört. *Ob er sich wohl wieder bereit erklären würde, mir Klavierunterricht zu geben*, überlegte sie. Nachdem sie alles geregelt hatte und der Alltag seinen gewohnten Gang nahm, sehnte sie sich nach ihrer Lieblingsbeschäftigung, dem Musizieren.

Als ob er ihre Gedanken aus der Ferne gelesen hätte, erhielt sie eines Morgens einen Brief von ihm. Er fragte sie, ob sie Zeit erübrigen könnte, sich seine jüngsten Kompositionen anzuhören.

Mit Begeisterung antwortete sie postwendend, dass er gern kommen könne, wann immer es ihm zeitlich passe.

Er wartete pro forma noch einen Tag ab. Als er kam, klopfte ihr Herz vor Aufregung. »Ludwig, herzlich willkommen!« Sie geleitete ihn in den Salon.

»Josephine, du bist so schön wie eh und je«, sagte er, als sie die Tür hinter ihm geschlossen hatte.

Sie lachte erleichtert auf. Er war ihr nicht mehr böse. Und er hatte zum »du« zurückgefunden, jetzt, da sie allein waren.

»Was hast du komponiert während meiner Abwesenheit?«

»Eine ganze Menge.« Er klappte den Deckel des Flügels auf und setzte sich. Dann begann er zu spielen: wilde, romantische, verspielte und verträumte Melodien. Josephine stand hinter ihm und blickte staunend auf seine Hände.

Plötzlich drehte er sich um. »Und? Gefällt dir das?«

»Es ist alles wunderschön.« Sie setzte sich neben ihn. »Was hast du als Letztes gespielt?«

»Das ist ein Teil meiner geplanten Klaviersonate.«

»Sie wird großartig werden … wie eine Sinfonie.«

Er sah sie an. »Insgeheim nenne ich sie *La passionata* – die Leidenschaftliche.«

Sie spürte, wie sie errötete.

Er ließ seine Finger die Tastatur hoch- und herunterlaufen. Abrupt hielt er inne. »Natürlich denke ich dabei an dich.«

Sie sagte nichts. Nur das Ticken der Wanduhr war zu hören und das Klopfen ihres Herzens.

»Du hast die Leidenschaft in mir entfacht. Du lässt mich alle Tonarten an Gefühlen erleben. Romantische, zarte und liebevolle Empfindungen, doch auch … schmerzhafte, wilde, wütende …«

Sie legte ihre Hand auf seinen Unterarm. »Es tut mir leid, dass du den Eindruck haben musstest, ich gehe auf Wolkensteins Werben ein. Er machte mir den Hof, und ich habe nach den Regeln des Anstands mit ihm kokettiert. Das gehört in unseren Kreisen dazu. Es heißt aber nicht, dass er mir jemals etwas bedeutet hat. Hast du meinen Brief erhalten?«

Er sah auf. »Ja. Ich habe ihn erhalten und möchte mich aufrichtig entschuldigen für mein törichtes Benehmen. Es war nicht recht von mir, dir Vorhaltungen zu machen. Allerdings …«

»Was?«

»Es fällt mir schwer zuzusehen, wie ihr Adligen miteinander kokettiert. Das ist kein ehrliches Verhalten. Und Menschen wie ich stehen dumm am Rand des Geschehens herum und fühlen sich … außen vor.«

Sie waren wieder am Ausgangspunkt ihres Streits angelangt. Sie fand, dass er kein Recht hatte, ihr Vorschriften zu machen, aber sie wollte nicht mit ihm aneinandergeraten. Sie hatte sich vor Wochen vorgenommen, sich mit ihm bei der ersten Gelegenheit auszusöhnen. »Ludwig, es tut mir leid, dass du gedacht hast, mir liege etwas an Wolkenstein. Das war nie der Fall, und schlussendlich habe ich es ihn auch deutlich wissen lassen.«

Er nahm ihre Hand und hauchte einen Kuss darauf. »Meine Eifersucht war fehl am Platze. Entschuldige bitte.«

»Wann hast du das Lied *Empfindungen bei Lydiens Untreue* komponiert?« Als sie in Ofen davon erfahren hatte, hatte sie es gleich auf sich bezogen.

»Es hat dich getroffen, nicht wahr?«

»Natürlich.«

»Ich habe es komponiert, bevor ich deinen Brief, in dem du mir … die vertrackte Geschichte mit Wolkenstein erklärt hattest, erhalten habe. Als ich deinen Brief las, war das Lied bereits fertig und … gut.«

»Ja, es ist sehr gut«, sagte sie leise. Wenn diese Eifersuchtsszene ein Gutes hatte, dann dass daraus eine wunderbare Komposition entstanden war.

»Ist zwischen uns alles wie vorher?«, fragte er beinahe schüchtern.

Sie sah ihn an und lächelte. »Ja. Gibst du mir wieder Klavierunterricht?«

Er lachte. »Mit Vergnügen.«

Josephine übte wieder regelmäßig Klavier, organisierte musikalische Soireen in ihrem Haus und besuchte derartige Veranstaltungen auch in den Häusern ihrer adligen Bekannten. Ludwig spielte ihr seine Kompositionen vor, bevor er sie irgendjemand anderem zeigte. Er arbeitete viel. Es vergingen kaum zwei Tage, an denen er nicht bei ihr vorbeischaute, um ihr etwas Neues vorzuspielen. Sie hatten zu ihrer gewohnten

Vertrautheit zurückgefunden, dennoch war nicht alles so wie zuvor. Es war Josephine, als ob ein kleiner Holzsplitter in seinem Herzen steckte und ihn an die Affäre Wolkenstein erinnerte.

Im Sommer verabschiedete sich Ludwig für ein paar Wochen, um Franzens Einladung nach Martonvásár zu folgen. »Jetzt lerne ich endlich den Ort kennen, an dem du aufgewachsen bist«, sagte er ihr zum Abschied.

Sie nickte traurig. Wie gern hätte sie ihm den Park, den See und die Wälder rings um Martonvásár gezeigt. Doch das würde Ludwig nun alles allein oder mit Franz erkunden.

31

Wien, im Herbst 1806

Ludwig war zurück aus Martonvásár, wo er die Klaviersonate, die er *La passionata* nannte, zu Ende geschrieben hatte. Es war ein wuchtiges Werk, das seiner Waldsteinsonate in keiner Weise nachstand. Als er die vollendete Sonate Josephine vorspielte, wurde sie nachdenklich. *Er hat darin seinen Herzschmerz verarbeitet, sein Verlangen nach mir, das niemals gestillt werden kann.* Es stimmte sie traurig, die Verzweiflung und die Sehnsucht aus seiner Musik herauszuhören, aber sie konnte ihm nicht helfen. In ihrem Herzen sah es genauso aus. Doch so war es nun mal.

La passionata machte ihrem Namen noch in anderer Hinsicht alle Ehre. Eines Abends, als es draußen aus Kübeln schüttete, klingelte Ludwig unangemeldet bei ihr. Von Wind und Wetter war er völlig derangiert. Seine Haare und seine Kleidung waren klatschnass, die Notenblätter seiner Klaviersonate durchgeweicht.

»Ich habe mich mit Lichnowsky überworfen«, sagte er.

»Komm erst einmal hinein.« Josephine bedeutete ihrem Diener, Ludwig Hut und Mantel abzunehmen, und führte ihren Gast sodann in den warmen Salon.

Sie schenkte ihm eine Tasse heißen Tee ein. »Was ist passiert?«

»Lichnowsky hat mich auf Schloss Grätz eingeladen. Als ich dort ankam, wimmelte es von französischen Offizieren. Ich habe keine Ahnung, weshalb er sie fürstlich bewirtete. Jedenfalls wollte er, dass ich meine Klaviersonate vor diesen Halunken spiele. So eine unfassbare Unverschämtheit!«

Josephine wusste, dass Ludwig die Schmach der ersten *Leonoren*-Aufführung vor französischen Offizieren immer noch nicht verwunden hatte. »Was ist dann geschehen?«

»Ich habe natürlich abgelehnt!«

»Aber Lichnowsky insistierte?«, fragte sie. Sie ahnte, dass die Meinungsverschiedenheit zwischen den beiden Männern heftig gewesen sein musste.

Ludwig schnaubte. »Ja, er war beleidigt und hielt mir vor, dass ich ohne seine finanzielle Unterstützung niemals das hätte komponieren können, was ich geschaffen habe, und so weiter und so fort.«

Sie berührte sachte seinen Unterarm. Sie verstand ihn. Ludwig war zu stolz, um wie ein Schoßhündchen nach der Pfeife seines Mäzens zu tanzen. Wenn er partout nicht vor französischen Offizieren spielen wollte, konnte ihn niemand dazu bewegen. Außerdem zürnte er dem Fürsten immer noch im Stillen wegen seines nicht koscheren Verhaltens rund um das *Lied an die Hoffnung*.

»Schlaf einmal darüber, und dann geh zu ihm und entschuldige dich für deinen Ausbruch; nicht jedoch für deine Entscheidung.« Dass ihm dies schwerfallen würde, war klar. Aber seine Apanage, von der er lebte, stand auf dem Spiel. Er musste seinen Stolz überwinden.

»Nein!« Ludwig sprang auf. »Dieses Mal war es zu viel! Ich habe mittlerweile eine Reputation als Komponist. Ich brauche nicht den Gang nach Canossa anzutreten. Ich werde auch ohne Lichnowsky gut leben können!«

Josephine seufzte. Ludwig konnte so stur sein.

Wie sich bald herausstellte, wäre es tatsächlich sinnlos gewesen, wenn er vor Lichnowsky zu Kreuze gekrochen wäre. Denn kurz nach dem Vorfall wurde bekannt, dass der Fürst finanziell am Ende war. Er hatte viele Jahre über seine Verhältnisse gelebt, und eine Erbstreitigkeit hatte ihm schließlich den Rest gegeben. So oder so hätte er kein Geld mehr gehabt, die schönen Künste weiterhin großzügig zu unterstützen.

Josephine war traurig, dass nun auch keine Soireen der Fürstin Lichnowsky mehr stattfinden würden. Das war ein herber Verlust für das Wiener Musikleben.

Ludwig stürzte sich wieder in die Arbeit. Er komponierte intensiv an seinem Violinkonzert, das er im Vorjahr in Hetzendorf begonnen hatte.

Eines Abends fanden sich Ludwig und Schuppanzigh bei ihr ein, um den ersten Satz auszuprobieren. Josephine spielte den Orchesterpart auf dem Flügel. Sie und Schuppanzigh hatten mittlerweile so oft zusammen musiziert, dass sie aufeinander eingespielt waren. Ludwig saß neben ihr, blätterte ihr um und machte sich Notizen in seiner Partitur.

Josephine war begeistert von dem, was sie hörte. Zwar hatte sie Ludwig das Stück bereits auf dem Klavier spielen hören und sie selbst hatte sich als Vorbereitung auf den heutigen Abend auch schon einmal durch die Violinstimme gefingert. Doch als sie die Violine das Thema so lieblich singen hörte, wurde ihr ganz warm ums Herz.

Nachdem sie den ersten Satz durchgespielt hatten, räusperte sich der erfahrene Geiger. »Die Komposition ist herrlich, aber weite Passagen liegen nicht gut für die Finger.«

In einer seiner ungeduldigen Anwandlungen fuhr ihn

Ludwig unwirsch an: »Ist mir egal, ob das für die Finger gut liegt oder nicht. Man muss halt üben.«

»Ich meine, vielleicht könnte man über eine andere Tonart nachdenken«, sagte Schuppanzigh.

»Eine andere Tonart?«, rief Ludwig empört. »Kommt überhaupt nicht infrage! Die gesamte Stimmung wäre im Eimer.«

Josephine schmunzelte. Wenn es um die Tonart ging, wurde Ludwig fuchsig. Für ihn hatte jede Tonart einen besonderen Charakter. Ein Stück einfach in eine andere Tonart zu transponieren, kam für ihn einem Frevel gleich.

Sie lächelte ihn an, um ihn zu besänftigen. »Hör dir doch die Einwände eines Geigers an. Er meint es gut.«

Ludwig brummte, ließ Schuppanzigh jedoch weiterreden.

»Das Stück klingt leichter, als es ist«, sagte dieser. »Umgekehrt wäre es besser.«

»Aber umgekehrt gibt es nicht«, beschied Ludwig. »Das Stück ist so, wie es ist, und es ist sehr gut so. Anders darf es nicht klingen.«

Schuppanzigh zwinkerte Josephine unmerklich zu. Ihre Intervention hatte nichts gebracht, dennoch war er ihr dankbar. »Ja, das Violinkonzert ist wunderbar. Ich werde viel üben, um seine Einzigartigkeit zur Geltung zu bringen.«

Als ihn Josephine später verabschiedete, flüsterte er ihr zu: »Ich liebe das Violinkonzert. Ich habe jedoch Sorge, dass es nicht oft gespielt werden wird; einfach aus dem Grund, dass es äußerst schwierig ist, man dies aber nicht hört.«

Sie nickte. »Das glaube ich Ihnen. Doch Sie wissen ja, wie Ludwig ist. Seine Werke sind durchdacht bis zur letzten Sechszehntelpause, und er duldet keinerlei Kompromisse.«

Ludwig stellte alsbald den zweiten und dritten Satz des Violinkonzertes fertig, daneben schrieb er weiterhin seine Oper *Leonore* um und komponierte wieder eine Klaviersonate; ferner lag er in den letzten Zügen seiner vierten Sinfonie und arbeitete bereits die Themen für seine fünfte und seine sechste Sinfonie aus.

Josephine bewunderte ihn täglich mehr für sein Können und seinen erbitterten Fleiß. Sie sah, dass das Komponieren harte Arbeit für ihn war, obwohl er so unbeschreiblich talentiert war. Niemals gab er sich mit der ersten Skizze zufrieden. Seine Kompositionen waren nicht nur Ausdruck eines angeflogenen Gefühls. Er arbeitete seine musikalischen Ideen mehrfach rational durch, sodass ein Ergebnis entstand, das seinem Kopf und seinem Herzen entsprang.

Oft stieß er auf Hindernisse und mühte sich daran ab; mit Frust, mit Blockaden, mit Wutausbrüchen. Nicht selten sah er so übernächtigt aus, dass sie ihn sanft darauf aufmerksam machte, auch regelmäßig an Schlaf zu denken, da sie um seinen Gesundheitszustand fürchtete.

Doch sein schwindendes Hörvermögen ängstigte ihn, und er verfiel in einen Schaffenswahn. Seine zunehmende Gehörlosigkeit setzte ihm einerseits Grenzen, aber sie stärkte seine Kreativität andererseits umso mehr. Josephine war sich sicher, dass seine Kompositionen lange nicht so durchdacht wären, wenn er einfach wie früher improvisiert und das Improvisierte aufgeschrieben hätte. Jetzt, wo er schlechter hörte, verließ er sich nicht nur auf sein Gehör, sondern auf sein Wissen und seine analytischen Fähigkeiten.

Für den Tag vor Heiligabend war die Premiere des Violinkonzertes im Theater an der Wien vorgesehen. Der Geiger Franz Clement würde den Solopart übernehmen.

Josephine fieberte der Aufführung entgegen. Sie liebte das Konzert innig und hoffte, dass es eine wunderbare Kritik erhalten würde.

Zeitig begab sie sich ins Theater. Der Saal war bereits überfüllt. Neben Ludwigs Violinkonzert standen eine ganze Reihe Stücke anderer Komponisten auf dem Programm. Es würde also eine lange Veranstaltung werden.

Obwohl sie nur Zuhörerin war, spürte sie ein nervöses Kribbeln in ihrem Magen. Von Ludwig wusste sie, dass Clement das Konzert so gut wie nicht geübt hatte, sondern es mehr oder weniger *a vista* spielen würde. Nach alldem, was Schuppanzigh über das Konzert gesagt hatte, eine gewagte Sache. Hoffentlich würde Clement nicht Schiffbruch erleiden und Ludwig mit dazu.

Doch als der Violinist seine Geige ansetzte und nach den aufsteigenden Oktaven das liebliche Thema vom Orchester abnahm, entspannte sie sich. Er spielte brillant. Mühelos klangen seine Läufe, und das Zusammenspiel mit dem Orchester funktioniert gut.

Das Publikum klatschte begeistert und rief Clement mehrere Male auf die Bühne.

»Ein wenig lang war es allerdings«, bemerkte ein Mann neben Josephine. »Da hätte sich der gute Beethoven kürzerfassen können.«

»Oh, das finde ich gar nicht.« Sie fächerte sich Luft zu. »Schöne Dinge kann man nicht oft genug wiederholen.« Sie richtete ihren Blick wieder nach vorn.

Ludwig stand am Bühnenrand und schien unter den Zuhörern nach ihr Ausschau zu halten.

Dezent winkte sie ihm mit ihrem Fächer zu. Da sah sie ein strahlendes Lächeln auf seinem Gesicht.

32

Wien, im Frühjahr 1807

»Du warst zauberhaft«, sagte Josephine, als Ludwig sie nach der Uraufführung seiner vierten Sinfonie nach Hause begleitete. Das Konzert im Palais des Fürsten Lobkowitz, dem neuen Förderer von Ludwig, war ein sensationeller Erfolg gewesen. Verklärt summte sie das fröhliche Thema des ersten Satzes und hätte sich am liebsten bei Ludwig untergehakt, aber das war zu riskant.

Das Nachtmahl war bereits aufgetischt, als sie mit Ludwig ihr Haus betrat. Sie legten Hüte und Mäntel ab und begaben sich ins Esszimmer. Ihre Kinder schliefen schon. Daher konnte sie den Abend gemütlich mit Ludwig ausklingen lassen.

Er stocherte ein wenig lustlos in seinem Essen herum.

»Schmeckt es dir nicht?«

»Oh doch.« Er nahm einen Löffel Suppe, verfiel dann allerdings wieder in eine nachdenkliche Stimmung.

Sie ließ ihn in Ruhe. Manchmal arbeitete er im Geiste an einer neuen Melodie und vergaß die Welt um sich herum. Sie verübelte ihm das nicht, er war anders als andere Menschen, außergewöhnlich eben.

»Meinst du nicht, dass wir … irgendwann versuchen sollten, dieser Heimlichtuerei ein Ende zu setzen?«, fragte er unvermittelt.

Damit hatte sie nicht gerechnet. Zwar hatte sie in den letzten Wochen bemerkt, dass er immer wieder einmal merkwürdige Kommentare abgegeben hatte, wenn sie sich wie bislang verschlüsselte Nachrichten geschrieben und sich zu den ungewöhnlichsten Zeiten getroffen hatten. Aber in diesem Moment, nach dem fulminanten Konzert, hatte sie mit so etwas nicht gerechnet. Daher verschluckte sie sich fast.

»Ludwig, du weißt doch, wie meine Familie zu einer Verbindung zwischen uns steht. Meine Mutter und Franz, so sehr sie dich und deine Musik schätzen, sie werden mir niemals erlauben …«

»Warum müssen wir uns denn nach ihnen richten? Es ist unser Leben!« Er stand auf und ging auf und ab. »Ich will mein ganzes Leben mit dir teilen, mein Engel. Ich will dich Tag und Nacht um mich haben. Ich will dich sehen, wenn ich wach werde und bevor ich einschlafe. Wenn ich komponiere, möchte ich dich im Nebenzimmer hören und wissen, dass du da bist. Bei mir.«

»Ach, Ludwig.« Sie stand auf und stellte sich ihm in den Weg, damit er sein Auf-und-ab-Gehen beendete, was sie ganz nervös machte. »Ich bin stets bei dir. Auch wenn wir uns nicht dauernd sehen und ich in einem anderen Haus lebe als du. Aber ich bin in Gedanken immer bei dir. Tag und Nacht«, setzte sie hinzu.

Das war zu viel. »Ich liebe dich, Josephine! So sehr, dass ich es mit keiner Komposition zum Ausdruck bringen kann«, sagte er und umarmte sie stürmisch.

Sie küsste ihn und wollte sich aus seinen Armen befreien, doch er hielt sie fest.

»Warum heiraten wir nicht, mein Engel? Ich will dich ganz mein Eigen nennen können. Ich will deine Nähe spüren, ohne all diesen Stoff, in den du gekleidet bist.«

»Gefällt dir etwa mein Kleid nicht?«, fragte sie scherzhaft und hoffte, ihre übliche Neckerei würde ihn amüsieren und ihn von seinen Heiratsplänen ablenken.

Aber Ludwig war dazu nicht aufgelegt. Er wollte mehr. »Ich bin das ewige Versteckspiel leid. Ich habe mittlerweile einen Ruf als Komponist, und als Musiker sowieso. Auch wenn ich nicht reich und von Adel bin, ich würde stets sehen, dass es dir und deinen Kindern an nichts fehlt.«

»Ich denke darüber nach«, sagte sie und vertröstete ihn erst einmal.

Er entließ sie aus seinen Armen, und sie verbrachten die nächsten zwei Stunden vor dem Flügel. Er spielte ihr seine neuen Stücke vor, bat sie um ihre Meinung. Dann ließ er sie seine Kompositionen vorspielen, damit er sie aus der Perspektive des Zuhörers hören konnte. Es war alles so wie immer.

Josephine versuchte, sein leidenschaftliches Drängen nach einer Heirat als vorübergehende Idee abzutun.

Aber es war keine vorübergehende Idee. Ludwig ließ sich zwar ab und zu von ihr ablenken, sodass sie ihre Zeit wie früher mit Musik verbrachten. Doch unterschwellig war sein Wunsch stets präsent.

»Weich mir nicht dauernd aus, mein Engel«, sagte er ein paar Wochen später. »Ich kann nicht mehr warten. Ich will dich zur Frau, ich kann ohne dich nicht leben, und ich will mich nicht mehr verstecken müssen.«

Josephine konnte ihn verstehen. Wenn sie jedoch seinem Drängen nachgeben würde, würde sie nicht nur ihre Familie gegen sich aufbringen (was sie verkraften könnte), nein, viel schlimmer noch wäre, dass sie die Vormundschaft für ihre Kinder verlieren würde. Der Gedanke, mit einem anderen Mann alle Belange der Kinder durchsprechen zu müssen, war ihr zuwider. *Ich weiß doch am besten, was für meine Kleinen gut ist,* dachte sie.

Außerdem konnte sie sich immer noch nicht vorstellen, dass Ludwig ein guter Stiefvater für ihre Kinder sein würde. Sein Temperament war schwierig. Sie konnte mit ihm in all seinen Gemütslagen umgehen. Aber ihre Kinder würden sich fürchten, wenn er verbissen an einer Komposition arbeiten und sie wegen ihres Kinderlachens oder -streitens zur Schnecke machen würde.

Sie wollte Ludwig nicht verlieren. Warum nur wollte er mehr? Warum reichte es ihm nicht, dass sie sich heimlich trafen und auf die ein oder andere Weise Zärtlichkeiten austauschten? Natürlich konnte sie nicht gänzlich mit ihm intim werden. Sollte sie schwanger werden, wäre die Katastrophe perfekt. Daher war es unmöglich, Ludwig diesen Schritt zu erlauben, ohne die Aussicht, ihn heiraten zu können.

Sie drehten sich im Kreis. Sie hoffte, dass sein Drängen auf eine Heirat bald nachlassen würde. Aber hatte ihre Verbindung dann überhaupt noch eine Zukunft?

33

Wien, im Sommer 1807

»Es geht nicht mehr.« Josephine hatte Tränen in den Augen, als sie diesen Satz aussprach. In den Händen hielt sie Ludwigs Brief, in dem er sie beschuldigte, mit ihm nur gespielt zu haben. Dem vorausgegangen waren zahlreiche Briefe, in denen er sie beschworen hatte, sich endlich zu einer Heirat durchzuringen.

Vor drei Tagen hatte sie allen Mut zusammengenommen und Ludwig einen Brief geschrieben, in dem sie jeglichen Heiratsgedanken weit von sich wies. Sie hatte ihre mütterlichen Pflichten vorgeschoben und wahrheitsgemäß angegeben, dass sie ihrem verstorbenen Gatten auf dem Totenbett versprechen musste, nur das Beste für ihre Kinder zu tun, und sie aus diesem Grund auf die Vormundschaft nicht verzichten könne. Auch wenn ihr Herz blutete, dass sie damit auf Ludwig als Mann verzichten musste.

Er war beleidigt gewesen und hatte ihr in seinem Antwortbrief, den sie postwendend erhielt, Koketterie vorgeworfen. Er fühlte sich betrogen und unterstellte ihr, sich all die Jahre einen Spaß mit seinen Gefühlen erlaubt zu haben.

Das hatte sie tief getroffen. Zwei Tage lang hatte sie mit Kopfschmerzen im Bett gelegen. Am frühen Nachmittag hatte der Diener ihr einen weiteren Brief von Ludwig gegeben, in dem er um eine Unterredung bat.

Josephine hatte keine Lust darauf. Sie wollte, dass ihre Beziehung so weiterlief wie bislang, aber das wollte er nicht. Ein persönliches Gespräch unter vier Augen würde schwierig werden, sich allerdings nicht vermeiden lassen. Das war sie Ludwig schuldig. Daher hatte sie sich angekleidet und übte ihre Rede. Sie hoffte, dass sie den Mut aufbringen würde, sich von ihm zu trennen. Denn so konnte es nicht weitergehen und eine Heirat konnte und wollte sie ihm nicht bieten.

Es läutete an der Tür, und sie hörte, wie ihr Diener die Tür öffnete. »Guten Abend, Herr van Beethoven. Die Gräfin Deym erwartet sie im Salon.«

Josephine holte tief Luft. Da wurde auch schon die Tür geöffnet. Als sie Ludwig sah, wie er blass und mit dunklen Ringen unter den Augen eintrat, wäre sie ihm am liebsten um den Hals gefallen. Er hatte anscheinend ebenso wie sie die letzten Nächte nicht geschlafen. Aber sie hielt sich zurück und bat ihn, sich zu setzen.

Als der Diener die Tür von außen geschlossen hatte, sah sie Ludwig in die Augen und sagte den Satz, den sie hundert Mal an diesem Tag geprobt hatte. »Wir sollten uns eine Weile nicht sehen.«

Er hatte offenbar mit einer solchen Information gerechnet, denn er nickte nur. »Das bedeutet, dass du niemals ein Leben mit mir an deiner Seite in Erwägung ziehst?«

Traurig blickte sie vor sich hin. »Solange meine Kinder klein sind und ich für sie Sorge tragen muss, geht es nicht. Ich will die Vormundschaft selbst ausüben, und ich bin finanziell von meinem Bruder und meiner Mutter abhängig, die eine Verbindung mit dir nicht billigen würden. Ich kann das Wohlergehen meiner Kinder nicht aufs Spiel setzen, auch wenn ich mir nichts sehnlicher wünsche, als deine Frau zu werden.«

Er schwieg. Schließlich sagte er: »Ich habe die Aussicht auf ein neues Einkommen.« Er erzählte ihr sodann von einem Angebot eines potenziellen Mäzens. »Würde das deine Ansicht ändern?«

Josephine wusste, dass Ludwig nach dem Bankrott seines jahrelangen Förderers Lichnowsky stets auf der Suche nach Einnahmequellen war. Tatsache war jedoch, dass der Reichtum des gesamten Adels schwand. Viele gaben Geld aus, das sie gar nicht mehr hatten, ohne sich etwas anmerken zu lassen. Im Prinzip hatte es ihr verstorbener Gemahl nicht anders gemacht, und das Ergebnis davon bekam sie jeden Tag zu spüren. »Bist du sicher, dass du das Geld jemals bekommen wirst? Oder ob du es auch in drei Monaten noch erhalten wirst?«, fragte sie Ludwig.

Er sprang wütend auf. »Warum nicht? Ich bin gut. Das hast du selbst gesagt.«

»Das habe ich auch so gemeint, und das werde ich bis zu meinem letzten Atemzug sagen.« Josephine stand auf. »Ludwig, mach es uns bitte nicht so schwer. Solange die Dinge so liegen wie jetzt, ist es besser, wenn wir uns eine Weile nicht sehen. Vielleicht kühlen unsere Gemüter wieder ab. Keinesfalls will ich auf deine Freundschaft verzichten. Niemals!«

»Gut, wie du möchtest«, sagte er. Er verbeugte sich leicht und empfahl sich.

Als sie die Haustür ins Schloss fallen hörte, brach sie weinend auf dem Sofa zusammen. Es war vorbei. Sie hatte so weitermachen wollen wie in den vergangenen Jahren. Es hatte nie eine Hoffnung auf mehr gegeben. Aber ein Stillstand in einer Beziehung war ganz offensichtlich gleichzusetzen mit einem Rückschritt.

An die Hoffnung hatte er einst für sie komponiert. Diese Hoffnung war nun dahin.

Wien, am 31. März 1821
Am Vormittag

»Mama, warum weinst du?« Vicky saß neben ihr auf der Bettkante und rüttelte sie wach. »Hast du schlecht geträumt?«

Benommen öffnete Josephine die Augen. »Ja, das habe ich wohl.« Sie wischte sich die Tränen von den Wangen. »Hast du die ganze Zeit bei mir gesessen, mein Schatz?«

Vicky reichte ihr ein Glas Wasser. »Nein, Tante Therese hat mich eine Weile abgelöst, aber jetzt ist sie ausgegangen, um Besorgungen zu machen.«

Josephine trank das Wasser aus. Sie hatte Durst, und ihr war heiß. Bestimmt war ihre Temperatur wieder gestiegen. »Vicky, wenn ich nicht mehr bin, werden meine Geschwister dich drängen zu heiraten.« Das Thema musste noch besprochen werden. Sonst würde sie keine Ruhe finden. »Versprich mir, dass du nur einen Mann heiratest, den du liebst!«

Vicky lächelte. »Ich verspreche es dir, Mama. Doch hab keine Angst. Ich werde vorerst nicht ans Heiraten denken, sondern mit Tante Therese Kindergärten und Schulen für die arme Bevölkerung eröffnen. Sie hat das schon lange vor, und ich würde ihr gern dabei helfen.«

Josephine nickte. Dass ihre Schwester dieses Projekt, das ihr seit vielen Jahren ein Anliegen war, immer noch nicht in Angriff genommen hatte, lag an ihr. Therese hatte ihr beigestanden, als es ihr nach der Trennung von ihrem zweiten Mann so schlecht ging und sie dauernd krank war. Ihre Schwester hatte sie gepflegt und deswegen ihre eigenen Pläne in den Hintergrund gestellt. Doch bald würde Therese endlich ihre Träume verwirklichen können. Offensichtlich hatte sie Vicky mit dieser Idee angesteckt. Fürs Erste war es das Beste, wenn sich ihre älteste Tochter Therese anschloss, damit sie nicht allein blieb. Denn Carl und Fritz waren beim Militär und Sephine im Kloster.

»Aber wenn dir ein Mann begegnet, den du liebst, dann kämpfe um ihn!«, schärfte sie Vicky ein. Sie sollte nicht auf ihr Glück verzichten, so wie sie selbst es getan hatte.

»Natürlich, Mama.« Ihre Tochter sah nachdenklich drein. »Warum hast du nicht um van Beethoven gekämpft?«

Josephine traten Tränen in die Augen.

»Entschuldige Mama, ich wollte dich nicht daran erinnern …« Vicky reichte ihr ein Taschentuch.

»Schon gut, schon gut«, sagte Josephine und tupfte sich die Tränen weg. »Du darfst mich alles fragen, was du willst.« Sie seufzte. »Ich hatte damals das Gefühl, dass van Beethoven euch kein guter Vater sein würde. Abgesehen davon hatten Großmama und meine Geschwister, vor allem Onkel Franz, etwas dagegen, weil van Beethoven kein Adliger ist.«

»Aber er ist berühmt und hat bestimmt mehr Geld als wir.«

»Ja, jetzt schon. Doch damals war es noch nicht so. Außerdem hätte ich die Vormundschaft für euch verloren. Ich wollte nichts tun, was dir und deinen Geschwistern geschadet hätte. Ihr seid immer mein Ein und Alles gewesen.«

Vicky spielte mit einer Locke.

Diese Geste kam Josephine bekannt vor. Sie selbst drehte

auch immer ihre Locken um ihre Finger, wenn sie nachdachte.

»Bist du seinerzeit in die Schweiz gefahren, um van Beethoven zu vergessen?«, fragte Vicky.

»Ja.« Josephine räusperte sich. »Ludwig hat sich mit der Trennung nicht abgefunden und stand häufig vor unserem Haus und hat um Einlass gebeten. Ich hatte Angst, dass ich wieder schwach werde. Darum bin ich auf Tante Thereses Vorschlag eingegangen und mit Fritz und Carl in die Schweiz gefahren, um einen Hauslehrer zu suchen. Aber hauptsächlich, um eine Weile aus Ludwigs Nähe zu verschwinden.«

»Warum gleich so weit weg?«

»Tante Therese hatte von Pestalozzis Lehren gehört. Sie wollte damals schon Kindergärten errichten und sich vorab ein Bild über verschiedene Erziehungsmethoden machen. Und da Pestalozzi in Yverdon in der Schweiz lehrte, sind wir dorthin gefahren.«

Vicky schluckte. »Ich hatte fürchterlich Sehnsucht nach dir. Du warst über ein Jahr lang weg.«

»Es tut mir leid, mein Schatz.« Josephine griff nach Vickys Hand. »Napoleon kam uns in die Quere, wir mussten über Italien nach Hause reisen. Das hat eine enorme Verzögerung verursacht.«

»Hast du van Beethoven denn vergessen, während du in der Schweiz warst?«

Josephine schüttelte den Kopf. »Nein.«

»Und warum …?« Ihre Tochter beendete den Satz nicht.

»Warum ich Stackelberg geheiratet habe?«

Vicky nickte. Sie hatte ihren Stiefvater immer gefürchtet.

Josephine seufzte. »Er hat mich in einem schwachen Moment verführt. Ich bin schwanger geworden und hatte keine andere Wahl, als ihn zu heiraten. Es war das Dümmste, was ich jemals getan habe.« Sie schwieg. »So etwas wird dir nie passieren, Vicky. Du bist viel zu anständig dafür. Bitte verzeih mir.«

Vicky küsste sie auf die Stirn. »Du musst mich nicht um Verzeihung bitten, Mama.«

»Doch«, sagte Josephine. »Dir und deinen Geschwistern habe ich durch meine zweite Heirat viel Herzweh zugefügt. Das tut mir leid. Unendlich leid.«

Ihre Tochter schluchzte auf. »Stackelberg ist weg, Mama. Er wird auch nicht mehr wiederkommen.«

»Ich weiß.« Josephine starrte gedankenverloren vor sich hin. »Leider werden auch deine Halbschwestern nicht mehr wiederkommen. Aber wenn du sie noch einmal sehen solltest, Vicky, versichere ihnen bitte, dass ich sie sehr geliebt habe. Wirst du das tun?«

»Natürlich, Mama, ich werde es ihnen sagen.« Vicky stand auf. »Soll ich dir etwas zu essen machen?«

Josephine hatte keinen Appetit. Doch es wäre gut, wenn Vicky eine Weile in der Küche sein würde. Ihre Tochter musste einmal raus aus der ungesunden Luft des Krankenzimmers. »Ja, gern«, sagte sie daher. Ihr war es ganz recht, eine Weile mit ihren Erinnerungen allein zu sein.

1808–1810

34

Yverdon, im November 1808

Josephine lehnte ihren Kopf gegen Thereses Schulter. Seit Tagen saßen sie in der Kutsche und wurden auf den schlechten Straßen und holprigen Wegen eifrig durchgeschüttelt. Carl und Fritz, die sie auf die lange Reise mitgenommen hatten, schien das nichts auszumachen. Sie schliefen tief und fest.

»Ob wir jemals ankommen werden?«, fragte Josephine ihre Schwester.

Therese tätschelte ihr die Hand. »Natürlich, es dauert ein wenig, aber wir haben alle Zeit der Welt.«

Josephine seufzte innerlich. Ja, leider hatte sie nun alle Zeit der Welt. Sie hatte Wien verlassen, weil sie es nicht ertragen konnte, Ludwig in ihrer Nähe zu wissen, ohne ihn treffen zu dürfen. Nach dem Abend, an dem sie vereinbart hatten, sich eine Weile nicht zu sehen, war es ihnen beiden so schlecht gegangen, dass sie sich an diese Abmachung nicht lange gehalten hatten. Als dann ihre Mutter und ihre Geschwister gemerkt hatten, dass ihre Verbindung andauerte und Ludwig nicht lockerließ, hatten sie Josephine systematisch abgeschirmt. Sie hatten sich in ihrem Haus eingenistet, waren mit ihr in die Sommerfrische gefahren und hatten sie keinen Augenblick allein gelassen. Immer wenn

Ludwig bei ihr vor der Tür gestanden und darum gebeten hatte, vorgelassen zu werden, musste sie sich durch den Diener verleugnen lassen.

Da es so nicht ewig weitergehen konnte, hatte ihr Therese schließlich vorgeschlagen, zusammen mit Carl und Fritz in die Schweiz zu Pestalozzi zu fahren.

Pestalozzi war ein angesehener Pädagoge, der völlig neue Erziehungsmethoden propagierte und im schweizerischen Yverdon lehrte. Die beiden Buben, die mittlerweile sechs und sieben Jahre alt waren, brauchten dringend einen Hauslehrer, und da Josephine bislang noch keinen geeigneten Kandidaten gefunden hatte, war sie schnell auf Thereses Vorschlag eingegangen. Ihre Schwester hatte viel von Pestalozzi gelesen, denn sie wollte eines Tages Kindergärten und Schulen für die arme Bevölkerung errichten. Dafür wollte sie sich Anregungen holen, und Josephine war froh um den Tapetenwechsel.

Dennoch taten ihr jetzt wieder einmal alle Knochen weh, und sie beneidete ihre schlafenden Kinder.

»Morgen um diese Zeit sind wir in Yverdon«, sagte Therese. »Ich bin schon so gespannt auf Pestalozzi. Ich kann es gar nicht erwarten, ihn persönlich zu treffen.«

»Hmm.« Josephine bewegte ihre kalten Finger im Muff. Sie hatte momentan nur das Bedürfnis nach Wärme und Schlaf.

Carl rekelte sich. »Wie lange noch, Mama?«

»Nicht mehr lang, mein Schatz.« Sie strich ihm über den Schopf und sah nach draußen. Sie war im Land von Jean-Jacques Rousseau, dessen Bücher und Schriften sie in- und auswendig kannte. Als junge Mädchen hatten Therese und sie sich oft stundenlang in der Bibliothek von Martonvásár mit einem Buch von ihm beschäftigt.

Seine Schriften hatten Josephine letztendlich ermutigt, sich von Ludwig zu distanzieren. Rousseau forderte, auf sein eigenes Wohl zu verzichten, um für andere, seine Kinder beispielsweise, da zu sein. Wie eine Märtyrerin war sie sich vorgekommen, als sie sich entschlossen hatte, ihr persönliches Glück zugunsten ihrer Kinder zu opfern. Vielleicht war es ein Zeichen, dass sie nun ausgerechnet hier, in Rousseaus Heimat, einen Lehrer für ihre Knaben suchte.

Kurz nach ihrer Ankunft in Yverdon drängte Therese darauf, die Lehranstalt des berühmten Pädagogen aufzusuchen. Josephine hätte sich zwar lieber einen Tag von der Reise ausgeruht, aber andererseits wollte sie auch nicht unnötig viel Zeit verstreichen lassen. So kleidete sie sich um und machte sich mit ihrer Schwester und ihren beiden Buben auf zu Pestalozzis Schule.

Nachdem sie am Empfang ihre Namen und ihr Anliegen vorgetragen hatten, dauerte es keine fünf Minuten, bis der Herr des Hauses persönlich erschien.

»Gräfin Deym, Gräfin Brunsvik, es ist mir eine Ehre, Sie in Yverdon begrüßen zu dürfen.« Pestalozzi verbeugte sich. Er hatte lebhafte Augen und eine markante Nase. »Bitte folgen Sie mir in mein Arbeitszimmer.«

»Meine Schwester und ich möchten uns vor Ort über Ihre Lehrmethodik informieren«, sagte Therese, als sie Platz genommen hatten. »Ihre Schriften haben unser Interesse geweckt, sodass wir uns zu dieser langen Reise entschlossen haben.«

»Das sind Ihre Kinder?« Er deutete auf Carl und Fritz, die artig neben ihrer Mama standen.

Josephine nickte. »Ja, ich habe vier Kinder, zwei Söhne und zwei Töchter. Meine Töchter haben bereits eine fähige

Gouvernante. Jetzt suche ich für meine Söhne einen geeigneten Lehrer.«

Sie studierte den großen Pädagogen einen Augenblick. *Er strahlt eine natürliche Autorität aus*, dachte sie. *Er scheint wie geschaffen für seinen Beruf.*

Sie räusperte sich. »Allerdings möchte ich meine Kinder nicht hier in Yverdon lassen, sondern hoffe darauf, einen Hauslehrer für sie engagieren zu können, sollte uns Ihre Methode zusagen und sich unter Ihren Lehrern jemand bereitfinden, meine Söhne in Wien zu unterrichten.«

»Da werden wir Ihnen gewiss behilflich sein können, werte Gräfin«, sagte Pestalozzi. Er wandte sich an Therese. »Sie haben auch Kinder?«

»Nein. Aber mein Wunsch ist es, eines Tages für die arme Bevölkerung meiner Heimat Schulen und Kindergärten zu errichten. Da ich Ihre Schriften verschlungen habe, wollte ich meine Schwester unbedingt hierherbegleiten, um mir ein Bild von der praktischen Seite Ihres Unterrichts machen zu können.«

»Das ehrt mich, Gräfin Brunsvik.« Pestalozzi lehnte sich zurück. »Ich verfolge, wie Sie wissen, einen ganzheitlichen Ansatz. Kinder müssen so früh wie möglich moralisch-philosophisch, musisch-künstlerisch sowie mathematisch gefördert werden. All diese Fächer sind wichtig, um sie zu erwachsenen, reifen Menschen zu formen. Wird einer dieser Werte vernachlässigt, steht der Mensch nicht auf beiden Beinen, sondern hinkt.« Er rückte seine Brille zurecht. »Inwiefern haben Sie Ihre Kinder bereits mit diesen Werten vertraut gemacht, Gräfin Deym?«

»Nun, in unserem Haus wird viel Musik gemacht«, sagte Josephine. »Meine Schwester und ich spielen Klavier, und ich lade regelmäßig namhafte Musiker für Hauskonzerte ein.«

»Das ist sehr gut.« Pestalozzi nickte anerkennend.

»Moralisch-philosophisch haben meine Kinder außer den üblichen familiären und katholischen Regeln, nach denen wir leben, noch nichts Spezifisches gelernt, mathematisch natürlich auch nicht.«

»Deswegen sind Sie hier und suchen einen Hauslehrer.«

»Genau.« Josephine lächelte.

Er stand auf. »Dann rufe ich den Kollegen Stackelberg. Er ist estnischer Herkunft. Er kam vor einigen Jahren nach Yverdon, weil ihn meine Schriften neugierig gemacht haben. Heute unterrichtet er in dieser Lehranstalt und beherrscht meine Konzepte perfekt. Er wird Sie und Ihre Knaben herumführen. In der Zwischenzeit kann ich mit Ihrer Schwester ein wenig über ihr künftiges Projekt sprechen. Yverdon ist schon der zweite Sitz meiner Lehranstalt. Vielleicht kann ich ihr mit meiner Erfahrung bei der Errichtung von Schulen dienlich sein.«

Er ging ins Nebenzimmer und kam gleich darauf mit einem Mann Anfang dreißig zurück. Pestalozzi stellte ihn als Freiherrn Christoph von Stackelberg vor. Er hatte helle Haare, war recht groß und hatte klare blaue Augen. Galant verbeugte er sich vor Josephine. »Gräfin Deym, wenn Sie mir bitte folgen wollen.«

Stackelberg zeigte ihr und ihren Söhnen die Klassenräume, den Zeichensaal, den Pausenraum, den Kräutergarten und die Schlafsäle. Die Kinder, die in dieser Lehranstalt unterrichtet wurden, kamen aus reichem Hause und schienen alle Freude am Lernen zu haben. Die Angst, die normalerweise in solchen Lehranstalten in der Luft lag, verspürte Josephine nicht.

Als sie zur Mensa kamen, fragte Stackelberg die Jungen: »Möchtet ihr einen Kakao?«

»Au ja!«, riefen sie begeistert.

»Nun, dann wollen wir mal eine Pause einlegen.« Er bat die Köchin, für die Buben Kakao zu kochen.

»Was darf ich Ihnen anbieten, Gräfin Deym?«

»Oh, nichts. Vielen Dank«, sagte Josephine. »Aber vielleicht zeigen Sie mir die Bücher, die Sie für den Unterricht verwenden?«

»Sehr gern.«

Während Fritz und Carl ihren Kakao tranken, blätterte Josephine einen Stapel Bücher durch, den ihr Stackelberg gebracht hatte. Er erklärte hier und da ein paar Dinge, zeigte ihr Bilder und Zeichnungen der Schüler und fragte sie nach ihren Leseerfahrungen.

Er ist ein angenehmer Mann, dachte sie. Ihr war klar, dass Pestalozzi ihn als Hauslehrer für ihre Buben auserkoren hatte. Stackelberg schien auch alles daran zu setzen, einen guten Eindruck zu machen. Unwillkürlich vergleich sie ihn mit Ludwig. Stackelberg war groß und blond; wie viele Männer aus dem Norden war er zwar höflich, wirkte dabei aber ein wenig distanziert. Ludwig war dagegen mit seinen dunkelbraunen Haaren und Augen und seinem Temperament fast mediterran. Die beiden Männer hätten unterschiedlicher nicht sein können.

Stackelberg war gebildet und kannte die Schriften von Rousseau, die auch Josephine gelesen hatte. Schnell kamen sie darüber ins Gespräch. Aber natürlich war er kein Genie wie Ludwig. Er war jedoch zuvorkommend und konnte gut mit Fritz und Carl umgehen. Ludwig wäre dazu nicht in der Lage. Josephine hatte keine Ahnung, wie er es mit vier kleinen Kindern unter einem Dach hätte aushalten wollen. Doch bei Stackelberg konnte sie sich gut vorstellen, dass er ein hervorragender Lehrer war, der ihre Söhne einerseits fordern, andererseits aber nicht unerreichbare Anforderungen stellen würde.

Als Hauslehrer würde er mit ihr unter einem Dach wohnen, die Mahlzeiten gemeinsam einnehmen, ihren Kindern ein ständiger Begleiter und ein Vorbild sein. Auch das konnte sie sich gut vorstellen. Dennoch zögerte sie. Wollte sie Stackelberg wirklich zu sich ins Haus holen? Sie hätte dann nicht mehr dieselbe Privatsphäre wie zuvor. Er würde mitbekommen, mit wem sie sich traf, wie lange ihr Besuch blieb. Natürlich dachte sie dabei an Ludwig. Doch es war müßig, darüber nachzudenken. Er würde nicht mehr kommen.

»Wie lange werden Sie bleiben?«, riss Stackelberg sie aus ihren Gedanken.

»Zwei Wochen vielleicht.« Sie wollte, dass Fritz und Carl den Unterricht besuchten, damit sie sehen konnte, ob ihnen die Methode zusagte.

»Planen Sie und Ihre Schwester, etwas von der Gegend zu sehen, bevor Sie wieder in Ihre Heimat zurückfahren?«

Josephine sah aus dem Fenster. »Ja. Können Sie uns ein Ausflugsziel empfehlen? Wir würden gern eine schöne Aussicht auf die Alpen genießen.«

»Oh ja, gnädige Frau. Wenn Sie gestatten, begleite ich Sie.«

Sie nickte. Sie musste Ludwig aus dem Kopf bekommen. Ein Ausflug in die Berge war bestimmt das richtige. Außerdem würde sie bei einer Exkursion Stackelberg genauer unter die Lupe nehmen und sehen können, ob er sich als Hauslehrer eignen würde.

35

Seit ihrer Ankunft in Yverdon begleitete Josephine ihre Söhne jeden Tag in Pestalozzis Lehranstalt und wohnte dem Unterricht bei. Stackelberg hatte Fritz und Carl unter seine Fittiche genommen. Sie sah, dass ihre Söhne mit Begeisterung bei der Sache waren. Stackelberg wusste gut mit ihnen umzugehen; und das nicht nur im Unterricht, sondern auch während der Spazierfahrten, die sie an den Sonntagen unter seiner ortskundigen Führung unternahmen. Er ließ sie abwechselnd lernen und spielen. Fritz und Carl waren schnell vertraut mit ihm, respektierten ihn als Lehrer, plauderten mit ihm aber ungeniert wie mit einem väterlichen Freund.

Therese war Feuer und Flamme für Pestalozzis Lehrmethoden. Als er ihr anbot, sie mit seinem Freund Füßli bekannt zu machen, der in Zürich lehrte, drängte sie Josephine, mit ihr dorthin zu fahren.

So nahmen sie Abschied von Pestalozzi und brachen nach Zürich auf, um sich eine weitere Erziehungsanstalt anzusehen. Carl und Fritz waren traurig, sich von Stackelberg trennen zu müssen.

»Ich habe ihm angeboten, euch zu Hause zu unterrichten«, tröstete Josephine ihre Söhne. »Während wir in Zürich sind, überlegt er sich, ob er die Schweiz verlassen und nach Wien kommen möchte. Ich bin zuversichtlich, dass ihr ihn bald wiedersehen werdet.«

In Zürich erreichte sie die Kunde, dass sich die politische Lage wieder zuspitzte. Österreich rüstete sich für einen erneuten Krieg gegen Frankreich.

Therese seufzte. »Dieser Bonaparte kann es nicht lassen. Seit Jahren bringt er Unheil über ganz Europa. Ich weiß nicht, wie wir heil nach Hause kommen sollen. Zumindest nicht auf der Strecke, auf der wir hergekommen sind.«

Was machen wir bloß, zerbrach sich Josephine den Kopf. Wie sollten sie in Kriegszeiten nach Wien gelangen, wenn der Weg dorthin voller Schlachtfelder war?

Während sie noch grübelten, welche Route sie am besten nehmen sollten, kam ein Brief von Stackelberg. Er bot an, Fritz und Carl zu unterrichten und sie alle über Italien nach Wien zu begleiten, damit sie nicht durch mögliche Kriegsschauplätze reisen mussten.

Als ob er meine Gedanken gelesen hätte, dachte sie.

Also kehrten sie wieder um und bezogen einen Gasthof in Genf, wo Stackelberg sie schon erwartete. »Gräfin Deym, ich bin außer mir vor Freude, Sie so schnell wiederzusehen.« Er verbeugte sich charmant.

»Die Freude ist ganz meinerseits.« Josephine lächelte. »Auch meine Söhne freuen sich außerordentlich, Sie als Lehrer zu bekommen.«

»Wir sollten die Jungen ein bisschen an der frischen Luft toben lassen«, schlug er vor. »Sie haben lang genug still sitzen müssen auf der Reise, und das Wetter ist heute herrlich. Darf ich Ihnen und Ihrer werten Schwester einen prachtvollen Ausblick auf den Genfer See zeigen?«

Nur allzu gern willigte sie ein. Die Aussicht auf den See war atemberaubend. Das tiefe Blau des Wassers stand in klarem Kontrast zu dem Grün der Wiesen und dem Weiß der schneebedeckten Bergkuppen. Die Sonne schien, doch warm war es nicht. Es wehte ein heftiger, kalter Wind. Josephine und Therese saßen auf einer Bank und sahen zu, wie Stackelberg die Buben zum Ballspielen animierte. Das konnten sie hier in der freien Natur tun; in Wien wäre das unmöglich. *Zurück zur Natur*, dachte Josephine. Das hatte Rousseau gefordert, und sie sah nun mit eigenen Augen, wie gut es ihren Kindern tat.

Sie selbst war durchgefroren bis aufs Mark. Im Sinne von Rousseau würde sie das ertragen. Solange ihre Kinder glücklich waren, würde sie gerne leiden.

Bald jedoch klapperten ihre Zähne vor Kälte aufeinander, und Therese legte ihr ihren Mantel um die Schultern.

Josephine wehrte ab. »Es ist Dezember. Du erfrierst ohne Mantel.«

»Nein, behalte ihn um dich. Du siehst nicht gut aus, Pepi. Du bist ganz blass um die Nase.«

»Ach, das ist nichts«, sagte sie, aber sie spürte bereits, wie ihr beim Schlucken der Hals wehtat.

»Wir sollten aufbrechen.« Ihre Schwester stand auf. »Sonst erkälten wir uns alle.«

Josephine tat es leid, das Spiel ihrer Kinder zu unterbrechen, doch Therese hatte recht. Erkälten sollten sie sich vor der langen Reise über die Alpen nicht.

Auf dem Weg zurück nach Genf plapperten Fritz und Carl aufgeregt durcheinander. Der Ausflug war für sie ein Erlebnis gewesen.

Josephine schwieg. Ihr Halsweh war mittlerweile unerträglich, ihr Kopf schmerzte, und sie zitterte wie Espenlaub. Therese stützte sie. Stackelberg legte seinen Mantel auch noch um ihre Schultern.

Als sie im Gasthof eintrafen, glühte Josephine, und ihr war so schwindelig, dass sie gar nicht mehr allein die Treppe hinauflaufen konnte. Stackelberg hob sie kurzerhand hoch und trug sie in ihr Schlafzimmer. Therese entkleidete sie und deckte sie zu.

»Gib auf meine Kinder acht, wenn ich sterbe«, flüsterte Josephine. Ihre Stimme war fast völlig weg. Dann wurde es schwarz um sie herum, und sie sank in einen dunklen Abgrund.

36

Genf, im Januar 1809

»Wie geht es Ihnen?«

Mühsam öffnete Josephine die Augen. Stackelberg saß an ihrem Bett. Normalerweise hatte Therese immer hier gesessen. Tagein, tagaus. Seit einem Monat. Viel hatte Josephine nicht mitbekommen von den letzten Wochen. Sie hatte im abgedunkelten Zimmer gelegen. Ihre Schwester hatte ihre Hand gehalten, sie gewaschen und ihr Tee eingeflößt.

»Wo ist Therese?«, fragte sie.

»Sie isst gerade zu Abend. Sie wird gleich wieder bei Ihnen sein.«

Sie nickte. »Wie geht es Fritz und Carl?«

»Sie sind wohlauf und lernen fleißig. Vor zwei Wochen haben wir sogar schon mit dem Lateinunterricht begonnen.«

»Danke.« Sie schlummerte wieder weg.

Als sie das nächste Mal aufwachte, war Therese wieder da und legte ihr den Handrücken auf die Stirn. »Das Fieber ist weg«, sagte ihre Schwester und zog ihre Hand zurück. »Du wirst gesund, Pepi. Gott sei Dank!«

Also war ich wirklich fast tot, dachte Josephine. Sie zweifelte nicht daran, dass Therese ihre Söhne gut umsorgt und sicher nach Wien oder Martonvásár gebracht hätte. Dennoch sie war froh, dass sie nicht das Zeitliche gesegnet hatte.

»Wie steht es mit dem Krieg zwischen Österreich und Frankreich?«, fragte sie.

Therese zuckte mit den Achseln. »Unverändert. Es haben noch keine Schlachten stattgefunden, doch das ist nur eine Frage der Zeit. Wir müssen über Italien, so wie Stackelberg es vorgeschlagen hat. Auch wenn mir die Aussicht, mitten im Winter die Alpen zu überqueren, nicht behagt. Schon gar nicht, nachdem du so lange krank warst. Auf jeden Fall musst du erst ganz wiederhergestellt sein, bevor wir weiterreisen.«

»Gut.« Josephine wurde müde. »Hast du eigentlich geschlafen in letzter Zeit?«

Ihre Schwester lächelte. »Wenig. Aber jetzt, da es dir besser geht, hole ich das nach.«

Josephine kam langsam zu Kräften. Immer wieder stand sie auf und versuchte, auf wackeligen Beinen ein paar Schritte zu gehen. Wenn sie die Treppen hinuntermusste oder ein bisschen nach draußen ging, reichte ihr Stackelberg den Arm und bestand darauf, dass sie sich auf ihn stützte. Ihre Söhne schienen ihn als Lehrer und väterlichen Freund vollends angenommen zu haben. Ihr gegenüber war er sehr zuvorkommend und charmant. Er zitierte Rousseau, machte ihr Komplimente zu ihren Wangen, die allmählich wieder Farbe annahmen, und hielt ihren Arm manchmal etwas länger als nötig.

Josephine dachte an Ludwig. Aber er war so weit weg. Sie war am Rande des Grabs gewesen. Dabei hatte sie noch so viel zu erledigen. Ihre Kinder waren noch lange nicht erwachsen. Sie musste sie großziehen, sie musste wieder zurück in ihre Heimat. In einem fremden Land sterben wollte sie nicht.

Therese hatte viel Schlaf nachzuholen. Wenn Josephine mit Stackelberg und den Jungen draußen an der frischen Luft war, schlief ihre Schwester meist.

Als sie eines Abends von einem Spaziergang zurück in den Gasthof kamen, brachte Josephine Fritz und Carl ins Bett und ging dann hinunter in den Speisesaal. Doch auf der Treppe stolperte sie über den Saum ihres Kleides. Sie schrie auf und stürzte. Wie ein Schutzengel erschien Stackelberg plötzlich am Treppenabsatz und fing sie auf.

Ihr Herz hämmerte, ihr brach der Schweiß aus. Um ein Haar hätte sie sich das Genick gebrochen. *Wenn er nicht gewesen wäre …* »Vielen Dank«, sagte sie, »vielen, vielen Dank!«

»Keine Ursache.« Seine Stimme war rau. Er hatte einen Arm um ihre Taille gelegt.

Ihre Beine versagten ihr den Dienst. Sie hielt sich an Stackelberg fest.

Auf einmal spürte sie, wie er sie hochhob. »Ich bringe dich nach oben, Josephine.«

Hatte er sie geduzt? Ihr wurde schummrig. Sie ließ ihn gewähren. Er legte sie aufs Bett, zog ihr die Schuhe aus und löste ungefragt die Haken ihres Kleides. »Du musst atmen können«, sagte er.

Seine Hände strichen über ihre Arme, ihren Rücken, ihre Beine. Sie begann zu vibrieren. Lange, schon lange hatte sie ein solches Gefühl nicht mehr empfunden. Sie sollte ihn wegstoßen, doch sie war schwach, ihr Körper gehorchte ihrem Verstand nicht. Sie wollte weitergestreichelt werden, und so ergab sie sich seinen Liebkosungen.

Als sie am nächsten Morgen aufwachte, lag sie unbekleidet in Stackelbergs Armen. *Um Himmels willen,* durchfuhr es sie. *Was habe ich nur gemacht?*

37

Josephine wollte aufbrechen. Nach der Nacht mit Stackelberg wollte sie weg von dem Ort der Schande. Am liebsten hätte sie ihn auch zurückgelassen. Ihre Söhne waren jedoch bereits so vertraut mit ihm, dass sie es nicht übers Herz brachte, sie von ihrem geliebten Lehrer zu trennen.

Therese verstand den Grund ihrer Eile nicht und fand, dass sie sich noch ausruhen sollte. »Du bist gerade erst dem Tod von der Schippe gesprungen, Pepi. Wenn wir jetzt über Gletscher und durch Schneestürme ziehen, kannst du einen Rückfall erleiden, und dort oben in den Alpen gibt es keine Hilfe.«

Aber Josephine war rastlos. Der drohende Krieg zwischen Österreich und Frankreich beunruhigte sie. Noch mehr beunruhigte sie die Übelkeit, die sie morgens befiel. Doch das wollte sie ihrer Schwester lieber nicht anvertrauen. »Ich habe Angst um meine Töchter«, sagte sie stattdessen. »Ich will nicht, dass sie allein in Wien sind, wenn es Krieg gibt. Womöglich besetzt Napoleon ein zweites Mal die Stadt. Ohne uns können die Mädchen nicht fliehen.«

»Gut, wie du möchtest«, lenkte Therese ein.

Zwei Tage später brach also die kleine Reisegruppe nach Italien auf, um dem österreichisch-französischen Krieg auszuweichen. Die ersten drei Reisetage verliefen ruhig. Doch wie erwartet kamen sie nur schleppend vorwärts. Die Wege waren teilweise unpassierbar, da der Schnee so hoch lag, dass die Kutsche nicht hindurchkam. Oft mussten sie weite Umwege fahren und hatten am Ende des Tages nur wenige Kilometer Strecke zurückgelegt. Therese bestand darauf, immer schon am Nachmittag eine Herberge zu suchen, um nicht womöglich nach Einbruch der Dunkelheit noch mitten im Nichts unterwegs zu sein.

Nach einer Woche begann Carl zu niesen, und kurze Zeit später lief seine Nase ununterbrochen. *Hoffentlich bekommt er kein Fieber oder gar eine Lungenentzündung*, dachte Josephine und wickelte ihn hektisch in warme Schals und Umhänge ein. Sie hielt ihn im Arm und sprach ihm gut zu, bis sie in einer Herberge Rast machten. »Wir bleiben ein paar Tage hier«, entschied sie. Es war zu riskant, mit einem kränkelnden Kind weiterzuziehen.

In der Gaststätte war es zugig und unbequem. Das Essen war eine Zumutung. Sie wünschte sich nichts mehr, als von hier fortzukommen, aber das Wohl ihres Kindes hatte Vorrang. Sie selbst tat fast kein Auge zu. Glücklicherweise besserte sich Carls Zustand nach drei Tagen. Josephine atmete auf.

Nach weiteren zwei Tagen brachen sie auf. Vor ihnen lag nun die vereiste Passstraße nach Italien.

»Es ist purer Wahnsinn, was Sie vorhaben«, sagte der Wirt. »In dieser Jahreszeit zieht kein Mensch, der einigermaßen bei Verstand ist, über die Alpen.«

»Sollen wir nicht doch lieber ein paar Wochen abwarten?«, wisperte ihr Therese ins Ohr. »Er hat recht und ist ortskundig. Im April ist das Wetter sich besser.«

Josephine schüttelte den Kopf. »Ich muss weiter. Ich muss vor Napoleon in Wien sein.«

»Gut.« Therese seufzte und bat den Kutscher, alle Vorkehrungen für die Weiterfahrt zu treffen. Insbesondere mussten die Räder der Kutsche durch Schlittenkufen ersetzt werden.

Sie kauften dem Wirt Pelze ab und legten sie in der Kutsche aus, sodass sie es ein wenig wärmer hatten. Aber schon wenige Stunden, nachdem sie aufgebrochen waren, peitschte ihnen der Wind entgegen, und grobe Hagelkörner prasselten auf sie ein. Die Kutsche schwankte bedenklich, und Josephine schrie auf. Stackelberg legte einen Arm um ihre Schulter, doch sie stieß ihn weg.

»Wir müssen stehen bleiben«, rief der Kutscher. Er drängte sich zu ihnen in die Kutsche. »Ich kann nicht mehr.« Sein Gesicht war gerötet. Offenbar war ihm der Schneegraupel wie ein Besen über die Wangen gefegt.

»Jetzt reißen Sie sich zusammen«, herrschte ihn Stackelberg an. »Wir haben Damen und Kinder in der Kutsche. Wollen Sie sie etwa hier oben dem Wind und Wetter überlassen?«

»Warum sind wir überhaupt losgefahren?«, fragte der Kutscher aufgebracht. »Der Wirt hat uns eindringlich gewarnt.« Er deutete mit dem Zeigefinger nach draußen. »Die Tiere gehen mir durch oder verenden auf offener Strecke. Und was machen wir dann? Zu Fuß weitergehen?«

»Was schlagen Sie denn vor?«, rief Stackelberg ungehalten.

»Bitte, meine Herren«, intervenierte Therese. »Bitte streiten Sie nicht.«

Josephine zitterten die Knie. Es war ihre Schuld, dass sie nun in dieser misslichen Lage waren. Sie hatte darauf bestanden weiterzufahren, weil sie wegwollte aus der Schweiz, wo sie sich von Stackelberg hatte verführen lassen, und weil sie zu ihren Töchtern nach Wien wollte, bevor der Bonaparte einmarschierte, und er weiß Gott was mit den dort verbliebenen Adligen anstellte. Aber nun riskierten sie alle, ihr Leben in den Alpen zu lassen.

Der Wind heulte, die Pferde wieherten und Carl begann zu weinen.

»Wie weit ist es bis zur nächsten Herberge?«, fragte Therese an Stackelberg gewandt.

Er zuckte mit den Achseln. »Eine halbe Tagesreise, schätze ich, sofern wir endlich mal wieder vom Fleck kommen.«

Der Kutscher warf ihm einen giftigen Blick zu.

»Dann schlage ich Folgendes vor«, sagte Therese und sah den Kutscher an. »Sie wärmen sich noch ein wenig bei uns in der Kutsche auf; wenn sich der Wind gelegt hat, fahren wir weiter. Ich gehe in der Zwischenzeit hinaus und beruhige die Pferde.«

»Das ist die Aufgabe eines Kutschers«, warf Stackelberg ein.

»Der arme Mann ist völlig durchgefroren, und ich bin mit Pferden aufgewachsen«, entgegnete Therese und stieg aus.

Josephine hörte, wie sie leise auf die Tiere einredete. Ihr war es unangenehm, auf engstem Raum als einzige Frau in der Kutsche zu sein. Am liebsten wäre sie auch ausgestiegen, aber sie musste Carl trösten, der immer noch wimmerte. Sie spürte die Animosität zwischen den Männern. Zudem war sie ohne Therese Stackelbergs begehrlichen Blicken schutzlos ausgeliefert. Wenigstens hinderte ihn die Anwesenheit des Kutschers und der Kinder daran, ihr nahezukommen.

Eine Stunde später hatte sich der Wind ein wenig gelegt. Der Kutscher nahm wieder seinen Posten auf dem Kutschbock ein und fuhr im Schritttempo weiter.

Josephine sah aus dem Fenster. Sie sah nur Grau- und Weißtöne. Keine Aussicht auf das Tal. Sie waren in den Wolken. Je länger sie nach draußen sah, desto mehr weiße und graue Staubkörner tanzten vor ihren Augen. Ihr wurde schwindelig, und sie zog den Vorhang zu.

Plötzlich scheuten die Pferde. Dann gab es einen Ruck. Der Kutscher brüllte etwas Unverständliches. Die Kutsche geriet ins Taumeln und kippte zur Seite. Josephine schrie auf; zeitgleich hörte sie auch die Schreckensschreie ihrer Schwester und Buben. Ihr Kopf knallte gegen die Holzverkleidung. Sie fielen alle übereinander. Ihre Gliedmaßen waren ineinander verkeilt. Stackelbergs Körper lastete auf ihr und drückte sie zu Boden. Sie stöhnte vor Schmerz.

»Mama, Mama!«, riefen ihre Söhne. Aber sie konnte den Kopf nicht in ihre Richtung drehen.

Die Tür oberhalb von ihnen öffnete sich. Sie sah das Gesicht des Kutschers. »Sind Sie verletzt?«, fragte er und streckte einen Arm aus.

Therese war ihm am nächsten, ergriff seine Hand und ließ sich von ihm hinausziehen. Dann half sie dem Kutscher, Carl und Fritz aus der Kutsche zu zerren. »Die Kinder sind wohlauf«, rief ihre Schwester.

Gott sei Dank, dachte Josephine. Jetzt musste nur noch sie selbst aus der verunfallten Kutsche kommen. Therese und der Kutscher zogen zunächst Stackelberg mit vereinten Kräften heraus, denn Josephine lag unter ihm. Dabei stieß er unweigerlich seine Extremitäten in ihre Rippen. Sie stöhnte auf. Dann endlich konnte auch sie befreit werden.

»Bist du verletzt?«, fragte Therese besorgt.

Josephine befühlte ihre Stirn. »Nein, ich habe höchstens eine Beule und ein paar blaue Flecken. Und ihr?«

»Niemandem ist etwas zugestoßen«, sagte Stackelberg und wollte ihr einen Arm um die Schulter legen.

Doch sie drehte sich weg und sah nach ihren Buben, die kreidebleich waren vor Schreck.

»Meine Lieben«, sie drückte sie an sich, »es ist alles gut.«

Das Wiehern der Pferde ließ sie aufhorchen. Nun sah sie, dass eines der Tiere gestürzt war. Sein rechtes Vorderbein lag in einem merkwürdigen Winkel zum Körper. Es schnaubte und stöhnte. Der Kutscher hatte bereits die Zügel durchgeschnitten. Die anderen drei Pferde tänzelten unruhig auf der Stelle. Therese stand bei ihnen, strich ihnen über die Mähnen und sprach leise auf sie ein. Langsam führte sie sie von der Kutsche weg.

Der Kutscher zückte sein Messer, und Josephine wusste genau, was er vorhatte. »Einen Moment bitte.« Sie winkte ihre Söhne wieder zu sich. Sie wollte nicht, dass sie nach dem Schrecken nun auch noch die Tötung eines Pferdes mit ansehen mussten. Sie breitete die Arme aus und zog ihre Buben an sich, sodass ihre Gesichter an ihrer Brust lagen.

»Du solltest die Knaben ruhig sehen lassen, was mit dem Pferd passiert. Das gehört zum Erwachsenwerden dazu«, sagte Stackelberg.

Josephine knirschte mit den Zähnen. Der große Pädagoge konnte reden, was er wollte. Sie würde ihren kleinen Kindern diesen Anblick jedenfalls nicht zumuten. Schon gar nicht, nachdem sie soeben fast alle in den Tod gestürzt wären. Außerdem ärgerte sie das »du«, das er wieder in einem Augenblick benutzt hatte, in dem Therese außer Hörweite gewesen war.

Der Kutscher stach zu. Das Pferd stieß ein markerschütterndes Wiehern aus, bäumte sich ein letztes Mal auf und sackte dann in sich zusammen. Tiefrotes Blut sickerte in den Schnee rund um das Tier. Am Himmel kreischte ein Raubvogel auf. Josephine zitterte. Es war ein Ort des Grauens. Sie wollte nichts wie weg von hier.

Doch es dauerte noch eine geschlagene Stunde, bis der

Kutscher und Stackelberg es geschafft hatten, die Kutsche aus der Schieflage wiederaufzurichten. Am Ende half auch Therese kräftig mit, sonst wären sie wohl so schnell nicht mehr vom Fleck gekommen.

In der Dämmerung kamen sie schließlich mit verringerter Zugkraft in einer Berghütte an. Josephine und die Kinder fielen ins Stroh. Etwas Komfortableres gab es nicht. *Wahrscheinlich werden wir uns Flöhe einfangen*, dachte sie. Aber das war egal. Die Hauptsache war, dass sie lebten.

Die Reise gestaltete sich weiterhin kompliziert und gefährlich. Ein weiteres Mal wären sie auf der vereisten Passstraße beinahe den Abhang hinuntergestürzt. Drei Tage in Folge reisten sie in windigen Höhen und waren den Wetterkapriolen ausgesetzt.

Endlich gelangten sie zum Südhang und konnten die Schlittenkufen wieder zugunsten der Räder abmontieren. Doch schon bald fuhr sich die Kutsche im Schlamm fest. So mussten sie mehr schlecht als recht auf freier Strecke in dem Gefährt übernachten. Erst am nächsten Tag kamen ihnen Bewohner eines Bergdorfes zu Hilfe und zogen mit vereinten Kräften die Kutsche aus dem Dreck.

Doch schließlich erstreckte sich die grüne weite Po-Ebene vor ihren Augen.

»Wir haben es geschafft, Pepi«, sagte Therese.

Josephine nickte. Bisweilen hatte sie schon nicht mehr daran geglaubt.

Aber als sie im Tal angelangt waren, erreichte sie die nächste Hiobsbotschaft. Einige Dorfbewohner berichteten aufgeregt, dass Truppeneinheiten von Napoleon durch Norditalien marschierten und Kurs auf Österreich nahmen. Josephine stöhnte innerlich. Das war genau ihre Richtung.

Es wäre zu gefährlich, nach Osten zu reisen und dabei Tag und Nacht Gefahr zu laufen, von französischen Soldaten überfallen zu werden.

»Wir fahren bis Genua«, entschied Stackelberg. »Dort werden wir einige Tage Rast machen.«

Therese stimmte ihm sofort zu. »Es wird schön sein, das Meer zu sehen.«

Josephine ärgerte sich, dass der Lehrer ihrer Söhne jetzt wie selbstverständlich das Reisekommando übernahm. Sie wollte nicht rasten. Sie wollte nach Hause. Aber sie sah ein, dass sie seinem Vorschlag zustimmen musste, wollte sie nicht ihr Leben und das ihrer Söhne und Schwester aufs Spiel setzen.

38

Italien, im Frühjahr 1809

Als sie in Genua ankamen, war sich Josephine hundertprozentig sicher, schwanger zu sein. Während Therese den Ausblick über das Meer genoss und unentwegt ihr Reisetagebuch befüllte, kämpfte sie gegen Übelkeit und Verzweiflung an.

Stackelberg war ihr gegenüber gewohnt zuvorkommend. Aber wenn Therese nicht da war, versuchte er, sie zu berühren. Schnell vermied sie es daher, sich allein mit ihm in einem Raum aufzuhalten, denn diese Annäherungsversuche gingen ihr zu weit. Eines Abends warf sie ihm ziemlich direkt ihre Zimmertür vor der Nase zu.

»Was ist los?«, fragte Therese, als sie Josephine das Kleid aufhakte.

Josephine kaute an ihrer Unterlippe. »Er hat mich verführt.«

»Was?«

»Es war in Genf, als du geschlafen hast. Wir sind mit den Jungen spazieren gegangen, und nachdem ich Carl und Fritz ins Bett gebracht hatte, bin ich fast die Treppe hinuntergefallen. Stackelberg hat mich aufgefangen und … mich für den Rest der Nacht nicht mehr losgelassen.«

Therese atmete hörbar ein. »Hat er dir Gewalt angetan, Pepi?«

Sie schüttelte den Kopf. »Nein. Das ist es ja, was mich bedrückt. Ich war nach der Krankheit noch nicht im Vollbesitz meiner Kräfte und bin in seinen Armen schwach geworden. Ich habe es geschehen lassen.«

»Nur das eine Mal?«

»Ja. Aber … ich glaube, ich erwarte ein Kind.«

Therese schlug die Hände vors Gesicht. »Pepi, sag, dass das nicht wahr ist!«

»Ich wünschte, ich könnte es. Leider sind die Anzeichen untrüglich.« Sie senkte den Blick.

»Was willst du tun? Ihn heiraten?«

»Nein! Niemals!«

»Was sonst? Ihn in die Wüste schicken? Was machen wir dann mit dem Kind, wenn es kommt?«

Josephine zuckte mit den Schultern. Ihre Augen wurden feucht. Ludwig hatte sie nie so nah an sich herangelassen wie Stackelberg, obwohl sie Ludwig liebte und Stackelberg nicht. Warum hatte sie den Lehrer ihrer Söhne nicht zum Teufel gejagt? Jetzt trug sie ein Kind von ihm in ihrem Leib und hatte keine Ahnung, wie es weitergehen sollte.

Napoleons Soldaten machten eine Reise durch Norditalien weiterhin unsicher. Therese war der Meinung, dass sie sich die Zeit des Wartens kulturell versüßen sollten. Und so zogen sie in Richtung Florenz weiter, um die Kunstschätze am Arno zu besichtigen.

Sehnsüchtig sah Josephine auf das Azurblau des Meeres und die sanften, sattgrünen Hügel der Toskana. Sie versuchte, ihre Schwangerschaft zu ignorieren und Italien zu genießen.

In Florenz stand sie staunend vor dem prachtvollen Dom und bewunderte Michelangelos David und die Fresken von Santa Maria Novella.

Ihre Übelkeit verschwand plötzlich. *Vielleicht bin ich doch nicht schwanger*, redete sie sich ein. Allerdings wusste sie, dass es Unsinn war.

Als sich die Lage in Norditalien etwas beruhigt hatte und nichts mehr von Scharmützeln französischer Soldaten zu hören war, reisten sie weiter nach Venedig. Dort ließ sich Josephine von den im Wasser errichteten Prunkbauten verzaubern. Schließlich erreichten sie Triest, die Stadt, die bereits zum Habsburger Reich gehörte, aber dennoch italienisches Flair hatte.

Nun war ihre Schwangerschaft schon erkennbar, und Stackelberg schien höchst zufrieden. Wiederholt bemühte er sich, Josephine näherzukommen, doch sie weigerte sich standhaft.

Gedankenverloren blickte sie auf das Meer hinaus. *Ganz hinten am Horizont, wo der Himmel auf das Meer trifft, liegt die wahre Freiheit*, dachte sie. Obwohl sie Stackelberg nicht mochte, musste sie ihm zugutehalten, dass sie durch ihn in den Genuss dieses erhabenen Anblicks gekommen war.

Indes geriet der Krieg zwischen Österreich und Frankreich in die entscheidende Phase. Die Schlachten von Aspern und Wagram waren Gemetzel, und obgleich die Österreicher in Aspern die Franzosen noch besiegten, endete der Krieg nach der Schlacht von Wagram für sie in einer Niederlage.

»Wien ist wieder besetzt worden«, sagte Therese eines Morgens im Mai, als sie im Frühstücksraum des Hotels eine Zeitung in die Hand bekam.

»Oh nein!«, Josephine wurde blass. »Hoffentlich geschieht Vicky und Sephine nichts.« Sie sorgte sich um ihre Töchter, die sie in Wien in der Obhut der Gouvernante zurückgelassen hatte. Das war zwar eine patente Frau, die ihre Töchter gut unterrichtete; doch wie sie sich verhalten würde, wenn Napoleons Männer an der Wohnungstür läuteten, vermochte sie sich nicht vorzustellen.

»Den Kindern wird der Bonaparte nichts tun«, sagte Therese und nahm einen Schluck Tee. »Aber wir sollten momentan nicht nach Wien fahren. Wer weiß, was Napoleon mit dem Adel anstellen wird.«

Josephine seufzte. Wien war ein zweites Mal besetzt, und Napoleon logierte wieder in Schönbrunn. Dort hatte es ihm damals so gut gefallen, dass er seinen zweiten Aufenthalt bestimmt erneut so lange auskosten würde, bis es nicht mehr ging. Die Aussicht, bald ihre Töchter in die Arme schließen zu können, war dahin. Und sie sehnte sich so sehr nach ihnen.

»Wir fahren nach Martonvásár«, entschied Therese. »Das ist das einzig Sinnvolle in der jetzigen Situation.«

Josephine nickte. Es ließ sich ohnehin nicht vermeiden, dass Mama und Franz von ihrem Zustand erfuhren.

Am Morgen vor ihrer Abreise stand sie am Fenster ihres Zimmers und beobachtete, wie die Sonne über dem Meer aufging. *Wahrscheinlich ist es das letzte Mal, das ich das unendliche Blau des Meeres sehe*, dachte sie. *Meine Freiheit endet hier.*

Sie brachten die letzte Etappe ihrer Reise hinter sich und kamen eines Nachmittags in Martonvásár an.

Josephine fürchtete sich davor, aus der Kutsche auszusteigen und ihrer Mutter und ihrem Bruder in die Augen sehen zu müssen. Weder sie noch Therese hatten ihnen zuvor geschrieben, dass sie schwanger war.

»Komm, Pepi«, sagte Therese und reichte ihr die Hand. »Bringen wir es hinter uns.«

Ihre Mutter und Franz kamen ihnen entgegen. Als sie Josephines Bäuchlein sahen, runzelten sie die Stirn. Mit finsterem Blick musterten sie Stackelberg, der sich galant verbeugte und sich dann sogleich um Fritz und Carl kümmerte, die nach der langen Kutschfahrt außer Rand und Band waren und im Hof vor dem Schloss im Kreis liefen.

»Kannst du mir erklären, was *das* ist?« Mama deutete auf ihren Bauch.

Josephine zog sich der Magen zusammen. Sie stützte sich auf ihrem Schirm auf.

»Vielleicht können wir das drin bereden«, sagte Therese und marschierte ins Schloss. Josephine folgte ihr langsam. Ihre Kinder tobten weiter mit Stackelberg. Sie spürte die grimmigen Blicke ihres Bruders und ihrer Mutter in ihrem Rücken.

Mama setzte sich an die lange Tafel und bedeutete Franz und Therese, sich rechts und links neben sie zu setzen. Josephine stand wie ein Sträfling vor einem Gericht und erwartete das peinliche Verhör.

»So. Ich höre.« Kalt wie Gletschereis war Mamas Stimme.

Josephine zitterte plötzlich. »Ich habe mich mit Stackelberg eingelassen. Es tut mir leid. Es ist auch nur einmal passiert.«

»Einmal zu viel«, kommentierte Franz trocken.

»Was gedenkst du zu tun?« Ihre Mutter trommelte mit den Fingern auf den Tisch.

»Darf ich das Kind hier bekommen, sodass es niemand sieht?«, fragte Josephine leise.

»Nein!« Franz stand auf. »In meinem Haus wird kein Kind unehelich geboren.«

Josephine ballte die Hände zu Fäusten. Ihr Bruder hatte

bislang nicht geheiratet und spielte sich ihr gegenüber auf wie ein Moralapostel.

»Was ist dieser Stackelberg überhaupt für ein Mann?«, wollte Mama wissen.

»Ein estnischer Baron, sehr gebildet und zuvorkommend«, sagte Therese. »Er hat mehrere Jahre bei Pestalozzi in Yverdon gelehrt und sich angeboten, uns zu begleiten, weil die Straßen wegen des Kriegs recht unsicher sind und …«

»Sei still.« Mama durchbohrte Therese mit ihrem Blick. »Du hättest besser auf deine Schwester aufpassen müssen. Dir ist doch hinlänglich bekannt, wie unvernünftig sie ist.«

Therese senkte den Kopf.

Josephine kochte vor Wut. »Lass Therese aus dem Spiel, Mama. Sie hat mich über einen Monat lang Tag und Nacht gepflegt, als ich todkrank war. Sie musste schlafen, als es mir besser ging.«

»Und du musstest dich offensichtlich gleich dem nächstbesten Mann an den Hals werfen!« Ihre Mutter schnaubte. »Erst Beethoven, jetzt dieser dahergelaufene Balte!«

Josephine spürte einen Stich in ihrem Herzen. Hätten Mama und Franz sie doch Ludwig heiraten oder wenigstens ihre heimliche Beziehung weiterführen lassen! Dann wäre es niemals zu dieser verfahrenen Situation gekommen. Sie schluckte. Nun rannen Tränen ihre Wangen hinunter. Sie konnte sie nicht mehr zurückhalten.

Ihre Mutter stand auf. »Die Suppe hast du dir selbst eingebrockt. Nun löffle sie allein aus.« Sie raffte ihre Röcke und verließ mit Franz den Salon.

Josephine wischte sich die Tränen aus dem Gesicht.

»Ich ziehe mich um«, sagte Therese müde. »Mach du das auch. In einer halben Stunde gibt es Abendessen.«

»Meine Gesellschaft wird nicht erwünscht sein.« Josephine ging zur Tür. »Ich bringe die Jungen zu Bett und lege mich dann auch hin.«

Leer und taub fühlte sie sich, als sie schließlich vor dem Spiegel in ihrem alten Schlafzimmer stand. Sie hatte Schande über die Familie gebracht. Sie strich sich über den Bauch. Eine Schande, die nicht rückgängig gemacht werden konnte. Wehmütig dachte sie an Ludwig. Zwei Jahre zuvor war sie in Baden an seinem Arm spazieren gegangen. Natürlich heimlich, damit Mama nichts merkte. *Wie es ihm wohl geht,* überlegte sie. *Ich muss mich nach seinem Hörvermögen erkundigen.* Hoffentlich war seine Taubheit nicht schlimmer geworden.

Sie zog einen Bogen Papier aus der Schublade und begann, ihm zu schreiben. Mit bangem Herzen erkundigte sie sich nach seinem Wohlbefinden, bat ihn, ihr zu schreiben, was er komponiere, was er mache. Aber sie schaffte es nicht, ihm von ihrer Schwangerschaft zu berichten. Sie wollte noch einmal einen Brief von ihm bekommen, seine Stimme durch die Zeilen hören, bevor sie sich in eine neue Ehe begab mit einem Mann, den sie nicht liebte. Dieses Mal war sie selbst schuld. Sie hatte sich ihre Zukunft verbaut und sich für immer und ewig einen Klotz ans Bein gebunden, der sie daran hindern würde, mit Ludwig zusammenzukommen.

Sie versiegelte den Brief und verkroch sich dann unter der Bettdecke.

39

Martonvásár, Juni 1809 bis Februar 1810

Ihre Mutter und Franz sprachen nicht mehr Worte als nötig mit ihr. Therese versuchte zu vermitteln. Aber Josephine zog es vor, in ihrem Zimmer zu bleiben und sich so wenig wie möglich zu zeigen. Stackelberg kümmerte sich um Fritz und Carl und harrte der Dinge. Sie wusste, dass sie ihn heiraten musste. Ihre Familie war natürlich nicht begeistert, da er ein Protestant war. Immerhin war er adlig, daher hatte ihre Mutter ihr Einverständnis zur Hochzeit gegeben, wenn auch zähneknirschend. Auch die Vormundschaft für die Kinder würde Josephine über ihn behalten. Dennoch zögerte sie und hoffte, dass irgendetwas eintreten würde, das die Hochzeit verhinderte. Seit Tagen schon sprach sie mit Stackelberg morgens lediglich kurz über den Stundenplan ihrer Kinder. Sie wagte sich nicht in den Salon, um Klavier zu spielen. Ihre Finger waren ohnehin steif und geschwollen. Monatelang hatte sie nicht geübt und war von der Klasse, die sie unter Ludwig erreicht hatte, meilenweit entfernt.

Ludwig hatte auf ihren Brief postwendend geantwortet. Franz hatte ihr seinen Brief stirnrunzelnd gegeben und spitz bemerkt, dass sie sich von seinem guten Freund Ludwig fernhalten solle..Sein guter Freund! Dass sie nicht lachte. Natürlich waren Franz und Ludwig gute Freunde, spätestens seit dem Sommer, den Ludwig in Martonvásár verbracht hatte. Aber Franz war es gewesen, der vehement gegen eine Verbindung zwischen ihr und Ludwig eingetreten war.

Immerhin besaß er nun so viel Anstand, ihr Ludwigs Brief in einem unbeobachteten Moment zu geben. Ludwigs liebe Zeilen bewahrte sie seitdem in ihrer Rocktasche auf. Dort war der Brief sicher vor neugierigen Familienangehörigen oder Heiratsanwärtern. Er hatte ihr geschrieben, wie sehr er sie vermisse, dass es ohne sie viel schwerer sei zu komponieren und dass sie nach wie vor sein geliebter Engel sei. Außerdem berichtete er von Napoleons fürchterlicher Kanonade auf Wien, wodurch sein ohnehin kärgliches Hörvermögen noch einmal radikal abgenommen habe.

Wie furchtbar für den armen Ludwig! Sie müsste ihm beistehen, da er nun offenbar deutlich schlechter hörte als früher. Aber das konnte sie nicht. Jetzt nicht und in Zukunft nicht. Sie brachte es nach wie vor nicht übers Herz, ihm zu schreiben, dass sie ein Kind eines anderen Mannes erwartete, geschweige denn diesen anderen Mann ehelichen würde. Es zerriss sie innerlich, und sie wusste, in welche Krise Ludwig stürzen würde, wenn er es herausbekommen würde, was bestimmt bald der Fall war.

Unter keinen Umständen wollte Josephine zurück nach Wien, denn dort würde sie unweigerlich Ludwig sehen. Die politische Lage kam ihr daher gerade recht. Doch sie musste ihre Töchter nach Martonvásár holen. Sie hatte sie ein Jahr nicht gesehen, hatte Vickys neunten und Sephines fünften Geburtstag verpasst und hielt es ohne sie fast nicht mehr aus.

Im Herbst 1809, als die Franzosen ihren Abzug aus Wien vorbereiteten, bat sie Stackelberg, die beiden Mädchen nach Martonvásár zu holen. Er würde als Este nicht in Napoleons

Visier geraten, und ihren kleinen Töchtern würden es die Franzosen nicht verwehren, die Stadt zu verlassen.

»Gut«, sagte er wenig begeistert. »Allerdings erwarte ich, dass du mich nach meiner Rückkehr endlich heiratest.«

Sie nickte. Seine Reise verhalf ihr lediglich, die Hochzeit mit einem Mann, den sie nicht liebte und durch den sie von einer Gräfin zu einer Baronesse degradiert werden würde, noch etwas aufzuschieben.

Während Stackelberg nach Wien reiste, begab sich Josephine nach Waitzen ins Feriendomizil ihrer Familie und gebar dort ihr fünftes Kind: Maria Laura. Sie vermied es, das Mädchen bei den Behörden zu melden. Sie musste die uneheliche Geburt, so gut es ging, unter den Teppich kehren. Franz erlaubte ihr, zurück nach Martonvásár zu kommen. Sie hielt sich mit ihrem Neugeborenen fast den ganzen Tag in ihrem Schlafzimmer auf. Therese kam jeweils für ein paar Stunden vorbei, Carl und Fritz besuchten sie ebenfalls, manchmal – eher selten – auch ihre Mutter und Franz. Maria Laura war ein kleines Kind, all ihre anderen Kinder waren schwerer gewesen. Doch sie überlebte.

Kurz vor Weihnachten kam Stackelberg mit Vicky und Sephine zurück. Josephine war unendlich froh, ihre Mädchen wiederzusehen, und schloss sie herzlich in die Arme. Stundenlang ließ sie sich von ihnen erzählen, was sie in Wien erlebt hatten und was sie bei ihrer Gouvernante gelernt hatten, und sie erzählte ihnen ihrerseits von der abenteuerlichen Reise über die Alpen. Stackelberg saß indes neben der Wiege, in der seine neugeborene Tochter lag, und betrachtete sie verzückt.

Er liebt seine Tochter, dachte Josephine. *Genau wie ich.* Krampfhaft versuchte sie, Gemeinsamkeiten zwischen sich und Stackelberg zu finden. Sie liebte ihn zwar nicht, aber vielleicht konnten sie ihr künftiges Zusammenleben auf gemeinsamen Werten aufbauen. Sie wusste, dass die Hochzeit mit Stackelberg nun nicht mehr aufzuschieben war.

Dennoch unternahm sie nichts Konkretes in Sachen Hochzeitsvorbereitung. Als das Jahr 1810 anbrach, wurde Stackelberg immer ärgerlicher. »Wenn wir nicht bald heiraten, unterrichte ich deine Söhne nicht mehr und kehre nach Yverdon zurück.« Er warf einen Blick auf die Wiege, in der Maria Laura schlief.

Josephine lief ein kalter Schauer den Rücken hinunter. Er würde womöglich seine Tochter mitnehmen. Das konnte sie nicht zulassen. Obwohl Stackelberg nicht der Mann ihrer Träume war, so liebte sie doch das Kind, das sie gemeinsam mit ihm hatte, genauso wie ihre Deym-Kinder.

Und so setzte sie schließlich ihre zweite Hochzeit auf den 13. Februar an.

Sie fuhren nach Gran, denn ihre Mutter und Franz weigerten sich, die Hochzeit in Martonvásár auszurichten. Anders als bei ihrer ersten Hochzeit war es bitterkalt, und nur Therese war zugegen.

Nach der Zeremonie, die lediglich eine halbe Stunde dauerte, war Josephine gänzlich durchgefroren. Ihr klapperten die Zähne, und ihr Kopf schmerzte.

Das Hochzeitsmahl fiel angesichts der Tatsache, dass Therese und ihre Kinder die einzigen Gäste waren, recht bescheiden aus. Josephine zwängte sich ein paar Bissen hinein, ihre Schwester versuchte, ein wenig Konversation mit Stackelberg zu führen, doch er schien nur an die bevorstehende Hochzeitsnacht zu denken.

Alsbald hob er die Tafel auf. Während sich Therese um

ihre Kinder kümmerte, gewährte Josephine ihrem neuen Mann widerwillig Einlass in ihr Schlafgemach. *Ich muss das Beste daraus machen*, dachte sie, als er sie an sich zog. Immerhin war sie schon einmal mit einem Ehemann gut ausgekommen, den sie ursprünglich nicht hatte heiraten wollen.

40

Martonvásár, im Frühjahr 1810

»Ich bin dein Ehemann!« Energisch hämmerte Stackelberg gegen die Tür ihres Schlafgemachs. Aber Josephine hatte sie von innen verriegelt. *Er hat erreicht, was er wollte*, dachte sie. Er hatte sie geheiratet, war dadurch in den österreichisch-ungarischen Adel aufgenommen worden, hatte Zugriff auf ihr Geld und hatte ihr eine zweite Schwangerschaft beschert.

Josephine war es ständig übel, und sie konnte den Geruch ihres Mannes nicht ertragen. »Ich kann nicht mit dir schlafen«, rief sie durch die Tür. »Ich bin schwanger, mir ist schlecht.«

Grummelnd zog er ab.

Sie setzte sich auf ihr Bett. *Wie soll es nur weitergehen*, überlegte sie. Wie sollte sie ein Leben lang in seiner Gegenwart verbringen? Sie konnte Stackelberg keinen Vorwurf machen. Er liebte sie, das sah sie an seinem begehrlichen Blick. Aber sie konnte seine Liebe nicht erwidern. Und sie wollte es auch nicht, denn ihr Herz gehörte seit Langem einem Anderen. Sie verachtete sich selbst, sich in diese Lage gebracht zu haben.

Sie stand auf und öffnete das Fenster. Es war Vollmond, der Mondschein spiegelte sich im Schlossteich wider. Die Blätter rauschten im Wind. Plötzlich sah Josephine, wie ein Mann am Ufer des Teiches stand. Wer ging um diese Uhrzeit noch hinaus? Oder war es vielleicht ein Dieb, der auf eine offene Tür im Schloss hoffte? Angestrengt blickte sie nach draußen. *Es ist Stackelberg,* durchfuhr es sie. *Was treibt er bei Nacht im Schlosspark?* Langsam entfernte er sich. *Wahrscheinlich muss er frische Luft schnappen, um seine Enttäuschung zu verwinden, dass ich ihn wieder abgewiesen habe,* dachte sie.

Sie blieb eine Weile hinter dem Vorhang stehen, denn sie wollte wissen, wann ihr Mann seinen nächtlichen Spaziergang beenden würde. Als er nach Mitternacht immer noch nicht zurück war, machte sie sich Sorgen. In der Ferne heulten Wölfe oder wilde Hunde. *Wo um alles in der Welt ist er?* Hoffentlich war ihm nichts zugestoßen. Aber vielleicht wäre das gar nicht so schlecht? Schnell verbot sie sich jedoch, weiter darüber nachzudenken. Die Vorstellung, ihren Gemahl halb zerfleischt in der Puszta zu finden, war ihr zuwider.

Am nächsten Morgen saß Stackelberg leichenblass und mit dunklen Ringen unter den Augen am Frühstückstisch. Schweigend nahmen sie das Mahl ein. Selbst die Kinder wagten keinen Mucks.

»Geht in den Schulraum, ich komme gleich«, wies er Fritz und Carl an.

Die Mädchen erhoben sich ebenfalls und suchten ihre Gouvernante.

»Wo warst du?«, fragte ihn Josephine, als sie allein waren. »Hier gibt es wilde Tiere. Du solltest nicht des Nachts allein hinausgehen.«

»Wärest du nicht froh, wenn du mich auf diese Weise loswerden würdest?« Er lächelte schief.

»Sei nicht ungerecht!«

Er stand auf. »Wie dem auch sei. Den Gefallen tue ich dir nicht.«

Sie versuchte zu protestieren, aber er brachte sie mit einer Handbewegung zum Schweigen.

»Ich habe nachgedacht«, fuhr er fort. »Ich habe es satt, bei deinen Verwandten zu wohnen, die mich nicht leiden können. Ich will Herr eines eigenen Hauses sein. In Martonvásár sind wir nicht erwünscht. Von einem Freund erfuhr ich, dass ein Anwesen in Witschapp in Mähren zum Verkauf steht. Ich möchte es für uns erwerben.«

»Warum denn das?«, fragte sie und kämpfte gegen ihre Übelkeit an. »Ich habe doch ein riesiges Haus in Wien.« Streng genommen gehörte ihr das Deym'sche Haus zwar nicht mehr, denn da sie erneut geheiratet hatte, gehörte das Haus ihres ersten Gatten jetzt nur noch seinen Kindern. Das hatte er testamentarisch so verfügt. Aber die Verwaltung oblag ihr immer noch. Daher würden sie ohne Probleme dort einziehen können.

»Die Kinder brauchen ein Zuhause inmitten der Natur«, entgegnete Stackelberg. »Dort können sie sich am besten entfalten. Außerdem möchte ich nicht im Haus deines verstorbenen Gatten wohnen, sondern ein eigenes haben. Das ist wohl das Mindeste, was ich verlangen kann, wenn du ansonsten deine ehelichen Pflichten sträflich vernachlässigst.«

Aha. Das ist also der wahre Grund! Wenn sie sich ihm verwehrte, wollte er wenigstens ein Gut haben. Natürlich war es keine langfristige Lösung, dass sie mit Stackelberg in Martonvásár lebte, wo ihm ihre Mutter und ihr Bruder täglich die kalte Schulter zeigten. Auch sie selbst fühlte sich hier nicht willkommen. Doch wie sollten sie Geld für ein ganzes Anwesen aufbringen? Ihr väterliches Erbe war bereits geschrumpft, da sie nach Deyms Tod Geld entnommen hatte, um sich und ihre Kinder durchzubringen. Zu guter Letzt hatten noch die napoleonischen Kriege zu einer enormen Geldentwertung geführt. »Wir haben kein Geld für ein Gut«, wandte sie ein.

Aber Stackelberg hatte eine Lösung parat. »Ich habe mich kundig gemacht«, sagte er. »Mit dem Erbe deines Vaters können wir den größten Teil bezahlen. Was den Rest anbelangt, so erwarte ich eine Erbschaft aus Estland. Wir müssen nur die Zeit überbrücken, bis das Geld hier ist.«

»Wie sollen wir denn die Zeit überbrücken?«

»Mit einem Kredit natürlich!«

Sie stöhnte. »Uns gibt niemand einen Kredit. Wir haben keine Sicherheiten.«

»Meine Güte, Josephine, das Gut selbst ist die Sicherheit.«

Sie schwieg. Überzeugt war sie nicht. »Wenn es eine Inflation gibt, geht die Rechnung nicht auf.«

Er zuckte mit den Achseln. »Das Risiko ist minimal. Und, wie gesagt, mein Erbe kommt bald. Bitte derweil deinen Bruder, für uns zu bürgen. Der Betrag, der noch fehlt, ist verschwindend gering.«

»Nein!« Das war das Letzte, was sie wollte. Franz hatte ihr ihren Fehltritt nie verziehen und ließ an Stackelberg kein gutes Haar. Im Leben würde sie ihn nicht um einen Kredit bitten!

Doch ihr Mann war hartnäckig. »Du stellst dich offen gegen meinen Entschluss, ein Heim für unsere Familie – deine und unsere Kinder – zu erwerben? Darf ich dich daran erinnern, dass du meine Ehefrau bist und dass du mir als solche zu gehorchen hast?«

Sie senkte die Augen. Das war genau das Joch, unter das sie sich nie wieder hatte begeben wollen. Sie war die Sklavin ihres Ehemannes. Was er beschloss, musste sie ausführen.

»Wenn du mir schon den Zutritt zu deinem Schlafzimmer verwehrst, dann erwarte ich in allen anderen Belangen dein Entgegenkommen.«

Eine Welle der Übelkeit erfasste sie, und sie rannte hinaus. Als sie kaltes Wasser über ihr Gesicht und ihre Hände rinnen ließ, schluchzte sie auf. Sie wusste, dass durch den Erwerb eines Guts enorme Schulden auf sie zukommen würden, auch wenn der größte Teil des Betrags durch ihr väterliches Erbe abgedeckt war. Dagegen war ihre finanzielle Not nach Deyms Tod vergleichsweise gering gewesen.

Ob ich da noch einmal rauskomme, fragte sie sich. Aber es war müßig, darüber nachzudenken. Sie hatte wieder geheiratet. Und als verheiratete Frau hatte sie nichts mehr zu sagen, sondern sich ihrem Gatten unterzuordnen.

Sie kehrte zurück an den Esstisch.

»Gut«, sagte sie, »ich werde Franz fragen, ob er für uns bürgt.«

Stackelberg stand auf. »Dann bestelle ich für nächste Woche den Notar. Kümmere du dich unterdessen um das Geld.« Ohne ein weiteres Wort verließ er das Speisezimmer.

Mit zitternden Knien ging Josephine die Treppe hinauf und stand vor der schweren Eichenholztür zu Franz' Arbeitszimmer. Ihr Herz hämmerte. *Wie tief bin ich gesunken*, dachte sie. Ihr Stolz rebellierte angesichts des erniedrigenden Schritts, den sie im Begriff war zu tun. Aber sie musste ihren Stolz ablegen. Sie war eine Sünderin, die sich ihr ganzes Leben in Grund und Boden zu schämen hatte. Da war es auch egal, wenn sie ihren Bruder nun um einen Kredit für ein Gut bat, das sie sich gar nicht leisten konnte. Sie klopfte an.

»Herein!« Franz saß am Schreibtisch über der Buchhaltung.

Ohne Umschweife kam sie zum Punkt. »Ich brauche dich als Bürgen für ein Gut in Mähren.«

»Wie bitte?« Er sah von seinen Papieren auf.

»Die Idee stammt nicht von mir. Stackelberg erwartet eine Erbschaft. Sobald diese eintrifft, zahle ich dir alles mit Zinsen zurück.«

»Du bist wirklich nicht bei Trost, Pepi.«

»Stimmt. Das bin ich nicht. Am liebsten würde ich mich umbringen. Doch ich muss an meine Kinder denken.«

Ihr Bruder stand auf und kam langsam auf sie zu.

Josephine hielt seinem Blick stand. »Ich bin eine Sünderin und halte mich mit meiner Familie nur dank deiner und Mutters Gutherzigkeit in Martonvásár auf. Mein Mann will jetzt ein eigenes Heim erwerben. Da mein Erbe dafür nicht reicht und sein Erbe aus Estland noch nicht da ist, muss ich dich um deine Bürgschaft bitten.«

Ohne ein Wort zu sagen, nahm Franz sie in die Arme.

Sie wollte sich losreißen, aber er hielt sie fest. Da schluchzte sie auf und konnte ihre Tränen nicht mehr zurückhalten.

Franz tätschelte ihr den Rücken. In diesem Moment war alles wieder so zwischen ihnen wie früher, als sie Kinder waren. »Ich bürge für dich, Pepi. Das weißt du doch.«

»Ich will das eigentlich gar nicht.«

»Ich weiß«, sagte er. »Aber ich kann meine kleine Pepi nicht im Stich lassen. Du bist eh schon genug gestraft mit diesem Esten.«

Sie putzte sich die Nase. Ja, sie hatte sich in einer einzigen Nacht eine lebenslängliche Strafe auferlegt.

»Er will bereits für kommende Woche den Notar bestellen.«

Franz ließ sie los. »Gut. Es passt mir zwar nicht, denn ich

sehe das nächste Unheil auf dich zukommen, Pepi. Doch wenn er in Kürze eine Erbschaft erwartet und das Risiko überschaubar ist, werde ich als Bürge zur Verfügung stehen. Sag ihm, dass wir heute Abend die Details besprechen können. Er soll alle Unterlagen mitbringen, damit ich mir einen Überblick verschaffen kann.«

»Danke.« Sie tupfte sich mit einem Taschentuch die Tränen ab.

Abrupt wechselte Franz das Thema. »Am Sonntag gebe ich eine Soiree hier auf Schloss Martonvásár. Ein Streichquartett wird Ludwigs *Quartetto serioso* aufführen. Er hat es nicht für die Öffentlichkeit geschrieben, sogar ausdrücklich verboten, dieses Quartett in Konzerten zu spielen. Aber unsere Soiree hat einen sehr familiären Charakter, daher werden wir es hier hören können.«

Josephine stützte sich am Tischrand ab. Gerade erst war Franz so einfühlsam gewesen, doch nun, mit der Erwähnung von Ludwigs Namen, war es so, als ob er ihr ein Messer mitten ins Herz rammte. Ihr wurde schwindelig. *Reiß dich zusammen*, schalt sie sich. Sie musste sich daran gewöhnen, über Ludwig sprechen zu können, ohne zusammenzubrechen. Er war ein berühmter Mann, der in aller Munde war und der in seinem Leben noch viel komponieren würde, über das gesprochen werden würde.

Früher habe ich all seine Kompositionen als Erste gehört, dachte sie wehmütig. *Ich kannte seine Gedanken und seine Gefühle.* Aber von diesem *Quartetto serioso* hatte sie nie etwas gehört. Er musste es geschrieben haben, nachdem sie sich voneinander getrennt hatten. *Er hat es ohne mein Ohr geschrieben.* Diese Erkenntnis tat weh.

Die Werke, die Ludwig bislang nach ihrer Trennung veröffentlicht hatte, waren ihr allesamt noch vertraut. Sie erinnerte sich an die eingängigen Melodien und markanten Motive seiner anderthalb Jahre zuvor erschienenen fünften und sechsten Sinfonie. Die fünfte, die Schicksals-Sinfonie, beinhaltete das markerschütternde Motiv, das er ihr während den Klavierstunden vorgespielt hatte. Und die sechste Sinfonie, die Pastorale, war die Sinfonie, zu der er wahrscheinlich während ihres Sommeraufenthalts im ländlichen Hetzendorf inspiriert worden war. Tränen traten ihr in die Augen, als sie daran zurückdachte.

Doch nun hatte er ein Streichquartett geschrieben, das vollständig nach ihrer gemeinsamen Zeit entstanden war. Trotz ihres Schmerzes war sie neugierig, wie es klingen würde. Es war noch nicht verlegt, und nach alldem, was Franz erzählt hatte, hatte Ludwig das womöglich auch nicht vor.

41

Starr verfolgte Josephine im festlich erleuchteten Musikzimmer auf Schloss Martonvásár die Aufführung des *Quartetto serioso.* Ein Streichquartett, bestehend aus vier blutjungen Musikern, die zum Teil Schüler von Schuppanzigh waren, trugen Ludwigs jüngstes Kammermusikwerk vor. Es waren allesamt sehr gute Streicher, aber sie verstanden Ludwigs Komposition offenbar überhaupt nicht. Je länger sie spielten, desto mehr Schweißperlen glitzerten ihnen auf der Stirn. Die Zuhörer – außer den Brunsviks waren es noch zwei benachbarte Familien – warfen sich fragende, bisweilen gequälte Blicke zu.

Josephine war schockiert. Das Quartett klang wild und zerrissen. Dennoch erkannte sie eindeutig Anspielungen an das Thema ihres heiß geliebten *Andante favori.* Sie blickte um sich. Verstanden auch Therese und ihr Bruder diese Anspielung? Doch ihren Mienen nach zu urteilen, war das offensichtlich nicht der Fall. Aber sie erkannte das Jo-se-phi-ne-Thema ganz klar. Ludwig hatte die liebliche Melodie jedoch zerhackt; wie ein Berserker hatte er kompositorisch auf die anmutige Melodie eingedroschen und sie wütend in kleine Teile zerlegt. »Ihr« *Andante* war dahin, ebenso wie ihre Liebe. Es schmerzte sie zu hören, wie sehr Ludwig litt wegen ihrer Dummheit, ihrer unsäglichen Dummheit, sich eine Nacht auf Stackelberg eingelassen zu haben. Niemals könnte sie wieder mit Ludwig sprechen oder ihn ansehen, ohne vor Schuldgefühlen im Boden zu versinken.

Vielleicht war das Gut in Witschapp, dessen Kauf sie gestern beim Notar besiegelt hatten, doch keine schlechte Idee. In Wien wollte sie auf keinen Fall mehr wohnen. Dort würde sie Ludwig über den Weg laufen oder zumindest dauernd von ihm hören und überall an ihn erinnert werden. Sie könnte ihm jedoch nicht mehr unter die Augen treten. Schon gar nicht, nachdem sie jetzt durch seine Musik vernommen hatte, wie sehr ihn ihre Heirat mit Stackelberg verletzt hatte. Es war ausgeschlossen, dass er nicht davon erfahren hatte, selbst wenn sie ihm nicht mehr geschrieben hatte.

»Was hat der gute Beethoven da nur komponiert?«, fragte ihre Nachbarin kopfschüttelnd nach der Aufführung. »Für mich ist das Katzenmusik. Aber natürlich bin ich nicht musikalisch.«

»Beethoven hat sich weiterentwickelt. Er hat neben lieblichen, romantisch anmutenden Stücken immer auch wilde, stürmische Kompositionen geschaffen«, sagte Franz.

»Ja, schon. Doch das hier ist nicht nur wild. Das ist grässlich«, insistierte die Nachbarin. »Aber wie gesagt, ich bin musikalisch eine Dilettantin.«

»Er hat in seiner Musik Napoleons Kanonade auf Wien verarbeitet, die er hautnah miterlebt hat. Außerdem war er lange krank.« Franz versuchte, Ludwig zu verteidigen. »Er hat monatelang nicht arbeiten können.«

Er war krank? Alarmiert sah Josephine auf. Sie hatte sich bislang absichtlich nicht an der Unterhaltung beteiligt. Warum hatte ihr niemand von Ludwigs Krankheit erzählt? *Er war krank wegen mir,* dachte sie traurig. *Meine Heirat mit Stackelberg hat ihm das Herz gebrochen.* Danach hatte er ein

Streichquartett geschrieben, dass seinen – und ihren – inneren Zustand in allen Facetten widerspiegelte. Chaos, Enttäuschung, Wut. Diese Gefühle beherrschten nun ihre Seelen. Und sie beherrschten Ludwigs Musik.

»Warum hast du mir nicht erzählt, dass Ludwig krank war?«, fragte sie Franz, als die Besucher gegangen waren.

Er sah sie lange an. »Ludwig hat Therese Malfatti einen Heiratsantrag gemacht, den diese aber abgelehnt hat. Ich nehme an, das hat ihn in eine tiefe Krise gestürzt und seine ohnehin labile Gesundheit angegriffen.«

Josephine wurde schwindelig. Bunte Sternchen tanzten vor ihren Augen, und sie stützte sich am Treppengeländer ab. *Ludwig hat einer anderen Dame einen Heiratsantrag gemacht.* Hatte er sie so schnell vergessen? Oder wollte er Rache üben an ihr, die ihn so treulos verlassen hatte? Trotzdem war es *ihr* Andante, das er im *Quartetto serioso* zerhackt hatte, nicht das einer Therese Malfatti. Er litt wegen ihrer Untreue. Nicht wegen der Abfuhr einer Anderen.

Wien, am 31. März 1821
Am Mittag

Vicky kam mit einem Teller Bratkartoffeln zurück. Josephine drehte sich fast der Magen um, als sie das Fett roch. Sie musste sich zusammennehmen und wenigstens ein bisschen davon essen, da sich ihre Tochter solche Mühe gegeben hatte, ihr etwas zuzubereiten. Eine Köchin konnten sie sich schon lange nicht mehr leisten. Sie lebten von Kartoffeln und Brot. Das Geld war immer knapp. Kein Wunder, dass all ihre anderen Kinder genug davon hatten und ausgezogen waren.

Ihre Söhne waren beim Militär. Eine Horrorvorstellung für sie! Sie hätte sich gewünscht, dass sie sich den Rechtswissenschaften widmen würden, nicht aber der Heerführung. Hoffentlich würde es so bald keinen Krieg mehr geben. Die Napoleonischen Kriege, die zeit ihres Lebens ganz Europa heimgesucht hatten, saßen ihr noch im Nacken. Beim bloßen Gedanken daran, dass ihre Söhne im Kriegsfall für das Leben von unzähligen Soldaten verantwortlich sein würden, lief ihr kalter Angstschweiß den Rücken hinunter.

Sie stocherte in ihrem Essen herum.

»Schmeckt es dir nicht?«, fragte Vicky.

»Doch, mein Schatz. Es ist ganz hervorragend, aber ich kann nichts mehr essen. Bitte sei mir nicht böse.«

»Ich bin dir nicht böse, Mama.« Vicky lächelte traurig.

»Ich möchte dir auch nicht auf die Nerven gehen. Du bist die Einzige, die bei mir geblieben ist.«

Sephine, das jüngste ihrer Deym-Kinder, war einige Wochen zuvor, kurz vor ihrem siebzehnten Geburtstag, nach Sankt Pölten ins Kloster gegangen. Das hatte Josephine schwer getroffen. Sie wusste, dass sie nur noch kurze Zeit zu leben hatte, und wollte wenigstens ihre Deym-Töchter um sich wissen. Doch Sephine wollte raus aus dem düsteren, nach Kummer und Krankheit riechendem Haushalt, und ein Leben unter Gleichgesinnten leben.

»Ach, Mama.« Vicky hatte Tränen in den Augen. »Du wirst mir niemals auf die Nerven gehen. Ich bleibe bei dir bis zuletzt.«

»Danke, mein Schatz.« Josephine lächelte. »Aber wenn ich nicht mehr bin, musst du all die Zeit, die du an meiner Seite ausgeharrt hast, mit schönen Dingen nachholen. Du musst das Leben genießen, so wie ich das eine Zeit lang auch gemacht habe.«

Ihre Tochter nickte. »Ja, Mama, ich werde es versuchen.«

»Ich hoffe, dass du glücklich werden wirst und immer bleibst.« Sie küsste Vickys Hand und lehnte sich dann zurück. Sie wurde wieder müde.

Auch Sephine soll glücklich werden im Kloster, dachte sie und schloss die Augen. Obwohl sie sich nicht vorstellen konnte, wie man hinter düsteren Klostermauern sein Glück finden würde. Aber vielleicht war es tatsächlich besser, Nonne zu werden und unverheiratet zu bleiben, anstatt sein Leben als Ehefrau an der Seite eines ungeliebten Mannes zu verbringen. Denn noch schlechter, als es ihr als Ehefrau von Stackelberg ergangen war, ging es nicht …

1812–1816

42

Wien, im Juni 1812

»Wann kommt endlich das Geld aus deiner angeblichen Erbschaft? Das Gut in Witschapp, das du unbedingt haben wolltest, hat uns ruiniert!«, schrie Josephine. Am Morgen war der Gerichtsvollzieher gekommen und hatte fast ihr gesamtes Mobiliar gepfändet. Von Stackelbergs Erbe hatte sie bislang immer noch keinen Groschen gesehen.

»Mein Geld kommt in Kürze. Mach nicht so eine Szene«, sagte ihr Mann ärgerlich und widmete sich wieder der Lektüre seines Buches.

Doch sie war außer sich. »Das hast du schon so oft gesagt. Mittlerweile zweifle ich daran, dass du überhaupt geerbt hast.«

»Was willst du damit andeuten?« Er legte das Buch beiseite und stand auf. »Dass ich Lügen erzähle?« Bedrohlich sah er auf sie herab.

Josephine stemmte die Hände in die Hüften. »Wir warten seit Ewigkeiten auf dieses Geld. Langsam werde ich misstrauisch.«

»Du vertraust mir nicht? Deinem Ehemann?«

Sie wusste, dass sie den Bogen überspannt hatte. Dennoch gab sie nicht klein bei. »Ich musste meinen geliebten Flügel unter den Hammer bringen. Und Franz muss jetzt mehrere Felder in Martonvásár verkaufen, weil er für uns gebürgt hat. Er schreit Zeter und Mordio. Ich habe ihm seinerzeit mein Ehrenwort gegeben, dass du dieses Erbe aus Estland bekommst und wir damit das Gut abbezahlen, doch niemals ist es gekommen!«

»Es kommt noch, so schnell geht es nicht.«

»Warum mussten wir dann damals das Gut kaufen? Ich habe so oft darauf hingewiesen, dass wir uns dabei finanziell übernehmen.«

»Du hörst sofort auf, in diesem Ton mit mir zu sprechen!« Sein Gesicht war rot angelaufen. »Ich konnte nicht vorhersehen, dass die Inflation so starke Ausmaße annimmt und …«

»Aber ich habe es vorhergesehen! Ich habe es dir gesagt, und du hast trotzdem auf dem Kauf des Guts bestanden. Mit *meinem* Geld. Und wo bleibt deines?«

»So etwas muss ich mir nicht länger anhören. Ich werde eine Weile ein Zimmer in der Stadt mieten und eventuell auf Reisen gehen, bis du wieder klar bei Verstand bist.« Er machte auf dem Absatz kehrt und verließ das Haus.

»Ich will dich nicht mehr sehen!« Mit einem lauten Knall schlug sie die Tür hinter ihm zu. Es war der Fehler ihres Lebens gewesen, dass sie sich dreieinhalb Jahre zuvor auf ihn eingelassen hatte.

Schon seit Langem kriselte ihre Ehe. Nach der Geburt von Stackelbergs zweiter Tochter Theophile war Josephine wochenlang krank gewesen und hatte ihrem Mann danach konsequent den Zutritt zu ihrem Schlafzimmer verwehrt. Das war in seinen Augen natürlich unerhört, doch sie konnte es nicht riskieren, in ihrer labilen Verfassung gleich wieder schwanger werden. Wiederholt stritten sie sich lauthals, dass sich ihre Kinder verschreckt im Kinderzimmer verbargen. Türen knallten, böse Worte fielen.

Seit Kurzem stand fest, dass das Gut in Witschapp nun unwiederbringlich verloren war. Die Vorbesitzerin war von dem Kaufvertrag zurückgetreten; angeblich, weil Stackelberg nicht rechtzeitig Mitglied der böhmischen Ritterschaft geworden war. Ein lachhafter Vorwand! Trotz mehrfacher Mahnungen rückte sie noch nicht einmal das angezahlte Geld heraus. Josephines gesamtes Erbe war weg. Um ein Haar hätte sie auch Franz und ihre Mutter durch dessen Bürgschaft mit ins Elend gezogen. Zu guter Letzt hatte ihr Bruder »nur« einige Felder verkaufen müssen. Doch selbst das war ein herber Verlust und ärgerte ihn, der seinen Besitz immer klug und umsichtig verwaltet hatte, maßlos.

Nun war ihr Mann weg, und sie saß mit sechs Kindern auf einem Berg Schulden. Glücklicherweise hatte sie in Wien noch das Haus ihres ersten Gatten, in dem sie mit ihrer Familie seit Kurzem wieder wohnte, nachdem sie das Gut in Witschapp verloren hatten. Das Deym'sche Haus gehörte seit ihrer Heirat mit Stackelberg zwar ihren Kindern, doch sie verwaltete es für sie. *Wie vorausschauend und fürsorglich mein erster Ehemann doch gewesen ist*, dachte sie wehmütig. Aufgrund seines umsichtigen Testaments, in dem er verfügt hatte, dass im Fall einer erneuten Heirat Josephines nur seinen Kindern das Haus zufiel, konnte ihr zweiter Gatte auf dieses Haus nicht zugreifen. Somit hatte Joseph auch ihr, der nach wie vor die Verwaltung des Hauses oblag, für immer ein Dach über dem Kopf gesichert.

Doch was war jetzt zu tun? Sie sollte sich von Stackelberg scheiden lassen, aber das versprach einen nicht enden wollenden Kampf um das Sorgerecht für die Kinder. Mit ihm zusammenleben konnte sie jedoch definitiv nicht mehr. Die finanzielle Not war ihr zwar nicht neu, doch sie war um ein Vielfaches bedrohlicher als nach dem Tod ihres ersten Ehemannes. Ihre Familie war wegen der Misere aufgrund des Witschapper Guts mehr als erzürnt. Sie konnte Mutter und Franz nicht mehr um Hilfe bitten.

Ich frage Therese, ob sie kommen kann, beschloss sie. Ihre Schwester würde ihr bestimmt beistehen. Auch wenn ihr Therese finanziell nicht unter die Arme greifen konnte, so würde sie ihr durch ihre bloße Anwesenheit den Rücken stärken.

Wie erwartet, traf ihre Schwester eine Woche später ein. »Pepi, was ist passiert?«, rief Therese, noch bevor sie ihren Umhang abgelegt hatte.

In fliegender Hast erzählte ihr Josephine von ihrer endgültig zerrütteten Ehe. Ihre Schwester wusste ohnehin fast alles über ihr Eheleben. Sie hatte ihr so manches Weh anvertraut.

»Kannst du eine Weile auf die Kinder aufpassen?«, fragte sie. »Ich will nach Prag, um meine Deym-Verwandtschaft aufzusuchen. Vielleicht können sie mir finanziell helfen oder mir zumindest einen rechtlichen Beistand empfehlen. Denn den werde ich brauchen, um das Sorgerecht für die Kinder zu behalten.«

»Ach, Pepi. Was du alles durchmachen musst.« Therese seufzte. »Ja, natürlich bleibe ich und passe auf deine Kinder auf. Wann willst du abreisen?«

»In einer Woche. Ich muss zuvor noch einige Dinge erledigen und ein paar Briefe schreiben. Aber sobald ich eine Antwort von meiner Schwägerin Victoire habe, breche ich auf.«

43

Prag, im Juli 1812

Die Räder der Kutsche rumpelten über die miserablen Straßen. Josephine wischte sich mit einem Taschentuch den Schweiß von der Stirn. Es war warm und stickig in der Kutsche. Trotzdem fröstelte sie innerlich. Dieses Gefühl der Kälte, das sie seit Stackelbergs Verschwinden spürte, wurde sie nicht los.

Zwei der mitreisenden Damen hatten so süßes Parfum aufgetragen, dass ihr fast schlecht wurde. *Warum ist das Reisen immer so unbequem*, dachte sie. Prag war so eine schöne Stadt, die sie in guter Erinnerung hatte. Gern würde sie öfter dorthin fahren und ihre Bekannten von früher besuchen, aber der Weg war eine Qual.

Als sie Stunden später die Laternen entlang der Moldau leuchten sah, fühlte sie sich, als ob sie heimkehren würde. *Seltsam*, dachte sie, denn Prag war nur kurze Zeit ihre Heimat gewesen – vor vielen Jahren, als ihr Leben vergleichsweise glücklich gewesen war.

»Meine Liebe«, begrüßte sie ihre Schwägerin Victoire. »Ich freue mich so sehr, dass wir uns wiedersehen.«

Josephine küsste sie auf die Wangen. »Vielen Dank für deine Gastfreundschaft.«

»Meine Güte, bist du schmal geworden.« Victoire umfasste ihre Hände. »Und wie blass du bist! Sag, du bist doch nicht etwa krank, oder?«

»Nein, nein.«

»Dennoch solltest du in Erwägung ziehen, die Bäder in Teplitz aufzusuchen. Aber nun komm erst einmal herein.«

Josephine folgte ihrer Schwägerin ins Esszimmer und war froh, mit Serviettenknödeln und Gulasch begrüßt zu werden. Sie hatte gar nicht bemerkt, wie hungrig sie war.

»Was führt dich nach Prag, meine Liebe?«, fragte Victoire, als Josephine mit dem Essen fertig war.

Sie legte ihr Besteck auf den Teller und sah auf. »Ich brauche rechtlichen und eventuell auch finanziellen Beistand.«

Sogleich wurde ihr heiß. Es war ihr unangenehm, wie eine Bettlerin vor ihrer Verwandten zu stehen. Doch sie hatte keine Wahl. Sie hatte sechs Kinder, einen Haufen Schulden und einen Ehemann, der sich aus dem Staub gemacht hatte.

»Erzähl mir alles«, forderte ihre Schwägerin sie auf.

Josephine räusperte sich. »Meinen zweiten Gatten heiratete ich, weil er meinen Söhnen ein ausgezeichneter Lehrer war, er jedoch ihre Erziehung nur unter der Bedingung fortsetzen wollte, dass ich ihn eheliche.«

Sie nahm einen Schluck Wein. Da Victoire nichts sagte, fuhr sie fort: »Unsere Ehe stand von Anfang an unter keinem guten Stern. Stackelberg wollte unbedingt ein Herrenhaus in Witschapp erwerben. Ich habe Vaters Erbe dafür aufbringen müssen, und mein Bruder musste sogar noch bürgen; mein feiner Ehemann hingegen hat keinen Pfennig gezahlt. Ständig hat er uns weisgemacht, dass er Geld aus seiner Heimat erwarte, aber es kam niemals etwas an.«

Sie trank wieder einen Schluck Wein, denn ihre Kehle war rau. »Nach der Geburt unserer zweiten Tochter war ich lange krank und hatte danach nicht die Kraft … ihn weiter in meinem Schlafgemach zu ertragen.« Ihr Kopf glühte und sie fächerte sich Wind zu. »Das war das Ende«, flüsterte sie. »Unsere Ehe ist zerbrochen. Er hat mich verlassen.« Tränen rannen ihr die Wangen hinunter.

Ihre Schwägerin stand auf und legte einen Arm um sie. »Du hättest etwas Besseres verdient.«

»Ich hätte nicht mehr heiraten sollen nach Josephs Tod.« Josephine schluchzte. »Aber ich wollte das Beste für die Kinder, und Stackelberg ist ein guter Pädagoge. Jetzt stehe ich vor dem finanziellen Ruin, sogar Franz hat wegen mir mehrere Felder verloren.«

Victoire schenkte ihr ein Glas Schlehenlikör ein. »Trink einen Schluck, dann überlegen wir, was wir tun können.«

Josephine spürte, wie der süße Likör ihre Kehle hinunterglitt und ihren Magen wärmte.

»Willst du dich von deinem Mann scheiden lassen?«

Sie zuckte mit den Achseln. »Ja. Vor allem will ich jedoch das Sorgerecht für die Kinder behalten. Ich könnte es nicht ertragen, dass er sie mir wegnimmt.«

»Wo sind deine Kinder jetzt?«

»Zu Hause in Wien. Meine Schwester passt auf sie auf. Sie haben viel zu viele Streitigkeiten zwischen Stackelberg und mir mit angehört. Sie sind ganz verstört. Ich hoffe, dass Therese sie auf andere Gedanken bringt.«

»Das wird sie bestimmt, deine Schwester ist eine feine Dame. Kommen wir noch einmal auf deine Ehe zurück«, sagte Victoire. »Du willst eine Scheidung und natürlich das Sorgerecht für deine Kinder. Selbstverständlich solltest du in dem Fall Geld von ihm erhalten, mit dem du deinen Unterhalt, die Ausbildung der Kinder sowie die Schulden bezahlen kannst.«

»Stackelberg wird mir kein Geld geben«, sagte Josephine. »Seitdem wir uns kennen, floss das Geld immer nur in eine Richtung: von mir zu ihm.«

»Und er hatte auch keine Skrupel, dich mit sechs Kindern auf einem Schuldenberg sitzenzulassen.« Ihre Schwägerin schnaubte. »Hör zu, meine Liebe. Ich helfe dir, so gut ich kann, und werde Josephs gesamte Verwandtschaft bitten, dir beizustehen. Doch ein ganzes Gut werden wir nicht auslösen können. Du solltest daher auch den Kaiser um Hilfe bitten. Er weilt gerade in Karlsbad. Er war mit Joseph befreundet und hat dir, wenn ich mich recht erinnere, früher schon einmal Hilfe zugesagt.«

Was er jedoch gleich wieder vergaß, nachdem ich den Audienzsaal verlassen hatte, dachte Josephine verbittert, als sie sich daran erinnerte, wie sie vor vielen Jahren als junge Witwe vor dem Kaiser gestanden und um finanzielle Unterstützung gebeten hatte. Natürlich hatte er zu der Zeit auch andere Sorgen gehabt.

»Was hältst du davon?«, fragte Victoire.

Josephine nickte. »Ich werde nichts unversucht lassen, liebe Schwägerin. Wenn es dir recht ist, bleibe ich morgen noch hier und fahre übermorgen früh nach Karlsbad weiter.«

»Selbstverständlich ist mir das recht!« Victoire stand auf. »Jetzt ruh dich erst einmal aus nach der beschwerlichen Reise. Das Gästezimmer ist hergerichtet. Schlaf so lange, wie du möchtest, und unternimm einen Spaziergang durch unser schönes Prag. Ich bin morgen mehrere Stunden außer Haus, aber das braucht dich nicht zu stören. Du kannst kommen und gehen, wann du möchtest.«

Josephine umarmte ihre Schwägerin. »Danke dir, Victoire. Vielen Dank!«

Als sie im Bett lag, fiel sie sofort in einen tiefen Schlaf. Es war fast, als wären all ihre Sorgen plötzlich von ihr abgefallen.

Am nächsten Morgen frühstückte sie lange mit ihrer Schwägerin und brach dann in die Stadt auf. Sie überquerte die Karlsbrücke und ließ sich in den verwinkelten Gassen der Malá Strana, dem Viertel unterhalb der Burg, treiben. Sie bewunderte die bunten, kleinen Häuser, die Handwerksbetriebe und Geschäfte, bevor sie ihr eigentliches Ziel, die Nikolaus-Kirche, erreichte.

Der stille, kühle Innenraum, den farbenprächtige Barockfresken schmückten, empfing sie wie eine Heimkehrerin. Sie setzte sich in eine Kirchenbank und sah andächtig zur Orgel empor. Hier hatte schon Mozart gespielt. Sie schloss die Augen und stellte sich vor, wie der begnadete Komponist und Musiker diesen Raum mit seiner himmlischen Musik erfüllt hatte. Die Prager hatten Mozart immer geliebt. Anders als in Wien war er in dieser Stadt stets mit offenen Armen empfangen worden.

Auch Ludwig hat von seiner Prag-Tournee geschwärmt, erinnerte sie sich plötzlich und spürte einen Stich, wie immer, wenn sie an ihn dachte. *Wie es ihm wohl gehen mag?* Sie stand auf und ging hinaus ins Freie.

Es war Mittag geworden. Die Sonne stach vom Himmel, und sie musste ihren Schirm aufspannen. Sie schlenderte zurück zur Moldau, die im Sonnenlicht glitzerte. Das Laub der Bäume rauschte. Josephine beobachtete das Treiben auf dem Fluss. Dutzende Boote und Lastkähne zogen vorbei. Die mächtigen Brückenpfeiler der Karlsbrücke spiegelten sich im Wasser. Vielleicht sollte sie mit ihren Kindern hierherziehen? Prag war billiger als Wien, und die Stadt gefiel ihr sehr.

Am Nachmittag machte sie sich wieder auf den Rückweg. Als sie kurz vor dem Haus ihrer Schwägerin um eine Ecke bog, stieß sie plötzlich mit einem Mann zusammen. Er war im Laufschritt unterwegs gewesen und hatte sie nicht kommen sehen. Ihr Schirm fiel zu Boden, sein Hut kullerte auf die Straße.

»Verzeihen Sie, gnädige Frau«, sagte der Herr und bückte sich eilig nach ihrem Schirm und seinem Hut.

Josephine stand da wie vom Blitz getroffen. Sie starrte auf den Mann. Alles an ihm kam ihr bekannt vor. Seine hektischen Bewegungen, sein Profil, seine Stimme. »Ludwig?«

Er sah auf, und im selben Augenblick entgleisten ihm sämtliche Gesichtszüge. »Josephine?! Du?« Langsam kam er auf sie zu. »Bist du es wirklich?«, flüsterte er.

»Ja.« Sie stand da wie gelähmt. Ihm schien es ähnlich zu gehen. Eine gefühlte Ewigkeit standen sie einander gegenüber und wussten nicht, was sie sagen sollten. Fast fünf Jahre war es her, dass sie getrennte Wege gegangen waren. Und nun hatte das Schicksal sie ineinanderlaufen lassen. Ihm ohne Vorwarnung zum Greifen nahe zu sein, brachte sie völlig aus dem Konzept.

Er fand als Erster die Sprache wieder. »Was machst du hier? Wohnst du in Prag?«

Sie schüttelte den Kopf. »Ich bin auf der Durchreise, ich möchte den Kaiser in Karlsbad aufsuchen. Und … du?«

»Ich … ich bin auch auf der Durchreise«, sagte er. »Ich will nach Teplitz zur Kur und muss zuvor noch ein paar Angelegenheiten hier in Prag erledigen.«

Sie schwiegen wieder. Josephine hatte Ludwigs Arbeit, seine musikalischen Erfolge und sein gesellschaftliches Fortkommen aus der Entfernung mitverfolgt. Er war jetzt ein anerkannter Meister der Komposition. Seine Sinfonien waren ohnegleichen. Aber sie war nicht mehr seine Muse. Sie hörte seine Musik nicht mehr als Erste. Sie hörte sie im Prinzip gar nicht mehr, denn sie hatte kaum die Gelegenheit auszugehen und Konzerte zu besuchen; nach der finanziellen Tragödie erst recht nicht.

»Geht es dir gut?«, fragte er vorsichtig.

Da brach ein Damm, und Josephine fing auf offener Straße an zu weinen. Was wäre gewesen, wenn sie Ludwig damals nicht fortgeschickt hätte, wenn sie ihn gegen alle Konventionen zum Mann genommen hätte? Sie wäre auch nicht ärmer gewesen als heute, sie hätte auch kein besseres Verhältnis zu ihrer Familie gehabt als jetzt, doch sie selbst wäre weitaus glücklicher gewesen als mit ihrem Baron von Stackelberg, der sich aus dem Staub gemacht hatte.

Ludwig war bestürzt. »Josephine«, er berührte ihren Ellbogen und schob ihren Arm sanft unter seinen. »Weine nicht. Lass uns ein Stück zusammen gehen, so wie früher.«

Sie weinte nur noch mehr, ließ sich aber von ihm in eine stille Gasse führen, wo wenige Leute und keine Fuhrwerke unterwegs waren. Schweigend gingen sie den Weg zur Burg hinauf.

»Halte ich dich nicht von einem Termin ab?«, fragte sie, als sie aufgehört hatte zu weinen.

»Nein. Du bist der wichtigste Termin meines Lebens. Selbst den Kaiser würde ich wegen dir versetzen.«

»Das solltest du nicht.«

»Ich mache immer, was ich will.«

Sie lächelte. Das stimmte allerdings. Früher waren seine Fauxpas in den Salons ebenso Gesprächsthema gewesen wie die neueste Frisur der Kaiserin.

»Ihr habt euch getrennt, dein Mann und du?«

Seine Direktheit holte sie zurück in die Gegenwart. Offensichtlich verfolgte auch er ihren Lebensweg von Weitem. Sie taumelte und krallte ihre Finger in seinen Arm. Wie sehr musste es ihn damals getroffen haben, dass sie einen anderen Mann geheiratet hatte. »Ja«, sagte sie nur.

Sie schwiegen wieder.

»Ich habe alles falsch gemacht.« Sie schluchzte auf. »Mein ganzes Leben besteht aus einer Kette von Fehlentscheidungen. Ich hätte Stackelberg niemals heiraten dürfen.«

Er erwiderte nichts, sondern drückte nur tröstend ihren Arm.

»Es ist so ein schöner lauer Abend«, sagte er schließlich. »Lass uns auf den Laurenziberg gehen, dort sind wir allein und können Mutter Natur ungestört genießen.«

Sie ließ sich von ihm aus der Stadt hinausführen. Über Wiesen und Hügel erklommen sie den vor der Stadt gelegenen, bewaldeten Laurenziberg. Als sie oben angelangt waren, drehte sich Josephine um und sah die Lichter Prags zu ihren Füßen schimmern. Die Laternen auf der Karlsbrücke leuchteten bereits. Die Wächter entzündeten sie immer schon in der Dämmerung, und sie spiegelten sich nun in der Moldau. »Es ist wunderschön hier«, sagte sie leise.

»Ja, ich liebe die Natur.« Ludwig bückte sich und pflückte ein Veilchen, das er ihr reichte. »Ich liebe die Ruhe und den Duft nach Blumen und Bäumen. Nur außerhalb der Stadt erlebt man dieses Fest der Sinne. Dennoch ist die Stadt nicht fern, sie breitet sich im Tal aus wie ein glitzernder Edelstein.«

Eine Weile blickten sie schweigend auf Prag und die bunten Wiesen. Die untergehende Sonne tünchte den Himmel in Rosa und hüllte die unter ihnen gelegene Stadt in ein warmes, märchenhaftes Licht.

Ludwig breitete seinen Umhang auf der Wiese aus und

bedeutete ihr, Platz zu nehmen. Sie setzte sich und schlang ihre Arme um die Knie.

Er ließ sich neben ihr nieder. »Was ist passiert?«, fragte er sanft. Seine Stimme war wie eine tiefe Klaviersaite, die vibrierte und die Schwingungen auf ihren Körper übertrug.

Sie lehnte den Kopf an seine Schulter. Hier war niemand, und es war unwahrscheinlich, dass ein später Spaziergänger sie als die frühere Gräfin Deym identifizierte. »Ich habe Stackelberg gegen meinen Willen geheiratet«, begann sie. »Ich kann nicht sagen, dass ich unschuldig war. Ich war krank, geschwächt und unglücklich, weil ich dich nicht hatte haben können. Das hat er ausgenutzt. Ich habe …« Sie konnte den Satz nicht beenden. Nur einmal war sie nicht standhaft geblieben. Nur einmal hatte sie dem Wunsch nach Wärme nachgegeben und sich in seine Arme ziehen lassen, oder vielmehr in die Schlinge, die er immer enger um ihren Hals zog. Sie war in Genf seinem Charme erlegen und war schwanger geworden.

Ludwig legte ihr einen Arm um die Schultern. Er tröstete sie ohne Worte. »Und jetzt?«

»Nach der Geburt unserer zweiten Tochter wurde ich krank. Da er mich nicht in Ruhe lassen wollte, habe ich ihm den Zutritt zu meinem Schlafzimmer untersagt.«

Schon die zweite Tochter hatte sie nicht gewollt. Sie hatte überhaupt nicht mit Stackelberg das Bett teilen wollen, aber als Ehefrau hatte sie keine Wahl gehabt. Erst nach der Krankheit war sie gegen alle moralischen Verpflichtungen so mutig geworden, ihn aus ihrem Schlafzimmer zu weisen. Denn sie hatte es nicht riskieren wollen, in ihrem kränklichen Zustand erneut schwanger zu werden, womöglich zu sterben und sechs Kinder zurückzulassen, nur weil er darauf bestand, dass sie ihre ehelichen Pflichten erfüllte.

»Ich habe ihn nie geliebt. Niemals. Das musst du mir glauben. Mein Herz gehörte immer dir.«

Ludwig küsste sie sanft auf die Stirn.

Da erzählte sie ihm, wie der Verlust ihres Landguts und der damit einhergehende finanzielle Ruin das Fass zum Überlaufen gebracht hatten. »Tagein, tagaus haben wir uns angeschrien wegen Kleinigkeiten. Die Atmosphäre im Haus war unerträglich. Die Kinder waren ganz eingeschüchtert und haben sich versteckt. Nach einem fatalen Streit im letzten Monat ist Stackelberg einfach gegangen.« Sie zupfte an einem Hautfetzen ihres Zeigefingers. »Er hat sich in Wien ein Zimmer genommen und plant, auf Weltreise zu gehen. Den Schuldenberg überlässt er mir, und um die Erziehung der Kinder muss ich mich allein kümmern. Deswegen bin ich auf dem Weg nach Karlsbad, um den Kaiser um Unterstützung zu bitten.«

»Willst du dich von Stackelberg scheiden lassen?«, fragte Ludwig.

»Ich denke ja. Wir haben nichts besprochen. Ich weiß nur, dass ich nicht mehr mit ihm zusammenleben will.«

»Ich helfe dir, soweit ich kann«, sagte er. »Wenn du Geld brauchst, sag es mir, wenn ich dir sonst irgendwie helfen kann, natürlich auch.« Er schluckte. »Ich habe nie aufgehört, dich zu lieben, mein Engel. Auch als die Hoffnung erloschen war und … du hernach sicherlich Gerüchte um andere Frauen in meinem Leben gehört haben magst … mein Herz schlug immer nur für dich.«

Mit Tränen in den Augen sah sie zu ihm auf. *Was wäre gewesen, wenn …*

Da beugte er sich langsam zu ihr hinunter, bis seine Stirn auf ihrer lag. Dann berührten seine Lippen die ihren. Er zog sie eng an sich und hauchte ihr mit seinen Küssen seinen Lebensatem ein. So wie vor vielen Jahren, als sie nach Josephs Tod am Boden zerstört gewesen war. Ludwigs Liebe hatte sie damals wiederbelebt. *Ob es auch dieses Mal so sein wird?*

Josephine glühte. Die Kälte, die sie seit Wochen umgab, war vollends verschwunden. Sie spürte Ludwigs Umarmung wie einen warmen Mantel um sich. Nicht nur ihr Herz, auch ihren Körper wollte sie ihm schenken. Ihm und nur ihm. Für immer.

Als sie sich nach einer langen Umarmung voneinander lösten, sah sie, dass der Mond aufgegangen war. Mild lächelte er von oben auf sie herab, auch der Abendstern blinzelte ihnen zu.

»Wir müssen gehen. Es wird sonst zu kalt«, sagte Ludwig und half ihr aufzustehen. Er griff nach seinem Umhang und legte ihn ihr über die Schultern. Dann nahm er sie an der Hand und führte sie über die Wiesen wieder zurück in die Stadt.

Sie hatten zwar mit keiner Silbe vereinbart zusammenzubleiben, sobald sie die Stadt erreichten, aber es lag auf der Hand.

»Musst du jemandem Bescheid geben, dass du nicht nach Hause kommst?«, fragte er, als sie unten angelangt waren.

Sie schüttelte den Kopf. Ihre Schwägerin würde im Theater sein und sie nicht vermissen. Ohnehin war es ihr egal. Sie wollte bei Ludwig bleiben.

Sie liefen durch ein paar Gassen der Malá Strana und überquerten die Moldau über die erleuchtete Karlsbrücke.

Schließlich betrat sie mit ihm das Hotel Zum schwarzen Ross in der Alten Allee. Die Wirtin war nirgends zu sehen, daher bat Ludwig die Magd um den Schlüssel und ein Abendessen für zwei Personen. Sie runzelte die Stirn, aber er legte einen Geldschein auf den Tresen, den sie hocherfreut in ihrem Ausschnitt verschwinden ließ. »Ich stelle das Essen in einer Viertelstunde vor Ihre Tür«, sagte sie plötzlich gut gelaunt.

Ludwig nahm Josephines Hand und geleitete sie die Treppe hinauf. Oben schloss er die Tür zu seinem Zimmer auf und gewährte ihr den Vortritt.

Es war eine kleine Kammer, die völlig im Dunkeln lag, weil die Fensterläden geschlossen waren. Er zündete eine Kerze an, ging zum Fenster und öffnete die Läden, um das letzte Licht des lauen Sommerabends hineinzulassen. Dann nahm er ihr den Umhang ab und legte beide Arme um sie. Sie lehnte ihren Kopf an seine Schulter, drehte sich schließlich in seinen Armen und küsste ihn.

»Ich liebe dich, mein Engel.« Er liebkoste ihren Hals mit seinen Lippen. »Ich liebe dich mehr als mich selbst, mehr als die Musik, mehr als alles andere auf der Welt.«

»Ich dich auch«, sagte sie mit einem Seufzer.

Es klopfte jemand an die Tür. »Ihr Essen ist da«, hörte sie die Stimme der Magd, deren Schritte sich sogleich wieder entfernten.

»Was ist?«, fragte er.

Josephine realisierte erschrocken, dass sein Gehör schon so sehr im Argen war, dass er die Worte der Magd durch die Tür nicht mehr gehört hatte. »Die Magd hat das Essen gebracht«, teilte sie ihm mit.

»Hast du überhaupt Hunger?«

Sie lächelte. »Nicht aufs Abendessen.«

»Na, dann …« Er beendete den Satz nicht, sondern begann langsam, die Schleifen ihres Kleids aufzuziehen.

Ein wohliger Schauer erfasste sie, und ihr Herz klopfte immer schneller.

Als er die letzte Schleife gelöst hatte, streifte er ihr das Kleid über die Schultern. Mit einem leisen Rascheln glitt es zu Boden.

Da spürte sie seine Hände auf ihrer Haut. Sie seufzte auf.

»Werde meine Frau«, flüsterte er. Er küsste ihre Augenlider, ihre Wangen, ihren Mund und zog sie langsam zum Bett. »Bitte, mein Engel, lass uns heiraten, sobald du von deinem Mann geschieden bist.«

»Ich bin deine Frau. Jetzt und immer«, sagte sie, und dann versank sie in seinen Armen.

44

Josephine und Ludwig wiegten sich zur Melodie seines *Andante favori*. Sie waren wieder auf dem Laurenziberg. Der Mond warf ein mildes Licht auf sie, am Horizont sahen sie die Lichter von Prag. »In meinem sanften Licht könnt ihr beisammen sein«, sprach der Mond von oben. »Aber wenn die Sonne aufgeht, müsst ihr euch trennen, sonst werdet ihr in ihrem unbarmherzigen Licht verbrennen.«

Mit einem Ruck setzte sich Josephine auf und schnappte nach Luft.

»Was ist mir dir?« Ludwig war im Nu wach und nahm sie in die Arme.

»Ich habe geträumt.« Ihr Herz hämmerte wild.

Er drückte sie an sich und strich ihr über die Haare. »Was hast du geträumt?«

»Wir waren zusammen auf dem Laurenziberg. Es war so wunderbar still und romantisch. Nur dein *Andante favori* war zu hören.«

»Aber das ist doch ein schöner Traum.«

Sie nickte. Dann erzählte sie ihm jedoch, was der Mond in ihrem Traum gesagt hatte.

Er küsste ihre Schläfe. »Wahrscheinlich ist es besser, wenn wir unser Verhältnis nicht öffentlich machen, bevor du nicht von Stackelberg geschieden bist«, sagte er. »Ich weiß, dass das lange dauern kann. Doch ich werde auf dich warten. Selbst wenn es Jahre dauert.«

Er war so lieb und treu. »Ich danke dir.« Sie küsste ihn. Wieder und wieder.

Er zog sie fester an sich und erwiderte ihre Küsse. Dann verloren sie sich ineinander, bis es draußen hell wurde und die Vögel zwitschernd den neuen Tag begrüßten.

»Ich muss heute nach Karlsbad weiterreisen. Ich will den Kaiser um Unterstützung bitten.« Josephine saß auf der Bettkante und seufzte. »Ich würde viel lieber bei dir bleiben.«

Ludwig lachte. »Ich auch! Aber auch ich muss in Kürze aufbrechen. Heute werde ich schnell das erledigen, was ich gestern versäumt habe, und dann nehme ich morgen früh die Kutsche nach Teplitz.« Er spielte mit ihren Haaren. »Nach Karlsbad sind es zwei Reisetage. Wenn du deine Audienz beim Kaiser erledigt hast, kannst du doch von dort aus direkt nach Teplitz kommen. Was meinst du? Dann würden wir uns vielleicht schon in vier Tagen wiedersehen, sofern du beim Kaiser sofort vorgelassen wirst und danach gleich weiterreist.«

»Eine wunderbare Idee!« Sie beugte sich zu ihm herab und küsste ihn. »Ich kann es kaum erwarten!«

»Ich auch nicht.« Er drückte sie an sich.

»Versprich mir, dass du mir schreiben wirst!« Sie kramte in ihrem Pompadour und förderte einen Bleistift zutage. »Hier, Ludwig, mit diesem Bleistift.« Ihr Herz klopfte. Wenn eine Dame einem Herrn einen Bleistift gab und ihn bat, ihr zu schreiben, so forderte sie ihn damit auf, um ihre Hand anzuhalten.

Er verstand sie. So wie immer. Zärtlich betrachtete er sie und küsste sie dann innig. »Ich werde dir schreiben. Ganz bald, mein Engel. Sobald ich in Teplitz eine Unterkunft habe, schreibe ich dir postlagernd, wo du mich finden kannst.«

Obwohl sie sich nicht von ihm lösen wollte, stand sie auf und zog ihr Kleid an. »Machst du es mir zu?«, bat sie ihn.

Er lächelte und band mit einer unendlichen Langsamkeit Schleife für Schleife ihres Kleids zu. Dann schlang er die Arme um sie. »Ich freue mich schon so sehr, dich in ein paar Tagen wiederzusehen.« Er vergrub seinen Mund in ihrem Haar. »In Teplitz lassen wir es uns richtig gut gehen.«

»Ja.« Sie lehnte sich an ihn. »Danke für alles, Ludwig. Danke für deine Musik, für dein Zuhören, deine Treue und Liebe und … für diese Nacht.«

Er lächelte. »Wir gehören zusammen, Josephine. Ohne dich kann ich nicht leben. Du fühlst wie ich, du bist die Einzige, die mich versteht. Du bist mein Alles!«

Sie streichelte seine Wange. »Bis bald, Ludwig, bis sehr bald!« Sie küssten sich noch einmal, bevor sie sich schweren Herzens voneinander trennten.

Es ist nur für kurze Zeit, dachte sie. *Es wird nicht mehr lange dauern, bis wir uns wiedersehen.*

Josephine musste noch einmal bei ihrer Schwägerin vorbei, bevor sie die Kutsche nach Karlsbad nahm. Hoffentlich hatte Victoire ihr Fernbleiben über Nacht nicht registriert.

»Du hast schon einen frühmorgendlichen Spaziergang gemacht, meine Liebe!« Ihre Schwägerin saß beim Frühstück und sah von einem Brief auf, den sie gerade las.

»Oh ja, es war wunderschön draußen«, sagte Josephine und nahm sich ein Brötchen. Ihre Schwägerin ahnte offensichtlich nichts, oder sie gab vor, nichts gemerkt zu haben. »Es tut mir leid, dass ich schon weiterfahren muss, aber ich hoffe, wir sehen uns bald wieder.«

»Gewiss, gewiss. Ich hoffe, dass dich der Kaiser wohlwollend empfängt und dir helfen wird. Ich werde derweil unsere Bekannten um Rat fragen. Und wenn ich sonst noch etwas für dich tun kann, lass es mich bitte wissen.«

»Danke, das ist nett von dir.« Josephine war gerührt.

Sie verabschiedete sich von ihrer Schwägerin und nahm am späten Vormittag die Postkutsche nach Karlsbad. Wenn alles klappte und die Kutsche weder einen Achsbruch erlitt noch im Schlamm steckenblieb, würde sie übermorgen mit dem Kaiser sprechen, einen weiteren Tag danach in Teplitz ankommen und wieder in Ludwigs Armen liegen.

Ihre Mitreisenden waren sehr gesprächig. Zwei Damen schnatterten unentwegt über die neueste Mode, über Napoleons Habsburger Gattin Marie Louise, die Tochter des Kaisers, die er dem Bonaparte widerwillig zur Frau hatte geben müssen, um eine Allianz zwischen Frankreich und Russland zu verhindern. Derzeit war sie gerade bei ihrem Herrn Papa zu Besuch, und die Reisenden fragten sich, was die beiden wohl miteinander zu bereden hatten. Auch die Herren diskutierten jetzt eifrig mit. Wie man in Wien hörte, hatte sich die junge Marie Louise entgegen allen Erwartungen in Napoleon verliebt und sich binnen kürzester Zeit zur Pariserin entwickelt, was man in Österreich kritisch beäugte. Vielleicht würde ihr Vater, der Kaiser, sie nun wieder auf seine Seite bringen.

Josephine hatte keine Lust, sich am Gespräch zu beteiligen. Sie sah Parallelen zwischen ihrem Leben und dem der Kaisertochter Marie Louise. *Tu felix Austria nube*, dachte sie grimmig. Was man den jungen Mädchen und Frauen abverlangte im Namen dieses irrsinnigen Spruchs, nach dem ihr Vaterland seit dem ausgehenden Mittelalter handelte. Wie Ware wurden kaiserliche und adlige Mädchen dem Meistbietenden gegeben, damit die politischen Kräfte im Gleichgewicht blieben, oder – wie in ihrem Fall – Reichtümer zu Reichtümern kamen und der Adel unter sich blieb. Um das persönliche Glück der Frauen ging es niemals. Aber wehe, eine handelte diesem Grundsatz zuwider, so wie sie. Sie hatte vor fünf Jahren hauptsächlich auf Ludwig verzichtet, weil ihre Familie das von ihr gefordert hatte und sie sonst die Vormundschaft für ihre Kinder verloren hätte. Als sie dann unglücklich und von Krankheit geschwächt auf Stackelberg hereingefallen und schwanger geworden war, hatte der familiäre Tadel sie fast umgebracht. Was würden Mutter und Franz wohl sagen, wenn sie wüssten, was in der vergangenen Nacht zwischen ihr und Ludwig passiert war?

Sie schloss die Augen. Wie schön war es gewesen, mit Ludwig zusammen zu sein! Wenn sie sich seine Umarmungen, seinen Duft und seine Stimme in Erinnerung rief, wurde ihr wohlig warm.

Die Kutsche rumpelte über holprige Straßen. Josephines Kopf schlug unsanft gegen die Holzverkleidung der Kutsche. Wahrscheinlich war ein Loch in der Straße gewesen. *Wie mühsam das Reisen stets ist,* dachte sie, als sie sich den Kopf rieb. *Glücklicherweise bin ich nicht wochenlang unterwegs, wie damals mit Therese und den Jungen zu Pestalozzi in die Schweiz.* Dieses Mal hatte sie ihre Reise extra so gelegt, dass sie die allmonatliche weibliche Unpässlichkeit nicht auf der Fahrt ereilen konnte. Plötzlich hielt sie inne. *Um Himmels willen!* Schnell rechnete sie nach, zählte die Tage, zählte sie noch einmal. *Das kann doch nicht sein!* Wieso hatte sie gestern nicht daran gedacht? Wieso war ihr in keiner Sekunde in den Sinn gekommen, dass ihre Nacht mit Ludwig Konsequenzen haben könnte? Josephines Herz hämmerte. *Ich bin immer sofort schwanger geworden, wenn ich mit einem Mann zusammen war.* Das war auch ihr Verhängnis mit Stackelberg gewesen. Sie rechnete noch einmal nach. Aber es half nichts. Die Wahrscheinlichkeit, dass sie schwanger geworden war, war sehr hoch.

»Ist Ihnen nicht wohl?«, fragte eine der Damen besorgt. Sie kramte nach einem Parfumfläschchen und hielt es Josephine hin.

»Nein, bitte nicht«, sagte sie. Ihr wurde übel. Zumindest bildete sie sich ein, dass ihr übel wurde. Fakt war, dass ihr die Aufregung den Atem nahm. Was war jetzt zu tun? Wenn sie ein Kind erwartete und in der Öffentlichkeit bekannt war, dass sie und Stackelberg sich getrennt hatten, würde ihr Mann sie des Ehebruchs bezichtigen. Dann würde sie das Sorgerecht für ihre Kinder verlieren. Denn einer Ehebrecherin würde man keine Kinder anvertrauen.

Außerdem … Ein weiterer Gedanke raubte ihr fast den Atem. Ihr erster Ehemann war in seiner Jugend in ein Duell verwickelt gewesen. Wenn ihr zweiter Ehemann nun auch auf diese Idee kommen würde? Schweißperlen rannen ihr über die Stirn. Stackelberg könnte Ludwig zum Duell herausfordern, um seine Ehre wiederherzustellen. Ihr schlug das Herz bis zum Hals. Sie konnte sich weder den einen noch den anderen Mann mit einer Waffe vorstellen. *Ich muss zurück nach Wien,* schoss es ihr durch den Kopf. *Ich muss sofort zurück und Stackelberg um den Finger wickeln, damit er glaubt, das Kind, das ich vielleicht schon in mir trage, ist von ihm. Sonst verliere ich alle anderen Kinder, und Ludwig verliert sein Leben in einem Duell. Hoffentlich ist Stackelberg überhaupt noch in Wien und nicht schon auf Reisen!*

»Wann erreichen wir den Gasthof für die Nacht?«, fragte sie. Da die Kutsche nur tagsüber fuhr, mussten die Reisenden auf halber Strecke zwischen Prag und Karlsbad in einem Gasthof übernachten.

»In einer guten Stunde, schätze ich«, erwiderte einer ihrer Mitreisenden.

Josephine bedankte sich und versuchte, sich zu beruhigen. Sie würde die Nacht im Gasthof verbringen und am nächsten Morgen die Kutsche zurück nach Prag nehmen. Von dort musste sie direkt nach Wien zurückfahren. Stackelberg würde mit ihr schlafen, da war sie sich sicher. Trotz ihrer permanenten Streitereien fand er sie immer noch anziehend.

Sie zwang sich, ruhig ein- und auszuatmen. *Die Zeit wird reichen,* sagte sie sich. *Aber auf Ludwig muss ich verzichten.* Tränen rannen ihr die Wangen hinab. *Nicht schon wieder*, dachte sie verzweifelt, gerade jetzt, wo sie sich ewige Treue geschworen hatten. Sie würde ihn bitter enttäuschen. Zum zweiten Mal in ihrem Leben. Und wahrscheinlich für immer.

»Kann ich Ihnen helfen, gnädige Frau?«, fragte ihr Reisegefährte erschrocken, als er sie weinen sah.

Sie schüttelte den Kopf. Niemand konnte ihr helfen. Niemand.

45

Wien, im Juli 1812

Mit pochendem Herzen stand Josephine vor der Tür zu dem Zimmer ihres Mannes, in das er sich nach ihrem heftigen Streit vor wenigen Wochen eingemietet hatte. Es lag in einem mehrstöckigen Haus in der Wiener Innenstadt. Die Essensgerüche im Treppenhaus und das Klappern von Pfannen und Topfdeckeln hinter den Türen ließen in ihr alte Erinnerungen wach werden. Vor vielen Jahren war sie mit ihrer Mutter und Therese in einem solchen Mietshaus gewesen, um Ludwig kennenzulernen. Ach, könnte sie doch die Zeit zurückdrehen!

Aber es half nichts. Sie musste sich dem Hier und Jetzt stellen. Am Vortag war sie nach Wien zurückgekehrt. Heute musste sie ihren ungeliebten Gatten zurückgewinnen, der zum Glück noch in der Stadt weilte und noch nicht auf Reisen war. Denn sollte sie von Ludwig schwanger sein, musste sie schleunigst mit Stackelberg zusammenkommen, um ihm das Kind unterschieben zu können. Hoffentlich war sie wenigstens guter Hoffnung, sonst würde sie die Beziehung zu Ludwig umsonst zunichtemachen und sich ohne Not wieder mit ihrem Ehemann einlassen.

Sie holte tief Luft und klopfte.

»Wer ist da?«, hörte sie Stackelbergs Stimme.

»Ich bin es, deine Frau.«

Die Tür wurde geöffnet, und ihr völlig perplexer Ehemann blickte sie an. Seine stahlblauen Augen durchbohrten sie wie Dolchstiche.

Ihre Knie schlotterten, aber glücklicherweise verbargen dies ihre Röcke.

»Was verschafft mir die Ehre?«, fragte er zynisch.

Josephine schob sich an ihm vorbei. »Wir sollten noch einmal versuchen zusammenzuleben. Der Kinder wegen.« *Oder vielmehr »des Kindes wegen«,* dachte sie.

»Aha.« Er schloss die Tür. »Woher kommt dieser plötzliche Sinneswandel?« Er ließ sich in einen Sessel fallen und schlug die Beine übereinander. Ihr bot er keinen Platz an.

»Meine Jungen brauchen dich als Lehrer, und unsere kleinen Töchter sollten ihren Vater regelmäßig sehen.« Sie ging ans Fenster und sah hinaus. Das Gespräch verlief zäh, so wie sie vermutet hatte.

»Und wird mich meine Frau wieder wie einen Hund im Vorzimmer schlafen lassen?«

Sie drehte sich um. Sie war am Ziel – leider. »Nein, ich werde mich dir nicht verwehren, wenn du deinen Pflichten als Familienvater nachkommst.«

Er stand auf. »Da bin ich mal gespannt, wie lange du dich an diese Worte erinnerst.« Er kam auf sie zu. »Weißt du, wie erbärmlich es sich anfühlt, immer von dir abgewiesen zu werden?«

Sie schluckte. »Es tut mir leid, ich habe mich oft unwohl gefühlt …«

»Ich konnte tun, was ich wollte, du hast mich immer verachtet.«

»Nein, das ist nicht wahr.« Sie hatte ihn nicht verachtet. Aber sie musste sich eingestehen, dass er ihr ein Königreich zu Füßen hätte legen können, und sie hätte ihn doch niemals geliebt. Denn der Platz in ihrem Herzen war bereits vergeben.

»Wenn du uns die Chance für einen Neubeginn gibst, werde ich mich anders verhalten«, sagte sie und nahm sich insgeheim vor, ihn ab jetzt tatsächlich immer gut und liebevoll zu behandeln.

Er musterte sie wie ein Jäger seine Beute.

Es geht los, dachte sie.

Während seine Augen ihre Figur hinauf- und hinunterglitten, nahm sein Blick einen immer begehrlicheren Ausdruck an. »Gut«, sagte er, »versuchen wir es noch einmal.« Er machte einen Schritt auf sie zu, umfasste ihre Taille und presste sie an sich.

Hoffentlich erdrückt er Ludwigs Kind nicht, fuhr es ihr durch den Kopf, als Stackelberg sie zum Bett zog und sich zu ihr legte.

Als er von ihr abgelassen hatte, stand Josephine leise auf. Ihr war speiübel. In Gedanken sah sie Ludwig vor sich, sie erinnerte sich an den Duft seiner Haut und an seine sonore Stimme. Er war ganz anders als Stackelberg. Viel zärtlicher und vertrauter. Eigentlich hatte sie Ludwig eine Nachricht nach Teplitz schicken wollen, doch sie hatte die richtigen Worte dafür noch nicht gefunden. Nachdem sie am Vorabend zu Hause angekommen war, hatte sie erst einmal ihre Strategie gegenüber Stackelberg planen müssen und Ludwig nicht schreiben können. Was würde er denken? Dass sie ihn vergessen hatte, ihm untreu geworden sei? Im Grunde genommen war sie das auch, obwohl es zum Wohl aller war. Sie konnte nicht zulassen, dass ihr Geliebter in einem Duell den Tod fand und ihr die Kinder entrissen wurden. Deshalb, und nur deshalb hatte sie sich wieder Stackelberg angebiedert. Wie sehr sie sich selbst verachtete! *Sobald ich nach Hause komme, schreibe ich Ludwig,* nahm sie sich vor.

Doch das war ein schweres Unterfangen. Als sie mit Stackelberg am Abend nach Hause kam, zog sich Therese diskret zurück. Vicky beobachtete die ungewohnt traute Zweisamkeit zwischen ihrer Mutter und ihrem Stiefvater argwöhnisch. Ihre nunmehr zwölfjährige Tochter war durch die permanenten Ehestreitigkeiten einige Wochen zuvor zutiefst erschüttert gewesen und hatte mehrere Male gefragt, ob Stackelberg wirklich für immer weg sei. Sie fürchtete sich vor ihm und hatte Angst um ihre Mutter. Josephine musste sie irgendwie beruhigen.

Auch sonst hielt sich die Freude, Vater und Stiefvater zu sehen, bei ihren Kindern in Grenzen, was Stackelberg natürlich verärgerte. Schon beim Abendessen verpasste er Carl eine Ohrfeige, und Josephine war drauf und dran, ihren Mann deswegen wieder vor die Tür zu setzen. Aber das konnte sie nicht machen. Noch nicht. Ein paar Wochen musste sie Stackelberg noch ertragen.

Ihre Familie nahm sie völlig in Beschlag, und so musste sie den geplanten Brief an Ludwig erneut aufschieben.

Erst am nächsten Tag, als Stackelberg das Haus für einen Spaziergang verließ, nahm sie Papier und Feder zur Hand, um Ludwig den wohl schmerzlichsten Brief ihres Lebens zu schreiben. Da er in Prag noch nicht gewusst hatte, wo er in Teplitz Quartier beziehen würde, hatten sie vereinbart, sich Nachrichten postlagernd zu schicken. *Bestimmt geht er seit Tagen morgens und abends zum Postamt und wundert sich, dass er noch keine Nachricht von mir erhalten hat*, dachte sie schuldbewusst. Und seine Briefe, die er ihr gewiss geschrieben hatte, würden wahrscheinlich für immer und ewig im Postamt von Karlsbad liegen, da ihre Adressatin niemals kommen und sie abholen würde. Sie tunkte die Feder in die Tinte und schrieb:

Geliebter L.,
wie musst du besorgt und enttäuscht sein, dass du immer noch keine Nachricht von mir erhalten hast. Auch wird dein Brief, den du mir, treu wie du bist, bestimmt geschrieben hast, wieder zurückgekommen sein, denn Umstände haben es erforderlich gemacht, dass ich nicht zum Kaiser gereist bin, wie ich noch am Morgen unseres Abschieds vorhatte, sondern von Böhmen direkt nach Wien zurückgefahren bin. Mir ist auf der Kutschfahrt von Prag nach Karlsbad klar geworden, dass unsere Nacht wahrscheinlich nicht ohne Folgen bleiben wird. Es könnte sein, dass ich ein Kind von dir erwarte. Da ich noch mit Stackelberg verheiratet bin, musste ich nach dieser Erkenntnis sofort zu ihm zurück, trotz allem, was ich dir über ihn erzählt habe. Sonst wird er mir die Kinder wegnehmen und sich fürchterlich an dir rächen.
Mein einzig Geliebter, wie sehr schmerzt es mich, dir diese Zeilen zu schreiben, nicht zuletzt, weil ich weiß, dass dein Herz in diesem Moment in tausend Scherben zerspringt. Bitte sei dir meiner ewigen Liebe gewiss, auch wenn es uns wahrscheinlich niemals vergönnt sein wird, zusammenzuleben oder gar zu heiraten.
Leb wohl und hab Dank für alles, deine dich liebende J.

Sie wischte sich die Tränen aus den Augen. Schnell versiegelte sie den Umschlag. Anders als all ihre vorherigen Briefe an

Ludwig, die sie immer zuerst vorgeschrieben und diverse Male umformuliert hatte, würde sie diesen Brief nicht noch einmal lesen. Stackelberg konnte jede Minute zurückkommen und durfte den Brief nicht sehen. Sie kritzelte ein paar Zeilen für ihre Schwägerin auf ein zweites Blatt Papier und rief ihren Diener herbei. »Gib diese Briefe bitte heute auf die Post.« Sie reichte ihm die versiegelten Umschläge. Der Brief an Victoire enthielt nichts Spezielles; sie wollte nur nicht, dass sich der Diener wunderte, wenn sie ausschließlich postlagernd an Beethoven nach Teplitz schrieb.

Danach ging sie in den Salon. Ihr Flügel, das ehemalige Herzstück ihrer Einrichtung, stand nicht mehr dort. Wie gern würde sie jetzt »ihr« Andante spielen. Dann würde Ludwig in seiner Musik bei ihr sein. Aber selbst das war nicht möglich.

46

Wien, im Herbst 1812

Der Regen peitschte gegen die Fensterläden und weckte Josephine auf. Als sie die Augen öffnete, sah sie Stackelberg grau und übernächtigt neben ihr auf der Bettkante sitzen.

Mit einem Ruck fuhr sie hoch. »Was ist los?«

Er musterte sie schweigend.

»Was hast du?«, fragte sie alarmiert.

»Wer ist Ludwig?« Seine Stimme klang eisig.

»Wie bitte?«

Er stand auf »Wer ist Ludwig?«

Josephine fröstelte. Hatte sie im Schlaf gesprochen? Hatte sie von Ludwig geträumt und seinen Namen gerufen? *Verflixt!* Die letzten Wochen waren so gut verlaufen. Stackelberg war überglücklich gewesen, als sie ihm eröffnet hatte, dass sie wieder schwanger war. Sie hatte sich redlich bemüht, ihn liebevoll zu behandeln, und es hatte gut funktioniert. Wie kam er jetzt auf Ludwig?

»Du hast heute Nacht zweimal seinen Namen gerufen«, sagte Stackelberg, als ob er ihre Gedanken gelesen hätte. »Hattest du eine Affäre mit dem Kerl? Ist er womöglich der Vater des Kindes? Hast du mich deswegen vor ein paar Wochen wieder um den Finger gewickelt?«

»Nein, natürlich nicht.« Sie wollte nach seiner Hand greifen.

Er aber verschränkte die Arme vor der Brust. »Warum hast du dann im Traum von ihm gesprochen?«

Josephine seufzte. »Ich weiß es nicht. Ich schlafe immer unruhig, wenn es stürmt.«

»Und wer ist nun dieser Ludwig?«

Sie lachte. »Ich kann mich an meinen Traum nicht erinnern. Ich kenne mehrere Männer, die Ludwig heißen. Der Diener meines ersten Ehemannes hieß Ludwig, ein entfernter Verwandter meiner Mutter heißt Ludwig, dann gibt es noch den Komponisten, bei dem ich früher Klavierunterricht hatte, ...«

»Dieser Beethoven?«, rief Stackelberg erzürnt. »Natürlich!« Er schlug sich die Hand vor die Stirn. »Warum bin ich nicht gleich darauf gekommen? Ich habe immer gewusst, dass du für ihn zärtliche Gefühle hegst.«

Josephine spürte, wie das Blut durch ihre Adern rauschte. Wieso konnte ihr Mann davon wissen? Ludwig gehörte in eine andere Phase ihres Lebens, als sie Stackelberg noch nicht gekannt hatte. Und sie hatte stets peinlich darauf achtgegeben, dass Ludwig niemals vor Stackelberg zum Gesprächsthema wurde. Ihr Mann pokerte! »Du reimst dir etwas zusammen, das es nicht gibt«, sagte sie bestimmt.

Er deutete auf ihr Bäuchlein. »Setzt du mir Hörner auf? Ist das Kind von mir? Oder war ich ein Narr und bin auf dich hereingefallen, als du vor ein paar Wochen zu mir kamst und wieder mit mir zusammenleben wolltest? Ist das Kind von einem anderen Mann?«

Sie musste schauspielern! »Unsinn! Du bist kein Narr«, versicherte sie ihm. »Als ich vor ein paar Wochen zu dir kam, wollte ich ehrlich einen Neuanfang. Und ... er ist uns doch auch ganz gut gelungen, oder?«

»Bis heute Nacht dachte ich das auch.« Er ging zum Schrank und nahm einen Umhang heraus.

Er glaubt mir nicht, durchfuhr es Josephine. Zumindest zweifelte er stark an ihren Worten. »Gehst du aus?«, fragte sie angstvoll.

»Ich muss nachdenken. Das kann ich am besten an der frischen Luft.« Er wandte sich ab und verließ das Zimmer.

Josephine zitterte. Ihr war übel, und das sicher nicht nur aufgrund ihrer Schwangerschaft. Sie hatte sich in eine Lage manövriert, bei der ihr ein falscher Schritt das Genick brechen konnte. Sie durfte jetzt nicht schwächeln!

Sie rief ihre Zofe und bat sie, ihr das Kleid zuzuschnüren. Die Blicke der Frau spürte sie wie Nadelstiche in ihrem Rücken. *Wahrscheinlich hat sie unsere Unterhaltung von draußen belauscht*, dachte Josephine grimmig. Ihr Gehirn arbeitete auf Hochtouren. Bei Stackelbergs erstem Kind hatte sie die Unehelichkeit insofern vertuschen können, als sie das Kind fernab von Wien in Waitzen geboren und Stackelberg ein paar Wochen später geheiratet hatte. Das Geburtsdatum hatten sie dann in stillschweigendem Einvernehmen geändert und das Kind dadurch legitimiert, sodass ihr damaliger Fehltritt der Welt weitgehend verborgen geblieben war.

Das war jetzt nicht möglich. In den letzten Wochen hatte sie daher alles dafür getan, ihren Fehltritt mit Ludwig, dem Mann, der eigentlich für sie bestimmt war, geheim zu halten. Sie hatte ihren Gatten an der Nase herumgeführt. Sie hatte sich nach Kräften um ein harmonisches Familien- und Eheleben bemüht. Und wer nun schlussendlich der Vater des Kindes war, das sie erwartete, konnte sie wirklich nicht mit Gewissheit sagen.

Wenn sie nur nicht im Traum gesprochen hätte! Sie musste Ludwig warnen. Nicht, dass es trotz all ihrer Beteuerungen und Vorsichtsmaßnahmen doch noch zu einem verhängnisvollen Zusammentreffen der beiden Männer kommen würde.

Stackelberg blieb zwei Tage weg. Ihre Söhne wussten mit ihrer unterrichtsfreien Zeit nichts anzufangen, sie tobten durch die Räume und ärgerten ihre Schwestern. Josephine lief im Salon auf und ab wie ein eingesperrtes Tier. Was heckte ihr Mann aus? Worauf musste sie sich vorbereiten?

Als sie endlich hörte, wie er heimkam und ein paar Worte mit dem Diener sprach, hätte sie vor Erleichterung fast geweint. »Da bist du ja wieder!«, rief sie und lief Stackelberg entgegen. Sie wollte ihn umarmen.

Doch er wendete sich ab.

Ihr Mut sank und ihr wurde flau im Magen.

»Josephine, ich weiß nicht, was ich glauben soll«, eröffnete Stackelberg das Gespräch, nachdem sie sich im Salon zusammengesetzt hatten. »Ich habe erfahren, dass dein Komponist im Juli zur selben Zeit in Prag war wie du, als du bei deiner Deym-Verwandtschaft gewesen bist.«

Sie wollte etwas erwidern, doch er brachte sie mit einer Handbewegung zum Schweigen.

»Ich merke doch seit Jahren, dass ich nicht der Mann deiner Träume bin. Ich weiß, dass du vor unserer Zeit in den Salons kokettiert hast, dass du als eine der schönsten Frauen Wiens gehandelt wurdest und einen unangemessen vertrauten Umgang mit van Beethoven pflegtest.« Er zündete sich eine Pfeife an. »Auch wenn ich dir weltfremd erscheine, ich bin nicht blöd.«

Sie schluckte. Würde es sich lohnen, weiterhin alles abzustreiten, oder machte sie dadurch alles schlimmer?

»Ich habe nachgedacht und bin zu dem Schluss gekommen, dass ich dir nicht mehr vertrauen kann. Ich werde eine Weile reisen. In ein paar Monaten sehen wir weiter.«

Sie sah auf. »Du willst mich in meinem Zustand mit den Kindern allein lassen?«

Er blies eine Rauchwolke in die Luft. »Du kommst gut allein klar. Das hat ja im Sommer auch wunderbar geklappt.«

»Und was ist mit all unseren Schulden? Soll ich die etwa auch allein abtragen?«

Er zuckte mit den Achseln. »Ich werde versuchen, Geld aufzutreiben.«

Wie erfolglos er damit in der Vergangenheit gewesen war, hatte er zur Genüge bewiesen. Josephine zitterten die Knie. »Das kannst du nicht machen.«

Ihr Mann sah sie an. »Doch, das kann ich. Daran bist du selbst schuld.« Er ging ins Schlafzimmer.

Josephine folgte ihm. »Sag mir wenigstens, wo ich dich erreichen kann«, bat sie ihn, während er seine Kleider in eine Tasche packte.

»Ich weiß es selbst noch nicht. Ich muss zur Ruhe kommen.«

Dann verließ er das Haus, ohne ein weiteres Wort mit ihr zu wechseln. Wohin auch immer er gehen mochte, sie wusste es nicht.

47

»Stackelberg ist wieder weg?«, fragte Therese entsetzt. Sie war am Vorabend aus Ungarn gekommen.

Josephine nickte.

»Er lässt dich mit sechs Kindern und bald einem weiteren Kind auf einem riesigen Schuldenberg sitzen?« Therese schnaubte. »Das lässt du mit dir machen? Geh zur Polizei und lass ihn suchen. Er kann sich seiner Verantwortung nicht einfach entziehen!«

»Ich kann nicht zur Polizei.« Josephine rang mit sich. Sie wollte ihrer Schwester gegenüber nicht gestehen, dass sie Ehebruch begangen hatte und ihr Gatte dies ahnte. Wenn sie zur Polizei ging und diese ihn aufspürte, würde er aber genau dies behaupten; auch wenn Stackelberg nichts beweisen konnte, der Skandal würde die Runde machen. Zusammen mit den Schulden wäre das ihr gesellschaftliches Aus.

Sie knabberte am Daumennagel. Sie konnte sich vorstellen, was ihr erneuter, diesmal völlig unverzeihlicher Fehltritt für Reaktionen bei ihrer Mutter und ihrem Bruder auslösen würde. Aber wenn sie ihrer Schwester nichts sagte, ging diese womöglich selbst zur Polizei, und dann wäre die Schmach perfekt. Daher holte sie tief Luft und sagte: »Stackelberg hat mich in der Hand. Ich habe ihn betrogen, und er ahnt etwas, weil ich wohl im Traum gesprochen habe. Das Kind, das ich erwarte, ist eventuell nicht von ihm, sondern von – Ludwig.«

Therese stand der Mund offen.

Da erzählte ihr Josephine von Prag, von ihrem Streit mit Stackelberg und seinem Misstrauen. »Verstehst du? Ich kann nicht zur Polizei. Wenn er aufgegriffen wird, wird er meine vermeintliche Untreue als Grund angeben, und dann stehe ich am Pranger.«

»Meine Güte, Pepi, was hast du nur gemacht?«, flüsterte Therese. »Wie konntest du dich in eine solche Lage bringen?«

»Ich durfte Ludwig nicht heiraten als Witwe Deym. Ihr alle wolltet es nicht. Zugegeben, ich selbst wollte ihn auch nicht als Stiefvater für meine Kinder. Ich habe einen Fehler gemacht und mich aus einer Schwäche heraus mit Stackelberg eingelassen. Ich habe diesen Fehler repariert. Aber ich kann mir die Liebe für Ludwig nicht aus dem Herzen reißen. Als Stackelberg und ich uns vor ein paar Monaten das erste Mal getrennt hatten, war ich so verzweifelt, dass ich Ludwig, als ich ihn zufällig in Prag traf, alles erzählt habe. Dabei ist es dann passiert. Und denk bitte nicht, es war Ludwigs Schuld. Ich habe es gewollt. Wir beide haben es gewollt. Wenigstens diese eine Nacht unseres Lebens, das wir nicht gemeinsam verbringen können, obwohl wir füreinander bestimmt sind, haben wir zusammen sein wollen.«

Sie wischte sich die Tränen aus den Augen. Sie hätte ein redliches Leben führen können, wenn sie den Mann hätte heiraten können, den sie liebte. Niemals hätte sie Ludwig betrogen. Niemals!

Therese stand immer noch unter Schock. »Stackelberg ahnt es also«, sinnierte sie. »Wird er Ludwig … etwas antun?«

»Nein, ich denke nicht.« Josephine schüttelte den Kopf. »Aber er wird es mich spüren lassen.«

»Wird er dir die Kinder lassen?«

»Ja, denn er will seine Ruhe haben. Aber ich werde ihn

nicht zwingen, für unsere Schulden aufzukommen. Ich möchte nicht riskieren, dass er das Sorgerecht doch noch infrage stellt.«

Ihre Schwester sah grau aus. Die Nachricht hatte ihr einen wahren Schlag versetzt. »Wirst du es Mutter und Franz schreiben?«

Josephine zuckte mit den Achseln. »Nein. Ich möchte es niemandem sagen.«

»Aber die beiden werden dich drängen, Stackelberg suchen zu lassen. Ohne ihn können sie keinen Prozess gegen die Gutsbesitzerin anstrengen, die euch übers Ohr gehauen hat; denn natürlich wollen sie das Geld, das sie dir für das Anwesen in Witschapp geliehen haben, wieder zurückbekommen.«

»Dann werde ich ihnen schreiben und alles beichten.« Josephine hüllte sich in eine Wolldecke. Seit ihrem Streit mit Stackelberg fröstelte sie ständig. »Kannst du bei mir bleiben?«

Therese nickte. »Ja, natürlich. Ich kann dich in diesem Zustand nicht allein lassen. Wann kommt das Kind zur Welt?«

»Anfang April.«

Josephine brauchte sieben Anläufe, um den Brief an ihre Mutter und ihren Bruder zu verfassen. Sie kritzelte mehrere Bögen Papier mit Briefentwürfen voll, bis sie schließlich völlig entkräftet ihre Sünden detailliert aufgelistet hatte und ihre Familie bat, so wenig Wind wie möglich zu machen und keinen Prozess gegen die Gutsbesitzerin von Witschapp anzustreben, die das angezahlte Geld der Brunsviks nicht herausrückte. *Warum sind einige Menschen so gemein*, fragte sie sich. Ihre Situation war ohnedies schon schwierig genug.

Auf ihr Schreiben kam, wie erwartet, ein paar Tage später eine höchst erzürnte Antwort von Franz und ihrer Mutter. Ihre Vorwürfe trafen Josephine bis ins Mark. Sie war schuldig, schuldig, schuldig. Sie hatte die Ehre der Familie zerstört. Ihre Mutter forderte Therese auf, zurück nach Martonvásár zu kommen. »Pepi soll sehen, wie sie sich aus ihrer misslichen Lage wieder herausmanövriert«, schrieb sie.

Doch Therese stellte sich auf ihre Seite. Josephine sah, wie ihre moralische Schwester mit sich rang, sich dann aber entschloss, ihr – entgegen den Anweisungen der Mutter – beizustehen.

Josephine weinte vor Dankbarkeit. »Ich schenke dir das Kind«, sagte sie zu Therese, als sie mit ihr eines Abends auf dem Sofa saß. »Zieh es für mich groß, falls ich es nicht selbst kann. Ich wünschte, ich könnte es mit Ludwig zusammen aufwachsen sehen. Tust du mir den Gefallen und sorgst immer gut für mein Kind?«

Therese strahlte. Sie hatte, obwohl sie nie geheiratet und Kinder bekommen hatte, immer schon eine ausgeprägte mütterliche Natur gehabt. »Ich verspreche dir, ein Leben lang gut zu deinem Kind zu sein«, sagte sie. »Doch was meint Ludwig zu alldem?«

»Ich habe ihm einen Brief geschrieben, in dem ich ihm erklärt habe, dass ich zu Stackelberg zurückkehren musste, da ich vermutete, schwanger zu sein. Ich weiß nicht, wie es Ludwig geht.« Josephine sah in die Ferne. »Er ist nicht in Wien. Ich weiß nicht, ob er überhaupt noch einmal kommt. Ich habe auch keine Ahnung, ob er meinen Brief, den ich ihm postlagernd nach Teplitz geschickt habe, beim dortigen Postamt abgeholt hat. Er hat mir nicht geantwortet.«

Therese nahm ihre Hand. »Ich habe heute in der Stadt

gehört, dass Ludwig während seiner Kur krank geworden und noch nicht zurück ist.«

»Ich habe ihn krank gemacht«, sagte Josephine leise. »Alles mache ich falsch.«

»Nein, Pepi. Nimm nicht alle Schuld auf dich. Ludwig wird dich verstehen. Er wird leiden, so wie du, aber er wird dich niemals verachten.«

»Ich hoffe, du behältst recht.«

»Du solltest wieder Klavier spielen.« Therese legte ihr eine Stola um die Schultern. »Dann ist er im Geiste bei dir und … dem Kind.«

»Wie denn? Ich musste doch den Flügel verkaufen.« Josephine zog die Stola enger um sich.

Ihre Schwester stand auf. »Dann werde ich mich jetzt darum kümmern, ein Klavier zu mieten.«

48

Wien, im Jahr 1813

Josephines Tochter kam Anfang April 1813 zur Welt. Klein und dunkel war sie und gut bei Stimme. *Sie wird leben*, dachte ihre Mutter erleichtert. Wie herrlich wäre es, wenn Ludwig das Kind sehen könnte! Auch wenn sie es nicht mit Bestimmtheit wusste, sie glaubte, dass es von ihm war. Offiziell war es jedoch Stackelbergs Tochter.

»Minona« nannte sie das kleine Mädchen: Fast wie »Anonym« rückwärts gelesen.

Ihr Gatte kam kurz nach Minonas Geburt nach Hause. Er hatte in den vergangenen Monaten irgendwo weitab des Familientrubels sein inneres Gleichgewicht gesucht. Allein, versteht sich. Er schien dieses tatsächlich gefunden zu haben, denn er war Josephine gegenüber ungewohnt zuvorkommend und betrachtete Minona sogar mit einer gewissen Zärtlichkeit.

Vielleicht denkt er, sie sei doch seine Tochter, dachte Josephine. Immerhin hatten sie ein paar Wochen nach ihrer Rückkehr aus Prag wie ein normales Ehepaar zusammengelebt.

Stackelberg verweilte jedoch nicht lange in Wien. Alsbald brach er auf zu neuen Gefilden, um sich einerseits wieder auf sein Selbst zu konzentrieren, und andererseits um finanzielle Mittel aufzutun.

Die Geburt hatte Josephine sehr mitgenommen. Sie kam überhaupt nicht mehr zu Kräften. Trotz des zierlichen Lebens, das sie in den Armen hielt, kehrte ihre Lebenslust nicht zurück. Alles war anstrengend. Hoffnungslos. Verloren. Sie wusste nicht, wie sie für sieben Kinder allein Sorge tragen sollte. Dazu die immensen Schulden im Rücken. Sie überließ Therese ihren Nachwuchs immer häufiger, während sie im Bett oder auf dem Sofa lag und Löcher in die Luft starrte.

»Du musst dich aufraffen«, sagte Therese eines Tages. »Steh auf und kümmere dich wenigstens um die größeren Kinder. Oder spiel Klavier.« Sie hatte mittlerweile ein Klavier gemietet.

Josephine schaffte es jedoch nicht, Klavier zu spielen. Spätestens nach drei Takten fing sie an zu weinen, weil sie Ludwig verloren hatte. Die Musik erinnerte sie schmerzlich an ihre gemeinsame Zeit, die nie wiederkommen würde.

Vicky machte sich Sorgen um sie. »Mama, sei doch froh, dass der Stiefpapa weg ist«, versuchte sie, sie zu trösten. »Jetzt brauchst du dich nicht mehr vor ihm zu fürchten.«

Das liebe Kind. »Du hast recht, mein Engel«, sagte Josephine. Aber da fiel ihr ein, dass Ludwig sie immer so genannt hatte. Ihr Herz krampfte sich zusammen. Was machte er wohl gerade? Ob er noch etwas hörte?

Schon lange hatte sie das Haus nicht mehr verlassen. Sie wusste nicht, was in Wien geschah oder wie es ihren einstigen Bekannten ging. Es interessierte sie auch nicht. Sie war nicht mehr Teil der Gesellschaft. Sie hatte sich selbst hinauskatapultiert. Daher konnte sie auch nicht in Konzerte gehen, um Ludwigs neueste Kompositionen zu hören. Wie sehr ihr das fehlte!

Nach einigem Zögern schrieb sie ihm einen Brief. Sie

hatte gehört, dass er mittlerweile zurück in Wien war, und sie hatte das Bedürfnis, ihm mitzuteilen, dass Minona gesund zur Welt gekommen war. Sie verschlüsselte ihre Worte, war aber zuversichtlich, dass er sie verstehen würde.

Aber sie erhielt keine Antwort von ihm. Ihre Untreue musste ihn schwer getroffen haben.

Therese versorgte Maria Laura, Theophile und Minona. Zunehmend kümmerte sie sich auch um die Vermietungen und die geschäftlichen Belange von Josephine. Es sah düster aus. Die Schulden stiegen allwöchentlich.

Franz half wieder aus, wenn die Kinder etwas brauchten, doch Josephine wollte ihn nicht oft fragen.

Rigoros schränkte sie die Küche ein. Sie aßen höchstens einmal pro Woche Fleisch. Süßigkeiten und Schokolade gab es nur noch an Festtagen, Wein überhaupt nicht mehr. Fritz rebellierte, er war jetzt zwölf Jahre alt, hatte immerzu Hunger und verzehrte Unmengen. Dass seine Mutter am Essen sparte, gefiel ihm ganz und gar nicht.

Den Sommer und Herbst über lag Josephine matt und krank im Bett. Stackelberg kam ein paar Male, blieb jedoch niemals lange. Sobald er sie apathisch auf ihrer Bettstatt sah, machte er sich schnell wieder aus dem Staub.

Die Ungewissheit, wann er kam und ob er kam, lastete auf ihr. Sie konnte nicht mehr frei atmen. Sie wusste, dass sie das Familienleben, den Haushalt und die Geschäfte in bester Ordnung halten musste. Wenn er kam, hatte alles perfekt zu funktionieren. Doch ihre Söhne wurden von Tag zu Tag schwieriger, das verbliebene Dienstmädchen kam mit dem Saubermachen nicht hinterher, und sie konnte sich um nichts kümmern, weil rasende Kopfschmerzen sie immer häufiger ans Bett fesselten.

Einmal hörte Josephine aus dem Schlafzimmer, wie Stackelberg sich mit Therese stritt.

»Mischen Sie sich nicht in die Erziehung ein! Die Kinder werden von Ihnen viel zu sehr verwöhnt.«

Therese erwiderte etwas, der Streit spitzte sich derart zu, dass Stackelberg schrie: »Ich verbiete Ihnen, mir Vorhaltungen zu machen. Ich bin Pädagoge und weiß besser als ihr Brunsvik-Frauen, was für Kinder gut ist und was nicht.«

»Ach ja?«, konterte Therese. »Aber gut genug sind wir, um Ihre Schulden abzuzahlen?«

»Halten Sie Ihre Zunge im Zaum!« Stackelbergs Stimme klang bedrohlich. »Andernfalls verlassen Sie mein Haus!«

Josephine quälte sich aus dem Bett. Sie musste Therese zu Hilfe eilen. Ihre Schwester hatte es nicht verdient, sich so von ihrem Mann herunterputzen zu lassen, nach alldem, was sie für sie und ihre Kinder tat.

Sie öffnete die Tür zum Salon. »Lass Therese in Ruhe, ohne sie würde ich das alles hier nicht schaffen«, sagte sie leise.

Stackelberg drehte sich um. »Hast du dich endlich einmal aus dem Bett bewegt? Du faules Stück! Du bist deinen Aufgaben in keiner Weise gewachsen. Ich frage mich, was aus unseren Kindern werden soll. Du kümmerst dich überhaupt nicht um sie, und deine Schwester verhätschelt sie. Eines Tages werden meine Töchter verzogene Gören sein.«

»Unsinn!« Josephine schwirrte der Kopf. Sie musste sich an der Kommode festhalten.

»Und deine Kinder aus erster Ehe sind eine Katastrophe!«, schimpfte Stackelberg weiter. »Fritz und Carl sind unverschämt und brauchen eine strenge Hand. Vicky und Sephine sind graue Mäuse und eine einzige Enttäuschung.«

»Sie sind keine grauen Mäuse, sondern herzensgute, brave Mädchen!« Josephine wurde lauter, als sie es beabsichtigt hatte. Die dreizehnjährige Vicky war ihr eine große Stütze. Sie kam viele Male am Tag an ihr Bett, brachte ihr Tee, Brühe oder Obst. Sie las ihr vor oder spielte ein wenig Klavier für sie, auch wenn sie keine besonders gute Pianistin war. Sephine war mit ihren neun Jahren ruhig und in sich gekehrt. Nie machte sie Scherereien so wie Fritz und Carl.

Nach ihrem Streit rauschte Stackelberg wieder ab.

Eine innere Unruhe erfasste Josephine. Kalter Schweiß rann ihr den Rücken hinunter. *Er wird wiederkommen*. Und wenn sie bis dahin die Kinder und den Haushalt immer noch nicht unter Kontrolle hatte, würde er die Keule auspacken und weiß Gott was unternehmen.

49

Wien, im Frühjahr 1814

Josephines Lebenskraft kehrte nicht zurück. Trotzdem biss sie die Zähne zusammen, ignorierte ihre andauernden Schmerzen und kümmerte sich von früh bis spät um ihre Kinder und die Verwaltung des Vermögens. Sie verkaufte einen Teil ihres Porzellans, um Rechnungen zu begleichen und ihren Kindern anständige Mahlzeiten zu bescheren. Von ihrem Gatten hörte sie monatelang nichts. Aber sollte er kommen, würde er einen geordneten Haushalt vorfinden.

Ohne Vorwarnung kam Stackelberg tatsächlich eines Morgens nach Hause. Josephine saß mit ihren Kindern am Frühstückstisch. Das Dienstmädchen war gerade mit dem Frühjahrsputz beschäftigt. Ein Eimer mit dem Putzwasser stand im Salon, und die Vorhänge im Schlafzimmer waren zum Waschen abgehängt.

»Da bin ich wieder«, begrüßte er sie.

Verhalten wünschten ihm die Kinder einen guten Tag. Während seiner Abwesenheit war er ihnen fremd geworden.

»Bekomme ich keine anständige Begrüßung? Hast du die Kinder etwa gegen mich aufgewiegelt?«, fuhr er Josephine an.

Ein stechender Schmerz fuhr ihr durch den Kopf. »Keineswegs, aber sie haben dich lange nicht gesehen, und du bist ihnen nicht mehr so vertraut wie früher.«

Er setzte sich und blickte sie düster an. »Dann sorge dafür, dass ich in ihrer Erinnerung bleibe.«

Wie soll ich das machen, fragte sie sich. *Monatelang ist er nicht da, kein Wunder, dass ihn die kleinen Kinder völlig vergessen und die Größeren auf Abstand gehen.*

»Geht es dir gut?«, fragte sie. Sie merkte, dass ihre Stimme zitterte. Die Anwesenheit ihres Mannes ängstigte sie, denn sie wusste nicht, was er im Schilde führte.

»Ja, es ging mir gut, bis ich durch diese Tür gekommen bin«, sagte er mürrisch. »Jetzt nicht mehr. Hier sieht es aus wie bei den Vandalen. Im Salon steht ein Eimer Wasser herum, die Vorhänge sind abgehängt. Was ist hier eigentlich los?«

»Frühjahrsputz.« Josephine ärgerte sich. »Wenn ich gewusst hätte, dass du heute kommst, hätte ich das Dienstmädchen natürlich gebeten, ihn auf einen anderen Tag zu legen.«

Er schnaubte. »Was ist mit dem Unterricht für Fritz und Carl? Machen sie Fortschritte?«

Josephine bekam eine Gänsehaut. Sie schickte ihre Jungen zum Pfarrer für den Latein- und Geschichtsunterricht, aber für die Naturwissenschaften hatte sie bislang keinen geeigneten Lehrer gefunden.

Wütend sprang Stackelberg auf. »Du bist nicht in der Lage, deine Kinder aus erster Ehe anständig zu fördern. Sie gehen nicht zur Schule, einen Hauslehrer für die Buben hast du nicht, und die Gouvernante für die Mädchen ist derart inkompetent, dass sie wahrscheinlich noch nicht einmal eins und eins zusammenzählen kann. Was wird nur aus meinen Töchtern werden? Du wirst sie genauso wenig fördern wie deine Deym-Kinder. Ich überlege ernsthaft, ob ich es mit meinem Gewissen vereinbaren kann, meine Kinder weiterhin bei dir zu lassen.«

Die einjährige Minona fing an zu weinen, so sehr hatte

sie sich erschreckt. Josephine zog sie auf den Schoss und wiegte sie beruhigend hin und her. »Bitte, lass mir die Kinder«, flehte sie Stackelberg an. »Ich habe sie unter Schmerzen geboren. Meine Schwester hilft, wo sie kann. Außerdem brauchen alle Kinder ihre Mutter.«

»Bei dir verwahrlosen sie!« Er rannte hinaus und knallte die Tür hinter sich zu. So schnell, wie er gekommen war, war er auch schon wieder weg.

Josephine zitterte. Würde er ihr die Kinder wegnehmen? Oder hatte er nur gedroht? Sie wusste es nicht. Minona schrie, Theophile und Maria Laura weinten jetzt ebenfalls. Vicky tröstete ihre kleinen Halbschwestern. Sephine ging wortlos in ihr Zimmer, und Fritz und Carl stopfen sich unbeeindruckt ihre Marmeladenbrote in den Mund.

Therese kam herein. Sie sah grau aus. »Meinst du, er macht seine Drohung wahr?«, fragte sie leise. Sie hatte alles aus dem Nebenzimmer mit angehört.

»Ich weiß es nicht.« Josephine zuckte mit den Achseln. »Ich weiß gar nichts mehr. Ich gerate in einen Strudel, der mich immer tiefer in den Abgrund reißt. Ich komme nicht mehr heraus.«

Am nächsten Tag gegen Mittag – Therese hatte gerade das Haus verlassen, um Besorgungen zu machen – kam Stackelberg zurück. Im Schlepptau hatte er drei Polizisten. Sie stürmten in die Wohnung und ergriffen Maria Laura und Theophile, die auf dem Boden mit ihren Puppen spielten. Die kleinen Mädchen schrien wie am Spieß. Josephine stürzte herbei und wollte sie befreien. Plötzlich sah sie, dass ein Polizist Minona aus ihrem Kinderbettchen riss. Sie war kurz zuvor eingeschlafen und brüllte nun so laut los, dass den Umstehenden fast das Trommelfell platzte.

»Was machen Sie da?« Josephine war außer sich. »Lassen Sie sofort meine Kinder los!«

Die Mädchen heulten und schrien. Josephine stellte sich den Polizisten in den Weg und wollte ihnen ihre Töchter entreißen, aber ihr Mann hinderte sie daran. Er hielt sie an beiden Armen fest, sein Griff bohrte sich in ihre Haut wie ein Schraubstock. Sie schrie und weinte ebenso wie ihre kleinen Töchter. Ihre Deym-Kinder standen verschreckt und wie gelähmt im Türrahmen. Die Polizisten trugen die weinenden und um sich schlagenden Kleinkinder hinaus und verfrachteten sie in eine Kutsche.

»Wo bringt ihr sie hin?« Josephine wollte ihnen nachrennen, doch ihr Mann hielt sie immer noch fest. »Ich will mich wenigstens von ihnen verabschieden!«

Aber das wusste Stackelberg zu vereiteln. Unsanft zog er Josephine in den Salon, drückte sie in einen Sessel und hielt sie so lange fest, bis die Tür zur Kutsche mit einem lauten Knall geschlossen wurde.

»Das kannst du mir nicht antun!«, schrie sie und versuchte, sich aus seinem Griff zu winden.

»Oh doch, das kann ich. Das muss ich sogar.« Kalt und eisig traf sie Stackelbergs Blick. »Meine Kinder verwahrlosen bei dir. Ich muss sie vor dir schützen.«

»Das ist nicht wahr. Du bist gemein!« Sie trat ihrem Mann mit voller Wucht gegen das Schienbein.

Er jaulte auf und ließ sie kurz los. Aber als sie aufsprang, war er gleich wieder bei ihr und hielt sie fest. Sie konnte nicht zur Kutsche hinauslaufen, sie durfte sich noch nicht einmal von den kleinen Mädchen verabschieden. Kein Küsschen, kein Segen, nichts. »Lass wenigstens die Gouvernante mitfahren«, sagte sie mit tränenerstickter Stimme.

Das war das einzige Zugeständnis, das ihr Stackelberg gewährte.

Die Gouvernante hatte keine Zeit, irgendetwas einzupacken. »Ich passe auf Ihre Kinder auf, Baronin«, rief sie Josephine zu. Dann lief sie nur mit dem, was sie am Leibe trug, zu den schreienden Kleinkindern in die Kutsche.

Endlich ließ Stackelberg Josephine los, verschloss von außen die Tür zum Salon, sodass sie ihm nicht folgen konnte, und verließ das Haus.

Tränenüberströmt stand sie am Fenster und sah, wie ihr Mann auf den Kutschbock sprang und die Kutsche mit ihm und ihren kleinen Töchtern davonfuhr.

Verzweifelt sank sie in sich zusammen und blieb schluchzend auf dem Fußboden liegen.

Vicky schloss die Tür auf. »Um Himmels willen, Mama! Was hat er dir angetan?« Sie versuchte, ihr aufzuhelfen, schaffte es jedoch nicht. »Carl! Fritz! Helft mir, die Mama ins Bett zu bringen!« Aber die beiden ließen sich nicht blicken.

Josephine klapperten die Zähne. Sie zog die Beine an und wimmerte. Ihre Tochter brachte ihr eine Decke und eine Tasse Tee. Doch sie zitterte derart, dass sie die Tasse nicht halten konnte und die Flüssigkeit verschüttete.

Plötzlich kniete Therese neben ihr. Sie war soeben aus der Stadt zurückgekommen. »Was ist passiert?«

Vicky erzählte ihr in Windeseile, was vorgefallen war.

»Wir gehen zur Polizei«, sagte Therese aufgebracht. »Wir holen die Kinder zurück. Stackelberg kann sie dir nicht einfach wegnehmen.«

Irgendwie schaffte es Josephine mit Thereses Hilfe, sich aufzurappeln und aufs Polizeirevier zu gehen.

»Wo sind die Kinder meiner Schwester?«, verlangte Therese Auskunft vom diensthabenden Polizeibeamten.

»Gnädige Frau, das kann ich Ihnen nicht sagen. Der Vater der Kinder hat sie in seiner Obhut. Er hat das Sorgerecht für sie, da seine Frau offensichtlich die Kleinen hat verwahrlosen lassen.«

»Das ist nicht wahr!« Therese stampfte mit dem Fuß auf. »Ich lebe seit Monaten im Haus meiner Schwester. Niemals, in keiner Sekunde hat sie ihre Kinder vernachlässigt, geschweige denn verwahrlosen lassen!«

»Nun, ich führe nur die Befehle meines Vorgesetzten aus, und offenbar hat Baron Stackelberg hinlängliche Beweise für seine Behauptungen vorgelegt.« Er kramte in den Akten. Dann sah er Josephine an. »Gnädige Frau, wenn ich Ihnen einen Rat geben darf: Kümmern Sie sich umso fürsorglicher um Ihre älteren Kinder, denn sonst wird Ihnen das Sorgerecht womöglich auch für die Kinder aus Ihrer ersten Ehe entzogen.«

Josephine wurde flau im Magen. Sie klammerte sich an Therese. Stackelberg hatte zum finalen Schlag ausgeholt. Jetzt hatte er Rache geübt dafür, dass sie ihn jahrelang verschmäht hatte, dass sie ihn nicht in ihr Bett gelassen hatte, dass sie einen anderen Mann liebte.

Sie krümmte sich. Hoffentlich würde er wenigstens gut sein zu Minona, deren Vater er vielleicht gar nicht war. Tränen verschleierten Josephine die Sicht. »Wo sind meine Kinder?«, schluchzte sie. »Sie können ohne mich nicht leben. Ich kann ohne sie nicht leben.«

»Bedaure, gnädige Frau, das entzieht sich meiner Kenntnis. Vielleicht sollten Sie mit ihrem Ehemann sprechen.«

Doch genau das konnte Josephine nicht. Sie wusste nicht einmal, wo Stackelberg nun war. Wahrscheinlich auf dem

Weg nach Estland. In das ferne Land im Norden Europas, das nun auch die Heimat ihrer drei jüngsten Töchter werden würde.

Sie wurde geschüttelt von Weinkrämpfen. Therese stützte sie, so gut es ging, und schaffte es, sie in eine Kutsche zu bugsieren und nach Hause zu bringen.

Sie gab ihr Laudanum, damit sie schlafen konnte. Im Schlaf träumte Josephine jedoch von ihren schreienden Kleinkindern und von Stackelbergs unbarmherziger Miene. Sie sah sich durch halb Europa irren, auf der Suche nach ihren Töchtern, die sie nicht finden konnte. Polizisten ließen sie nicht an ihre Mädchen heran. Sie wollte sterben, damit dieses Gefühl der Ohnmacht endlich aufhörte. Aber sie musste kämpfen, weil sie ihre weinenden Kinder vor Augen hatte, die nach ihr riefen.

Für Tage verfiel Josephine in einen Zustand zwischen Traum und Realität. Ihr Leben hing an einem seidenen Faden.

50

Wien, im Sommer 1814

»Pepi, du musst aufwachen!« Therese stand vor ihrem Bett. »Bitte, es ist wichtig, dass du wieder aufstehst.« Sie reichte ihr eine Tasse Tee.

Mühsam richtete sich Josephine auf.

»Vorhin ist ein Brief für dich gekommen, mein Herz.« Therese sah blass aus. »Entschuldige, dass ich ihn geöffnet habe, ich dachte, es sei ein geschäftlicher Brief die Vermietungen betreffend, aber …«

»Aber was?«, fragte Josephine ängstlich. Plötzlich war sie hellwach.

»Der Brief kommt von der Polizeidirektion. Stackelberg hat dich angezeigt. Er hat alle möglichen Verdächtigungen gegen dich geäußert und bezweckt damit wohl, dass dir das Sorgerecht für die Deym-Kinder entzogen wird.«

»Was?« Sie sprang aus dem Bett. »Was unterstellt er mir?«

Therese senkte den Blick. »… dass du abwechselnd gereizt und apathisch bist, deinen Kindern ein schlechtes Vorbild seist und dich nicht angemessen um sie kümmerst. Außerdem …« Sie stockte. »Er schreckte offenbar nicht davor zurück anzudeuten, dass sich Fritz seiner dreijährigen Halbschwester Theophile … auf unanständige Weise genähert habe.«

Mit weit geöffneten Augen starrte Josephine ihre Schwester an. »Der Schuft, der elende Schuft!«, schrie sie. So viel hatte sie Stackelberg doch gar nicht angetan, dass er sich derart an ihr rächen musste. Inzestuöse Handlungen unter ihren Kindern! Dass sie nicht lachte. Woher nahm er die Frechheit, solche lächerlichen Behauptungen aufzustellen?

Plötzlich umklammerte kalte Angst ihre Kehle. Dieser Vorwurf wog schwer. Er konnte ihr das Genick brechen.

»Ich lasse mir nicht auch noch die Deym-Kinder wegnehmen. Niemals!«

Vicky kam ins Zimmer, ihr Gesicht war nass vor Tränen. Sie hatte wohl vor der Tür gelauscht. »Mama, ich will bei dir bleiben. Bitte Mama, lass nicht zu, dass wir von dir getrennt werden.«

Josephine nahm ihre älteste Tochter in die Arme. »Ich werde kämpfen, Vicky, für euch, damit wir zusammenbleiben können.«

Die Ohnmacht der letzten Wochen wich, sie musste Zähne zeigen und all ihre Kraft aufbringen, um die älteren Kinder zu behalten und die jüngeren zurückzubekommen. Ihr Schädel hämmerte. Aber sie ignorierte den Schmerz. Sie musste sich rüsten für den Kampf.

»Ich werde unsere Verwandten und Freunde um Rat bitten«, beschloss sie. »Irgendjemand kann uns bestimmt einen Rechtsbeistand empfehlen oder bei der Polizei ein gutes Wort einlegen.«

Therese nickte. »Gut. Ich helfe dir dabei.«

»Ich werde auch Ludwig schreiben«, sagte Josephine zögerlich. Er kennt eine Menge Leute, und er ist berühmt.«

»Mach das.« Ihre Schwester hatte erstaunlicherweise nichts dagegen einzuwenden. »Ich werde ihn treffen. Es wäre nicht gut, wenn du zusammen mit ihm gesehen wirst. Du stehst unter Beobachtung, Pepi. Vor dem anstehenden Sorgerechtsprozess wird genau registriert werden, wer dein Haus betritt und mit wem du dich triffst, insbesondere wenn es sich um so einen bekannten Mann wie Ludwig handelt. Wenn das herauskommt, hätte Stackelberg alle Argumente an der Hand, dir die Deym-Kinder wegzunehmen.«

Josephine schluckte. Zu gern würde sie Ludwig sehen und sich mit ihm aussprechen, seine Stimme hören, seine Nähe und seine Freundschaft spüren. Doch ihre Schwester hatte natürlich recht. Sie durfte nicht mit Ludwig zusammen gesehen werden.

Sie nahm einen Bogen Papier und tunkte ihre Feder ins Tintenfass. *Geliebter Ludwig*, begann sie, strich jedoch die Zeilen sofort wieder durch. Das durfte sie nicht mehr schreiben. *Lieber Beethoven*. Nein, das war zu wenig. *Lieber Ludwig*. Ja, das würde gehen. Das musste gehen. Rasch formulierte sie ihr Anliegen, aber Tränen tropften auf den Brief und verwischten die noch nasse Tinte. Erst nach einer Stunde hatte sie den Brief ins Reine geschrieben, versiegelte ihn und übergab ihn Therese. Dann verfasste sie in fliegender Hast auch die Briefe an ihre anderen Bekannten und Verwandten.

Als Therese weg war, kauerte sich Josephine aufs Sofa. Hoffentlich wusste Ludwig Rat. Er war ihre Hoffnung. *An die Hoffnung*, hörte sie seine Melodie, die er ihr fast zehn Jahre zuvor geschrieben hatte. Wo stünde sie heute, wenn sie ihn zum Mann genommen hätte? Allen gesellschaftlichen Konventionen zum Trotz? Sie hätte damals das luxuriöse Leben einer Adligen aufgeben müssen. Sie hätte die Vormundschaft, aber sicher nicht das Sorgerecht für ihre Kinder verloren. Sie hätte weitere Kinder mit Ludwig gehabt, die ihr nicht entrissen worden wären. *Es wäre besser gewesen*, dachte sie bitter. Doch jetzt war es für alles zu spät.

Ludwig antwortete postwendend, dass er sich mit Therese treffen wolle.

Josephine musterte ihre Schwester, die vor dem Spiegel im Hausflur stand und ihren Hut feststeckte. Sie würde nun gehen und sich mit Ludwig treffen. Wie sehr sie sie darum beneidete.

»Richte ihm meine Grüße aus«, sagte sie leise.

»Das mache ich, Pepi.«

»Meinst du, er macht sich ebenso Sorgen wie ich um Minona?« Mittlerweile waren zwei Monate vergangen, und sie hatte immer noch keine Nachricht über den Verbleib ihrer jüngeren Kinder.

Therese küsste sie auf die Stirn. »Denkt er, dass er Minonas Vater ist?«

Josephine zuckte die Achseln. »Ich habe ihm gegenüber angedeutet, dass es möglich wäre.«

»Er wird wollen, dass du die kleinen Kinder zurückbekommst und die anderen behalten kannst. Er will, dass du glücklich bist. Dessen bin ich mir ganz sicher.«

Zu gerne wäre Josephine selbst gegangen und hätte sich mit Ludwig ausgesprochen. Sie wusste, dass er nach ihrer Nacht in Prag sehr krank gewesen war. Wahrscheinlich hatten ihn ihr Brief und ihr anschließendes Schweigen bis ins Mark getroffen. Sie hatte ihm geschrieben, warum sie zu Stackelberg zurückgekehrt war, und sie hoffte, dass er sie verstanden und ihr verziehen habe; aber lieber wäre es ihr gewesen, sie hätte mit ihm von Angesicht zu Angesicht sprechen können.

»Sag ihm, dass es mir leidtut.«

»Ich bin sicher, er hat dir längst verziehen und dich immer verstanden.«

»Sag es ihm trotzdem.«

Therese drückte ihr noch einen Kuss auf die Stirn. »Mache ich. Leg dich ein bisschen hin. Ich regle das schon.«

51

Wien, im Herbst 1814

Tatsächlich sagte Ludwig Therese seine Unterstützung zu und nannte ihr einen Anwalt. Er ließ Josephine herzlich grüßen. Aber er kam nicht vorbei, um keine Gerüchte aufkommen zu lassen. Zudem war er gänzlich eingespannt mit Konzertvorbereitungen für den Wiener Kongress.

Napoleons Zeit war abgelaufen. Die Fürsten Europas hatten den korsischen Emporkömmling verbannt. Auf Einladung des Fürsten Metternich waren sie alle in Wien zusammengekommen, um zu beratschlagen, wie sie in Zukunft Albträume à la Napoleon verhindern könnten.

Stumm verfolgte Josephine aus der Zeitung, wie die alte Ständeordnung wiederhergestellt wurde. Ludwig wurde indes mehrere Male auf dem Wiener Kongress vor den Augen der wichtigsten Staatsmänner Europas geehrt. Er war nun ganz oben angelangt, sie hingegen ganz unten. Niemals würden sie zusammenkommen können.

Für sie folgten Wochen zäher, bitterer Anhörungen vor Gericht. Sie zwang sich, diese durchzustehen, fiel aber jedes Mal, wenn sie nach einer solchen Tortur wieder zu Hause war, völlig erschöpft ins Bett. Allein die flehenden Augen ihrer Töchter veranlassten sie, sich aufzurappeln und weiterzukämpfen.

Josephines Söhne wurden hingegen immer schwieriger. Sie waren aufmüpfig, frech und unordentlich. Sie gehorchten weder ihr noch Therese, ärgerten Vicky und Sephine permanent und ahmten Stackelbergs Herrenmanier nach. Sie brauchten dringend einen neuen Lehrer. Längst schon hätte sie sich um ihren Unterricht kümmern sollen. Damit Stackelberg ihr das nicht zum Verhängnis machen konnte, begann sie, einen Hauslehrer zu suchen.

Ihre Wahl fiel auf Herrn Andrian, der sich alsbald bereit erklärte, ihre halbwüchsigen Söhne in Mathematik zu unterrichten. Die Mädchen hatten inzwischen eine neue Gouvernante.

Andrian schaffte es, Fritz und Carl binnen kürzester Zeit zur Raison zu bringen. Er bestand darauf, dass sie eifrig studierten, und ließ ihnen keine Zeit für Dummheiten. Josephine war ihm dankbar, dass er wieder Ruhe in das, was von ihrem Familienleben übrig geblieben war, brachte. Nach ein paar Wochen, in denen der Hauslehrer unter ihrem Dach lebte, war die familiäre Lage wieder annähernd stabil; außer dass sie ihre jüngsten Töchter schmerzlich vermisste und immer noch kein Lebenszeichen von ihnen erhalten hatte.

Da die Sorgerechtsangelegenheiten um ihre älteren Kinder pausierten, war Therese der Meinung, eine Weile abkömmlich sein zu können. Sie wollte zu ihrer alternden Mutter nach Ungarn fahren. Josephine war einverstanden. Therese hatte sich ihr halbes Leben schon für sie und ihre Familie aufgeopfert. Momentan kam sie allein klar.

Doch Therese war gerade einmal eine Woche weg, da ging der Kampf um das Sorgerecht in die nächste Runde. Ein Schreiben kam von der Polizeidirektion. Josephine brach das Siegel und las. Die alten Beschuldigungen wurden wiederholt. Ihr Herz raste, Schweiß bildete sich auf ihrer Stirn, eine unsichtbare Hand legte sich um ihre Kehle. *Bleib ruhig*, sagte sie sich, *du wirst das schaffen, du musst das schaffen*. Sie rang nach Luft.

»Was ist los?«, hörte sie Andrians Stimme hinter sich. Erschrocken drehte sie sich um. Er war in den Salon getreten und stand nur ein paar Schritte vom Sofa entfernt.

»Es ist nichts«, begann sie. Doch sie bekam immer noch schlecht Luft.

Er begriff die Lage, lief zum Fenster und stieß die Läden auf. Dann kam er zu ihr und geleitete sie zum Fenster, damit sie Luft bekam.

»Ruhig einatmen«, befahl er mit tiefer Stimme. Eine Hand lag an ihrer Seite, mit der anderen Hand fächerte er ihr Luft zu.

Langsam beruhigte sich ihr Puls, und sie konnte wieder normal atmen.

»Geht es wieder?«, fragte er.

Sie nickte.

Er brachte sie zurück zum Sofa. Ihre Beine zitterten.

Blass und grau stand Vicky in der Tür. »Mama, was ist passiert?«

»Deine Mutter hatte einen kleinen Schwächeanfall«, beantwortete Andrian die Frage. »Kannst du ihr ein Glas Wasser bringen?«

Vicky lief los und kam in Windeseile mit einem Glas Wasser und einem nassen Tuch zurück.

Andrian legte Josephine das kühle, nasse Tuch auf die Stirn und hielt ihr das Glas an die Lippen, damit sie trinken konnte.

»Entschuldigt bitte«, murmelte sie.

»Ist wieder ein Brief von der Polizei gekommen?«, fragte Vicky ängstlich.

Sie nickte.

»Nehmen sie uns dir weg?«

Sie schüttelte den Kopf. »Nein, aber ich muss mich nochmals vor Gericht einfinden.«

Ihre Tochter fing an zu weinen.

»Nicht weinen, kleines Fräulein, das bekommen wir schon hin«, sagte Andrian.

Josephine war froh, dass er die Regie übernahm; sie fühlte sich zu schwach, um es zu tun.

»Kann ich Ihnen in der Angelegenheit helfen?«, fragte er.

»Vielleicht könnten Sie meinem Anwalt ausrichten, dass ich ihn sofort sehen muss?« Sie setzte sich auf. Sie musste handeln. »Ich würde ihn gern baldigst treffen, am liebsten hier, denn ich fühle mich nicht in der Lage, ihn in seiner Kanzlei aufzusuchen.«

»Ich werde es ihm ausrichten.« Andrian stand auf. »Sie legen sich derweil bitte hin, nicht dass Sie mir umfallen.« Er wandte sich an Vicky. »Passt du auf, dass deine Mama sich ausruht?«

Vicky nickte.

Josephine gelang es mithilfe ihres Anwalts erneut, die Anschuldigungen von sich zu weisen und die Kinder zu behalten. Aber das Damoklesschwert hing immer noch über ihr. Von ihren jüngeren Kindern fehlte nach wie vor jede Nachricht. Ihre Gesundheit schwand erneut. Häufig wurde sie von heftigen Schmerzen geplagt.

Andrian hielt ihr den Rücken frei, indem er ihre Söhne forderte. Ihre Töchter waren ohnehin brav. Sie zwang sich aufzustehen, die Mahlzeiten mit ihren Kindern einzunehmen und präsent zu sein. Von Therese kamen ermutigende Briefe aus Ungarn. Sie teilte mit, dass sie bald wiederkommen würde.

Andrian war Josephine gegenüber sehr zuvorkommend. Seine stille Autorität sorgte für Ruhe in ihrem Familienleben und in ihrem Seelenleben. Sie fühlte sich mehr und mehr zu ihm hingezogen. Sie wusste, dass dies fatale Gefühle waren. Aber sie war schwach, sehnte sich nach Nähe und danach, nicht für alles allein verantwortlich zu sein. Er gab ihr Halt. Immer wenn die Verzweiflung über ihre entführten Kinder und die Angst um ihre größeren Kinder sie übermannten, war er da, fand tröstende Worte, brachte ihr einen Tee oder einen Likör und leistete ihr Gesellschaft, damit sie nicht einsam war.

Eines Abends passierte es dann. Josephine spielte Klavier. Normalerweise tat sie das nicht mehr, doch an diesem Abend versuchte sie, ihre depressive Stimmung mit Mozart zu bekämpfen. Allerdings gelang es ihr nicht. Ihre Wangen waren bald tränenüberströmt, und sie musste abbrechen. Als sie sich umdrehte, stand Andrian ein paar Meter von ihr entfernt.

Sie sprang auf und wischte sich die Tränen aus dem Gesicht. »Entschuldigen Sie, ich habe Sie nicht kommen hören.«

Er sagte nichts, sondern legte einfach einen Arm um sie.

Sie fing wieder an zu weinen, schmiegte sich an ihn und spürte seine Wärme. Ihr Kopf lag an seiner Brust. Er strich über ihren Rücken und ihre Haare, ohne etwas zu sagen. Sie entspannte sich in seinen Armen. Sie wollte bei ihm bleiben. Sie konnte nicht mehr allein sein. Ludwig war nicht da. Sie hatte ihn vergrault. Selbst wenn er ihr verziehen hatte, sie konnte ihn nicht sehen. Er war mittlerweile ein bekannter Mann, und um sie herum gab es unzählige Augen, die seinen Besuch zur Kenntnis nehmen würden. Andrian hingegen war der Lehrer ihrer Söhne und wohnte daher bei ihr im Haus. Er war nicht verdächtig, und er war da. Hier und jetzt.

Er geleitete sie in ihr Schlafzimmer. Als er sie aufs Bett legte, fragte er: »Soll ich bleiben?«

»Ja«, flüsterte sie.

Und so blieb er.

52

Wien, Winter 1814 bis Frühjahr 1815

Andrian blieb nicht nur eine Nacht. Er kam jeden Abend. Sie waren ein Paar. Josephine wusste nicht, ob sie ihn liebte. Aber sie brauchte seine Nähe und die Ruhe, die er ausstrahlte.

Im Kampf um das Sorgerecht legte sich Franz jetzt mächtig ins Zeug und ließ seine Kontakte bis in die höchsten Kreise spielen. Zu guter Letzt schaltete sich der Kaiser höchstselbst ein und ergriff Partei für Josephine. So wurde der Sorgerechtsprozess zu ihren Gunsten entschieden. *Schlussendlich hat der Kaiser zu seinem Wort gestanden, das er mir als junger Witwe gegeben hat,* dachte sie dankbar.

Nachdem die Gefahr, auch ihre Deym-Kinder zu verlieren, gebannt war, ging es Josephine allmählich besser. Die Tage, in denen sie nur im Bett lag, waren *passé*. Auch ihre Töchter bekamen mehr Farbe, weil sie weniger Angst um sie hatten; und ihre Söhne spurten wieder.

Doch dann wurde sie schwanger. Zuerst wollte sie es nicht wahrhaben, wie damals bei Stackelbergs erstem Kind. Die Übelkeit war dieses Mal nicht so schlimm. Sie tat einfach so, als ob sie nichts bemerkte, und ließ Andrian weiter zu sich kommen. Nun war ohnehin schon alles egal.

In ihren Briefen berichtete sie Therese von den Fortschritten, die ihre Kinder beim Lernen machten; sie schilderte das Wetter in allen Facetten und betonte ihren erfreulichen Gesundheitszustand. Niemals würde sie hingegen ihrer Familie die erneute Schwangerschaft gestehen können. Auch Andrian hatte keine Ahnung.

Ostern kam. Ihre Kinder machten ihr herzige Geschenke: Gedichte, Stickereien, kleine Ölbilder. Sie war so stolz auf sie. Dennoch vermisste sie schmerzlich ihre kleinen Töchter, über deren Verbleib sie nicht das Geringste wusste. Ihre größeren Kinder schwiegen sich über ihre Halbschwestern aus, als ob das Thema so heiß sei wie erhitztes Bratenfett. Als sie im Bett lagen und sie allein auf dem Sofa saß, denn Andrian verbrachte Ostern bei seiner Familie, kam die Verzweiflung über sie. Sie rief sich die kleinen pausbackigen Gesichter ihrer Stackelberg-Töchter und Minonas Speckbeinchen in Erinnerung und brach weinend zusammen. Wo mochten ihre lieben Kleinen sein? Würde man sie gut behandeln? Sehnten sie sich nach ihr oder hatten sie sie schon vergessen? Würden sie sie überhaupt noch wiedererkennen? Minona war erst ein Jahr alt gewesen, als man sie entführt hatte. Jetzt war sie gerade zwei Jahre alt geworden. Sie würde kein Band zu ihr aufbauen können wie zu ihren anderen Kindern. Das war Stackelbergs Rache. Hoffentlich würde er ihr kleines Mädchen, dessen Vater er vielleicht gar nicht war, gut behandeln!

Sie strich über ihren Bauch. Nun war wieder ein neues Kind unterwegs. Das hatte ihr gerade noch gefehlt! Der Prozess um das Sorgerecht für ihre Deym-Kinder war gerade erst vorbei. Wenn jetzt herauskam, dass sie schwanger war – und dieses Mal konnte sie Stackelberg das Kind nicht unterjubeln –, würde der Prozess vielleicht neu aufgerollt werden, und dieses Mal würde sie ihre Kinder aus erster Ehe definitiv verlieren. Zum Glück ahnte niemand etwas. Sie musste unbedingt dafür sorgen, dass ihre Schwangerschaft geheim blieb. *Aber wie?* Therese wollte bald wiederkommen. Andrian würde irgendwann etwas merken, und ihre Kinder ebenso. Und die Katastrophe wäre perfekt, wenn sie noch einmal aufs Polizeirevier oder vor Gericht zitiert werden würde und es dort jemand bemerkte.

Sie stand auf. Das durfte nicht passieren! Sie musste eine Weile untertauchen und inkognito leben, bis sie das Kind zur Welt gebracht hatte. Sie brauchte einen anderen Namen. *Andrian muss sich um einen Pass kümmern, sobald er nach den Feiertagen wiederkommt,* dachte sie. *Und wenn das Kind erst da ist, muss er sich allein darum kümmern.*

Die Aktivitäten halfen ihr aus ihrer Depression heraus. Als Andrian nach den Feiertagen seinen Dienst wieder antrat und er nach dem ersten Unterrichtstag abends in ihr Schlafzimmer kam, nahm sie seine Hand und legte sie auf ihren Bauch.

Er begriff sogleich. »Erwartest du ein Kind?«

»Ja.« Sie stützte sich auf einem Ellbogen ab. »Schon eine Weile.«

»Warum hast du nichts gesagt?«

Sie zuckte mit den Achseln.

»Dann müssen wir heiraten«, sagte er.

Doch sie winkte ab. »Das geht nicht. Stackelberg ist immer noch mein Mann. Er ist weg, ich weiß nicht wo, ich kann mich nicht scheiden lassen. Zudem wäre ein solcher Prozess langwierig, und unser Kind wird bereits im September zur Welt kommen.«

Außerdem wollte sie Andrian nicht heiraten. Zwei Ehemänner waren ohnehin bereits zu viele für ein Leben. Einen dritten würde sie nicht ertragen, schon gar nicht einen, den sie nicht wirklich liebte, nicht so wie … Ludwig.

»Du musst mir helfen«, bat sie ihn. »Ich muss mich verstecken, bevor man mir meine Schwangerschaft ansieht. Ich brauche neue Papiere. Wie du weißt, stehe ich trotz des gewonnenen Sorgerechtsprozesses als vermeintlich unfähige Mutter unter ständiger Beobachtung. Wenn bekannt wird, dass ich ein uneheliches Kind erwarte, werden mir die Deym-Kinder schlussendlich doch noch weggenommen werden. Das kann ich nicht riskieren.«

Er sah sie traurig an.

Er hat sich mehr erhofft, dachte sie. Fast tat er ihr leid mit seinem Hundeblick. Aber auch nur fast.

»Und was willst du machen, wenn unser Kind da ist?«

»Du musst es zu dir nehmen.« Ihre Stimme war rau. Sie verstieß ihr eigenes Fleisch und Blut. »Ich bitte dich, sei gut zu dem Kind. Ich kann es nur zur Welt bringen, aufziehen musst du es. Ich schaffe es nicht ein weiteres Mal.«

»Also gehen wir getrennte Wege?«

Sie seufzte. »Ich kann es nicht ändern. Ich gab meinem ersten Ehemann an seinem Sterbebett das Versprechen, alles für das Wohl seiner Kinder zu tun. Das habe ich gemacht. Dadurch habe ich meine drei kleinen Stackelberg-Kinder verloren, was mir das Herz gebrochen hat. Noch einmal ertrage ich das nicht. Bitte versteh mich.«

Er nickte. Sein Gesicht war jedoch so versteinert, dass sie nicht wusste, ob er sie wirklich verstand. »Wie möchtest du genannt werden?«, fragte er nur.

»Mayersfeld.« Den Namen hatte sie sich bereits zurechtgelegt. Er klang nichtssagend, normal. Er würde keinem auffallen.

Wortlos stand er auf und zog sich an.

Sie sagte nichts. Er hätte bleiben können. Dass ihre Beziehung so unromantisch endete, stimmte sie traurig, dennoch war es nicht schlimm. Sie hatte ihn verletzt, aber sie hatte ihre eigenen Blessuren, um die sie sich kümmern musste.

Als er weg war, strich sie sich wieder über den Bauch. »Entschuldige, mein Kind, dass ich dich nicht aufziehen kann«, flüsterte sie. »Doch du wirst einen guten Vater haben.«

53

Wien, im Mai und Juni 1815

An einem Morgen Anfang Mai tauchte Stackelberg unerwartet auf. Josephine wurde durch das aufgeregte Rufen ihrer Bediensteten geweckt. Rasch sprang sie aus dem Bett und kleidete sich an. Sie hatte bereits ein kleines, rundes Bäuchlein. Zu dumm, dass Andrian noch nicht die Papiere besorgt hatte, mit denen sie hätte untertauchen können. Jetzt war ihr Ehemann plötzlich da. Der Letzte, den sie in dieser Situation gebrauchen konnte!

Sie wählte ein weites Kleid mit hoher Taille, das ihren Bauch so gut wie möglich kaschierte, und drapierte dann eine Stola um sich. Unter keinen Umständen durfte er ihr ansehen, dass sie schwanger war. Ihren Kindern war es noch nicht aufgefallen. Offensichtlich trug sie einen winzigen Säugling in ihrem Leib. Vielleicht hatte sie Glück, und ihr Mann bemerkte auch nichts. Ansonsten war alles verloren.

Kerzengerade betrat sie den Salon. »Guten Morgen«, sagte sie kühl und setzte sich in einen Sessel.

Er betrachtete sie intensiv.

Ihr Herz pochte. Ihre Finger waren nass und kalt.

»Wie geht es dir?«, fragte er schließlich.

Sie war sich nicht sicher, ob er auf ihren Zustand anspielte. »Das tut nichts zur Sache. Dir geht es blendend, wie ich sehe.«

»Die Zeit der Ruhe und Einkehr hat mir gutgetan.«

»Wo sind unsere Kinder?« Sie hatte keine Lust, sich mit banalem Geplänkel aufzuhalten. Nach allem, was Stackelberg ihr im vergangenen Jahr angetan hatte, hätte sie ihn am liebsten hochkant hinausgeworfen. Aber sie wollte wissen, wie es ihren Töchtern ging, die sie über ein Jahr nicht gesehen hatte. Daher zwang sie sich zu einem Mindestmaß an Höflichkeit.

»Sie sind in guten Händen.«

»Hast du sie mitgebracht? Ich möchte sie sehen und mich vergewissern, dass sie wohlauf sind.«

»Das geht nicht«, sagte er. »Es würde Unruhe in ihr Leben bringen, wenn sie hierherkämen und ich sie dann wieder mitnehmen müsste.«

»Ich bin ihre Mutter!«, rief sie aufgebracht. »Ich will meine Kinder sehen! Ich habe mir nichts zuschulden kommen lassen.«

»Ach nein?« Sarkastisch zog er einen Mundwinkel nach oben.

Sie hielt seinem Blick stand.

»Du bist als Mutter nicht geeignet. Wenigstens *meine* Kinder muss ich vor dir schützen.«

Wollte er sie provozieren? Dass sie sich zu Äußerungen hinreißen ließ, die ihr niemals entwischen durften, sodass er einen Vorwand hatte, ihr auch die Deym-Kinder fortzunehmen? Sie biss sich auf die Zunge. Den Gefallen würde sie ihm nicht tun. »Warum bist du hier?«

»Ich bin immer noch dein Ehemann und muss nach dem Rechten sehen.«

»Wir kommen sehr gut ohne dich klar.«

Er beugte sich vor. »Josephine, ich möchte dich bitten, mit mir nach Estland zu kommen.«

Wie bitte? Entgeistert sah sie ihn an. Gerade noch hatte er sie als ungeeignete Mutter bezeichnet, nun wollte er sie mit in seine Heimat nehmen?

»Ich habe vor Kurzem einen meiner Brüder verloren, der mir Geld hinterlassen hat. Ich möchte mit dir und unseren Töchtern ein neues Leben beginnen. Weit weg von Wien, wo dich alles an deinen ersten Mann und … an wen auch immer erinnert.«

Sie räusperte sich. »Und was soll aus meinen Deym-Kindern werden?«

Er zuckte mit den Achseln. »Lass sie in der Obhut von Hauslehrern. Oder schick sie zu deiner Familie nach Martonvásár.«

Sie schüttelte den Kopf. »Ganz sicher nicht! Es sind *meine* Kinder, die ich nicht verlassen werde!«

Er musterte sie von Kopf bis Fuß.

Hat er das Kind in meinem Leib bemerkt, überlegte sie.

Seine Augen blitzten.

Nein! Er hatte nichts bemerkt. Sein Blick sagte ihr, dass er sie begehrte. Trotz allem, was zwischen ihnen schiefgelaufen war. Aber sie würde ihn nicht in ihr Bett lassen. Zumal sie dann ihre Schwangerschaft nicht mehr verbergen könnte. Sie gewann mehr und mehr den Eindruck, dass er diese bislang nicht bemerkt hatte.

»Ich werde ein paar Tage bleiben und dir die Chance geben, deine Meinung zu ändern. Sonst wirst du unsere gemeinsamen Kinder nie wiedersehen.«

Er will mich erpressen, durchfuhr es Josephine. Doch sie konnte nicht die Kinder ihrer ersten Ehe für die Kinder ihrer zweiten Ehe opfern. »Das letzte Wort ist hier gesprochen«, sagte sie kühl. »Ich werde meine Deym-Kinder nicht im Stich lassen. Außerdem bin ich zu krank, um eine solch weite Reise in ein mir fremdes Land auf mich zu nehmen. Dass du mir unsere Kinder grausam entrissen hast, hat meine Gesundheit vollends zerstört.« Sie stand auf. »Bleib, so lange du willst, und schlaf im Gästezimmer. Ich lege keinen Wert auf deine Anwesenheit.« Damit ging sie aus dem Salon.

Stackelberg blieb tatsächlich einige Tage. Sie versuchte, ihm möglichst aus dem Weg zu gehen. Immer noch schien er ihre Schwangerschaft nicht zu bemerken. Jedes Gespräch, das er mit ihren Kindern begann, mündete nach kurzer Zeit in einsilbige Antworten, bis es dann völlig versiegte. Josephine quetschte er über die Vermietungen und Hausangelegenheiten aus. Aber sie blieb ebenso stur und kurz angebunden wie ihre Kinder.

Endlich reiste er ab. Zuerst wusste sie nicht, ob er das Haus bloß zu einem Spaziergang verlassen hatte. Doch als er drei Tage in Folge nicht zurückkam, war sie sicher, dass er wieder in ferne Länder aufgebrochen war.

Andrian hatte sich während Stackelbergs Besuch nur zweimal blicken lassen und war sofort mit Fritz und Carl im Schulraum verschwunden. Stackelberg ahnte offensichtlich nicht, dass er ihr bis vor kurzer Zeit sehr nahegestanden hatte.

Eines Abends bat Andrian sie um eine Unterredung. »Hat dein Mann etwas gemerkt?«, wollte er wissen.

»Ich glaube nicht.« Josephine rieb sich die Schläfen.

Er reichte ihr einen Pass. »Ich habe dir falsche Papiere besorgt.« Der Pass war ausgestellt auf eine Gräfin von Mayersfeld.

»Vielen Dank«, sagte sie leise.

»Ich habe auch eine Hütte im Wienerwald organisiert, in der du in den letzten Wochen vor der Niederkunft wohnen kannst.«

»Sieht man mir noch nichts an?«, fragte sie.

Er zuckte mit den Achseln. »Du verbirgst die Schwangerschaft ziemlich gut. Ich hätte nichts gemerkt. Und wenn auch dein Gatte nichts bemerkt hat …«

Sie stand auf. »Dann werde ich in den nächsten Tagen aufbrechen, bevor es jemand merkt.«

Er nickte. »Ich begleite dich. Was willst du deinen Kindern sagen?«

»Nichts. Ich werde einfach weg sein. Die Buben haben dich als Lehrer, die Mädchen ihre Gouvernante, und die Köchin ist ebenfalls da.«

»Meinst du nicht, dass du ihnen etwas sagen solltest? Sie werden sich Sorgen machen. Und was mache ich, wenn deine Mutter oder Geschwister kommen und nach dir fragen?«

Ihr Kopf zerbarst fast vor Schmerzen. »Ich werde schlicht und ergreifend weg sein«, wiederholte sie störrisch. »Ich kann ihnen nichts sagen. Begreifst du das nicht?«

Er stand eine Weile da und schwieg. »Wie du möchtest«, sagte er schließlich und ging.

Josephine ließ sich aufs Sofa fallen. Sie war im Begriff, den Menschen Sorge zu bereiten, die sie über alles liebte und die sie über alles liebten. Aber es war nicht anders möglich. Ihre Schwangerschaft durfte unter keinen Umständen auffliegen. Denn dieses Mal würde ihr niemand helfen. Dessen war sie sich sicher. Sie hatte den Bogen überspannt.

Drei Tage später schlich sie im Morgengrauen aus dem Haus. Lediglich ihre falschen Papiere trug sie bei sich.

Andrian erwartete sie zwei Straßen weiter in einer Droschke. Wortlos half er ihr hinein. Sie ließ sich auf den Sitz fallen und schloss die Augen. Der Kutscher fuhr los.

Die Hufe hallten auf den Pflastersteinen, und Josephine

befürchtete einen Moment lang, dass sie die Nachbarschaft aus dem Schlaf rissen. Doch das Verdeck war geschlossen. Niemand würde auf die Idee kommen, dass die Baronin Stackelberg in der Kutsche saß und als Gräfin von Mayersfeld in ein Versteck fuhr.

Die nächsten drei Monate war sie frei. Drei Monate, in denen niemand etwas von ihr wollte, niemand an ihr herumnörgelte oder sie kritisierte. Drei Monate, in denen sie jedoch auch ihre Kinder vernachlässigte, so wie ihr Gatte es ihr vorgeworfen hatte. *Ich kann es nicht ändern*, dachte sie verdrossen. *Wenn jemand bemerkt, dass ich erneut schwanger bin, dann sind meine Deym-Kinder definitiv weg.* So hatte sie wenigstens den Hauch einer Chance, sie zu behalten, sofern ihr Plan aufging und sie unentdeckt blieb.

Die Kutsche hatte indes den Stadtrand passiert. Josephine hörte, dass die Pferde nun auf erdigem Untergrund trabten. Sie schob die Vorhänge ein wenig zur Seite und sah hinaus. Sie waren bereits im Wienerwald.

»Zieh die Vorhänge wieder zu«, sagte Andrian. »Hier laufen zwar selten Leute herum, auszuschließen ist es jedoch nicht.«

Eine halbe Stunde später hielt die Kutsche an.

»Wir sind da.« Andrian half ihr auszusteigen. »Vertreten Sie sich ein wenig die Beine«, rief er dem Kutscher zu.

Zwischen den Bäumen entdeckte Josephine ein kleines Holzhaus. Die Bretter waren nass vom Regen. Sie fröstelte unwillkürlich. Würde Andrian sie hier mitten im Wald allein lassen?

Er zog einen Schlüsselbund aus der Westentasche und öffnete die Tür. Sie folgte ihm.

Der Windfang war dunkel und staubig, doch in der Kammer dahinter loderte ein Feuer. Obwohl es Sommer war, war sie vor lauter Aufregung durchgefroren. Daher freute sie sich über die angenehme Wärme. Neben dem Kamin saß eine junge Frau. Sie sprang sofort auf, als Josephine und Andrian die Kammer betraten, und knickste.

»Das ist Marta«, sagte er. »Sie wird dir zu Diensten sein. Wenn es so weit ist, wird sie dir helfen, das Kind auf die Welt zu bringen, denn sie ist Hebamme.«

»Guten Tag, Marta.« Josephine lächelte der Frau zu. »Vielen Dank, dass Sie bei mir wohnen.«

»Dann lass ich dich jetzt allein.« Andrian wandte sich zum Gehen. »Hier sind Vorräte für zwei Wochen, aber ich werde wahrscheinlich früher vorbeikommen und Nachschub bringen.«

»Danke.« Sie legte ihre Handschuhe ab. Das war also ihr Zuhause für die kommenden drei Monate. Klein, dunkel, verborgen im Wald.

54

Wien, im September 1815

»Es ist ein Mädchen!«, rief Marta und legte Josephine den Säugling in die Arme. Klein und zierlich war ihre jüngste Tochter. Im Vergleich zu ihren anderen Kindern wirkte sie sehr schwach. Sogar Maria Laura war größer gewesen, als sie das Licht der Welt erblickt hatte.

Ob dieses Kind überleben würde, so winzig wie es war? Vielleicht wäre es besser, wenn die Kleine gleich wieder zum Herrgott zurückgehen würde. Hier auf Erden wäre sie immer unwillkommen, ein Bastard ohne Anrecht auf ein anständiges Leben. *Das ist allein meine Schuld*, dachte Josephine deprimiert. *Mea culpa*. Sie hatte ihrer Tochter das Leben bereits in dem Moment zerstört, in dem sie zugelassen hatte, dass es überhaupt erst entstand.

»Wie möchten Sie das Kind nennen?«, fragte Marta.

Josephine überlegte und strich dem Mädchen sachte über den Kopf. »Emilie.« Dieser Name passte zu ihrem Gesicht. Abrupt hielt sie inne. »Nehmen Sie sie mir ab«, sagte sie an die Hebamme gewandt. Sie durfte keine Bindung zu ihrer Tochter aufbauen. Bald würde Andrian kommen. Dann würde sie zurück nach Hause gehen, zu ihren anderen Kindern, und die kleine Emilie würde bei ihrem Vater bleiben.

»Ruhen Sie sich aus.« Marta deckte sie zu. »Ich werde

mich derweil um die Kleine kümmern. Nach einer Amme habe ich schon geschickt. Sie sollte in Kürze eintreffen.«

Josephine schloss die Augen. Marta war eine kompetente Bedienstete und immer gut gelaunt. Andrian hatte mit ihr eine hervorragende Wahl getroffen. Wann würde er wohl erfahren, dass er Vater geworden war? Er war vor drei Wochen das letzte Mal da gewesen. *Sicherlich hat Marta auch nach ihm geschickt,* dachte sie, bevor der Schlaf sie übermannte.

Als sie wach wurde, stand Andrian vor ihrem Bett. »Ich habe unsere Tochter gesehen.« Er hatte Tränen in den Augen. »Sie ist wirklich süß.«

Josephine lächelte. Er war ganz vernarrt in die kleine Emilie. So hatte Deym auch gelächelt, als er Vicky das erste Mal in den Armen gehalten hatte. Andrian würde ihrer Tochter ein guter Vater sein. Dessen war sie sicher. »Pass allzeit auf sie auf«, sagte sie trotzdem.

»Natürlich. Wie ich es versprochen habe.«

Sie wusste, dass sie sich auf ihn verlassen konnte, auch wenn ihre Liebe zueinander erkaltet war.

»Was gibt es Neues von zu Hause?«, fragte sie.

»Deine Verwandten aus Ungarn sind da.«

Sie fuhr hoch. »Was? Wer ist gekommen? Wann?«

Sanft drückte er sie zurück in die Kissen. »Vor gut zwei Wochen kam Therese. Sie war völlig aufgelöst, weil all ihre Briefe an dich unbeantwortet geblieben waren. Sie hat panisch nach dir gesucht und deine Familie in Ungarn alarmiert. Vor ein paar Tagen sind auch deine Mutter und dein Bruder gekommen.«

Wie ich es befürchtet habe. Josephine seufzte. *Wäre das Kind doch drei Wochen früher gekommen, dann hätte sie Emilies Existenz vollständig unter den Teppich kehren können.*

Andrian setzte sich auf die Bettkante und griff nach ihrer Hand. »Ich habe nichts verraten, das habe ich dir doch versprochen.«

»Und die Kinder?«, fragte sie leise.

Er zuckte mit den Achseln. »Fritz ist schwer lenkbar und steckt Carl mit seinen Dummheiten an. Vicky ist traurig. Sie weint oft. Natürlich nur, wenn sie denkt, dass niemand etwas mitbekommt. Gegenüber ihren jüngeren Geschwistern verhält sie sich wie eine Mama. Und Sephine zieht sich stundenlang auf ihr Zimmer zurück. Sie ist sehr fromm, glaube ich.«

Das war Josephine neu. Aber was wusste sie schon über ihre Kinder? Monatelang alleingelassen hatte sie sie, damit sie ihre Halbschwester nicht entdeckten. Das schlechte Gewissen nagte an ihr. Wenigstens ihre älteste Tochter hätte sie einweihen müssen. Vicky war mittlerweile fünfzehn Jahre alt und hatte sich bereits viel zu oft Sorgen um sie gemacht; wenn sie krank gewesen war, wenn Stackelberg sie niedergemacht hatte, wenn Fritz über die Stränge geschlagen hatte.

Andrian drückte ihre Hand. »Jetzt erhol dich. Ich fahre zurück nach Wien und versuche, die Lage zu beruhigen. Erst wenn du wieder bei Kräften bist, fährst du zurück.«

Eine Woche später verließ Josephine ihr Haus im Wald. Ein letztes Mal küsste sie Emilie. »Leb wohl, meine Kleine«, flüsterte sie. »Ich habe dich lieb, auch wenn ich mich nicht um dich kümmern kann. Aber dein Papa wird gut auf dich achtgeben.« Sie reichte Marta ihre kleine Tochter und stieg blass und fröstelnd in die Kutsche.

Die Pferdehufe donnerten über das Kopfsteinpflaster. *Gleich wird ein Gewitter über mich hereinbrechen,* dachte

Josephine. Sie näherte sich ihrem Zuhause und den Vorwürfen, mit denen sie konfrontiert werden würde.

Als sie das Haus betrat, lief ihr Vicky entgegen. Sie war in Tränen aufgelöst. »Wo bist du gewesen, Mama? Wir dachten schon, du wärest tot.«

Josephine drückte ihre Älteste an sich. Da standen auf einmal all ihre Deym-Kinder, ihre Schwester, ihr Bruder und ihre Mutter im Flur. Starr blickten sie sie an.

»Guten Tag miteinander«, flüsterte Josephine.

Therese umarmte sie. »Himmel, Pepi, wo warst du? Warum bist du ohne ein Wort zu sagen so lange weg gewesen?«

»Ich konnte es euch nicht erzählen.« Sie küsste nun auch Sephine und Carl auf die Stirn, Fritz wand sich aus ihrer Umarmung. »Es tut mir leid, dass ihr euch Sorgen um mich gemacht habt. Es tut mir wirklich leid.«

Ihre Mutter machte auf dem Absatz kehrt, und Franz folgte ihr in den Salon.

Josephine legte den Mantel ab. »Geht wieder in den Schulraum«, bat sie ihre Kinder, »wir sehen uns später.« Noch unterrichtete Andrian sie. Aber er würde die Familie nun verlassen.

Dann ging sie mit Therese in den Salon, um ihrer Mutter und ihren Geschwistern Rede und Antwort zu stehen.

»Mitten in der Erntezeit bin ich hergekommen, um dich zu suchen«, schimpfte Franz. Obwohl er als Graf viele Pächter hatte, war er sein ganzes Leben lang auch immer selbst auf die Felder geritten und hatte bei der Ernte mit angepackt. »Therese ist fast durchgedreht vor Sorge um dich! Und nun kommst du einfach so hereinspaziert, als ob nichts gewesen sei.«

»Ich habe mein achtes Kind zur Welt gebracht«, sagte Josephine ruhig. »Ein uneheliches Kind.« Sie legte ihre

Handschuhe ab. »Ich bin untergetaucht, bevor man mir die Schwangerschaft ansah, damit ich euch nicht schon wieder Schande bereite.«

Therese fiel die Kinnlade herunter. Ihre Mutter wandte sich ab und sah zum Fenster hinaus.

Franz schnaubte. »Du bereitest uns seit zehn Jahren nichts als Schande. Erst die Plänkelei mit Beethoven, dann das erste uneheliche Kind mit Stackelberg, die Hochzeit mit ihm, die finanzielle Katastrophe, die du mir wegen deines elenden Guts in Witschapp beschert hast, und so weiter. Und jetzt noch ein Kind? Sag mal, hast du endgültig den Verstand verloren?« Sein Gesicht war hochrot und seine Halsschlagader pulsierte.

Wenn ihn vor Zorn nun der Schlag trifft, bin ich dafür auch verantwortlich, dachte sie.

»Wo ist der Bastard jetzt?« Die Stimme ihrer Mutter war kalt und schneidend wie die Klinge eines Messers.

»Der Bastard heißt Emilie, und sie ist bei ihrem Vater«, antwortete Josephine trotzig. »Andrian wird sich um die Kleine kümmern. Sie wird niemals bei mir leben.«

»Andrian? Der Hauslehrer!« Franz schlug mit der Faust auf den Tisch. »Du bist wirklich liederlich! Reichte nicht das uneheliche Kind von Stackelberg und das, was eventuell von Ludwig ist? Brauchtest du noch ein drittes?«

»Nein, ich brauchte es nicht. Aber es war dann eben da.«

»Weil du … dich einfach nicht beherrschen kannst!« Ihre Mutter marschierte im Zimmer auf und ab. »Vier Männer! Denkst du eigentlich nur an deine Lust oder manchmal auch an uns? Oder zumindest an deine Kinder?«

»Die ganze Zeit habe ich an euch gedacht. Deswegen bin ich inkognito in ein Versteck gegangen, um das Ergebnis meiner Schande im Geheimen zur Welt zu bringen. Wegen euch. Nur wegen euch und meiner Kinder!« Ihre Stimme brach, und sie schluchzte auf.

»Sei bloß froh, dass Stackelberg nichts gemerkt hat«, sagte ihre Mutter. »Sonst hättest du deine Deym-Kinder niemals mehr gesehen.«

»Ich weiß.« Josephine ging zur Tür. Tränen verschleierten ihr die Sicht. Sie dachte an ihre drei Töchter, die ihr genommen worden waren. Um alles in der Welt hatte sie verhindern müssen, dass dieser Albtraum noch einmal passierte. Sie drehte sich noch einmal um. »War er hier, während ich weg war?«

»Nein.« Therese schüttelte den Kopf. »Du hast Glück gehabt.«

Glück? Josephine verzog die Mundwinkel. Nein Glück hatte sie wahrlich nicht gehabt. Glück war anderen Menschen vergönnt. Ihr nicht.

55

Wien, Herbst 1815 bis Winter 1815/1816

Mama und Franz machten sich wieder auf den Weg nach Ungarn. Therese blieb bei ihr in Wien. Obwohl Josephine die wortlosen Abgänge ihrer Mutter mittlerweile bekannt waren, setzte ihr die Kälte jedes Mal zu. Früher, als sie ein Kind gewesen war, hatte sie ihre Mutter geliebt. Sie erinnerte sich, wie sie in dem großen Schloss von Martonvásár mit ihren Geschwistern herumgetollt war und im Park Blumen für ihre Mama gepflückt hatte. Aber irgendetwas war in der Beziehung zu ihrer Mutter zerbrochen, seit diese vor Jahren darauf bestanden hatte, dass sie Deym heiratete. Die Ehe war zwar verhältnismäßig glücklich gewesen, gleichwohl hatte Josephine ihrer Mutter nie verziehen, dass sie sie zu der Ehe mit dem wesentlich älteren Mann gedrängt hatte. Seinerzeit hatte sie zugestimmt, weil sie die Liebe ihrer Mutter nicht verlieren wollte. Doch sie hatte diese Liebe trotzdem verloren.

Sie konnte ihrer Mutter nichts recht machen. Die Affäre mit Andrian war ein weiteres Beispiel dafür, dass sie sich einerseits nicht darum scherte, ihrer Mutter noch Wohlwollen zu entlocken, aber andererseits immer wieder vom schlechtem Gewissen gegenüber ihrer Familie zerfressen wurde.

Das Versteckspiel hatte immerhin bewirkt, dass Josephine nicht wieder um das Sorgerecht für ihre Deym-Kinder bangen musste. Ihre Familie hielt dicht, auch wenn ihre Mutter und ihr Bruder ihr die kalte Schulter zeigten. Allerdings war die Haushaltskasse leer, Franz wollte sie nicht um Geld bitten, und ihre Kinder waren traumatisiert durch ihr plötzliches Verschwinden.

Sie sprach mit Vicky. Das Mädchen war sehr klug und verständig. Sie erklärte ihr, dass sie von Andrian schwanger geworden war, dass das natürlich ein unverzeihlicher Fehler gewesen sei und sie deshalb untertauchen musste, um nicht zu riskieren, dass ihr Vicky und ihre Geschwister weggenommen worden wären.

Ihre älteste Tochter nickte verständnisvoll. »Ich verstehe dich, Mama«, sagte sie. »Bitte versprich mir jedoch, dass du das nächste Mal wenigstens mir im Vorhinein sagst, warum du so etwas tust. Ich verspreche dir meinerseits, dass ich schweigen werde wie ein Grab. Aber noch einmal halte ich eine solche Ungewissheit nicht aus.«

Sie versprach es ihr. Ihre Tochter war mittlerweile eine junge Dame. Sie hätte sich ihr zuvor bereits anvertrauen sollen.

Andrian und Josephine lösten das Arbeitsverhältnis in gegenseitigem Einvernehmen auf. Sie musste Emilie vergessen, doch das ging nicht, wenn sie deren Vater jeden Tag sah. Außerdem hatten ihre Geschwister ihr zugesetzt und verlangt, dass sie sich fortan kein männliches Wesen mehr ins Haus holte.

Andrian und sie vereinbarten, Kontakt zueinander zu halten. So konnte sie sich immer wieder einmal nach ihrem Töchterchen erkundigen, und er konnte ihr Ratschläge zur

Erziehung ihrer Söhne geben, die seit ihrem Verschwinden erneut sehr schwierig waren.

Das zweite Weihnachtsfest kam, das Josephine ohne ihre Stackelberg-Kinder verbringen musste. Wie mochte es den Mädchen ergehen im fernen Estland? Kein Brief, kein Lebenszeichen von Stackelberg war in den letzten Monaten gekommen. Sie war froh gewesen, dass er nichts von Emilie mitbekommen hatte, doch nun sehnte sie sich nach einem Lebenszeichen ihrer Töchter.

Kurz nach Weihnachten kam tatsächlich ein Brief. Nicht von ihrem Gemahl, sondern von einem Geistlichen aus Böhmen. Er schrieb, dass das Geld, das Stackelberg ihm für die Erziehung der drei Mädchen gegeben habe, aufgebraucht und seit Monaten kein Geld mehr gekommen sei.

»Stell dir vor, die Mädchen sind nicht in Estland, sie sind in Böhmen bei einem Geistlichen!«, rief Josephine und stürmte mit dem Brief in der Hand in Thereses Zimmer.

Ihre ältere Schwester saß vor dem Frisiertisch und fuhr herum. »Was sagst du da?«

»Hier! Lies selbst!« Josephine zeigte ihr das Schreiben.

»Deine Kinder waren die ganze Zeit in Böhmen?«, sagte Therese ungläubig.

»Wir können sie holen lassen!« Josephine umarmte ihre Schwester. »Endlich wissen wir, wo sie sind!«

Therese sprang auf. »Wir müssen dem Geistlichen Geld schicken. Was kannst du erübrigen?«

Gerade noch war Josephine Feuer und Flamme gewesen, jetzt erfasste sie eine Woge der Ernüchterung. »Ich habe fast nichts mehr.« Sie setzte sich auf Thereses Bett. »Ich muss an den restlichen Schmuck gehen und versuchen, ihn zu verkaufen.«

»Mach das, ich kratze auch alles zusammen, was ich

habe.« Therese zog die Schublade auf und holte ihre Taschenuhr und ein Paar Granatohrringe heraus.

Verzweifelt schauten sie auf die mageren Schätze.

»Dafür bekommen wir noch nicht einmal Geld für den Unterhalt von drei Monaten. Der Dechant schreibt, dass ihm das Geld bereits seit Langem ausgegangen sei.«

Josephine ging ins Schlafzimmer und leerte ihr Schmuckkästchen auf dem Bett aus. Eine silberne Brosche, eine Perlenkette, ihr Deym-Ehering, ihr Stackelberg-Ehering, ein Granatkollier, das ihr Deym zu Fritz' Geburt geschenkt hatte, sowie goldene Ohrringe.

Therese war ihr nachgekommen. »Das wird immer noch nicht reichen«, sagte sie. »Aber für den Anfang ist es nicht schlecht.«

»Wo verkaufen wir den Schmuck?«

»Ich werde mich erkundigen.« Therese zeigte sich wie immer von der praktischen Seite. »Keinesfalls sollte es Stadtgespräch werden, dass die Brunsvik-Töchter auf einmal all ihren Schmuck verscherbeln. Ich werde mich in einschlägigen Kreisen umhören.«

»Sei vorsichtig«, mahnte Josephine.

Therese lachte. »Ich habe nicht vor, zu zwielichtigen Hehlern in dunkle Ecken zu gehen. Nein, ich werde Zmeskall fragen. Er war uns stets ein treuer Freund.«

Ja, über ihn haben wir Ludwig kennengelernt. Josephine erinnerte sich daran, wie sie und Therese vor vielen Jahren dem jungen Klaviervirtuosen in dessen Wohnung vorgespielt hatten. Da Zmeskall mit Ludwig immer noch gut befreundet war, war er für Josephine wie eine Brücke zu ihrem früheren Leben. Zu Ludwig hatte sie keinen Kontakt mehr gehabt, seit sie von Andrian schwanger geworden war. Wie sehr wünschte sie sich, dass ein gemeinsamer Freund von ihm reden würde. »Oh ja, bitte Zmeskall herzukommen«, sagte sie daher. »Ich würde mich freuen, ihn zu sehen.«

Zmeskall fand sich alsbald in Josephines Haus ein und überreichte ihr einen Umschlag.

Ihr Herz pochte wild, als sie die Handschrift darauf erkannte: Ludwig hatte ihr geschrieben! Sie war verwirrt und schaute zu Therese hinüber. Die zuckte gespielt unschuldig mit der Schulter und lächelte. Josephine öffnete den Umschlag und zog ein Blatt heraus, auf dem nur ein Satz stand.

Damit du deine kleinen Töchter wiedersiehst.

Seine Worte und die vielen Münzen, die er beigefügt hatte, rührten sie zu Tränen. *Er liebt mich noch immer,* dachte sie, *obwohl ich ihn mehrmals verletzt habe.*

Sie war zuversichtlich, dass sie das Geld bald beisammenhaben würde, um ihre Töchter auslösen zu können.

»Unser geschätzter Geiger Schuppanzigh wird Wien in Kürze verlassen«, sagte Zmeskall plötzlich. »Sein Streichquartett hat sich aufgelöst, und er wird für längere Zeit auf Konzertreise nach Russland gehen.«

»Oh, wie schade für sein Quartett, aber schön, dass er auf Tournee gehen kann!« Josephine dachte wehmütig an den Geiger, der Ludwigs Streichquartette bekannt gemacht und auch mit ihr viele Male zusammen musiziert hatte.

»Wäre es nicht möglich, dass Sie ihm in Ihrem Haus, in dem er so oft konzertiert hat, noch einmal eine Bühne für ein Abschiedskonzert bereiten?«, fragte Zmeskall.

Josephine überlegte. Die Organisation einer Soiree würde viel Kraft kosten. Sie war sich unsicher, ob sie diese in ihrer derzeitigen Lage aufbringen konnte. Doch sie wollte ihren alten Freunden den Gefallen tun, vor allem nachdem Ludwig ihr gerade eine nicht unbeachtliche Summe Geld geschickt hatte. »Ja«, sagte sie. »Das mache ich.«

»Schuppanzigh verlässt Wien am 12. Februar 1816.«

»Dann sollten wir die Soiree für den 11. Februar planen«, sagte Josephine. »Richten Sie ihm doch bitte aus, dass er den ganzen Abend zur Verfügung hat, um die Kammermusikstücke unseres guten Beethovens aufzuführen.« Sie selbst würde nicht mehr als Pianistin auftreten. Sie hatte in den letzten Jahren wenig Klavier gespielt und ihr früheres Niveau unwiederbringlich verloren. »Möchte Beethoven vielleicht auch etwas darbieten?«

Zmeskall lächelte traurig. »Beethoven konzertiert nicht mehr. Er ist fast vollständig taub.«

»Oh.« Josephine fasste sich an die Brust. Es war so gekommen, wie er vorhergesagt hatte. Trotzdem war diese Nachricht für sie wie ein Schlag ins Gesicht. Ludwig, der so bravourös Klavier spielen konnte … er spielte nicht mehr! Was für eine Tragik!

In den kommenden Wochen war sie emsig mit der Planung der Soiree und der Beschaffung weiterer finanzieller Mittel für die Auslösung ihrer Kinder beschäftigt. Von Ludwig erhielt sie keine Nachricht, aber das war besser so. Denn sie fühlte sich immer noch von allen Seiten beobachtet. Nachdem sich die Sorgerechtslage um ihre Deym-Kinder beruhigt hatte, wollte sie nicht riskieren, dass die Entscheidung der Richter, ihr die Kinder aus erster Ehe zu lassen, wegen eines Männerbesuchs in ihrem Haus erneut infrage gestellt wurde. Zum Glück schätzte Ludwig die Lage wohl genauso ein.

Am Abend des 11. Februars begrüßte Josephine in ihrem

schlichten schwarzen Kleid, das sie zehn Jahre zuvor als Gräfin Deym bereits getragen hatte, die Gäste zu ihrer Soiree.

Schuppanzigh war mit seinem Quartett schon zwei Stunden eher eingetroffen und hatte sich eingespielt. Jetzt saßen die vier Musiker im Halbkreis vor dem Publikum.

Ludwig war noch nicht erschienen.

Wo bleibt er nur, fragte sich Josephine besorgt. *Will er vielleicht mein Haus nicht mehr betreten? Zürnt er mir noch immer?*

Schuppanzigh gab den Einsatz, und eines von Ludwigs Streichquartetten erklang. Josephine kannte es in- und auswendig. Als sie die Klänge nun vernahm, fühlte sie sich zehn Jahre jünger und tauchte im Geiste ein in die glücklichste Zeit ihres Lebens.

Leise öffnete sich die Tür des Salons, und Ludwig stahl sich hinein. Josephine hob den Kopf und lächelte ihm zu. Älter war er geworden, seine Schläfen waren weiß geworden, sein Gesichtsausdruck traurig.

Er erwiderte ihr Lächeln, setzte sich auf den letzten freien Platz an der Tür und hielt sich ein Hörrohr ins Ohr.

Es folgte ein Quintett mit den Musikern des Schuppanzigh-Streichquartetts und Ludwigs Schüler Czerny am Klavier. *Es wird das letzte Mal sein, dass ich diese wunderbaren Stücke höre*, dachte Josephine wehmütig. Sie konnte kaum noch ihr Haus verlassen, um zu Soireen in andere Häuser zu gehen. Ihr Ruf war infolge ihrer desaströsen finanziellen Lage, der Trennung von ihrem Ehemann und dem Sorgerechtsprozess dahin. Sie lebte lieber im Verborgenen.

Nach dem Konzert kam Ludwig zu ihr. »Haben Sie vielen Dank für die Ausrichtung des wunderbaren Konzertes«, sagte er und drückte ihre Hand. Seine dunkelbraunen Augen ruhten auf ihr. Die Leidenschaft darin war erloschen, er wirkte melancholisch und fast schon ein wenig alt.

Sie schluckte. »Ich danke Ihnen für Ihr Kommen und … auch für alles andere.«

Er deutete mit einem Achselzucken auf seine Ohren. Er hatte kein Wort verstanden.

Ihre Augen wurden feucht.

Da tätschelte er ihr sachte die Hand, nahm seinen Hut und empfahl sich.

Sie wusste mit Bestimmtheit, dass er ihr nicht böse war. Vielleicht hätte er sie geduzt, wenn sie allein gewesen wären. *Ob ich ihn noch einmal wiedersehen werde*, fragte sie sich und kämpfte gegen ihre Tränen an.

56

Wien, im Sommer 1816

Wochen vergingen. Unermüdlich bemühte sich Josephine, die exorbitante Summe aufzubringen, die der böhmische Dechant forderte, um ihre Stackelberg-Töchter herauszugeben. Noch immer fehlte ihr ein Restbetrag, und langsam wurde sie mürbe. Sie litt wieder an Kopfschmerzen und Appetitlosigkeit und musste oft das Bett hüten.

Im Frühsommer hatte sie endlich das Geld beisammen. Umgehend schickte sie es dem Geistlichen und kündigte ihm an, dass sie einen Kurier schicken werde, um die Mädchen abzuholen.

Zu gern wäre sie selbst nach Böhmen gefahren, aber ihre Gesundheit ließ dies nicht zu. Wenn sie unterwegs ernsthaft krank werden würde und lange Zeit rasten müsste, würde Stackelberg ihr die Mädchen womöglich doch noch wegschnappen. Daher sandte sie einen Kurier los. Als sie ihn davonreiten sah, fiel ihr eine Last von den Schultern. *Bald sind meine Kleinen wieder da!*

»Der Kurier wird sicherlich einen Monat unterwegs sein.« Therese trat neben sie ans Fenster. »In der Zeit fahren wir nach Baden. Du bist völlig blass und abgemagert. Bevor die Mädchen zurückkommen, musst du wieder zu Kräften kommen. Die Sommerfrische wird dir guttun.«

Josephine seufzte. »Gut, wie du meinst.« Ohne ihre Schwester konnte sie ihr Leben kaum noch bewältigen. Wenn diese also meinte, sie müsse nach Baden, dann war das wohl so. »Wann fahren wir?«

»Gleich übermorgen, sofern es dir recht ist.«

»Mir ist alles recht«, sagte Josephine. Sie war müde.

Zwei Tage später stieg sie mit Therese und ihren Töchtern in die Kutsche. Ihre Söhne blieben in Wien. Sie erhielten Unterricht bei ihrem neuen Lehrer. Josephine brauchte eine Pause von ihnen. Fritz war mit seinen fünfzehn Jahren immer noch schwierig und bisweilen unverschämt, und Carl eiferte ihm nach. Sie kam mit ihren Söhnen nicht mehr zurecht. Die ständigen Diskussionen zehrten an ihren Nerven, und sie war froh, dem häuslichen Unfrieden eine Weile zu entkommen.

Als sie in Baden die frische Luft einatmete, spürte sie, wie sich ihre Sinne belebten. Sie hielt eine Hand aus der Kutsche, um den Fahrtwind zu spüren. »Es ist wunderschön«, sagte sie.

»Ludwig weilt auch in Baden.«

Ungläubig sah Josephine ihre Schwester an. Was bezweckte sie mit dieser Information? Wollte sie etwa, dass sie Kontakt aufnahm zu ihrem einstigen Geliebten? Aber warum? Therese hatte sich mit Ludwig des Öfteren ausgetauscht wegen der Sorgerechtsbelange, mit denen nun auch er kämpfte, nachdem er im Vorjahr seinen Bruder verloren hatte und seitdem mit seiner Schwägerin um die Vormundschaft seines Neffen stritt.

»Ich möchte, dass du wieder Spaß hast am Leben, Pepi«, sagte Therese, als ob sie Josephines Gedanken erraten hätte. »Jetzt, da deine kleinen Töchter quasi auf dem Weg zu dir sind, musst du wieder ausgehen, wieder Musik machen, die Natur genießen, all das tun, was du früher immer geliebt hast.«

»Früher … ja.« Josephine sah in die Ferne. Früher war vorbei und würde nie wiederkommen. Doch das konnte sie Therese nicht sagen. Sie hoffte einfach nur, dass sie ihre Mädchen bald wohlbehalten wiederbekommen würde.

Es dauerte keine zwei Tage, da lief sie Ludwig über den Weg, als sie an Thereses Arm einen Spaziergang über die Felder unternahm. Als sie seine Silhouette in der Ferne sah, blieb sie abrupt stehen. Ihr Herz klopfte.

»Komm weiter«, sagte Therese.

Josephine zögerte. Zwar hatte sie Ludwig einige Monate zuvor in ihrem Haus empfangen. Aber dort war er einer von vielen Gästen gewesen, und sie hatte nicht mit ihm allein reden können. Doch war eine Aussprache zwischen ihnen fällig. Trotzdem hätte Josephine am liebsten Reißaus genommen. Glücklicherweise hinderte ihre angeschlagene Gesundheit sie daran.

Er näherte sich und zog den Hut. »Guten Tag, die Damen, wie schön, Sie hier zu sehen.«

Josephine und Therese erwiderten den Gruß, und Therese lud ihn ein, ein Stück des Weges mit ihnen zu gehen.

Als er sich verbeugte und weitergehen wollte, begriff Josephine, dass er ihre Schwester nicht gehört hatte. Sie berührte seinen Unterarm. Sie spürte förmlich den Funken, der sich an der leichten Berührung entzündete.

»Komm mit uns!«, schrie sie in Ludwigs Ohr und deutete auf einen Gasthof in der Ferne.

Er lächelte und nickte. Sie konnten sich nicht unterhalten. Er verstand sie nicht. Sein Gehör war nun wohl vollends verloren.

Therese versuchte, ein Gespräch zu beginnen, sie schrie Ludwig mehrere Male Fragen ins Ohr, doch er zuckte nur entschuldigend mit den Achseln. Dann zog er ein Notizbuch aus seiner Westentasche und deutete auf den Gasthof.

Josephine verstand. Sie würden nur noch schriftlich kommunizieren können. Das würde die Sache erschweren. Sie hatte plötzlich das Bedürfnis, ihn um Verzeihung bitten. Aber wie sollte sie das machen, wenn er taub war? Schriftlich war es nicht so leicht, Reue zum Ausdruck zu bringen, und indem man den anderen anschrie, war es erst recht nicht möglich.

Sie setzten sich in den Gasthof und bestellten Kuchen.

Als Therese verschwand, um sich die Hände zu waschen, sah Ludwig Josephine lange an, dann schrieb er etwas in sein Notizbuch und schob es ihr hin.

Es tut mir leid, was dir alles widerfahren ist. Ich hoffe, es geht dir bald besser.

Er wusste natürlich von der Entführung ihrer jüngeren Kinder und ihrem endgültigen Bruch mit Stackelberg. Aber war ihm auch ihr Verhältnis mit Andrian und die Geburt ihrer Tochter Emilie bekannt?

Das kann ich nicht schwarz auf weiß aufschreiben, dachte Josephine.

Er nahm das Buch wieder zu sich und schrieb weiter.

Ich verstehe dich. Das ist das Gute an uns: Wir verstehen einander ohne Worte.

Sie nahm das Buch und schrieb:

Nur über die Musik?

Er lächelte.

Ja, aber nicht nur. Ich denke, dass wir füreinander geschaffen sind und daher wissen, wie es um den jeweils anderen steht, auch wenn wir voneinander getrennt sind.

Sie griff nach dem Bleistift, fügte drei Punkte hinzu und vollendete seinen Satz.

… und wohl nie zusammenkommen können.

Er seufzte und kritzelte weiter.

Wir sind Sklaven unserer Zeit. Würden wir hundert Jahre später leben, wäre es möglich, dass wir heirateten, da bin ich mir sicher.

Sie bezweifelte, dass sich uralte Konventionen in nur hundert Jahren ändern konnten.

Meinst du?

Er nickte und schrieb:

Überleg doch, was die Französische Revolution, so schlimm sie auch war, bewirkt hat. Selbst wenn letztes Jahr der Adel sein Wiedererstarken auf dem Wiener Kongress besiegelt hat, das Geschehene kann nie gänzlich ungeschehen gemacht werden.

Nachdenklich blickte sie auf seine Zeilen. Sie bezog seine Aussage auf ihre persönliche Lage. Sie nahm ihm den Stift aus der Hand und schrieb:

Ich bitte dich um Verzeihung!

Er sah sie verwundert an. »Wofür?«, fragte er leise.

Tränen liefen ihr nun über die Wangen. Mussten sie ein so vertrauliches Gespräch schriftlich führen? Er konnte den Gram in ihrer Stimme nicht hören, wie sollte sie ihm verständlich machen, was sie fühlte, was sie empfand? Dennoch griff sie nach dem Stift.

Du hast mich gebeten, dir stets treu zu sein, doch ich war es nicht. Mehrfach nicht. Obwohl ich dich immer geliebt habe.

»Ach, mein Engel«, sagte er nun und nahm ihre Hand in seine. »Gräm dich nicht. Wie leiden beide, aber wir werden uns immer lieben.«

Sie tupfte sich mit einem Taschentuch die Tränen ab. Gerade noch rechtzeitig, bevor Therese wiederkam und sich zu ihnen setzte.

»Darf ich dich morgen Nachmittag um drei Uhr zu einem Spaziergang ausführen?«, fragte Ludwig zum Abschied. Sie merkte, dass seine Stimme unsicher klang. Er schien sie nicht mehr kontrollieren zu können.

Sie nickte.

Therese sah dies und lächelte.

Sie hofft, dass ich mich erhole und wieder so fröhlich werde wie früher, dachte Josephine traurig. Aber sie wusste, dass in ihrem Fall keine Hoffnung bestand. Sie würde nicht alt werden. Nach all den Schicksalsschlägen der vergangenen Jahre fühlte sie sich kraftlos und ausgezehrt wie eine Neunzigjährige.

57

»Wollen wir nicht gemeinsam nach Bad Pyrmont zur Kur fahren?«, schlug Ludwig eines Abends vor.

Josephine sah auf. *Hatte er das ernst gemeint?*

Er zückte sein Notizbuch.

Du solltest einmal raus aus Wien. Ich ebenso. Warum sollen wir nicht einfach eine Weile verschwinden? Nur du und ich? Wie zwei ungezogene Kinder?

Sie kicherte und nahm den Bleistift.

Warum nicht? Aber ich fahre als Gräfin von Mayersfeld.

»Natürlich. Ebendiese Dame habe ich gefragt.« Er zwinkerte.

Josephine war tatsächlich unter ihrem falschen Namen in Baden abgestiegen. Den Pass, den ihr Andrian ein Jahr zuvor besorgt hatte, hütete sie wie ihren Augapfel. Sie schämte sich ihres richtigen Namens. Sie wollte nicht mit Stackelberg in Verbindung gebracht werden. Sie nahm an, dass alle Welt über ihre gescheiterte Ehe im Bilde war und der Tratsch losgehen würde, sobald sie unter ihrem richtigen Namen Quartier in einem Hotel bezog.

»Wann?« Seine Augen leuchteten wie früher, während

ihrer Witwenzeit, als sie sich beide immer heimlich getroffen hatten.

Sie zuckte mit den Achseln und griff erneut zum Notizbuch.

Vielleicht im Herbst? Meine kleinen Mädchen müssen erst wieder bei mir sein. Außerdem wird es eine Weile dauern, bis wir die Papiere zur Ausreise haben.

»Gut. Wir beantragen sie, sobald wir wieder in Wien sind.« Ludwig stand auf. »Dann können wir im Herbst reisen.«

Sie zupfte ihn am Ärmel.

Was ist mit deinem Neffen?

Josephine wusste, dass Ludwigs Neffe Karl, für den er im Vorjahr nach aufreibenden Rechtsstreitigkeiten die Vormundschaft erlangt hatte, operiert worden war und noch im Krankenhaus lag.

»Er geht in zwei Wochen zurück ins Internat. Im Herbst habe ich daher Zeit.«

Sie nickte. Nun musste sich Ludwig wie sie um Sorgerechts- und Vormundschaftsangelegenheiten kümmern. So ganz konnte sie nicht gutheißen, wie er in diesen Dingen vorging, denn er hatte der Frau seines Bruders ihr Kind weggenommen, und sie fühlte mit ihr.

»Ludwig hat mich gefragt, ob ich im Herbst mit ihm nach Bad Pyrmont zur Kur fahre«, sagte Josephine.

Therese lächelte. »Das solltest du unbedingt machen, Pepi.«

Josephine wunderte sich. Früher hätte das ihre Schwester nie gesagt.

»Ich fahre jedoch erst, wenn meine kleinen Töchter wohlbehalten angekommen sind und ich mich ein paar Wochen an ihnen erfreut habe.«

Therese nickte. »Natürlich. Aber du musst dich auf jeden Fall erholen, Pepi. Daher sollst du unter allen Umständen nach Bad Pyrmont reisen. Ich werde in der Zeit gern wieder auf deine Kinder aufpassen.«

So beantragte Josephine nach ihrer Rückkehr aus Baden gleich die Papiere für ihre Kur in Bad Pyrmont.

Eine lang vergessene Vorfreude erfasste sie. Sie würde nun endlich gemeinsam mit dem Mann, den sie liebte, wegfahren. Weit weg von Wien und dem Getratsche, ihren Sorgen und Nöten. Leider würden sie und Ludwig nicht mehr miteinander musizieren können. Er hörte nichts mehr, und ihre Finger waren steif, weil sie jahrelang nicht Klavier gespielt hatte. Nun ja, alles wäre eben nicht so wie früher. Aber es würde ein schöner Abschied sein. Josephine fasste sich an die Brust. Immer öfter bekam sie Atemnot. Sie ahnte, dass ihre irdischen Tage gezählt waren. Sie wollte jetzt alles in Ordnung bringen, daher auch diese letzte Reise mit Ludwig, ein Geschenk an ihn, dem sie ihr ganzes Leben hätte schenken sollen.

58

Josephine war zurück in Wien. Sie hatte in Baden Kraft getankt, und ihre Wangen hatten sogar wieder Farbe bekommen.

Ihre Reisepapiere für Bad Pyrmont, die sie gleich nach ihrer Rückkehr beantragt hatte, trafen schneller ein als erwartet. Sie würde als Gräfin Mayersfeld reisen. Zwar hatte sie immer noch nichts vom Kurier gehört, den sie nach Böhmen entsandt hatte, doch sie war zuversichtlich, dass er ihr bald ihre Kinder bringen würde. Immerhin hatte sie das Geld vollumfänglich gezahlt. Sie würde also getrost schon einmal die Reise nach Norddeutschland vorbereiten können.

Sie ging ins Schlafzimmer und öffnete die Schranktür. Ein Kleid nach dem anderen zog sie heraus und überlegte, welches sie nach Bad Pyrmont mitnehmen sollte. Ludwig und sie würden viele Tage unterwegs sein. Wie es wohl sein würde, tagein, tagaus mit ihm auf engstem Raum in einer Kutsche zu sein? Der Gedanke an die lange, anstrengende Fahrt machte ihr nichts aus. Selbst Ludwig, der das Reisen hasste, schreckte vor diesem Kraftakt nicht zurück; wahrscheinlich in Anbetracht der Zweisamkeit, die sie nur fernab von Wien finden konnten. So wie damals in Prag. Josephines Gedanken schweiften ab. Wehmütig dachte sie an den lauen Sommerabend auf dem Laurenziberg und ihre einzige gemeinsame Nacht in Ludwigs Armen.

Es klopfte.

»Herein!«

Ihr Diener steckte zaghaft den Kopf zur Tür herein. »Ein Kurier ist soeben eingetroffen und wünscht Sie zu sprechen.«

Ihr Herz raste mit einem Mal. Ein ungutes Gefühl beschlich sie. Warum hörte sie kein Kinderlachen? War der Kurier allein gekommen? »Ich komme sofort, führen Sie ihn bitte schon einmal in den Salon und rufen Sie auch meine Schwester.«

Sie glättete ihren Rock und straffte die Schultern. Aber ihr Pulsschlag beruhigte sich nicht. Immer wenn sie dabei war, mit Ludwig zusammenzukommen, geschah etwas. Sollte es auch jetzt wieder so sein?

Als sie den Salon betrat, stand Therese grau und ernst vor dem Fenster und sprach mit dem Kurier, den Josephine vor einigen Wochen losgeschickt hatte. An seiner Miene sah sie sofort, dass keine guten Nachrichten auf sie warteten.

»Sie haben meine Kinder nicht mitgebracht?«, fuhr sie ihn an.

Der Kurier senkte den Blick. »Ich bedaure außerordentlich, zu spät gekommen zu sein, gnädige Frau.«

Bunte Sternchen tanzten plötzlich vor ihren Augen. »Was ist passiert?«, flüsterte sie und sank in einen Sessel.

»Ich war gerade vor der Kirche des Dechants angekommen, da kam ein Mann – der sich später als Bruder Ihres Mannes vorstellte – mit drei kleinen Mädchen aus dem Pfarrhaus heraus. Ich stellte mich ihm in den Weg und zeigte ihm Ihr Schreiben. Aber er lachte nur und sagte, dass er die Kinder nach Estland mitnehmen würde, was ihm sein Bruder, Ihr Gemahl, aufgetragen habe.«

»Das kann doch nicht wahr sein!« Josephine schlug die Hände vorm Gesicht zusammen. *Nur ein Tag hätte aus-*

gereicht, vielleicht sogar nur eine Stunde! Wäre nur der Kurier schneller dort gewesen als Stackelbergs Bruder! »Konnte der Dechant nichts machen?«

Der Kurier schüttelte traurig den Kopf.

»Hat er Ihnen wenigstens unser Geld zurückgegeben?«, fragte Therese.

»Auch das nicht«, sagte der Mann zerknirscht.

Josephine fasste sich an die Brust. Sie bekam kaum noch Luft. So nah war sie am Ziel gewesen, und nun hatte Stackelberg ihr die Kinder schon wieder weggeschnappt. Sie würde sie wohl nie wiedersehen. Und das Geld aus dem versetzten Familienschmuck war jetzt auch weg. Tränen stiegen ihr in die Augen.

Therese kam zu ihr und legte ihr einen Arm um die Schultern.

Doch Josephine stieß sie weg und rannte ins Schlafzimmer. Mit einem lauten Knall schlug sie die Tür hinter sich zu. *Es ist alles aus!* Sie würde jetzt niemanden ertragen. Keinen mitleidigen Blick, keine tröstenden Worte, nichts. Pure Verzweiflung übermannte sie. Sie warf sich aufs Bett und weinte hemmungslos.

Tagelang lag sie in ihrem abgedunkelten Zimmer. Sie konnte keine Nahrung bei sich behalten, und ihr Kopf schien vor Schmerzen zu zerplatzen. »Sag die Fahrt nach Bad Pyrmont ab«, bat sie Therese.

Ihre Schwester nickte.

Nun war auch ihr Traum von einer letzten gemeinsamen Reise mit Ludwig dahin. Sie würden niemals zusammenkommen. Ein Tauber und eine Kranke. Zwei Invaliden. Nein, das konnte nicht funktionieren. Sie hatten nicht die Kraft, einander zu stützen, sie waren zu sehr mit sich selbst beschäftigt.

Wien, am 31. März 1821
Am Nachmittag

»Pepi! Hörst du mich?«

Mühsam öffnete Josephine die Augen. Sie war wohl wieder eingeschlafen. Draußen wurde es bereits dämmrig.

Therese beugte sich über sie. »Bitte wach auf und hör mir einen Moment zu.«

Welche Katastrophe mochte sich nun wieder ereignet haben, durchfuhr es Josephine. Immer wenn Therese sie aus dem Schlaf gerüttelt hatte, war etwas Schlimmes passiert. Entweder war Stackelberg zurück und wollte Geld. Oder ihre Söhne hatten randaliert, und sie musste für den Schaden aufkommen. Ein Schmerz stach durch ihren Körper wie ein Messerstich. Hatte etwa einer ihrer Söhne jemanden getötet oder war im Begriff sich zu duellieren? Oder war eines ihrer Kinder gestorben?

Sie stützte sich auf dem Ellbogen auf. »Was gibt es?«

»Ich muss nach Hause zu Mama.«

Josephine ließ sich zurück in die Kissen fallen. »Ist sie krank?«

Therese setzte sich auf die Bettkante und nahm ihre Hand. »Mama ist alt und nun ein wenig kränklich. Ich muss ihr beistehen.«

Josephine nickte.

»Kann ich dich allein lassen?«

Ihr schwirrte der Kopf. »Ist Vicky nicht mehr da? Ist auch sie weggegangen wie Sephine und die Knaben?«

»Nein, Vicky ist noch hier«, versicherte ihr Therese. »Sie wird sich weiterhin um dich kümmern.«

Die liebe Vicky. Ihre älteste Tochter war die Einzige, die neben Therese noch zu ihr hielt.

»Sag Mama und Franz einen lieben Gruß von mir«, sagte Josephine. »Sag ihnen, dass es mir leidtut, dass ich ihnen so viel Kummer bereitet habe.«

Therese nickte und blinzelte die Tränen weg, die sich in ihren Augen bildeten. »Das mache ich, Pepi.«

Josephine spürte, dass dies das letzte Gespräch mit ihrer Schwester sein würde. »Hab Dank für alles, Therese. Ich hoffe, du kannst nun endlich deine Pläne verwirklichen, wenn ich nicht mehr da bin.«

Ihre Schwester strich ihr eine Haarsträhne aus dem Gesicht. »Ach, Pepi. Ich weiß nicht, was ich ohne dich machen soll. Wir standen uns immer so nah.«

»Ich habe das Unglück auf mich gezogen wie ein Magnet. Du und Vicky, ihr seid die Einzigen, die allzeit zu mir gestanden haben.« Josephine seufzte.

Sie konnte die unzähligen Katastrophen, die in den letzten Jahren über sie hereingebrochen waren, kaum noch zählen. Nach dem misslungenen Versuch, ihre Stackelberg-Töchter wieder nach Hause zu holen, war bald darauf Emilie an den Masern gestorben. Obwohl ihre jüngste Tochter stets bei ihrem Vater gelebt hatte, war Josephine nach dem Tod ihrer Kleinsten in eine schwere Krise gestürzt. Sie konnte sich nicht verzeihen, sich um Emilie niemals gekümmert zu haben.

Mitten in ihrer Trauer war Stackelberg aufgetaucht und hatte Geld verlangt. Sie hatte ihre letzten Wertsachen zusammengekratzt und verkauft, um ihm die horrende Summe, die er forderte, zu geben. Sie hoffte, dass er mit dem Geld für ihre drei Töchter in Estland sorgen würde.

Als die Nervenschwindsucht, an der sie litt, sie bereits permanent ans Bett fesselte, waren Fritz und Carl zum Militär gegangen. Fritz hatte in dem rohen Umfeld auch sogleich angefangen zu trinken, sich zu prügeln und Spielschulden anzuhäufen. Als er eines Tages randaliert hatte, hatte die Polizei vor ihrer Tür gestanden und verlangt, dass sie für den Schaden ihres Sohnes aufkommen solle. Bei einem Wucherer hatte sie dafür einen Kredit aufnehmen müssen, denn ihr Bruder weigerte sich, ihr noch einmal unter die Arme zu greifen. »Das ist ein Fass ohne Boden«, ließ er sie wissen. »Du wirst dein Leben niemals in den Griff bekommen, nicht mit allem Geld der Welt.« Sie und ihre Töchter Vicky und Sephine hatten zu der Zeit nicht mehr als trockenes Brot, Kartoffeln und Wasser zum Leben gehabt.

Sephine reichte es schließlich. Eines Morgens stand sie mit ihrem Gepäck vor Josephines Bett. »Leb wohl, Mama«, sagte sie. »Ich trete bei den Englischen Fräulein in Sankt Pölten ein.« Josephine hatte von ihrem Vorhaben nicht die geringste Ahnung gehabt. Ihre Tochter für immer hinter Klostermauern zu wissen, brach ihr fast das Herz.

Ihre Mutter schrieb aus Martonvásár, dass Josephine selbst für ihre Misere verantwortlich sei und sie keinerlei Hilfe mehr von der Familie erwarten dürfe. Trotzdem war Therese geblieben und stand ihr bei. Sie kümmerte sich um die Haus- und Familienangelegenheiten, für die Josephine nicht mehr die Kraft hatte, und pflegte sie.

Auf geheimnisvolle Weise waren die vielen Rechnungen stets beglichen worden. Josephine vermutete Ludwig dahinter, der ihr aus der Ferne beistand wie ein Ehemann. Zu

Therese hielt er noch Kontakt. Von ihr erfuhr sie auch, dass er einen Liederzyklus *An die ferne Geliebte* verfasst hatte. *Vielleicht meint er mich damit*, dachte sie. Sein Œuvre wies nicht viele Vokalwerke auf. Er war sich zeitlebens unsicher gewesen, was er Sängern zumuten konnte und was nicht; bei Instrumentalisten war ihm das hingegen immer klar gewesen.

Sie hatte ihn jedoch zu Vokalkompositionen inspiriert. Das hatte er ihr einmal gesagt. Sie war seine *Leonore*, seine Geliebte, auf die er einst hoffte, dann nicht mehr hoffte, und die schließlich seine Muse wurde. Er hatte an *Leonore* fast sein ganzes Leben gearbeitet. Vor sieben Jahren hatte er die Oper nach unzähligen Umarbeitungen als *Fidelio* erneut aufgeführt. Da hatte sie endlich die lang ersehnte Anerkennung erhalten. Zu der Zeit war Josephine allerdings bereits kaum noch aus dem Haus, geschweige denn in die Oper gegangen. Sie hatte *Fidelio* daher nie gehört und Ludwigs Erfolg nur aus der Ferne mitverfolgt, als seine *ferne Geliebte*.

»Lass Ludwig wissen …«, begann sie, doch sie beendete den Satz nicht.

Therese drückte ihre Hand.

Josephines Gedanken wanderten von Ludwig zu Minona. Nur ein Jahr alt war ihre Tochter gewesen, als sie ihr entrissen worden war. Hoffentlich würde ihre estnische Familie – die wahrscheinlich gar nicht ihre Familie war – gut zu ihr sein. Natürlich auch zu Maria Laura und Theophile. Aber anders als Minona waren diese mit Sicherheit Stackelbergs Töchter.

Josephine lächelte, als sie an den Besuch ihrer drei jüngeren Töchter dachte. Stackelberg hatte vor anderthalb Jahren endlich ein Einsehen gehabt und während einem seiner Besuche ihre Töchter mitgebracht, damit Josephine sie noch einmal sehen und sich von ihnen verabschieden konnte, denn dass es mit ihr zu Ende ging, hatte auch ihr Ehemann schließlich begriffen.

Minona schien die Vernünftigste von allen zu sein. Obwohl sie mit ihren damals gerade einmal sechs Jahren die Jüngste der drei war, kümmerte sie sich um ihre ängstlichen und schüchternen Schwestern, als wäre sie die Älteste. Sie war so fürsorglich wie ihre Patin Therese.

»Wenn Minona und meine Stackelberg-Töchter noch einmal kommen sollten …«

»… werde ich mich um sie kümmern«, vollendete Therese ihre Bitte. »Du hast mir einst die Patenschaft über Minona gegeben. Ich habe dir versprochen, für sie da zu sein, solange ich lebe. Und ich werde auch für all deine anderen Kinder da sein.«

»Danke, Therese.« Josephines Stimme klang dünn. Ihr war schummrig vom Laudanum, das sie gegen ihre permanenten Schmerzen nahm.

Morgen also möchte auch Therese fort, erinnerte sie sich. »Tust du mir noch einen Gefallen, bevor du abreist?«

»Natürlich.«

»Spiel mir Ludwigs *Andante favori* vor.« Sie wollte es noch einmal hören, und Vicky spielte dafür nicht gut genug Klavier.

Therese schluchzte auf.

Josephine schloss die Augen. Sie konnte ihre Schwester nicht trösten. Sie hatte keine Kraft mehr. Bald würde es vorbei sein. Bald würde sie von ihren Schmerzen erlöst sein … und ihre Familie von ihr.

Therese stand auf und ging ins Nebenzimmer. Josephine hörte, wie sie den Schemel vor dem Klavier zurechtrückte. Es war ein schäbiges Klavier, das Therese angemietet hatte, um ihr manchmal vorzuspielen.

Leise Schritte näherten sich ihrem Bett. »Mama?«

Josephine öffnete noch einmal die Augen. »Vicky, mein liebes Kind.« Sie lächelte ihr zu.

Ihre Tochter hatte Tränen in den Augen. Sie setzte sich auf die Bettkante und nahm Josephines Hand.

Da erklang ihr geliebtes *Andante favori* aus dem Salon. Die Musik trug sie zurück in eine Zeit, die erfüllt war von schimmernden Kleidern, Soireen, Musik und Lachen. Sie brachte sie zurück zu Ludwig, der ihr Klavierspiel geprägt hatte, der ihr sagenhafte Einblicke in sein Reich der Harmonien, Rhythmen und Klangfarben gewährt hatte, der ihr leidenschaftliche Liebesbriefe geschrieben und sie begehrt hatte. Ein Leben lang. Klar und deutlich sah ihn Josephine vor sich: einen jungen, energiegeladenen Klaviervirtuosen; einen sensiblen, einfühlsamen Liebhaber; einen von Krankheit, Taubheit und Liebeskummer gezeichneten Mann.

Seine Musik würde die Zeit überleben. Sie würde noch zu hören sein, wenn sie und er schon lange nicht mehr unter den Lebenden weilten. Es war tröstlich, dass seine Musik auch ein Stück ihres Lebens beinhaltete, ihre Zeit mit dem großen Komponisten. *Auch wenn ich bald in Vergessenheit gerate, so bleibt etwas von mir übrig, so lange Ludwigs Musik gespielt wird*, dachte sie.

Die letzten Takte »ihres« *Andante* verklangen. Es war Zeit zu gehen. *Adieu, Ludwig.*

Epilog

Wien, am Abend des 31. März 1821

Ludwig saß in einer dunklen Ecke der Gaststätte, die unter seiner Wohnung lag. Die Luft war stickig. Den vielen Gästen nach zu urteilen, ging es hoch er. Sie prosteten sich zu, tranken und lachten. Aber er vernahm noch nicht einmal mehr ein Stimmengewirr. Selbst als sich zwei Gäste in seiner unmittelbaren Nähe in die Wolle kriegten und sich gestenreich anbrüllten, bekam er akustisch nichts davon mit. Das war einer der Vorzüge des Taubseins. Lautes Geschrei kam in seinem Kopf – wenn überhaupt – nur gedämpft an.

Er war allein unter Vielen. Niemals würde er in diesem Ambiente irgendeiner Unterhaltung folgen können. Durcheinanderredende Personen vor lautem Hintergrund hatten seine Hörkapazität schon vor Jahren überfordert. Jetzt hörte er schlichtweg nichts mehr. Seine Ohren waren nutzlose Überbleibsel einer anderen Zeit. Nur die innere Musik, die Tag und Nacht durch seinen Kopf jagte und danach schrie, aufgeschrieben zu werden, »hörte« er.

Ich bin ein einsamer alter Kauz, dachte er, während er den zähen Tafelspitz, den ihm der Wirt serviert hatte, mit einem kräftigen Schluck Heurigen herunterspülte.

Plötzlich stand sein Diener neben ihm und zupfte ihn am Ärmel.

Ludwig fuhr zusammen. »Warum schleichst du dich so an?«, blaffte er. Gleich darauf fiel ihm ein, dass der Diener wahrscheinlich laut und deutlich sein Kommen angekündigt hatte. Doch er konnte ihn nicht hören.

»Was ist?«, fragte er etwas milder.

Der Diener hielt ihm eine Nachricht hin.

Meine Schwester Josephine ist vor zwei Stunden verstorben.
Therese von Brunsvik

Die Buchstaben verschwammen vor seinen Augen. Ein penetranter Pfeifton schrillte in seinen Ohren. Plötzlich spürte er einen stechenden Schmerz in der Brust. Er krümmte sich und brach zusammen. Röchelnd lag er auf dem Boden.

Sein Diener klopfte ihm auf die Wangen und rief offensichtlich seinen Namen. Zumindest erkannte Ludwig das an seinen Lippen.

Der physische Schmerz ließ etwas nach. Doch immer noch wirbelten graue Punkte wie Schneegestöber vor seinen Augen. *Sie ist tot*, dachte er. Sein Engel atmete nicht mehr.

Der Wirt kam herbei und hielt ihm ein Glas Wasser hin.

Mühsam richtete sich Ludwig auf und nippte an dem Wasser. Seit Monaten hatte er sich auf diesen Moment vorbereitet. Er wusste, dass Josephine an Nervenschwindsucht gelitten hatte, einer aussichtslosen Krankheit. Dennoch hatte er im Stillen stets gehofft, sie könne genesen. Aber nun war sie tot. Niemals würde er wieder ihr glockenreines Lachen hören, ihre Augen leuchten sehen, ihre zarte Hand auf seinem Arm spüren.

Der Wirt und sein Diener zogen ihn mit vereinten Kräften hoch und geleiteten ihn aus dem Lokal. Die Gäste glotzten ihm nach wie einem Außerirdischen. *Vielleicht bin ich das auch*, dachte Ludwig. *Ich bin seltsam und werde immer seltsamer. Die Einzige, die mich je verstanden hat, war Josephine. Und sie ist jetzt tot.*

Die beiden Männer schleppten ihn über die Treppe in seine Wohnung und setzten ihn in einen Sessel. *Sie ist tot*, hämmerte es unaufhörlich in seinem Schädel. *Was soll ich ohne sie nur machen?* Er schloss die Augen.

Sein Leben rauschte an ihm vorbei. Die unbeschwerten Stunden mit Josephine und ihrer Schwester nach ihrem täglichen Klavierunterricht. Ihre Plaudereien, ihr gemeinsames Flanieren im Park und der Besuch von Bällen. Selbst nach Josephines Hochzeit mit dem Grafen Deym hatten sie sich regelmäßig bei den musikalischen Soireen gesehen, die sie organisiert hatte.

Dann natürlich die schönsten Jahre seines Lebens – ihre Witwenjahre, als er täglich bei ihr ein- und ausgegangen war, sie sich gegenseitig ihre Liebe gestanden und Zärtlichkeiten ausgetauscht hatten und er seine besten Werke geschaffen hatte.

Später seine Enttäuschung, seine Depression, seine Wut, als sie ihn verlassen und schließlich sogar Stackelberg geheiratet hatte.

Unerwartet war es schließlich zum Höhepunkt ihrer Liebesbeziehung gekommen, als sie in Prag endlich zueinandergefunden hatten.

Darauf war naturgemäß eine noch größere Enttäuschung gefolgt, als sie wieder zurück zu ihrem Ehemann gegangen war.

Glücklicherweise hatten sie sich fünf Jahre zuvor wie zwei gute Freunde ausgesprochen.

Nun war sie, seine engste Begleiterin auf seinem Lebensweg, die Frau, die ihn inspiriert hatte wie niemand sonst, gestorben.

Sein Herz schmerzte und er bekam kaum Luft. »Öffne die Fenster«, bat er den Diener.

Als der kalte Märzwind seine Lungen wieder mit Luft befüllt hatte, stand er mühsam auf und schleppte sich zum Flügel. Vor seinen inneren Augen sah er Josephines weiße Hände auf den Tasten liegen. Einst hatte er seine kräftigen Hände über ihre zarten Finger gelegt … als er ihr Klavierlehrer gewesen war … als er glücklich gewesen war. Eine Welle der Verzweiflung überkam ihn. Er schluchzte auf.

Als ihm sein Diener eine Hand auf die Schulter legte, stieß er sie weg. Dann hämmerte er plötzlich auf die Tasten ein. Automatisch spielte er *La passionata* – seine Sonate, die er viele Jahre zuvor komponiert hatte, in einer Zeit, als ihn seine leidenschaftlichen Gefühle für Josephine fast um den Verstand gebracht hatten. Jetzt schrie er mit diesem Stück seinen Schmerz über ihren Verlust und den Frust über ein vertanes Leben und eine endgültig vergangene Liebe, die er niemals hatte ausleben können, in die Nacht hinaus. Seine Ohren hörten nichts mehr von dem, was er spielte. Aber er kannte die Melodie seines dramatischen, verzweifelten Lebens auswendig. Nach dem Schlussakkord brach er über der Klaviatur zusammen.

Sein Diener näherte sich ihm vorsichtig. Ludwig ließ sich von ihm zum Bett führen. Ächzend fiel er auf die Matratze. Seine Eingeweide rebellierten, seine Brust schmerzte. *Ich werde ihr wohl bald folgen,* dachte er, als ihm Tränen die Wangen hinunterliefen.

Während er still in sein Kissen weinte, sah er Josephine vor sich. Sie lächelte ihm zu und setzte sich an den Flügel in ihrem Salon. Und dann begann sie, sein *Andante favori* zu spielen, das Stück, das er ihr zugedacht hatte, ohne es ihr jemals offiziell zu widmen, aus Angst, dies könne die Wiener Gerüchteküche zum Brodeln bringen. Unzählige Male hatte sie es gespielt, hatte er es gespielt: ein Herzensstück, so anmutig wie die Dame, für die er es komponiert hatte. Er hörte die liebliche Melodie in seinem Innern und war sich sicher, dass auch Josephine sie in diesem Moment im Himmel hören würde.

Dort oben, sinnierte Ludwig und sah zum Fenster hinaus, *dort oben wird meine Melodie auf ihre Seele treffen, die jeden Ton in- und auswendig kennt … die mich kennt.*

Er tupfte sich die Tränen ab. Er sollte ihr ein Requiem komponieren. Das war er ihr schuldig. Aber nicht heute. Der Kummer über ihr Dahinscheiden hatte ihm die Kraft geraubt.

Ihm wurde wieder schwindelig. Ein pochender Schmerz erfasste seinen Leib. *Es wird nicht mehr lang dauern,* dachte er. *Bald wird sie mich dort oben – fernab der starren gesellschaftlichen Konventionen – empfangen, und unsere beiden Seelen werden endlich vereint sein.*

Nachwort

Josephine Stackelberg, geborene Brunsvik, verwitwete Deym, starb mit zweiundvierzig Jahren infolge von Nervenschwindsucht am 31. März 1821 gegen fünf Uhr nachmittags. Sie wurde auf dem Währinger Friedhof in Wien beigesetzt.

Josephine war wie ihre Schwester Therese eine Schülerin von Ludwig van Beethoven und brillierte mit ihrem Klavierspiel in den Salons des Wiener Adels. Im Mai 1799, als die beiden Brunsvik-Schwestern in Wien in die Gesellschaft eingeführt wurden, unterrichtete Beethoven sie unentgeltlich jeden Tag und begleitete sie nach den Klavierstunden auch auf Spaziergänge sowie ins Theater, in Konzerte und auf Bälle; bis der wesentlich ältere Graf Joseph Deym alias Müller um Josephines Hand anhielt und sie binnen weniger Wochen dem Wunsch ihrer Mutter entsprechend heiratete.

Nach Deyms Tod stand Josephine über viele Jahre hinweg Beethoven sehr nah, was mehrere, teils äußerst leidenschaftliche Briefe belegen, die ihr der berühmte Komponist zwischen 1804 und 1807 geschrieben hat. In einem dieser Briefe schickte er ihr auch »ihr Andante«, das *Andante favori.* Es war ursprünglich als Mittelsatz der Waldsteinsonate konzipiert gewesen. Beethoven entschied sich aber um und machte aus dem *Andante favori* ein eigenständiges Klavierstück.

In der Zeit zwischen 1804 und 1807, als Beethoven in Josephines Haus ein und aus ging, erlebte er den Höhepunkt seines kompositorischen Schaffens. Er schrieb seine vierte Sinfonie, sein Violinkonzert, die Rasumowsky-Quartette und die Klaviersonate op. 57 (*Appassionata*), die ihren Namen übrigens erst nach Beethovens Tod durch einen Verleger erhielt (Beethoven selbst nannte sie *La passionata*); ferner arbeitete er intensiv an seiner Oper *Leonore*, die später zu *Fidelio* wurde. Auch die Arbeiten zu seiner fünften und seiner sechsten Sinfonie nahmen damals ihren Anfang.

Die gesellschaftlichen Konventionen dieser Zeit sahen eine Verbindung zwischen einer Adligen und einem Bürgerlichen indes nicht vor. Josephine hätte durch eine Heirat mit Beethoven nicht nur ihren Adelsstatus, das Wohlwollen ihrer Familie und das luxuriöse Leben eingebüßt, sondern auch die Vormundschaft für ihre Kinder verloren, weshalb sie schlussendlich wohl auf die Liebe ihres Lebens verzichtet hat.

Einige Musikwissenschaftler halten es jedoch für wahrscheinlich, dass Josephine und Beethoven nach dem Scheitern von Josephines zweiter Ehe im Juli 1812 in Prag zusammengekommen sind und sie daher auch die Adressatin von Beethovens legendärem Brief an seine *Unsterbliche Geliebte* war, den man in seinem Nachlass fand. Für meine Geschichte bin ich dieser Theorie gefolgt, möchte aber betonen, dass es keinesfalls erwiesen ist, dass Josephine tatsächlich Beethovens *Unsterbliche Geliebte* war.

Nach diversen Schicksalsschlägen infolge ihrer zweiten, gescheiterten Ehe mit Stackelberg waren ihre letzten Lebensjahre von Einsamkeit, Krankheit und Armut geprägt.

Josephine wird in der Fachliteratur bisweilen als *femme fatale* geschildert; vor allem war sie aber wohl eine mutige, selbstbewusste Frau, die für ihre Stellung gekämpft hat, jedoch an den gesellschaftlichen Strukturen ihrer Zeit gescheitert ist.

Nach ihrem Tod erkrankte Beethoven an einer schweren Gelbsucht und war viele Monate lang nicht in der Lage zu arbeiten. Erst im Herbst 1821 begann er wieder zu komponieren. Er schrieb die Klaviersonaten in c-Moll und in As-Dur, die auch als »Requiem« für Josephine bezeichnet werden, obwohl sie keine diesbezügliche Widmung tragen.

Am 26. März 1827, fast auf den Tag genau sechs Jahre nach Josephines Tod, starb Ludwig van Beethoven und wurde wie sie auf dem Währinger Friedhof in Wien beigesetzt.

Er ist bis heute einer der berühmtesten und meistgespielten Komponisten der Musikgeschichte. Er schuf einzigartige Werke, obgleich sein Gehör schon früh nachließ, er seine Karriere als Pianist aufgeben musste und die letzten Jahre seines Lebens gänzlich taub war.

Seine persönliche Tragödie ist allgemein bekannt. Doch dass auch das Leben der Frau, die er liebte, aber aufgrund von Standesunterschieden nicht heiraten konnte, gleichermaßen traurig verlief, wissen wohl die Wenigsten. Im Gegensatz zu Beethoven ist Josephine fast völlig in Vergessenheit geraten, was ich mit diesem Roman ändern möchte. Mein Hauptanliegen war es, im Beethoven-Jahr auch Josephine, die dem großen Komponisten jahrelang eng verbunden war und ihn mit Sicherheit zu zahlreichen seiner Werke inspiriert hat, ein bisschen ins Rampenlicht zu ziehen.

Bevor ich schließe, fasse ich kurz zusammen, was mit den anderen Figuren aus Josephines Umfeld geschah:

Stackelberg wurde Leiter einer Lehranstalt in Russland. Er starb 1841. Er muss Josephine sehr geliebt haben und wird mit ihrer abweisenden Haltung nur schwer zurechtgekommen sein. Man kann nur spekulieren, ob er seiner Frau die Kinder aus Bosheit wegnahm oder sie tatsächlich bei ihr verwahrlosen sah. Belegt ist, dass die Ehe der Stackelbergs, wie man heute sagen würde, hoffnungslos zerrüttet war. Da ich die Geschichte aus Josephines Sicht geschrieben habe, wird Stackelberg hier zwangsläufig zum »Bösewicht«; würde man die Geschichte aus seiner Warte schreiben, würde sein Charakter gewiss positiver wirken und sein Handeln sogar Verständnis hervorrufen. Nicht klar ist zudem, ob wirklich er auf den Kauf des teuren Guts in Mähren bestanden hat, oder gar Josephine selbst. Diesbezüglich habe ich widersprüchliche Aussagen gefunden und mich daher für eine der Varianten entscheiden müssen.

Franz Brunsvik, Josephines Bruder, übernahm 1819 die Leitung des Pester Theaters und heiratete 1823 die Pianistin Sidonie Justh.

Josephines Schwester Therese verwirklichte ihren Traum und errichtete Schulen und Kindergärten für die arme Bevölkerung ihrer Heimat. Was über Josephines Leben bekannt ist, stammt zu einem großen Teil aus Thereses Tagebuchaufzeichnungen.

Josephines älteste Tochter Vicky wollte an dem sozialen Projekt ihrer Tante mitwirken, doch sie fiel 1823 der in Wien wütenden Scharlach-Epidemie zum Opfer.

Sephine starb nur drei Monate nach dem Tod ihrer Mutter im Sommer 1821; auch die Stackelberg-Töchter Maria Laura und Theophile starben recht jung.

Josephines Söhne Carl und Fritz wurden alt genug, um Familien zu gründen; Fritz war 1848 Abgeordneter in der Frankfurter Nationalversammlung, verstarb dann aber im mittleren Erwachsenenalter, ebenso wie Carl.

Einzig Josephines Tochter Minona erreichte ein hohes Alter. Leider erwarb sie, die fernab der Mutter in Estland aufwuchs und erst nach Stackelbergs Tod als Erwachsene zur Familie Brunsvik kam, niemals die pianistischen Fähigkeiten ihrer Mutter. Sie starb ohne Nachkommen im Jahr 1897. Die Frage, ob sie Beethovens leibliche Tochter war, bleibt genauso unbeantwortet wie die Frage, ob Josephine und Beethoven im Juli 1812 zusammengekommen waren.

Abgesehen davon habe ich mich sonst weitestgehend an die historischen Fakten gehalten, sofern sie verfügbar waren. Da Beethoven und Josephine sehr diskret waren, lässt sich ihre Beziehung jedoch nicht lückenlos rekonstruieren, und die verschiedenen Musikwissenschaftler, deren Bücher und Aufsätze ich konsultierte, kommen bisweilen zu unterschiedlichen Schlüssen. Mit erzählerischer Freiheit habe ich mir überdies hin und wieder erlaubt, einige Gegebenheiten etwas anders darzustellen, als sie in Wirklichkeit stattgefunden haben; so entdeckte zum Beispiel Fürst Lichnowsky das *Lied an die Hoffnung* nicht auf Josephines Flügel, sondern auf Beethovens Schreibtisch. Und Beethoven und Franz Brunsvik haben sich nicht erst 1806 nach der zweiten Aufführung von *Leonore* kennengelernt, sondern sie kannten sich bereits aus der Zeit von Josephines erster Ehe.

Schlussendlich bleibt dieser Roman trotz aller Recherchen Fiktion. Das betrifft insbesondere die Darstellung der Figuren. Ich hoffe, ihre Wesenszüge anhand der geschichtlichen Details, die mir zur Verfügung standen, einigermaßen korrekt eingefangen und interpretiert zu haben. Ihnen, insbesondere aber Josephine, wollte ich nach zweihundert Jahren noch einmal eine Bühne bieten, und wünsche mir sehr, dass Sie, liebe Leserinnen und Leser, das Drama ihres Lebens mit Interesse mitverfolgt haben.

Verena Maatman
Im März 2020

Dramatis Personae

Bis auf Diener, Kutscher und Kindermädchen sind alle Figuren dieses Romans historisch.

Nachfolgend ihre Lebens- und Eckdaten:

Josephine Brunsvik (1779–1821): ungarische Adlige, aufgewachsen auf Schloss Martonvásár, dem Familiensitz der Brunsviks, verheiratet in erster Ehe mit Graf Joseph Deym von Střítež, in zweiter Ehe mit Baron Christoph von Stackelberg, Mutter von insgesamt acht Kindern, Klavierschülerin von Ludwig van Beethoven und dessen langjährige Freundin

Ludwig van Beethoven (1770–1827): Pianist und Komponist

Anna Brunsvik, geb. Freiin Wankel von Seeberg (1752–1830): ehemalige Hofdame von Maria Theresia, Mutter von Josephine

Therese Brunsvik (1775–1861): ältere Schwester von Josephine, Klavierschülerin von Ludwig van Beethoven, Gründerin der ersten Kindergärten in Ungarn

Franz Brunsvik (1777–1849), Bruder von Josephine, ungarischer Graf und Schlossherr von Martonvásár, Cellist

Charlotte Brunsvik (1782–1843): jüngere Schwester von Josephine, ab 1805 verheiratet mit Graf Emerich Teleki

Joseph Deym von Střítež (1752–1804): Graf, erster Ehemann von Josephine, Hofstatuarius und Besitzer eines Gebäudekomplexes in der Rotenturmstraße in Wien; wegen einer Jugendsünde versteckte er sich eine Zeit lang hinter dem Pseudonym Joseph Müller

Victoire (Vicky) Deym (1800–1823): Tochter von Josephine und Joseph Deym

Friedrich (Fritz) Deym (1801–1853): Sohn von Josephine und Joseph Deym

Carl Deym (1802–1840): Sohn von Josephine und Joseph Deym

Josephine (Sephine) Deym (1804–1821): Tochter von Josephine und Joseph Deym

Christoph von Stackelberg (1777–1841): estnischer Baron, Pädagoge, Josephines zweiter Ehemann

Maria Laura Stackelberg (1809–1843): Tochter von Josephine und Christoph Stackelberg

Theophile Stackelberg (1810–1828): Tochter von Josephine und Christoph Stackelberg

Minona Stackelberg (1813–1897): Tochter von Josephine und Christoph Stackelberg, wobei dessen Vaterschaft eventuell fragwürdig ist

Karl Eduard von Andrehan-Werburg (Andrian): Hauslehrer von Fritz und Carl sowie Geliebter von Josephine

Emilie (1815–1817): uneheliche Tochter von Josephine und Andrian, wuchs beim Vater auf und starb mit zwei Jahren an den Masern

Victoire Goltz: Schwägerin von Josephine

Therese Malfatti (1792–1851): Klavierschülerin von Ludwig van Beethoven; ihr machte er einen Heiratsantrag, den sie jedoch ablehnte

Johann Heinrich Pestalozzi (1746–1827): schweizerischer Pädagoge

Karl von Lichnowsky (1761–1814): Fürst und langjähriger

Förderer Ludwig van Beethovens; mit seiner Frau veranstaltete er regelmäßig Hauskonzerte, in denen die besten Musiker Wiens zu hören waren

Franz Joseph Maximilian von Lobkowitz (1772–1816): Fürst und Förderer von Ludwig van Beethoven

Nikolaus Zmeskall (1759–1833): österreichisch-ungarischer Beamter, Musikliebhaber, Cellist. Er war sowohl mit der Familie Brunsvik als auch mit Ludwig van Beethoven befreundet. Durch ihn entstand der Kontakt zwischen dem Komponisten und den Brunsviks

Ignaz Schuppanzigh (1776–1830): Geiger, Primarius des Streichquartetts, das sämtliche Beethoven-Streichquartette aufführte und bekannt machte

Franz Joseph Clement (1780–1842): Violinvirtuose, Sologeiger bei der Premiere von Beethovens Violinkonzert im Jahr 1806

Kaiser Franz II. des Heiligen Römischen Reichs und Franz I. von Österreich (1768–1835)

Napoleon Bonaparte (1769–1821): französischer Kriegsherr, später Kaiser Napoleon I.

Bibliografie

Folgende Werke habe ich über Josephine von Brunsvik
und ihre Zeitgenossen zurate gezogen:

Caeyers, Jan: Beethoven. Der einsame Revolutionär. Eine Biographie. Amsterdam, 2009.

Klapproth, John E.: Handbuch: Unsterbliche Geliebte. Alles über die einzige Frau, die Beethoven je geliebt hat. North Charleston, 2018.

Steblin, Rita: Beethovens »Unsterbliche Geliebte«: Des Rätsels Lösung. In: Österreichische Musikzeitschrift 64/2, S. 4–17, 2009.

Tellenbach, Marie-Elisabeth: Beethoven und seine »unsterbliche Geliebte« Josephine Brunswick. Ihr Schicksal und der Einfluss auf Beethovens Werk. Zürich, 1983.

Außerdem konsultierte ich diverse Veröffentlichungen
des Beethoven-Hauses in Bonn,
insbesondere die Bände:

Brandenburg, Sieghard (Hrsg.): Beethoven. Der Brief an die Unsterbliche Geliebte. Bonn, 2001.

Brandenburg, Sieghard (Hrsg.): Ludwig van Beethoven. Dreizehn Briefe an Josephine Deym. Bonn, 1986.

Herttrich, Ernst: Beethoven. Liederkreis an die ferne Geliebte. Bonn, 1999.

Ronge, Julia: Beethoven. Leben und Werk kurz gefasst. Bonn, 2003.